Arno Werth

Lemi

Arno Werth

LEMI

Roman

EPLA-Verlag

Impressum

Copyright©März 2010 by
EPLA-Verlag sowie beim Autor
Alle Rechte vorbehalten,
Abdruck auch auszugsweise nur mit
Genehmigung des Verlages
Umschlaggestaltung: Leena Plachetka
Umschlagbild: Erwin Plachetka
Druck: Buchfabrik JUCO
ISBN 978-3-940554-43-7

Dieses ist ein Roman. Alle Personen sind frei erfunden. Sollten sich Ähnlichkeiten mit lebenden oder verstorbenen Personen ergeben, so sind diese rein zufällig und nicht gewollt.

1.

Tuula Värtö stand vor ihrem Blumenladen und winkte mir zu.
„Mach's gut, Tauno", rief sie über den Dorfplatz, „sieh zu, dass du das alles vergisst. Unsere Welt ist noch in Ordnung. Sie ist nicht so, wie du sie erlebt hast. Komme wieder. Ich würde mich freuen."
Ich winkte zurück und stieg in meinen vollbeladenen Wagen. Die ersten Schneeflocken gaukelten durch die Luft. Das letzte Mal, als ich von Lemi und damit vom Grab meiner Eltern und meines Bruders Abschied nahm, saß Sylvia, meine geliebte Frau, neben mir und Sam, mein treuer Cockerspaniel, lag auf seiner Decke auf der Rückbank. Nun war ich der Letzte, der von uns übrig geblieben war. Ich sollte vergessen, sagte Tuula, aber wie sollte ich das alles vergessen? Wie konnte ich die Erinnerung an das, was mich hierher trieb, vergessen, und wie sollte ich das, was mich nun aus meinem letzten Paradies vertrieb, verdrängen?
Gerne erinnere ich mich an all die schönen Jahre, an all das Glück, die glücklichen Momente, die uns, Sylvia und mir, widerfuhren. Das Leben war schön, ja, es war schön.
Ich startete den Wagen und hupte noch einmal. Tuula hatte ein Taschentuch in die Hand genommen und winkte zum Abschied. Aus der Dorfbar trat Jaska Illoinen und salutierte. Sicherlich würde Pertti gleich herausgewankt kommen, aber ich wartete nicht ab, beschleunigte und ließ den Dorfplatz hinter mir, blickte noch einmal hinüber zur Kirche mit ihrem Friedhof. Von Jussi Sinkkos Tankstelle musste ich meine Sommerreifen abholen, die ich eigentlich in Absicht eines längeren Verweilens in meiner Geburtsheimat hatte gegen Winterreifen wechseln lassen. Nun lud ich sie wie in alten Zeiten zur Winterzeit die Spikesreifen auf meinen Gepäckträger, den Jussi mir in Lappeenranta besorgt hatte. Es schien mir, ich nahm mehr mit zurück, als ich hergebracht hatte.
„Würde mich freuen, dich wiederzusehen", sagte Jussi und tippte sich mit zwei Fingern an die Stirn.
Ich nickte wortlos, klopfte ihm auf die Schulter und stieg ins Auto. Der Schnee verdichtete sich, wurde zu einer weißen

Wand, so dass sich das Licht daran reflektierte. Für einen Moment war ich versucht, am Haus meiner Eltern vorbeizufahren, aber dort wohnten seit Jahren fremde Menschen, so dass ich da nichts mehr verloren hatte. Ein Gefühl aus Leere, Wehmut, Trauer und Leichtigkeit bemächtigte sich meiner. Ich hätte den Wagen auf einem Parkplatz abstellen, stumm hinter dem Steuer sitzen bleiben und auf irgend eine imaginäre Kraft warten können, eine Kraft, die mir gesagt hätte, was richtig und was falsch war und vor allem, ob mein jetziger Entschluss nicht doch übereilt war. Aber ich konnte in meinem Haus am See nicht mehr leben, immer wieder verfolgten mich die Bilder der letzten Tage, immer wieder stieg ein Schrei bei diesem Gedanken meine Kehle hoch, ohne meine Lippen überschreiten zu können. Wäre er doch einmal, nur einmal aus mir herausgetreten, vielleicht hätte ich dann den Mut gehabt zu bleiben. Nun aber lenkte ich meinen Wagen zur Hauptstraße nach Kouvola, um von dort in Helsinki ein Schiff nach Deutschland zu erreichen. Welches, das wusste ich noch nicht, denn ich hatte nichts gebucht. Mir war es egal, nur irgend ein Schiff zurück, um Sylvias Grab wieder näher zu sein.

Und während meine Scheibenwischer gegen den heftig fallenden Schnee kämpften, sah ich vor meinen Augen, wie ich vor gar nicht langer Zeit mit Sam hierher zurückkam, wie sich die Finnjet das letzte Stück der Trave zur Ostsee hochschob und mir so viele Gedanken durch den Kopf gingen, dass es in meinem Schädel summte wie in einem Bienenstock. Wie oft war ich in Travemünde abgefahren und wieder angekommen! Immer wieder zwischen den Welten gependelt – hier die Heimat, dort die Heimat. War ich in der einen, hatte ich Heimweh nach der anderen, und war ich in der anderen, wollten tausend Dinge auf der gegenüberliegenden Seite der Ostsee erledigt sein. So war es ein ständiges Hinundhergerissensein, aber auch der Reichtum in mir, nicht nur eine Heimat zu besitzen.

2.

Die politischen Verhältnisse in meiner Wahlheimat Deutschland hatten sich verändert. Und durch den Tod meiner geliebten Sylvia wurde mir diese Veränderung unerträglich. So nahm ich Abschied von Deutschland, wo ich mich bis vor Kurzem noch so wohl gefühlt und gerne gelebt hatte. Ließ meine Tochter, Enkelkinder und Freunde zurück, hatte mich von meinem Haus verabschiedet, das ich zusammen mit Sylvia in harter Arbeit erbaut und gepflegt hatte, aus dem ich, so wie wir beide es immer gewünscht hatten, nur von den Bestattern hinausgetragen werden wollte. Sie hat es geschafft. Ich fühlte mich vertrieben. Am meisten schmerzte es mich, dass ich nicht weiter im Zwiegespräch mit ihr an ihrem Grab sitzen konnte, um die Sorgen und Kümmernisse dieses Daseins mit ihr zu besprechen.
Sam, mein treuer Cockerspaniel, war alles, was mir geblieben war. Ihn und ein paar wenige Habseligkeiten, an denen mein Herz hing, hatte ich mitgenommen. Und dann blieb die Angst um meine Tochter, die den Entwicklungen ausgesetzt und ausgeliefert war. Sie konnte mich, trotz aller Beteuerungen, nicht verstehen. Immer wieder sagte sie mir, dass ich doch keine Angst zu haben brauche, mir würde nichts passieren. Es gehe doch nur gegen diese kriminellen Dunkelhäutigen und islamistischen Terroristen. Doch mir fehlte der Glaube und die Zuversicht, dass sich alles zum Guten wenden würde, ahnte nur, dass der Mob, wenn er ins Laufen gekommen, schwerlich wieder aufzuhalten war. Und wer weiß, ob sie sich dann nicht doch eines Tages an mich und meine Angehörigen vergreifen würden.

Helena, meiner Tochter, war meine Geburtsheimat nicht fremd, aber sie war ihr weit entfernt. Wir hatten immer versucht, ihr die Vielfalt beider Kulturen nahe zu bringen und sie als ein Teil von beiden zu integrieren. Das war uns sicherlich in den Jahren, in denen sie alle Jahreszeiten in beiden Ländern erleben durfte, auch gelungen. Aber je älter sie wurde und je weniger sie mit uns fuhr, desto größer wurde ihre Entfernung zu meiner

Geburtsheimat und meinen Vorfahren. Nun war sie ein fester Bestandteil ihres jetzigen Zuhauses, das nur hin und wieder Erinnerungen an den anderen Teil in ihr wach werden ließ. Und ihre Einschätzung der Abläufe war eher von Ignoranz geschichtlicher Entwicklung geprägt. Sie fühlte sich nicht bedroht, war nur besorgt, dass nicht alles einer rechtsstaatlichen Ordnung entsprach.

Aber eben diese nicht mehr vorhandene Rechtsstaatlichkeit verbunden mit dem Wissen um die Deutsche Vergangenheit ließ mich fliehen, ließ mich nach vierzig Jahren das Land verlassen, das ich geliebt und in dem ich mich beheimatet fühlte, um zurück in den schützenden Schoß meiner Väter und Mütter zurückzukehren. Welch einem Irrtum war ich da unterlegen? Wie konnte ich die sich ändernde Welt nur auf der einen Seite der Ostsee wahrnehmen?

Und nun bewegte ich mich wieder von der einen zur anderen Heimat, von der mich vermeintlich bedrohenden zur vermeintlich beschützenden, und während die Finnjet ins offene Meer glitt, erwischte mich eine Windboe im Auge, rötete es und ließ Tränen fließen. Sam lag neben mir, den Kopf auf die Pfoten, geduldig wartend.

Es war ein schwerer Abschied. Immer und immer wieder war ich in den Tagen zuvor durchs Haus gestrichen, hatte Dinge berührt, die eine Erinnerung in mir wachriefen, immer wieder waren es Erinnerungen an glückliche Zeiten mit Sylvia, unserer Tochter und den Hunden, die unser Leben begleiteten. Voll innerer Schmerzen war ich die Wege gegangen, die wir in Gemeinschaft mit unseren vierbeinigen Freunden beschritten hatten, tausendmal Abschied nehmend, ohne mich wirklich trennen zu können. Aber der Entschluss war gefasst. Ich wollte nicht der Willkür irregeleiteter Chaoten ausgesetzt sein. In der Befürchtung, dass dieses eines Tages eintreten könne, hatte ich nie meine finnische Staatsbürgerschaft abgelegt, auch wenn mir die Annahme der deutschen gewisse Vorteile gebracht hätte. Man wechselte außerdem seine Staatsangehörigkeit nicht wie sein Hemd, auch wenn man sich dem Land, in dem man wohnte, noch so sehr verbunden fühlte und eventuell sogar schon mehr als Angehöriger dieses als der Geburtsheimat

wähnt. Nein, das war meine Absicherung, im Notfall nach Hause zu können. Zu Hause – ja, zu Hause hier und zu Hause dort, und irgendwie doch immer dazwischen. Nie hatte ich das Bedürfnis, mich ständig mit meinen Geburtslandsleuten umgeben zu müssen. Gut, in der Anfangszeit hatten wir häufig an Veranstaltungen der Deutsch-Finnischen Gesellschaft teilgenommen, aber je größer Helena wurde und je integrierter ich mir vorkam, desto geringer wurde der Hang an finnischer Gemeinschaft. Er beschränkte sich auf unsere Sommer- und Weihnachtsbesuche in meinem Elternhaus, später nur noch Sommerbesuche des Hauses am See, den Besuch der wenigen Verwandten, die noch übrig geblieben waren und schließlich den Friedhof, auf dem meine Eltern und mein Bruder beerdigt lagen.
Nach dem Tod meiner Mutter stand das Haus am See elf Monate im Jahr leer. Hin und wieder schaute mal ein Nachbar nach, ob alles in Ordnung war, ob nicht irgendwelche Vandalen aus dem Osten ihre Raub- und Zerstörungswut an dem unbewohnten Haus ausgelassen hatten. Aber in all den Jahren hatten wir Glück, nie war etwas beschädigt oder gestohlen worden. Nur der Zahn der Jahreszeiten nagte an ihm und machte in den Wochen, da wir es bewohnten, Reparaturen nötig. Sylvia und ich hatten, als das Haus mir alleine gehörte, oft überlegt, es zu verkaufen. Die viele Arbeit, die im Sommer damit verbunden war, die Gewissheit, es elf Monate im Jahr fast unbeaufsichtigt zurücklassen und die Gebundenheit, doch mindestens einmal im Jahr dort hinfahren zu müssen, sprachen für einen Verkauf. Aber konnte ich mich wirklich von dem letzten Stück Verbundenheit mit meiner Geburtsheimat trennen? Ich zögerte die Entscheidung immer wieder hinaus, bis es sich von selbst erledigt hatte. Das Haus blieb weiter in unserem Besitz und wir fuhren brav jeden Sommer in den Norden. Seit Sylvias Tod war ich noch nicht wieder dort und ich fürchtete mich davor, das Haus alleine zu betreten. Überall würde die Erinnerung wieder an sie wach werden, ob ich sie nun in der Küche hantieren sehen oder in der Sauna neben mir sitzen fühlen würde, sie wird mir allgegenwärtig sein, ohne dass ich sie in die Arme nehmen und an mich drücken, ohne dass ich

ihren Trost spüren könnte.
Sam wurde unruhig. Die Finnjet hatte Fahrt aufgenommen und zerteilte das vor uns liegende Wasser mit einer riesigen Bugwelle. Mir war nicht danach, in eines der Restaurants zu gehen und genüsslich zu speisen, so wie wir es früher immer gemacht hatten. Kaum hatte das Schiff abgelegt, reservierten wir einen Tisch im skandinavischen Buffet, stellten uns dann rechtzeitig an, um mit den Ersten in das Restaurant zu stürmen. In den jungen Jahren konnten wir es noch ausnutzen, begannen mit allen Fischvariationen, von den eingelegten Heringen zu Lachs und warmen Fischgerichten, und als Krönung einen Teller voller Scampies. Dann aßen wir uns noch durch die Fleischgerichte, genossen finnisches Bier und kalten Wodka dazu und krönten das Ganze mit einer Tour durch die Süßspeisen. Mit dem Alter ließ die Fresssucht nach. Der Magen wollte nicht mehr so viel aufnehmen. Was wir in jungen Jahren zuviel gegessen hatten, aßen wir jetzt zu wenig. Nein, mir war nicht nach großem Essen zu Mute. Ich wollte Sam auch nicht alleine in der Kabine lassen, er sollte die ganze Zeit meine Nähe spüren, damit die fremde Umgebung ihn nicht noch mehr verunsicherte. Der Seewind tat gut, verwischte die Tränen und trug die schweren Gedanken mit sich fort.
Dieses Schiff kannte ich so gut wie kein anderes. Über viele, viele Jahre hatte es mich immer wieder, manchmal mehrfach im Jahr, über die Ostsee befördert. Oft hatte es seinen Eigner und damit seinen Anstrich gewechselt, auch seine deutschen Häfen hatten gewechselt, der Name war immer derselbe geblieben. Bei seiner Indienststellung war es das schnellste Fährschiff der Welt. Es besaß die Eisklasse A1, konnte also ohne Eisbrecher durch dickstes Ostsee-Eis fahren. Und es war ein Erlebnis, die Eisdecke brechen zu sehen, wie die Eisschollen erst knickten, tauchten und sich übereinander schoben. Dumpf hörte man sie im Schiffsinneren an die Bordwand schlagen, fast gespenstisch und Angst erregend. Zuzusehen, wie die Bugspitze sich durch die Eisdecke des weißen, starren Meeres fraß, ein unbeschreibliches Erlebnis, das ich immer wieder mit Herzklopfen genoss. Und dann die lauen Sommernächte, die, je mehr man sich dem Nordosten näherte, immer

heller wurden. Nachts an der Reling zu stehen, den Sommerwind im Gesicht zu spüren, die Motorenrhythmik in den Füßen und Bauch zu fühlen, diese kribbelnde Vibration, die einem der Geburtsheimat näher brachte, und dazu das gleißende Mondlicht, das wie ein Scheinwerferlicht seinen Strahl über Wellen und Schiff gleiten ließ.
Es gab ruhige und stürmische Überfahrten. Vor allem im Herbst und Winter spielten die Stürme mit dem Schiff, ließen es trotz Stabilisatoren über die quabbeligen Wellen der Ostsee schlingern, dass die Magennerven bald das Gegessene nicht mehr verarbeiten wollten. Oder das Schiff hatte sich bei stürmischer See und klirrendem Frost gegen die anrollende See gestemmt und meterdickes Eis angesetzt, dass es über drei Meter tiefer lag als normal. Zwischen Schweden und Gotland hatte es Schutz gesucht, damit die Besatzung bei ruhigerer See das Eis abklopfen konnte, um die Fahrt fortsetzen zu können. Auch haben wir schöne Feste auf ihm gefeiert, mit Freunden und den Kindern, oder auch alleine. Ja, Sylvia und ich genügten uns, um das Leben zu genießen, wir brauchten nicht immer andere Menschen um uns herum. Und nun – nun war ich ganz alleine. Nur mein Sam lag neben mir, schaute mich ab zu mit seinen treuen Augen fragend an, dass ich das Weiße seines Augapfels sehen konnte. Was ist nun, Alter, schien er zu fragen, wollen wir hier ewig sitzen bleiben? Ich streichelte seinen Kopf, tätschelte seinen Körper. Er seufzte tief. Ich hatte das Gefühl, hier sitzen bleiben zu müssen, bis in alle Ewigkeit und unbemerkt von mir und der Welt gleitend vom Leben in den Tod überzugehen. Eine unsagbare Ermattung, Gleichgültigkeit und Lustlosigkeit hatte mich erfasst. Ich wusste, dass jeder Schritt, den ich auf diesem Schiff gehen würde, in mir brennen würde, weil ich nur sähe, was Sylvia und ich gemeinsam hier erlebt hatten. So war ich auch darauf bedacht, mit niemandem eine Kabine teilen zu müssen und hatte für mich und meinen Sam eine Doppelkabine gemietet. Ich ahnte, dass die Vergangenheit mich einholen würde, mich in den Würgegriff nehmen und Sentimentalität in mir wachrufen würde. Nun waren sie da, Vergangenheit, Würgegriff und Sentimentalität, und ich hätte heulen können, unablässlich und aus dem tiefsten Inneren.

Vielleicht wäre es doch besser gewesen, die Landtour über Schweden zu nehmen, ich wäre abgelenkter gewesen. Aber die Lebensjahre hatten mir schon viel an Kraft genommen. Ich war nicht mehr in der Lage, stundenlang ein Auto über endlos scheinende Landstraßen oder Autobahnen zu lenken. Und schon gar nicht alleine, ohne die weckenden Ermahnungen Sylvias „Bist du noch wach?".
Früher, ja früher, da waren wir nachts losgefahren, bis nach Schweden rein, hatten dann auf irgendeinem Rastplatz Halt gemacht, ein wenig im Auto geschlafen und waren dann nach Stockholm hochgefahren. Das war aber auch schon lange her.
Nun aber saß ich hier auf diesem Stahlkoloss, ein Opfer meiner Gefühle und Erinnerungen. Wie leicht und doch so schwer wäre es gewesen, Sam in den Arm zu nehmen und mit ihm über die Reling in die Ostsee zu springen, sich diesem Elend zu entziehen. Doch dann sah ich das Tier um sein Leben kämpfen, bis zur Erschöpfung, bis zur Unterkühlung, absackend, ertrinkend. Mich schauderte es, und ich musste Sam auf meinen Schoß heben und an mich drücken, seinen Kopf küssen und den Trost seiner treuen Seele empfangen. Nein, Sam, sagte ich ihm, wir bleiben zusammen, wir beide. Wir werden es schon schaffen.
Er hatte mir schon einmal in meiner größten Not Trost gespendet, als Sylvia mich verließ, nach langem, hartem Kampf mit dem Tod, auf den wir uns lange hatten vorbereiten können, und der dann doch so plötzlich kam, so unfassbar. Warum gerade sie, warum sie und nicht ich? Es riss mir den Boden unter den Füßen weg, nahm mir meinen ganzen Lebensinhalt, den Sinn meines Lebens. Wir waren so eng einander verbunden, dass es nur logisch gewesen wäre, wenn ich mit gestorben wäre. Aber ich musste zurückbleiben, mich hatte das Schicksal auserkoren, alleine zu bleiben, alleine in einem luftleeren Raum, der an Sinnlosigkeit nicht mehr zu überbieten war. Und das so oft beschriebene Tal der Tränen, war ein Meer aus salzigem Augenwasser, in dem ich gerne ertrunken wäre.
Sam wollte meinen Schoß wieder verlassen, war sich aber zu unsicher, auf den ungewohnten Boden zu springen. Ich hob ihn hinunter. Er sah mich fragend an und, da ich keine Anstalten

machte aufzustehen, legte er sich hin und blickte auf das an uns vorbeigleitende Meer. Ich könnte eine Armada von Schiffsnamen aufführen, mit denen wir die Ostsee befahren hatten. Immer wieder, jahrein, jahraus. Und die Schiffe wurden immer größer und schöner. War die Finnjet lange Zeit das größte und schnellste Fährschiff, folgten ihr bald noch größere. Nie hatten wir an ihrer Sicherheit gezweifelt, fühlten uns immer sicher aufgehoben. Ja, wir verschwendeten nie auch nur einen Gedanken daran, dass irgend etwas passieren könnte. Bis zu diesem Tag, an dem die Estonia sank. Es war ein Alptraum, der sich in unsere Gehirne für lange Zeit einbrannte. Nächtelang konnte ich nicht schlafen. Sah mich immer wieder vom Wasser umspült ins tiefe Meer versinken, schreckte hoch, Schweiß durchnässt und hörte mein Herz wie wild rasen. Panikattacken durchfuhren meinen Körper, trieben mir das blanke Entsetzen in die Augen.
Wir fühlten uns danach nicht in der Lage, die Fahrt von Travemünde direkt oder von Stockholm nach Helsinki durchzuführen, vorbei an der Stelle, an der die Estonia auf dem Meeresgrund lag. Wir buchten Tagesfahrten von Stockholm nach Turku, um dem Untergang wachen Auges ins Antlitz schauen zu können. Aber wir wachten vergebens und kamen wohlbehalten in Turku an. Es dauerte lange, bis die Verunsicherung aus uns wich und wir wieder Schiffe buchten, die Helsinki anliefen.
Nun saß ich hier auf eines dieser Fähren und wartete darauf, dass die Bucht Helsinkis auftauchen und ich die grüne Kuppel des Domes erspähen würde. Doch es trennte uns noch eine Nacht und ein ganzer Tag. Dabei wünschte ich mir, das Schiff schon verlassen zu dürfen, hinaus zu rollen in einen lauen Sommerabend, vielleicht noch einmal eine kleine Rundfahrt durch Helsinki zu machen, alle Plätze zu besuchen, die ich dort so liebte, den Wagen abzustellen und mit Sam einen Spaziergang zu machen, mich zu erinnern, wie glücklich Sylvia und ich hier immer waren. Aber ich wusste genau, so wie sich der Bug des Schiffes öffnete, hätte ich nur noch ein Ziel, und das war mein Haus in der Nähe von Lemi. Und plötzlich kam Freude in mir auf, als ich daran dachte, die Sauna aufzuheizen,

auf den heißen Steinen des Ofens einen Ring Gekochte zu garen, ein kühles Bier dazu und vom Steg in den See springen zu können. Aber dann sah ich mich dies alles alleine machen, niemanden, der dieses momentane Glück mit mir teilte.
Ich bückte mich und streichelte Sam. Auch er wäre froh, das Schiff verlassen und in den erfrischenden See laufen zu können. Er war ein leidenschaftlicher Schwimmer, der gerne und ausgiebig im Wasser tollte. Bei Leidenschaft fiel mir ein, dass ich ein Rabenhundevater war, denn Sams andere Leidenschaft war das Fressen und das hatte ich vergessen. Die ungewohnte Umgebung ließ auch ihn vergessen, was für ihn seit über zwei Stunden überfällig war, sonst hätte er schon lange auf sich aufmerksam gemacht und mich so lange bedrängt, bis ich ihn endlich gefüttert hätte. Braver Junge, sagte ich ihm, bist ein tapferes Kerlchen, wirst für dein Warten jetzt auch belohnt. Komm, wir gehen in die Kabine, da bekommst du erst einmal eine Extraportion. Ich stand auf und gab ihm das Zeichen zum Mitkommen. Der Wind zerzauste mein weißes Haar und ließ den leichten Windblouson, den ich umgehängt hatte, flattern. Die Dämmerung brach bereits herein, während die Sonne hinter Wolken am Horizont verschwand.

3.

Ich hatte schlecht geschlafen. Immer wieder war ich aufgewacht, hatte mich herumgewälzt, aufpassend, Sam, der zu meinen Füßen eingekauert lag, nicht aus dem schmalen Bett zu stoßen. Obwohl das Meer ruhig war und das Schiff mit stetiger Geschwindigkeit dahinglitt, fand ich keine Ruhe. Das war so wie in den Tagen und Nächten, als sich Sylvias Krankheit als bösartig herausgestellt hatte und sich der Verlauf ihres restlichen Lebens abzeichnete. War die erste Phase ein Wechselbad zwischen Hoffen und Bangen, erfasste mich schließlich eine lähmende Leere, die mich nachts wach hielt, jegliche Müdigkeit meinem Körper entzog und mich stundenlang an die Decke starren ließ, ohne dass konkrete Gedanken sich formen wollten. Erst später kamen die Tränen dazu, als ich mir bewusst wurde, dass der geliebte Mensch neben mir unaufhörlich dem Tode näher schritt, ohne dass es die geringste Chance gab, ihren Werdegang in irgendeiner Weise zu beeinflussen. Man konnte ihr nur noch die Schmerzen nehmen. Oft war ich versucht, sie dann in die Arme zu schließen, an mich zu drücken, sie nie wieder loszulassen, dass der Tod, wenn er dann käme, uns beide hätte mitnehmen müssen. Aber die Angst, sie wecken zu können, ihre Erholphase, letzte Kräfte für den nächsten Tag zu sammeln, zu stören, ließen sie mich nur stumm beobachten und in Gedanken ihre Wangen streicheln. Es ist alles nur ein böser Traum, sagte ich mir immer wieder, morgen früh, wenn du nach kurzem Schlaf aufwachst, entpuppt sich alles als Ängste deines Hirnes. Aber ihre schwindende Kraft zeigte am Morgen, dass die Wirklichkeit viel schlimmer als die Träume war.

„Du musst für uns weiterleben", sagte sie immer, was mir spontan die Tränen in die Augen trieb, mich an sie klammern ließ, um sie für immer festzuhalten. „Pass auf, dass die Braunen nicht zu viel Blödsinn machen", gab sie mir mit auf den Weg, so als wenn ich in der Lage gewesen wäre, dieses Pack aufzuhalten. Sie wäre es vielleicht gewesen, denn sie war eine starke Frau, deutsche Durchsetzungskraft und finnischer Sisu waren in ihr vereint. Was sie anpackte, das gelang ihr. Sie

setzte sich immer gegen Widerstände durch, war in der Lage, Ablehnungen zu ignorieren und Vorurteile zu durchbrechen. Ich richtete mich immer wieder an ihr auf. Sie war mein Leuchtturm in der Brandung, ohne dass sie herrschsüchtig und dominant war. Sylvia, mein Leben.
Ich erhob mich, rieb die aufkommenden Tränen aus den Augen. Nicht wieder, nein, nicht wieder. Es muss doch mal Schluss sein. Ich konnte ihr doch nicht nur noch nachweinen. Komm, Sam, tröste Herrchen. Ich zog ihn zu mir, drückte seinen warmen Körper an mich und streichelte ihn. Der Trost der aus seinem Körper in mich floss, ließ mich seufzen. Ich weiß, du hast Hunger und musst pieschen. Gleich bist du dran, dann kümmere ich mich um dich.
Draußen schien die Sonne. Das Meer glitzerte. Ich verspürte keine Lust aufzustehen, hätte bis zur Ankunft in Helsinki im Bett liegen bleiben wollen. Aber Sam musste sein Geschäft verrichten und zu fressen bekommen. Also setzte ich meinen kleinen Freund auf den Boden und drehte mich widerwillig aus dem Bett.
Wie konnte es draußen nur so ein schöner Tag sein! Das Schiff schien, dem langsam vorbeiziehendem Horizont nach zu urteilen, wie eine Schnecke dahinzukriechen. Aber sah ich steil nach unten aus dem Fenster, schoss das durchfurchte Wasser nur so an mir vorbei. Ich erledigte meine Morgentoilette, während Sam unruhig wurde und mich zur Eile mahnte. Ich versuchte ihn zu beruhigen und zog mich schnell an, denn ich wusste, dass ihm seine Blase drückte und es nun doch pressierte. Er kannte einen festen Rhythmus, den ich durchbrochen hatte. Es galt für mich aufzupassen, dass ihn unterwegs zum Hundeklo nicht irgendwelche Düfte zum Pinkeln veranlassten. Ich leinte ihn an und beeilte mich, mit ihm aus den Gängen an Deck zu gelangen.
Auf Deck empfing uns ein warmer Wind, der nur hin und wieder von etwas kühlerer Luft durchwoben war. Sam erledigte sein Geschäft dort, wo es für Hunde vorgesehen war, und sah mich dabei zufrieden an. Er konnte lächeln, ich sah es seinen Augen an. Nun nur noch füttern, dann war seine Welt wieder in Ordnung. Auch er hatte unter dem Tod seines Frauchens gelit-

ten, war wochenlang nicht mehr der kleine, ausgelassene Kerl, der durch die Wohnung rannte, Spaß am Spielen hatte, am liebsten mit einem Tennisball durch die Gegend tobte. Er lag nur herum, weinte und seufzte, wartete immer wieder vor der Tür, dass seine Bezugsperson nach Hause kommen würde, dass er in stürmischer Begrüßung an sie hochspringen, mit vollem Jubel kläffen konnte. Aber sie kam nicht mehr. Sein Warten war vergebens. Nur hin und wieder horcht er heute noch hoffnungsvoll auf, wenn er glaubt, vertraute Geräusche wahrzunehmen. Ich begleitete ihn in die Kabine und gab ihm seine Morgenration, na ja, weil es ein besonderer Tag war, vielleicht ein bisschen mehr. Dann ließ ich ihn alleine fressen und ging in die Cafeteria, um selbst ein wenig zum Frühstück zu holen.
Ich hatte mich noch immer nicht daran gewöhnt, dass neben finnischen und deutschen Lauten auch osteuropäische Sprachen und hier vor allem Russisch auf dem Schiff gesprochen wurde. Der Argwohn, der sich gegen diese Menschen, die mir nie etwas getan hatten, in mir aufgebaut hatte, war bei aller Aufgeschlossenheit geblieben. Zu tief saßen die Ressentiments, die ich schon von Kindheit an eingetrichtert bekommen hatte. Diese Menschen von dort drüben hatten unser Vaterland überfallen, hatten uns um unsere östlichen Landstriche beraubt. Man sah sie am liebsten in ihrem eigenen Land, aber nicht auf heimatlichem Boden.
Damals, als sie die Grenzen zum Osten öffneten, geriet vieles durcheinander. Das normale Gleichgewicht war gestört, die Menschen waren orientierungslos. Die aus dem Osten glaubten, im Westen ihr lange vorenthaltenes Glück zu finden. Sie fühlten sich bemüßigt, uns wieder zu überfallen. Mit ihnen kamen die Horden von Vandalen, die durch die finnischen Wälder zogen, Sommerhäuser ausraubten und verwüsteten. Mit der Zeit hatte sich das Gott sei Dank von selbst reguliert. Die Überfälle wurden weniger, aber die russische Mafia hatte sich breit gemacht, mit ihren Bündeln von Geldscheinen vieles aufgekauft, viele Häuser an der Ostgrenze fielen in ihre Hände, Autohäuser von Nobelkarossen erlebten einen wahren Boom. Diese Leute hatten es nicht nötig, ihre Autos zu stehlen, sie kauften sie mit Dollarscheinen. Doch die Freundschaft der

Menschen konnten sie sich nicht kaufen. Der gesunde Argwohn des normalen finnischen Bürgers war gegenüber den Menschen aus dem Osten geblieben. Ein Russe blieb nun einmal ein Russe, auch wenn man ihn in Butter briet, so sagte ein finnisches Sprichwort. Gut, Geschäfte hatte man immer miteinander gemacht, aber darum musste man sich nicht unbedingt verbrüdern, auch wenn man seinen Nachbarn ironisch als den großen Bruder bezeichnete.

Ich hatte in der Cafeteria diese finnischen Zigeunerinnen mit ihren weiten Röcken und vielen Gören erwartet, die sich überall breit machten und rotzfrech waren. Aber als ich diese nicht erblickte, wurde mir bewusst, dass die ja weniger auf der Finnjet als viel mehr auf der Strecke zwischen Schweden und Finnland verkehrten. Ich mochte dieses Volk nicht, das sich auf Kosten der Allgemeinheit durchschlug und immer fordernder wurde. Man hätte ihnen rechtzeitig Einhalt gebieten müssen – so wie in Deutschland – erschrak ich, und mir wurde bewusst, was ich da gerade gedacht hatte. Nein, das war es nicht, was ich wollte. Ich wollte einen Mittelweg, mit gerechten Mitteln eine sichere Ordnung. Aber wo war dieses noch möglich? In Deutschland hatten sie aufgehört, demokratisch zu denken. Aus dem Osten des Reiches hatte sich die braune Pest über das ganze Land verbreitet, hatte bereits viele Gemeinderäte besetzt und war auf Bundesebene immer stärker im Kommen. Die Leute rannten wieder mit geduckten Köpfen und dem Finger vor dem Mund durch die Straßen. Nur nicht auffallen und sich unbeliebt machen, das könnte sich eines Tages rächen. Man hatte jegliche Courage im Durcheinander ihrer Rumpelkammern versteckt. Wo waren sie geblieben, die anfänglich auf die Straße gingen, um gegen sie zu protestieren? Alle hatten sich verkrochen und die Straße den bestiefelten Glatzköpfen, denen wieder Haare gewachsen waren, überlassen, die in ihrem beschränkten Denkvermögen alles Fremde für ihr Versagen verantwortlich machten. Waren es erst vereinzelte Asylantenheime, die sie nieder brannten, jagten sie schließlich ungesühnt Menschen anderer Hautfarbe durch das Land und, wo sie sie trafen, gab es auch schon mal Verluste, ohne dass ein Kläger sich erhob.

„Geht es hier wohl noch mal weiter", ermahnte mich eine deutsche Stimme, als ich gedankenversunken vor dem Kaffeeautomaten verharrte. Ich drückte, ohne zu antworten, auf den Knopf der Maschine und ließ mir einen Becher mit Kaffee volllaufen, suchte mir zwei Brötchen, ein wenig Butter, Käse und Marmelade zusammen, goss mir ein Glas mit Milch voll, weil ich mich an meine finnische Herkunft erinnerte und zu einem finnischen Mahl immer ein Glas Milch gehörte, bezahlte an der Kasse und ging mit meinem Tablett zurück in meine Kabine, denn Sam sollte nicht zu lange alleine bleiben.
Auf dem Gang horchte ich, ob er weinen oder kläffen würde, aber er war ruhig. Als ich die Tür aufschloss, begrüßte er mich freudig, ohne an mir hochzuspringen, war nur sehr neugierig, was ich mitgebracht hatte. Ich ließ ihn kurz das Tablett beschnuppern und wies ihn dann zurecht. Er gehorchte, setzte sich und beobachtete mich, wie ich frühstückte. Ich blickte aus dem Fenster, sah, wie wir gerade ein Küstenmotorschiff überholten, das ebenfalls in Richtung Finnland unterwegs war.
Die Geschichte wird sich in Deutschland nicht wiederholen, höre ich noch die Politiker sagen. Ich hatte immer daran geglaubt, dass sich die Geschichte in Zeitabläufen kopiert, dass das aber so schnell gehen würde, hatte ich nicht befürchtet. Ich wähnte mich in meinem Leben sicher, aber die Zeit war in vielen Dingen kurzlebiger geworden und die Wiederholungen kamen fast so häufig wie das wiederholte Fernsehprogramm. Ich fragte mich, wann kippte es eigentlich zum Negativen, ab wann war der Widerstand gebrochen, ab wann konnten sie sich ungehindert verbreiten? Es ging mit einem Mal so schnell, dass es schwer wurde, den Zeitpunkt zu bestimmen. Die tragischen Ereignisse von New York hatten dazu beigetragen, dass sie Aufwind bekamen, dass der Hass gegen alles Fremde geschürt wurde. Und plötzlich saßen sie überall, leuchteten ihre polierten Glatzen in jeder Ecke, wie die Glühwürmchen bei Nacht; dröhnten ihre Stiefel über den Asphalt und schlugen ihre Knüppel eine blutige Schneise durch ausländische Mitbürger. Und wo war ich? Wo war meine Courage? Hatte ich doch immer gegen dieses Pack gewettert und sie verdammt. Warum war ich nicht auf die Straße gegangen und hatte gegen sie pro-

testiert? Warum habe ich keinen Knüppel in die Hand genommen und sie aus dem Land geprügelt? Aus dem Land, dessen Staatsbürger ich nicht war, dem ich mich aber mehr als verbunden fühlte, das für mich zur Heimat geworden war. Ich verspürte so etwas wie Ohnmacht und Wut machte sich in mir breit. Es war ja wieder einmal nicht die breite Masse, die sich für diese Hirngespinste engagierte, es war eine kleine Meute, die durch Angst und Schrecken die Masse zum Schweigen brachte. Die Hauptfiguren hatten aus dem Hintergrund agiert, die verdummten Knüppelknechte zum Aufbereiten ihres Feldes geschickt, bis sie dann aus ihren Löchern hervorgekrochen kamen und ihre vordergründigen Parolen hinausbrüllten. Schuldige an Missständen fand man immer und Vertuschung der eigenen Schwächen war schon immer eine Stärke der Demagogen. Ich hasste sie, diese Schmalspurdenker, die mit ihren angeborenen Scheuklappen weder rechts noch links geschweige denn nach hinten blicken konnten, die nur hohle Phrasen droschen und noch nicht einmal ihre Muttersprache beherrschten, die sie glaubten, verteidigen zu müssen. Doch sie trafen mit ihren Parolen auf ein frustriertes Volk, das durch Massenarbeitslosigkeit, soziale Ungerechtigkeit, hohe Steuerlast und unglaubwürdige, korrupte Politiker den Glauben an die demokratische Gerechtigkeit verloren hatte. Sie waren ihrer Politiker überdrüssig und wollten eine radikale Erneuerung. Soziale Gerechtigkeit für deutsche Bürger.

Dass dieser radikale Wandel dann zu einem Flächenbrand ausartete, war sicherlich nicht gewollt. Aber das, was man nicht wollte, konnte man gegen den Sturm, der durch das Land fegte, nicht wieder vertreiben. Man hatte seine Wahl getroffen, aus Trotz und Überdrüssigkeit, hatte nicht die negativen Folgen bedacht. Und ich sollte sie davor bewahren, erneut ins Verderben zu rennen? Wie konnte ich arme, finnische Gestalt, die es gewohnt war, sich anzupassen und zu kuschen, mich erheben und ihre eigentlichen Werte, die ja lohnenswert waren, verteidigt zu werden, vor dem Untergang retten? Es schien ein bedauerliches Missverständnis, meine Liebe zu den Deutschen und zu allem Deutschen. Warum waren sie nicht in der Lage, sich selbst von dieser Pest zu befreien?

Ich starrte hinaus auf das Meer, das uns verband und doch trennte, hatte über all diese Gedanken mein Frühstück vergessen. Der Kaffee war nur noch lauwarm, aber ich schluckte ihn hinunter, biss in mein Käsebrötchen und genoss das erste Mal seit langem wieder den Geschmack finnischer Milch, die doch anders schmeckte als die deutsche. Wenn Sylvia noch die Kraft gehabt hätte, sie wäre in der Lage gewesen, die Welt zu ändern; sie hätte diese Irregeleiteten aufgehalten, sich ihnen entgegengestemmt und sie zur Räson gebracht. Aber mit dem Verfall Sylvias wich auch die Widerstandskraft des deutschen Volkes. Sylvia als Symbolfigur des Niederganges Deutschlands, ich musste trotz der makaberen Symbolik lächeln. Meine Sylvia, ich war Gott dankbar für jede Minute, für jede Sekunde, die ich mit ihr verbringen durfte, und ich war mir sicher, würden wir uns in einem neuen Leben wieder begegnen, ich würde ihr genauso verfallen wie damals, als ich sie am Sommerstrand unter all den deutschen Mädchen erspähte, die ihre Ferien bei uns verbrachten und ausgelassen Volleyball spielten. Meine ganze Sicht reduzierte sich auf dieses eine Mädchen, radierte alle anderen Anwesenden aus, es gab nur noch sie für mich. Und damit kreisten all meine Gedanken um das Problem, wie ich es anstellen könnte, ihre Aufmerksamkeit auf mich zu lenken, mit ihr ins Gespräch zu kommen. Bei meiner mir angeborenen Schüchternheit ein schier aussichtsloses Unterfangen. Ich hoffte, ein Ball würde zu mir springen, den ich ihr persönlich übergeben könnte. Sie würde mich erstaunt ansehen, das Spielfeld verlassen und zu mir kommen, mich an die Hand nehmen und mit mir spazieren gehen in geistiger Übereinstimmung. Aber nichts dergleichen passierte. Ich saß etwas abseits, beobachtete sie und behielt auch dann noch meine Scheu, als das Spiel endete und die Gruppe der Mädchen wild kreischend in den See lief. Lauf ihr nach, das ist die Gelegenheit, sagte mir meine innere Stimme. Aber ich wagte nicht, ihr hinterherzulaufen. Auch als das Gekreische verstummte und die Mädchen sich abtrockneten, in den Umkleidekabinen sich anzogen und gemeinsam zum Essen gingen, saß ich noch immer da mit brennender Seele und hätte über meine Schüchternheit heulen können.

„Tauno, wo bleibst du denn?", schreckte mich meine Mutter, die in den Sommermonaten in der Küche des Ferienlagers arbeitete, hoch. „Du wolltest mir doch helfen. Also komm, beeile dich."
Ich zog mich schnell an und lief ihr nach. Angst erfüllte mich. Wenn dieses Mädchen mich in der Küche sehen würde! Schamesröte stieg mir in den Kopf. Mit so einem würde sie sicherlich nichts zu tun haben wollen. Die Deutschen waren doch alle etwas Besseres gewohnt. Und ich, dieses pickelige, finnische Waldbürschchen, bildete mir ein, mit so einem Mädchen anbändeln zu können.
„Nun beeile dich!", ermahnte mich meine Mutter.
Ich ließ alle Gedanken fallen und ergab mich meinem Schicksal. Im Speisesaal übertönten deutsche Laute finnisches Schweigen. Ich lugte noch einmal durch die Tür und erspähte ihren dunkelbraunen Haarschopf, der zu einem Pferdeschwanz zusammengebunden war. Meine Mutter und die anderen Frauen waren damit beschäftigt, das Essen auszugeben, während ich mich im hinteren Bereich der Küche mit Aufräumarbeiten beschäftigte, aufpassend, nicht in den Blickwinkel der Gäste zu gelangen.
Aber irgendwie passierte es im Laufe der Mittagszeit dann doch, dass ich an die Essensausgabe gelangte und plötzlich stand sie vor mir, fragte mich, ob sie wohl noch Kartoffeln bekommen könne. Ich starrte sie mit hochrotem Kopf und geöffnetem Mund an, verstand nicht, was sie wollte. Alle Blicke schienen in diesem Moment auf mich gerichtet zu sein. Die Mädchen an den Tischen kicherten und Sylvia lächelte mich an und sagte: „Peruna, olkaa hyvä".
Ich glaube, ich errötete noch mehr und radebrechte in meinen paar Brocken Deutsch, die ich bisher in der Schule gelernt hatte: „Ich verrstähe." Nach einem kleinen Zögern rannte ich dann, ihr die gewünschten Kartoffeln zu holen.
„Du sprichst ja Deutsch", sagte sie, als ich ihr die Kumme übergab.
Nur nicht erröten, dachte ich, aber als ich ihr antwortete, dass ich nur ein bisschen spreche, stieg mir wieder die Hitze ins Gesicht. Sie besaß den Anstand, es zu ignorieren. Sagte nur

noch etwas, was ich nicht verstand, und ging zurück zu ihren Freundinnen. Die Mädchen steckten die Köpfe zusammen, tuschelten hinter vorgehaltener Hand und sahen zu mir herüber. Ich beeilte mich, aus ihrem Blickfeld zu gelangen, verkroch mich hinter das Haus und war unsagbar glücklich, mit ihr ein paar Worte gewechselt zu haben, von ihr registriert worden zu sein. Und doch war ich todunglücklich über meine eigenen Unzulänglichkeiten und die mir scheinende Perspektivlosigkeit.

Als ich aufwachte, lag Sam eingekauert in meinen Kniekehlen. Ich blinzelte durchs Fenster und sah noch immer auf einen blauen Himmel. Es war früher Nachmittag. Ich hatte den Mittag verschlafen. Es war mir recht, so brauchte ich nicht mehr allzu lange auf unsere Ankunft in Helsinki zu warten. Was ist, Sam, fragte ich meinen Kumpel, wollen wir noch mal raus? Er sah mich an, wedelte mit dem Schwanz. Auf dem kleinen Tisch der Kabine lag noch das Tablett mit dem Frühstücksgeschirr, das ich zurück in die Cafeteria bringen musste. Zuerst sollte aber mein Freund zu seinem Recht kommen. Ich stand auf, legte ihm das Halsband an und befestigte die Leine. Sam streckte sich, gähnte und rollte seine lange Zunge. Feiner Junge, sagte ich ihm und streichelte seinen Kopf. Ich hielt ihn in den Gängen eng bei Fuß und trug ihn die steileren Treppen hinauf.
Draußen saßen die Menschen und sonnten sich. Der Wind war warm. Das stete Motorenbrummen der Schiffsdiesel verbunden mit der Vibration des Schiffes waren mir eine vertraute und angenehme Bekanntschaft. Es hatte etwas mit Heimatverbundenheit zu tun und gehörte als Bindeglied meiner beiden Welten zu mir. Das war das Geräusch und Gefühl der sich vereinenden Heimaten. Unsere Länder lagen nun einmal so weit auseinander, dass man sie nicht mit einer Autofahrt erreichen konnte, es sei denn man war Abenteurer und wählte den Weg über das Baltikum und Russland. Ich hatte es zu Anfang, als die Grenzen geöffnet wurden, mal erwogen. Aber dann hörte man schnell Schauergeschichten über die schlechten Verkehrsbedingungen und wegelagernden Banditen. Außerdem war es

eine mühselige Angelegenheit, die es nicht lohnenswert schien, erlebt zu werden. Mir waren die bekannten Wege und Fährverbindungen lieb geworden, sie gehörten zur Zeremonie des Sich-Näher-Kommens.

Sam hatte sein Geschäft auf dem dafür vorgesehenen Platz verrichtet. Nun besaß er auch wieder die Gelassenheit, neben mir zu liegen und der Dinge, die da auf uns zukamen, zu harren. Ich hatte ihn für die Jagd abrichten wollen, denn ich spürte von Anfang an, dass er ein intelligentes Tier war, das seine Beschäftigung brauchte. Er war ein ausdauernder Stöberer und an allem äußerst interessiert. Aber Sylvia legte energisch Widerspruch ein: „Was willst du auf deine alten Tage noch jagen", hatte sie gesagt, „und mit unserem Hund schon gar nicht. Unsere Hunde sind allesamt Kriegsdienstverweigerer, da werden wir auch jetzt keine Ausnahme machen." Damit war die Angelegenheit vom Tisch. Ich machte noch einen zaghaften Versuch des Einwandes, aber sie wischte meine Erinnerung an meinen Vater, der mir das Jagen beigebracht hatte, mit einer Handbewegung weg. So blieb auch Sam Antimilitarist und konnte seine sicherlich gute Veranlagung zum Jagen nicht ausschöpfen.

Mein Vater hatte mich oft zur Jagd mitgenommen, auch wenn ich nicht den selben Gefallen daran finden konnte wie er. Doch es schien meine Pflicht als finnischer Sohn, die Natur zu hegen und zu pflegen, aber auch aus ihr Nutzen zu schöpfen. So begleitete ich meinen Vater mehr als seinen Hilfsjäger denn selbst als Jagender. Die Enten und Fasane, die ich erschoss, konnte man über die Jahre an zwei Händen abzählen. Zur Elchjagd habe ich mich dann doch geweigert mitzugehen. Ich wollte nicht mit ansehen, wenn diese mächtigen Tiere getötet wurden, das war mir zu viel Leben, das gemordet wurde. Mir war verständlich, dass man die Überhand nehmende Population in Grenzen halten musste, aber ich wollte auf so großes Leben nicht schießen. Meine Freunde hänselten mich deswegen, doch das war es mir wert. Nein, Enten, Fasane und Rebhühner gerade noch, aber alles, was größer war, brauchte sich vor meiner Flinte nicht zu fürchten. Mein Vater hatte es seufzend zur Kenntnis genommen. Akzeptiert hat er es wohl nie. Wie er so

manche meiner Entscheidungen nicht akzeptieren wollte.
Die größte Enttäuschung seines Lebens war es, dass ausgerechnet sein Sohn ein deutsches Mädchen heiraten und seine Heimat verlassen musste, um in ein ihm fremdes Land zu ziehen. Er hatte nichts gegen Deutsche, nein, das nicht, aber die eigenen Menschen und die Heimat waren eben doch etwas Zuverlässiges, das man kannte und dem man vertraute. Jeder Fremde wurde, wenn auch nicht offen, so doch hinter freundlicher Miene, mit Misstrauen bedacht. Und kam dieser noch aus dem Osten, dann war er von vornherein als Verbrecher abgestempelt. Im Krieg hatte mein Vater gegen die Russen gekämpft, hatte versucht, finnische Heimat gegen die östlichen Eindringlinge zu verteidigen. Zweimal wurde er verwundet. Genutzt hat es letztlich keinem. Der Russe hatte uns Karelien und ein paar andere Landstriche geraubt, aber auch durch Gottes Fügung uns unsere Unabhängigkeit und Freiheit gelassen.
Ein paar grölende, betrunkene Jugendliche, die ausgelassen über das Deck liefen, erschreckten Sam, so dass er kläffte. Ich beruhigte ihn, redete ihm gut zu und streichelte ihm den Kopf. Er legte sich wieder, lugte aber misstrauisch nach beiden Seiten. Wir näherten uns immer mehr Helsinki. In drei Stunden sollten wir anlegen. Eine schon lange nicht mehr gekannte Vorfreude und Aufgeregtheit bemächtigte sich meiner, gemischt mit ein paar Tropfen Beklommenheit. Ich freute mich auf die Einfahrt nach Helsinki, wenn wir vorbei an Suomenlinna in den Südhafen gleiten würden, mein Blick auf den Marktplatz und die Parlamentsgebäude fallen und über allem die grüne Kuppel des Domes erblicken würde. Ich liebte diesen Anblick, er symbolisierte so viel Heimatgefühl, dass ich in Gedanken daran oft sentimental wurde. Ich freute mich auf die Fahrt durch finnische Wälder, sah vor meinen Augen den See, an dem mein Haus lag und wurde dann doch wieder von der Gewissheit erfasst, alles nur noch alleine mit Sam bewundern zu dürfen. Sylvia war nicht mehr an meiner Seite. Das wiederum fraß die Freude auf und Beklommenheit blieb zurück.
Wie immer hatte ich viel zu viel alkoholische Getränke mitgenommen und in sämtliche Staunischen meines Kombis verstaut. Es war ein ewiges Versteckspiel mit dem finnischen Zoll,

denn trotz EU-Beitritts Finnlands hatte sich an der Alkoholpolitik wenig geändert. So forderten sie es praktisch heraus, dass man ihre Gesetze umging. Was sollte ich in der finnischen Einsamkeit ohne meine geliebten Weine und Cognacs anfangen? Vor allem die Weine waren mir in all den Jahren zu einem Grund-nahrungsmittel geworden, hatte mich da mehr der Lebensweise meines Gastlandes angepasst, wie in vielen Dingen, die ich annahm, und mich damit meiner Geburtsheimat mehr und mehr entfremdete. Nun versuchte ich mich wieder ihr zu nähern, mit all dem Ballast und den Mitbringseln einer anderen Gesellschaft. Wollte wieder in ihrem Schoß aufgenommen werden und fühlte mich doch wie ein fremder Eindringling, ein Sonderling und Ausgestoßener, der sich seiner Sünden bewusst war und um Vergebung bat. Es war schon ein merkwürdiges Gefühl, das mich beschlich, als sich der gewaltige Bug der Finnjet öffnete und mich das Maul dieses Schiffes in eine Welt hinausspie, die mir doch so vertraut und andererseits doch so fremd geworden war. Mir wurde mit einem Schlag bewusst, dass ich dieses Mal nicht nur zu Besuch sondern für immer heimatlichen Boden betrat. Irgend etwas schien sich in mir zu sträuben, den Bauch des Schiffes zu verlassen. Es war, als würde mich etwas aufhalten, mich zur Umkehr bekehren wollen, aber nun gab es kein Zurück mehr, der Strom der hinausrollenden Autos sog mich mit und setzte mich aus, ließ mir keine Chance, meinen einmal gefassten Entschluss zu korrigieren. Helsinki erstrahlte im schönsten Blau. Der Himmel hatte die Farbe des finnischen Kreuzes angenommen und schien sich über die Heimkehr seines verlorenen Sohnes zu freuen.

4.

Nichts hatte sich in all den Jahren am See geändert, vielleicht ein bisschen mehr Schilf, ein wenig mehr Seerosen, sonst nur die Änderungen der Jahreszeiten, die dem See und der Landschaft ihre Gewänder aufzwangen. Es waren auch keine neuen Sommerhäuser und Menschen dazugekommen, die den See hätten unruhiger werden lassen. Die Nachbarn, die hier wohnten, kannten sich, sprachen, wenn man sich zufällig traf, ein paar Worte miteinander, aber man besuchte sich nicht und drängte sich schon gar nicht auf. Das Haus war unberührt seit unserem letzten gemeinsamen Besuch mit Sylvia. Mein Vater hatte es vor über sechzig Jahren mit seinen eigenen Händen erbaut. Wir Jungen übten nur widerwillig Handlangerdienste aus, so wie wir es eben in unseren jungen Jahren konnten. Dreimal wurde es danach noch umgebaut, einmal von meinem Vater selbst, als sich auch seine Bedürfnisse und die meiner Mutter änderten, dann noch einmal von meinem Bruder Matti, der es für sich und unsere Besuche herrichtete, und den letzten Umbau hatte ich selbst vorgenommen, als ich das Haus nach Mattis Tod übernommen und deutschen Ansprüchen angepasst hatte. Das war auch schon wieder fünfzehn Jahre her, seit dem waren es nur noch Instandsetzungsarbeiten, die ich an meinem neuen Zuhause vorgenommen hatte.

Es stieg kein Rauch aus dem Schornstein des Saunahauses, wie es früher üblich war, wenn unsere Ankunft bekannt war. Niemand, der mich freudig winkend an der Straße empfing, niemand, der mit mir Leben ins Haus brachte, sah ich von Sam ab, der ungeduldig darauf wartete, aus dem Wagen gelassen zu werden, um im ungebremsten Lauf den Hügel hinunter mit einem Jubelschrei in den See zu springen. Noch nicht, Sam, sagte ich ihm, erst die Sachen ins Haus bringen, dann kannst du baden. Aber warum sollte er warten? Er würde mir nicht weglaufen, würde nur, wenn er genug geschwommen hätte, sein Sommerdomizil inspizieren, um sich zu erinnern, sofern Hunde eine Erinnerung an Plätze hatten. Ich ließ ihn laufen. Und wie geahnt, kannte er nur einen Weg. Ich schloss das Haus auf und verharrte. „Nun sieh zu, dass du mir die Klamotten reinschleppst", hörte ich Sylvia, die mich in gewohnter Weise ermahnte, nicht zu sehr an den Dingen fest zu hängen, sie zu betrachten und Erinnerungen zu wecken, sondern für die Gemeinschaft zu arbeiten. „Ja, ja", antwortete ich, „ich beeil mich ja schon." Ich wartete auf ihre Antwort, denn sie hatte darauf immer noch einen Kommentar. Aber ihre Stimme war verstummt, nur die Blätter der Birken und Pappeln rauschten im leichten Wind und unten im See hörte ich Sam schnaubend seine Runden im Wasser drehen. Irgendwann hätte er genug, würde pitschnass den dunklen Waldboden nach oben gelaufen kommen, sich schütteln, dass seine nähere Umgebung einen warmen Sommerregen erfahren würde, und seine schmutzigen Fußspuren würden sich auf der Terrasse, dem Holzfußboden des Wohnzimmers und den Flickenteppichen wiederfinden. „Pass auf, dass der Hund nicht reinläuft!", hörte ich Sylvia rufen. Aber war das jetzt noch wichtig? „Ich pass schon auf", antwortete ich und übertrat die Haustürschwelle.

Alles war noch so, wie wir es letztes Jahr verlassen hatten. Auf dem Esstisch stand in der Mitte die grüne, leere Rotweinflasche, in die Sylvia eine Kerze gesteckt hatte. Sie war zur Hälfte abgebrannt. „Schalt den Strom doch noch schnell ein, damit ich den Kühlschrank anstellen kann", rief Sylvia. Ich tat wie befohlen. Unten im See hörte ich es planschen, Sam kam herausgelaufen. Ehe ich ihm den Weg versperren konnte, war er an mir vorbei, und seine Fußspuren waren überall zu sehen. Sam, sagte ich matt, musste das denn sein? „Hab ich dir nicht gesagt, du sollst auf Sam aufpassen!", hörte ich Sylvia schimpfen. „Er ist so schnell an mir vorbei", rechtfertigte ich mich. Aber es war ja egal. Guck dir an, was du gemacht hast, sagte ich kraftlos zu Sam. Der schüttelte sich, dass die Wassertropfen flogen. Ich hatte das Gefühl, er wolle sich für das lange Eingesperrtsein während der Fahrt hierher rächen. Ich hätte den Wagen ausladen sollen, all meine Habseligkeiten ihren Platz zuweisen, aber ich hatte keine Kraft. Im Kamin lag noch Asche und Holzkohle vom letzten Sommer. Wie konnte mir so etwas passieren? Oder hätte ich fragen sollen, wie konnte es Sylvia passieren, mich nicht zur Säuberung des Kamins angehalten zu haben? Ich ließ mich in den Schaukelstuhl vor dem Kamin

fallen. Sam hangelte mit seinen nassen, schmutzigen Pfoten an mir hoch. Nein, Sam, nicht jetzt, wies ich ihn zurück und stieß ihn von mir. Draußen auf dem See schrie ein Prachttaucher seinen Lockruf. Auch ich hätte schreien können: Sylvia! Sylvia! Sylvia! Doch so sehr ich auch geschrien hätte, nie mehr würde sie meinem Lockruf folgen.
Am Tag, nachdem ich sie das erste Mal gesehen hatte, meldete ich mich freiwillig bei meiner Mutter zum Küchendienst. „Na nu, was ist denn jetzt in dich gefahren?", hatte mich Mutter staunend gefragt. Ich bekam einen roten Kopf und sie ahnte wohl, dass es die deutschen Mädchen waren, die mich interessierten. „Sie sind heute nicht da", sagte sie beiläufig und ich wusste, dass meine Hilfsbereitschaft umsonst war. Aber nun steckte ich in der Falle und musste mein Versprechen einlösen. Ich ärgerte mich, dass ich so vorlaut freiwillig Arbeit auf mich genommen hatte, die zu nichts führen würde. So trat ich meinen Mittagsdienst äußerst missgestimmt an. Was hätte ich alles Sinnvolles unternehmen können und nun vertrödelte ich einer Illusion wegen meine Zeit mit Küchenhilfsdiensten. Wie durchfuhr mich aber der Schreck und die Freude gleichzeitig, als ich in den Speisesaal blickte und Sylvia dort mit drei anderen Mädchen an einem Tisch saß. Jeglicher Frust war verflogen und alle Mühen waren tausendfach belohnt. Meine düstere Miene erhellte sich und die Arbeit machte plötzlich wieder Spaß. Ich hätte zu ihr laufen können, um ihr meine Freude auszudrücken, sie zu sehen. Aber verstohlen lugte ich zu ihr hinüber und bekam prompt von meiner Mutter eine Kopfnuss. „Was gaffst du da so zu den Mädchen", schimpfte sie, „sieh zu, dass du deine Kummen voll bekommst."
Sie musste an der Röte meiner Gesichtsfarbe gemerkt haben, dass sie mich ertappt hatte, sagte aber nichts. Ich füllte die Schüsseln mit Kartoffeln und stellte sie auf den Tresen. In diesem Moment kam Sylvia auf mich zu. Es war zu spät und zu auffällig, wegzulaufen, also blieb ich stehen und schob ihr eine Schüssel entgegen.
„Hallo", begrüßte sie mich.
Ich konnte nicht antworten, mir schnürte der Hals zu. Ich versuchte zu lächeln, was mir zu einem linkischen Grinsen ver-

rutschte.
„Hilfst du hier immer in der Küche?", fragte sie mich.
Es dauerte seine Zeit, bis meine Hirnzellen das Verstandene zu einem Sinn zusammenbauten. „Nein, nein", beeilte ich mich zu antworten, „nur während der Semesterferien", radebrechte ich auf irgendeine Weise und fügte nach einer kurzen Pause, in der ich nach den richtigen Worten gesucht hatte, hinzu: „Hin und wieder."
„Du studierst?", hörte ich sie fragen, während sie keine Anstalten machte, die Essensausgabe zu verlassen. Aus dem hinteren Küchenbereich ermahnte mich meine Mutter, meiner Arbeit nachzukommen. Ich war hin und her gerissen, wollte mit Sylvia sprechen, ohne ihre Sprache zu beherrschen, und hatte Angst vor Mutters Ermahnungen, die mich vor diesem Mädchen bloßstellen könnten. Aus dem Speisesaal riefen die Mädchen Sylvia und kicherten. Sie zögerte, wartete auf meine Antwort, aber ich hatte ihre Frage schon vergessen. Als ich all meinen Mut und meine Sprachkenntnis zusammenraffen wollte, um sie zu fragen, ob wir uns nicht nach dem Essen treffen könnten, wandte sie sich zögerlich ab und trug die Kartoffeln an ihren Tisch. Es gab übrigens nicht nur Kartoffeln bei uns zu essen, aber Sylvia schien für sie zuständig gewesen zu sein. So hatte ich wieder eine Chance verpasst, aber immerhin das Gefühl erhalten, dass sie sich auch für mich interessierte. Ab nun war ich nur noch am Überlegen, wie ich es anstellen konnte, sie zu treffen. Meine Konzentration richtete sich nur noch auf diese eine Sache. Der Küchendienst wurde mir mehr und mehr zur Last. Ich musste versuchen, vor ihr zum Eingang des Essensaales zu gelangen, um ihr gegenüber zu stehen, wenn sie das Gebäude verlassen würde. Nur mit diesem einen Gedanken im Kopf verrichtete ich die mir aufgetragenen Arbeiten in einer Eile, dass mich meine Mutter nicht wiedererkannte und lächelte. Hatte sie mitbekommen, um was es ging? Ihr Lächeln war so weise, dass ich mich hätte schämen müssen. Aber mir war alles egal. Immer wieder lugte ich verstohlen, was dieses Mädchen gerade machte. Beobachtete sie, wie sie aß, wie sie half, den Tisch abzuräumen und einen Wischlappen holte, um den Tisch zu wischen. Jetzt wurde es höchste Zeit, nach draußen zu

sprinten. Ich ließ alles stehen und liegen, überhörte die Ermahnungen meiner Mutter, rannte zum Küchenausgang und an der langen Seite des Gebäudes entlang. Als ich um die Ecke laufen wollte, prallte ich mit einem der Mädchen, die mit Sylvia am Tisch gesessen hatten, zusammen. Ich stürzte zu Boden und hörte nur ein Kreischen und Gejohle, dann sah ich drei Mädchengesichter, die auf mich herabblickten und wiehernd lachten. Das von mir angebetete war nicht dabei. Ich rappelte mich hoch, klopfte mir den Schmutz von der Hose und dem Hemd, und da kam sie. Die Tür öffnete sich, ihr dunkelbrauner Pferdeschwanz schaukelte hin und her, ihre vollen, roten Lippen, die sie sich gerade noch gefärbt haben musste, verzogen sich zu einem Lächeln, als sie mich sah. Die anderen Mädchen kicherten unablässig. Sylvia sagte ihnen etwas, was ich nicht verstand, aber diese albernen Gänse versuchten, ihre Albernheit hinter vorgehaltenen Händen zu verstecken und wendeten sich zum Gehen ab. Sylvia kam die Stufen zu mir herunter. Sie sagte mir etwas, was sich auf die anderen Mädchen bezogen haben musste. Ich zuckte mit den Schultern und hob die Hände, zum Zeichen, dass ich sie wieder nicht verstanden hatte. Dann sagte sie: „Dumme Enten", auf Finnisch und wir beide mussten das erste Mal zusammen lachen.

„Du sprichst ja Finnisch", erstaunte ich mich, sie aber winkte ab und erwiderte, „sehr wenig."

Wir einigten uns, unsere Konversation auf Englisch fortzuführen, was zwar auch seine Tücken hatte, aber mit Hilfe meines sehr lückenhaften Deutsches und ihrer paar Brocken Finnisch gelang es uns doch, ein sehr angeregtes Gespräch zu führen.

Es ist doch komisch, wie das Leben Menschen zusammenführt und man sofort weiß, dass man für einander bestimmt ist. Ich wusste es von dem ersten Augenblick an, als ich sie sah. Sylvia meinte zwar später immer, so ganz sicher wäre sie sich zu Anfang nicht gewesen, aber würde ihre These stimmen, hätte sie sich nicht an diesem Tag so angeregt mit mir unterhalten, dann wäre ich ihr gleichgültig gewesen und alles hätte einen anderen Lauf genommen. Nein, ich bin auch heute noch davon überzeugt, das Schicksal hatte es so gewollt, wir sollten unser Leben gemeinsam verbringen. Von diesem Tag an gab es für

uns nur noch einen gemeinsamen Weg, der sich zu Beginn zwar sehr häufig teilte, so dass jeder seine Nebenstrecke zur Zusammenführung alleine gehen musste, aber letztendlich führten unsere parallelen Wege immer wieder zusammen und vereinten sich.
„Tauno!", hörte ich Sylvia rufen, „Nun hol doch schon endlich die Sachen rein."
„Sofort, Schatz, einen kleinen Moment noch."
„Nichts da, sieh zu, dass du die Klamotten rein bekommst."
Widerwillig stand ich auf. Sam wälzte sich auf einem der Flickenteppiche.
„Nun scheuch den Hund schon raus", ermahnte mich Sylvia.
Sam, lass gut sein, sagte ich nur. Aber Sam scheuerte sich weiter. Ich winkte ab und ging nach draußen. Über den See zog eine Schar Möwen. Der Wind frischte etwas auf und trieb Wellenteppiche auf dem See vor sich her. Am Horizont über den Tannen zog von Osten eine Wolkendecke auf. Für den Nachmittag hatte der Wetterbericht Gewitter vorhergesagt. Ich sollte mich also wirklich beeilen, um alles trocken ins Haus zu bekommen. Ich schloss die Haustür, damit Sam nicht noch mehr Schmutz hineinbringen würde. Dieses Wagenauspacken und Einräumen hasste ich. Ich war froh, wenn ich mich auf das Hineinschleppen beschränken konnte, um Sylvia die Einräumarbeiten zu überlassen. Es gab immer genug andere Dinge, die ich erledigen konnte. Holz für den Kamin und die Sauna holen, dabei konnte ich mich so schön mit Erinnerungen aufhalten. Die Angeln, die im Bootsschuppen standen, erzählten jede für sich eine Geschichte, hatten alle schon gewaltige Kämpfe mit riesigen Fischen bestanden. Dann galt es, die Reusen auszulegen, damit eventuell schon am Abend sich Barsche oder sogar ein Hecht darin verfangen würden. Das hieß natürlich, dass erst das Ruderboot, das verkehrt herum an Land mit herausgedrehtem Stöpsel lag, benutzbar gemacht und ins Wasser gezogen werden musste. Oder das Boot mit dem Außenborder, das ich im Bootsschuppen festgemacht hatte, könnte zu Ausflugsfahrten vorbereitet werden. Da konnte schon eine schöne Zeit mit verbracht werden. Und wenn ich dann ins Haus zurückkehrte, hatte Sylvia Kaffee gekocht.

Nun aber musste ich alles alleine machen, niemand, der mir half, diesen ganzen Krempel einzusortieren. Auf dem See schrie ein Prachttaucher, dann das typische Flügelschlagen auf dem Wasser, ihre Schwimmfüße, die wie Schaufelräder um Startgeschwindigkeit kämpften, und schon sah ich ihn abheben und nach Norden fliegen. Heute Abend würden sie alle wiederkommen, sich auf dem See versammeln, um am frühen Morgen in ihre Gewässer aufzubrechen. Ein paar blieben hier, um unablässig nach Nahrung zu tauchen. Die Wolkendecke hatte den fernen Waldrand schon überschritten. Ich musste mich endlich beeilen.

Als Sylvia das Ferienlager verlassen musste, schien die Welt ihr Ende für mich zu finden. Wir hatten jede Möglichkeit ausgeschöpft, uns in den Tagen nach unserem ersten Gespräch zu treffen. Mein Ferienjob als Küchenhilfe litt sehr darunter und Mutter musste mir so manchen Tadel aussprechen. Die anderen Mädchen tuschelten und kicherten über uns, aber uns war es egal, wir saßen zusammen, erzählten und erzählten, fühlten uns zu einander hingezogen, ohne von einander lassen zu können. Erst am Abend, bevor Sylvia mich verlassen musste, berührten wir uns das erste Mal. Ich verspürte eine ungeheure Erregung in mir, schämte mich gleichzeitig ihrer und hatte doch nicht den Mut, sie in meine Arme zu nehmen. Ich glaube, wenn Sylvia mich nicht umarmt hätte, würde ich heute noch auf der Bank am See sitzen und mich nicht trauen, ihr meine wahren Gefühle zu zeigen. Aber diese eine Berührung ließ alle Dämme brechen. Wir schmiegten unsere Körper aneinander, ich spürte das erste Mal in meinem Leben die weichen Brüste eines Mädchens und den warmen Duft einer werdenden Frau. Unsere Lippen trafen sich zum ersten flüchtigen Kuss, der nach mehr, immer mehr schrie und die folgenden inniger und wilder werden ließ.

„Geh nicht fort", flüsterte ich, aber ihre Tränen verrieten mir, dass sie meinem Flehen nicht nachgeben würde.

Sie wird dich vergessen, wenn sie erst einmal wieder in ihrem fernen Deutschland ist, pocherte es in meinem Kopf. Sie wird sich wieder ihren Freunden zuwenden, anderen Jungen den Kopf verdrehen und du, du bleibst zurück und wirst ihr auf

ewig nachtrauern. All ihre Schwüre, die sie dir jetzt gibt, werden vergessen sein, wenn sie den finnischen Wald verlassen hat, nichts wird sie an dich erinnern. Du bist nur ein kleines, unbedeutendes Abenteuer in ihrem Leben, ein Nichts gegen all die anderen. Und ihre Tränen, die ihr jetzt vom Abschiedsschmerz, der vielleicht mehr vom Abschied einer schönen Ferienzeit denn von dir, die Wangen hinunterlaufen, sind vertrocknet, bevor die morgige Sonne am Horizont versinkt.
Mutter atmete auf, als der Bus mit den deutschen Mädchen das Ferienlager verließ. Endlich hatte sie ihren Sohn wieder, der verloren schien und nicht mehr zu gebrauchen war, seit dem er sich in dieses dunkelhaarige Mädchen mit dem unverschämt lebensfrohen Lachen auf den Lippen verknallt hatte. Sie war sich sicher, wenn der Sommer vorbei war, hätte er sie längst vergessen und würde sich wieder den wichtigen Dingen seines Lebens zuwenden. Doch die Normalität, wie sie von allen in meiner Familie verstanden wurde, wollte nicht mehr einkehren. Sylvia vergaß mich ebenso wenig wie ich sie. Wir schrieben uns seitenlange Briefe in einem Kauderwelsch aus Englisch, Deutsch und Finnisch, ohne dass wir einen Dolmetscher benötigten, denn da, wo man sich verstehen will, braucht man keine Übersetzung. Der Wille zur Verständigung lässt einem jede Sprache verstehen.
Im darauffolgenden Herbst hielt ich es ohne Sylvia nicht mehr aus und unterbrach mein Studium. Ihre Briefe genügten mir nicht mehr. Ohne das Wissen meiner Eltern kaufte ich mir eine Fährpassage nach Lübeck, billigster Deckplatz. Endlos schien der Kahn dahinzudümpeln, bösartig die Fahrt zu verlangsamen. Keine Abwechslung, die das Schiff bot, schien geeignet, die Wartezeit auf Sylvia zu verkürzen. Endlich, nach einer von Ungeduld geprägten Seereise, kamen wir in Lübeck an. Sylvia stand am Kai und winkte mir zu. Ich hätte über die Reling springen und ihr entgegenlaufen wollen, aber der deutsche Zoll stand davor, pflichtbewusst jeden Eindringling genauestens auf Verzollbares zu überprüfen. Außer meiner Liebe zu Sylvia, die nicht zollpflichtig war, hatte ich nichts bei mir, das mir hätte Schwierigkeiten bereiten können. Wie beim ersten Treffen standen wir uns abwartend gegenüber, doch dann war für Re-

serviertheit kein Platz mehr. Wir fielen uns in die Arme, herzten und küssten uns, wollten uns nie mehr aus den Armen lassen, nie mehr von einander trennen.
Doch es wurden noch viele Trennungen, bevor wir endgültig zusammenziehen konnten.
Sylvias Eltern nahmen mich mit aller Höflichkeit aber auch Reserviertheit in ihrem Haus auf. Die Angst, ihre einzige Tochter an einen fremden, ausländischen Knaben verlieren zu können, machte ihnen Sorgen. Was wollte dieser junge Mann aus dem fernen Finnland, von dem sie so wenig wussten - waren die nicht auch kommunistisch? - von ihrem kleinen Mädchen? Gab es da oben nicht genug eigene Frauen, dass er sich ausgerechnet für ihre Tochter interessieren musste? Aber ebenso wie die finnischen Eltern die Ängste um ihren Sohn darin zu beruhigen glaubten, dass es nur eine vorübergehende Episode mit diesem deutschen Mädchen sei, so glaubten auch Sylvias Eltern nur an eine kurzweilige Entgleisung ihrer Tochter. Das würde sich schon alles von selber regeln. Tat es auch, wenn auch nicht in ihrem Sinne.
Sie versuchten im Umgang mit mir sich so neutral wie nur möglich zu verhalten, nicht zu abweisend aber auch nicht zu freundschaftlich. Ich glaube, mir war es sowieso nicht wichtig, ich hätte auch ihre Abneigung ertragen, wenn ich nur bei Sylvia hätte bleiben können. Dass ich natürlich ihre Tochter bei den Studienbemühungen störte, war ihnen schon ein Dorn im Auge.
„Wie lange wollen Sie denn bleiben?", fragten sie dann auch.
Ich wusste es ehrlich gesagt selber nicht. Vielleicht, so zog ich in Erwägung, ja auch für immer. Entsprechend zögerlich und ausweichend war meine Antwort, was mit einem skeptischen Stirnrunzeln quittiert wurde.
„Verstehen Sie uns bitte nicht falsch, aber Sylvia muss studieren, das kostet uns viel Geld und sie kann sich keine Störung leisten."
„Vati", warf Sylvia ein, „nun sei nicht so unhöflich. Tauno behindert meine Studien nicht, im Gegenteil, er beflügelt mich und kann mir in der Zeit, in der er unser Gast ist, bei meinen finnisch-ugrischen Sprachstudien behilflich sein, nicht Tauno?"

Ich hatte das Gespräch nicht ganz verfolgen können, aber eine Frage, die eine Bejahung herausforderte, hatte eine Bejahung verdient.

„Du weißt aber, dass wir nächste Woche Tante Hilde zu Besuch bekommen, da brauchen wir das Gästezimmer und ihr könnt nicht zusammen in deinem Zimmer schlafen."

„Das bekommen wir schon geregelt, Mama, da mach dir man keine Sorgen."

Ich saß dazwischen, verstand nicht viel, spürte nur, dass es irgendwie um mich und meinen Verbleib ging und meine deutschen Sprachkenntnisse waren noch so gering, dass es mir besser erschien, den Mund zu halten und Sylvia meine Interessen vertreten zu lassen.

Als wir uns auf Sylvias Zimmer zurückgezogen hatten, es war übrigens üblich, dass ihre Mutter von Zeit zu Zeit an die Tür klopfte oder irgend eine Belanglosigkeit von Sylvia erfragen musste, nur damit wir nicht auf dumme Gedanken kamen, fragte auch Sylvia, wie ich mir den weiteren Werdegang vorgestellt hätte. Da musste ich tatsächlich das erste Mal überlegen, wie es nun weitergehen könnte.

„Wenn du mir versprichst, mich zu heiraten, dann beginne ich, meine und unsere Zukunft zu planen", antwortete ich.

Sylvia lachte, sah mich an und fragte, ob sie mich richtig verstanden hätte.

„Heirate mich", wiederholte ich, „lass uns einfach heiraten. Alles andere ergibt sich von selbst."

Sylvia lachte wieder. Ich liebte dieses Lachen, das so herzerfrischend und natürlich war, das ihre blauen Augen funkeln und ihre zum Pferdeschwanz zusammengebundenen dunkelbraunen Haare schaukeln ließ.

„Was willst du?", fragte sie.

„Dich heiraten."

„Und dann?"

„Was: und dann? Leben wir zusammen, kriegen Kinder und werden glücklich."

„Wenn das alles so einfach wäre, mein Schatz. Was ist mit unseren Studien? Wie hast du dir das alles vorgestellt?"

Bis dahin hatte ich mir noch gar nichts vorgestellt, aber wenn

sie „Ja" sagen würde, könnten wir beide unsere Zukunft planen.
„Sag ja, und wir machen alles, wie du es möchtest", sagte ich.
Sylvia wurde ernst. „Du meinst es wirklich, du scherzt nicht mit mir?", fragte sie.
„Nein," antwortete ich und kniete vor ihr nieder, „heirate mich und alles wird gut."
Sie streichelte mir über den Kopf. „Ach, Tauno, wenn das alles so einfach wäre."
„Es ist so einfach, man muss nur wollen. Willst du mich denn heiraten?"
Sie zögerte, wandte den Blick von mir und seufzte.
„Was ist, willst du mich heiraten?", drängte ich.
„Das ist keine Frage, die ich dir jetzt beantworten kann."
„Warum nicht? Entweder du willst oder du willst nicht, dann fahr ich morgen sofort wieder zurück."
„Ich habe mir bisher noch keine Gedanken darüber gemacht. Ich habe mir überhaupt noch keine Gedanken über das Heiraten gemacht."
„Liebst du mich denn?", fragte ich.
Wieder zögerte sie mit ihrer Antwort, sah mich nachdenklich an. „Doch, ich glaube schon," sagte sie schließlich.
„Wenn du mich liebst, dann heirate mich."
„Ich überleg es mir", sagte sie.
Am nächsten Tag sagte sie, während wir von der Uni nach Hause gingen, ja.
„Wie: ja?", fragte ich, ohne im Geringsten an unser gestriges Gespräch zu denken.
„Du hast mich gefragt und ich antworte: ja", sagte sie.
„Soll das heißen, du heiratest mich?"
„Unter bestimmten Bedingungen", antwortete sie.
„Und die wären?" Ich hätte vor Freude auf der Straße tanzen können, aber mein Jubel war in mir eingeschlossen, denn wir Finnen zeigen unsere Gefühle nur zu sportlichen Anlässen und dort auch nur sehr temperiert.
„Wir beenden beide unser Studium und du ziehst zu mir nach Bremen, weil ich hier schon eine Arbeitsstelle an der Uni sicher habe."

Selbst wenn sie gesagt hätte, wir ziehen auf den Mond, hätte ich zugestimmt.
„Du meinst es ernst, ja?", vergewisserte ich mich.
„Mit so was scherze ich nicht", antwortete sie.
Ich zog sie an mich, umarmte und küsste sie.
„Dann sind wir jetzt verlobt?", fragte ich.
„Dann sind wir von mir aus jetzt verlobt", sagte sie, „aber wir behalten es erst einmal für uns, okay?"
„Wenn du willst, mir ist alles recht."
Die Tage danach schmiedeten wir Zukunftspläne, misstrauisch von ihren Eltern beobachtet. Auf eine offizielle Verlobungsfeier wollten wir ver-zichten, wir vertrauten unserem Wort. Sylvia plädierte für eine Heirat nach dem Studium, ich wollte sie sofort heiraten.
„Nein", sagte sie, „erst das Studium beenden, dann heiraten."
Das waren, würde keinem von uns ein Missgeschick mit dem Studium geschehen, immerhin noch verdammt lange zwei Jahre.
„Warum können wir uns nicht auf einen Kompromiss einigen", schlug ich vor, „wir suchen mir für mein Praktikum hier in Bremen eine Stelle und eine Wohnung und ziehen dann zusammen. Geheiratet wird dann, wenn du es willst."
„Okay", sagte sie, „damit bin ich einverstanden."
Am Tag bevor Tante Hilde kam, besorgte ich mir eine Rückfahrkarte, wieder Decksplatz. Als wir am Abend vor meiner Rückreise all unseren Mut zusammennahmen und Sylvias Eltern in unsere Pläne einweihten, spürte ich entsetzte Betroffenheit.
„Wir werden unsere Studien beenden", versicherte ich in meinem holprigen Deutsch.
Es war ihnen ganz egal, ob ich mein Studium beenden würde oder nicht, es zählte alleine, was aus Sylvia würde. Die einzige Genugtuung, die ich ihnen anmerkte, war, dass wir unsere Zukunft in Sylvias Heimat planten. Dennoch glaube ich, haben sie bis zum Schluss gehofft, dass sich alles nur als böser Alptraum auflösen und ihre Sylvia einen echten deutschen Akademiker heiraten würde. Ich war ja nur ein dahergelaufener, halbgebildeter Ausländer, dessen Abitur und Studium höchs-

tens halb so viel wert war, wie das eines deutschen. Insgesamt tue ich ihnen jetzt wohl Unrecht, denn ihre einzige Sorge galt ihrer Tochter, die sie in einer sicheren Zukunft sehen wollten, und ich brachte nur Unsicherheit und Fremdes in ihr kleinbürgerliches Haus.

Nicht viel anders erging es mir zu Hause. Erst war die Empörung groß, als ich beichtete, zwei Wochen ohne ihr Wissen in Deutschland bei Sylvia gewesen zu sein. Als ich dann noch damit herauskam, was wir vorhatten, schien jegliches Verständnis verloren zu gehen.

„Was wollt ihr?", empörte sich mein Vater. „Ihr kennt euch doch gar nicht! Und eine Deutsche! Was willst du mit einer Ausländerin? Findest du keines unter unseren Mädels?"

Waren sie wirklich alle gleich? Worin war ihre Fremdenfeindlichkeit begründet? Sie hatten keine negativen Erfahrungen, sieht man von denen des weit zurückliegenden Krieges mit den Russen ab, mit Fremden gemacht. Warum also auch von ihnen diese Haltung?

„Und was willst du? Nach Deutschland ziehen? Ins Land dieses Hitlers?"

„Erkki!", ermahnte ihn meine Mutter, „jetzt gehst du aber zu weit."

Er schwieg, aber er war zu tiefst beleidigt, dass ausgerechnet sein Sohn das geliebte Vaterland verlassen wollte, um in einem fremden, wilden Land mit einer Ausländerin zu leben.

Ich war von der Haltung meines Vaters enttäuscht, so konnte ich nicht umhin, seinen Seelenschmerz zu verstärken, in dem ich ihm offenbarte, dass seine zukünftige Schwiegertochter ihn zu Weihnachten besuchen würde. Er schwieg nur noch, doch ich sah den Zorn in seinen Adern pochen.

Ich hatte nicht mit ihrer jubelnden Freude gerechnet, vielleicht ein wenig Anteilnahme an meinem Glück. Immerhin hatte ihr Sohn die Frau seines Lebens gefunden. Doch wer auch Kenntnis von meiner Liebe erhielt, keiner gab unserer Zweisamkeit eine lange Lebensdauer. Der Einzige, der doch so ein wenig neugierig und neutral war, war mein Bruder Matti, der mich ausfragte und mehr über Sylvia wissen wollte. Alle anderen interessierten sich nicht im Geringsten für Sylvia, denn dieses fremde Mädchen war es nicht wert, sich in ihren Gedanken festzusetzen. Unwillkürlich musste ich an die Erzählungen meiner Eltern denken, welche Probleme sie hatten. Beide waren Finnen, aber meine Mutter kam aus einer schwedischsprachigen Familie und das war die Sprache der Herrscherschicht, während mein Großvater noch als Häusler für solche Leute das Feld bestellen musste. Da hieß es auch: muss es denn unbedingt eine Schwedischsprachige sein, kannst du kein finnisches Mädchen finden. Ich hätte sie daran erinnern sollen, aber ich tat es erst viel später, als sich ihr Verhältnis zu Sylvia gewandelt hatte, weil sie erkennen mussten, dass es die Frau war, mit der ihr Sohn glücklich wurde.

So schien es ein ewiges Problem der Generationen zu sein, dass Eltern nie die Schwiegertöchter und Schwiegersöhne akzeptieren wollten und schon gar nicht, wenn sie aus anderen Kulturkreisen stammten. Die Wochen danach sprach Vater mit mir nicht mehr. Wir gingen uns aus dem Weg und die Mahlzeiten waren stumme Zusammenkünfte.

„Meinst du nicht, du solltest mal mit deinem Vater reden?", fragte Mutter mich.

„Wieso ich? Er mault doch mit mir und nicht ich mit ihm", antwortete ich.

„Du weißt doch wie er ist, er macht sich doch nur Sorgen um deine Zukunft", sagte sie.

„Wenn er vernünftig mit mir reden würde, wäre es ja auch kein Problem."

„Aber für ihn ist es ein Problem, dass du das Mädchen aus Deutschland heiraten willst. Du hättest ihm auch nicht gleich sagen müssen, dass du zu ihr nach Deutschland ziehen willst. Das schmerzt ihn am meisten. Du wirst so weit weg sein. Wir werden uns nicht mehr sehen", sagte meine Mutter und ich hörte heraus, dass sie eigentlich nicht über die Sorgen meines Vaters sondern über ihre eigenen sprach.

„Aber Deutschland ist doch heute gar nicht mehr so weit weg. Nur noch zwei Flugstunden und mit der Fähre ist es auch nicht so weit. Wir kommen ja auch jeden Sommer euch besuchen. Und ihr könnt immer kommen, wann ihr wollt."

„Ach, Tauno", seufzte sie, „wir waren in unserem Leben noch

nie aus Finnland raus und nun verlangst du aus deinem Egoismus gleich so viel."
„Egoismus nennst du das? Ich bin erwachsen. Habt ihr eure Zukunft nach euren Eltern gerichtet? Doch bestimmt nicht. Gab es da nicht auch Probleme? Warum müssen diese sich denn immer wiederholen? Akzeptiert ganz einfach, dass eure Söhne erwachsen werden und euer Nest verlassen."
„Du hast gut reden", antwortete sie, „ich werde dich daran erinnern, wenn deine Kinder größer werden und ich noch leben sollte."
Leider hat sie meine Tochter nicht mehr als erwachsene Frau erleben dürfen, und zum Glück blieb mir erspart, was ich ihnen antat. Und doch wiederhole ich nun das Vergehen an meinen Eltern an meiner Tochter.

Sam fand keine Ruhe. Er musste mich jeden Gang begleiten, den ich zum Auto machte, um die Koffer und Pakete ins Haus zu holen. Häufig musste ich ihn ermahnen, aus meinem Weg zu gehen, damit ich nicht über ihn stolpere. Er hatte Angst, ich könne ihn alleine zurücklassen. Der Wagen war bis oben hin beladen, auch der Gepäckkasten auf dem Dach war voll. Dennoch schien es mir wenig zu sein, was ich aus einem über vierzigjährigen Leben in der Fremde mit nach Hause brachte. Aber es waren im Endeffekt zu viele unwichtige Dinge, die man sammelte, die es mir nicht wert waren, mitgenommen zu werden, und die Sachen, die es wert gewesen wären, waren mir zu sehr mit Erinnerungen an Sylvia belastet, dass ich nicht den Rest meines Lebens bei ihrer Betrachtung weinen wollte. Die Bettwäsche, die Sylvia noch gekauft hatte und auf der wir gemeinsam unsere letzten Nächte verbracht hatten, konnte ich nicht mitnehmen, sie hätte mich zu sehr belastet. Ich kaufte vor der Abreise drei neue Garnituren, sollte ich mehr benötigen, würde ich mir in Lemi oder Lappeenranta neue kaufen müssen. Für einen vierwöchigen Sommeraufenthalt war das Haus eingerichtet. Ein längeres Bewohnen setzte eine andere Ausstattung voraus. Und so weit es ging, glaubte ich, diese Utensilien mitgenommen zu haben. Auch hatte ich für die ersten Wochen genug an haltbaren Lebensmitteln für mich und Sam einge-

packt. Frisches Obst, Gemüse und Milch plante ich, nächste Woche in Lemi einzukaufen.
Als Sylvia starb und die Pläne in mir reiften, Deutschland zu verlassen, dachte ich mir auch vielerlei Tätigkeiten aus, mit denen ich mich die erste Zeit beschäftigen und ablenken wollte. Die Fensterläden müssten überholt und einbruchsicher gemacht werden. Sylvia hatte im letzten gemeinsamen Sommer schon darauf gedrängt, aber wie so oft hatte ich es auf eine spätere Zeit verschoben. Der Abstellplatz für den Wagen würde im Winter nicht reichen. Ich müsste eine Garage bauen, in der das Auto winterfest abgestellt werden konnte. Dazu musste ich die Planung beginnen und die Baumaterialien beschaffen. Wie sollte sie aussehen und ausgestattet werden? Ein Betonfußboden wäre ratsam. Aber würde ich einen Betonlastwagen durch den Wald bekommen? Dann hatte ich mir überlegt, alles selbst zu machen. Den Beton selbst zu mischen und zu gießen, den Holzstall selbst zu zimmern. Aber übernahm ich mich damit nicht? Reichten meine Kräfte noch, diese Arbeiten zu verrichten? Sicherlich, ich wäre damit gut abgelenkt, würde meine Zeit sinnvoll nutzen. Dachte ich jedoch jetzt an die viele Arbeit, die da auf mich zukam, fühlte ich eine tiefe Ermattung in mir, die mich zweifeln ließ, dem kräftemäßig gewachsen zu sein. Ich sollte mich erkundigen, was es kosten würde, wenn ich die Garage bauen lassen würde.
Das Haus hatten Matti und ich noch winterfest gemacht. Nur die Zuwegung würde so verschneit sein, dass ich mit dem Auto nicht mehr hinauskommen würde und es wäre mir nicht möglich, bei starkem Schneefall, den Weg schneefrei zu halten. All diese kleinen Probleme, an die ich zwar schon gedacht hatte, türmten sich jetzt riesengroß vor mir auf. Ich musste bis zum Herbst mein Überleben hier sicherstellen. Das hieß also noch eine Menge Arbeit, da schien es wenig Zeit für Trauerarbeit zu geben. Aber die Abende und Nächte wären noch lang genug, beruhigte ich mich, da kannst du noch so manche Träne in Erinnerung an deine Sylvia vergießen.
Der Wind frischte vom See her auf. Die Blätter der Birken und Pappeln rauschten lauter. Der See wurde unruhiger. Der Wolkenteppich hatte sich schon weit über den See geschoben. Es

sah bedrohlich nach einem aufkommenden Gewitter aus. Ein Schwarm Enten flog laut schnatternd an meinem Steg vorbei, landete platschend etwas weiter auf dem Wasser. Sam reckte den Hals und wurde aufmerksam. Ganz ruhig, Sam, sagte ich ihm, wir jagen heute keine Enten. Wir jagen überhaupt nicht. Und ich möchte auch nicht, dass du irgendeiner Seele hier etwas zu Leide tust. Wir sind ein friedliches Gespann, wir respektieren das Leben und alle Lebewesen. Nicht wahr, Sam? Wir haben uns doch verstanden, oder? Sam blickte zu mir hoch. Ich streichelte seinen Kopf. Hoffentlich zog das Gewitter vorüber. Wenn es sich hier festsetzte, hieß das, dass der Strom ausfallen könnte. Es würde ganz schön blitzen und donnern, da konnte selbst mir es schon mulmig werden. Wir hatten hier unsere Erfahrungen mit Gewittern. Bei dem benachbarten Bauernhof der Salminens, der etwa eineinhalb Kilometer Richtung Lemi von mir entfernt war, hatte der Blitz gerade nach Einbringung der Heuernte den Stall in Flammen aufgehen lassen. Das Wohnhaus und der Viehstall konnten Gott sei Dank gerettet werden. Aber bei uns war deswegen auch schon öfter der Strom und damit der Kühlschrank ausgefallen, so dass Matti zu seinen Zeiten ein Notstromaggregat angeschafft hatte, das die Notversorgung übernahm.
Eigentlich wollte ich die Sauna schon längst angeheizt haben. Doch bei Gewitter war es mir zu gefährlich. Ich würde dann auch nicht in den See zum Schwimmen können. Und Sauna ohne Abkühlung im See war kein richtiges Vergnügen. Also müsste ich mich doch zuerst mit dem Einräumen der mitgebrachten Sachen beschäftigen. Kreischende, sich streitende Möwen trugen ihre Futterkämpfe auf dem See aus. Ich ließ alles stehen und liegen und ging zum Bootsschuppen, um dort nach dem Rechten zu schauen. Die Tür war verschlossen. Es war nichts beschädigt. Ich schloss auf und sah hinein. Sam zwängte sich an mir vorbei und ging vorsichtig, schnüffelnd auf dem Holzfußboden zu den Reusen, die ich an der rechten Seite abgestellt hatte. Gerade durch, an der Wand zum See, hingen die Netze, die ich nach dem letzten Einholen gesäubert und repariert hatte. „Na, hat es sich gelohnt?", hatte Sylvia gefragt. „Für zwei Mahlzeiten wird es reichen", antwortete ich

stolz. Es waren zwei größere und drei kleinere Barsche sowie ein mittlerer Hecht und zwei Muddfische hängengeblieben.
„Na, da essen wir ja fast die ganze Woche von", sagte Sylvia, „aber nimm sie aus, ich mach den Schweinkram nicht."
Ich kannte das schon, sie mochte die Fische nicht aufschlitzen, die Eingeweide herausnehmen, den Kopf abschneiden und die Haut entschuppen. Das war und blieb für immer meine Arbeit. Für einen Mann, der damit aufgewachsen war, war es auch das Natürlichste von der Welt. Man hatte kein Empfinden dabei, dass man damit Leben tötete. Es diente der Ernährung. Mit Matti war ich oft als Junge zum Angeln auf den See gefahren. Immer ging es darum, wer die meisten und größten Fische fing. Oft gerieten wir darüber in Streit, dass Mutter mit ihrem salomonischen Urteil schlichten musste. Aber abends im Bett ging die Hänselei dann weiter. Jeder von uns glaubte, als Fischer unübertroffen zu sein. Dabei kamen wir an Vaters Künste nie heran. Er kannte den See in- und auswendig. Wusste, wo die besten Plätze zu welchen Zeiten waren. Gab uns auch immer wieder gute Ratschläge, doch unsere Angeln blieben ohne Fisch, wenn er schon längst Erfolg hatte.
Das Boot lag mit hochgezogenem Außenbordmotor, wie ich es im letzten Sommer abgestellt hatte. Den Evinrude mit fünf PS hatte Vater schon gekauft, als Matti und ich noch im Teenageralter waren. Wir waren stolz darauf, eine der ersten Familien zu sein, die einen Bootsmotor besaßen, denn ansonsten pflegte Vater nicht schnell modische Errungenschaften zu erwerben. Es war sicherlich jetzt nicht mehr das neueste Modell, aber er tat seine Dienste und genügte mir damit. Ich musste nicht über den See in rasender Geschwindigkeit preschen, mir reichte ein gemächliches Tempo, das mich ohne Kraftanstrengung an mein Ziel brachte. Vater hielt die Anschaffung anfangs zwar für sinnlos. Um zum Fischen zu rudern, genügten die Kräfte zweier Arme, meinte er. Aber als ihm dann ein Arbeitskollege den Motor äußerst günstig anbot, warf er seine Argumente dagegen über Bord. Schade, dass Vater nicht mehr sehen konnte, was aus dem Haus geworden ist, wie schön und wohnlich es nach meinem letzten Umbau wurde. Aber er hätte es sicherlich als unnützen Luxus abgetan. Bei ihm zählte alles nur nach zweck-

mäßiger Einfachheit. Die jungen Leute prassten nur mit dem Geld herum, verschwendeten es für unnötige Dinge, die er nie für erstrebenswert hielt. Matti und ich aber waren stolz auf diesen Außenbordmotor, fuhren damit den ganzen See ab bis hinein in den Kivijärvi, suchten neue Angelplätze, berauschten uns an der schier endlosen Seenlandschaft mit den vielen kleinen Inseln. Und hätte es eine Verbindung zum Saimaa gegeben, wir wären dort hineingefahren und hätten das riesige Seen- und Inselgebiet erforscht. Durch Mattis viel zu frühen Tod fiel dieses Haus und Grundstück mit allem, was sich darauf befand, in meine Hände, denn so stand es im Testament, erster Erbe war Matti, danach war ich erst erbberechtigt. Und da Matti zu seinen Lebzeiten nicht heiratete noch eine andere Verbindung einging, war ich es, dem das Anwesen, zu dem wir es gemacht hatten, von ihm erbte. Es war festgeschrieben, dass das Seegrundstück mit allen Gebäuden dem ältesten Sohn vermacht werden sollte. Das war Matti. Und darüber war Vater froh, dass es nicht in ausländische Hände geriet. Doch Mattis tragischer Tod gönnte ihm nur wenig Besitzfreuden. So hatte Vater nicht erlebt, dass ich Besitzer des Seegrundstückes wurde. Vielleicht wäre er in Verbundenheit mit seiner Enkeltochter ja doch erfreut gewesen, würde er sehen, was ich aus seinem Besitz gemacht habe.

Die Benzinkanister waren noch voll. Ich hatte sie im letzten Sommer aufgefüllt, in dem Gedanken, noch einmal in Erinnerung an Matti die Tour in den Kivijärvi zu machen, hatte es dann aber aus Bequemlichkeit sein lassen. Draußen grummelten aus weiter Ferne die ersten Donner. Es wurde immer dunkler. Ich schaltete das Licht ein und entdeckte auf dem Regal unsere alten Petroleumlampen, mit denen wir zu Anfang das Haus beleuchteten. Ich erinnerte mich, wie Matti und ich dicht am Licht gedrängt unsere Aku Ankka Hefte lasen und Vater uns ermahnte, ihm doch auch etwas Licht für seine Zeitung zu gönnen. Das Feuer im Kamin warf seinen flackernden Lichtschein durch den Raum. Mutter hatte sich eine Kerze angezündet, um etwas Licht für ihre Handarbeiten zu haben. Als riesige Erneuerung erschienen uns dann die Gaslampen, die mit ihrem Glühstrumpf ein viel helleres Licht ausstrahlten, aber auch

einen zischenden Lärm verursachten. Erst vor fünfzehn Jahren ließ ich das Haus mit Elektrizität ausrüsten.
Sam rannte nach draußen und kläffte. Ist doch nur ein Donner, rief ich ihm nach. Er stand draußen mit erhobenem Kopf und waagerecht abstehender Rute, schnupperte in die Luft und zuckte zusammen, als ihm die ersten Regentropfen auf die Nase klatschten. Ich folgte ihm raus, schaltete das Licht im Bootsschuppen aus und beeilte mich, den Hügel zum Haus hinaufzukommen. Los, Sam, forderte ich meinen Freund auf, komm beeil dich, wir wollen doch nicht nass werden. Dicke, volle Tropfen, noch vereinzelt, platschten auf uns nieder. Das Grummeln und Donnern rückte immer näher. Am Horizont zuckten die ersten sichtbaren Blitze vom Himmel. Der See schlug Wellen, die klatschend ans felsige Ufer rollten.
Als wir die Veranda erreicht hatten, sah ich den prasselnden Regen über den See auf uns zuziehen. Ich fühlte Sylvia neben mir, sich an mich schmiegend, mit mir das Naturschauspiel beobachtend. Jäh wurde ich aus diesen Gedanken von einem gerade hinunterzuckenden, grellen Blitz aufgeschreckt, auf den unmittelbar ein scheppernder Knall folgte. Sam kläffte hysterisch. Das Notstromaggregat war angesprungen. Ich verzog mich ins Haus, beorderte Sam zu mir. Der Wohnraum war mit Koffern und Paketen vollgestellt, aber ich verspürte keine Lust, Ordnung zu schaffen. Wieder durchschnitt ein Blitz die Dunkelheit, erhellte für einen Augenblick die Umgebung, krachend folgte einem Donner das Echo vom Waldrand. Sam starrte in Richtung See und knurrte. Ist gut, alter Junge, ist gut, beruhigte ich ihn. Ich bin ja bei dir und beschütze dich. Ich zog die Gardinen zu, wollte nicht Zeuge der Naturgewalten sein und nahm Sam auf meinen Schoß. Er seufzte und legte seinen Kopf auf meinen Arm, den ich auf der Schaukelstuhllehne platziert hatte. Es war vor ein paar Jahren, als Sylvia und ich ein noch viel schlimmeres Gewitter hier erlebten. Wir legten uns aufs Sofa, umarmten uns, schlugen eine Decke über uns und verharrten so, bis das Ärgste vorüber war. Nun blieb mir nur Sam, der mir das Gefühl des Alleinseins und Verlorenseins nahm. Wieder schlug ein Blitz in unmittelbarer Nähe ein, explodierte der Donner zu einem ohrenbetäubenden Lärm. Sam schreckte

hoch, sprang von meinem Schoß und kläffte, wollte sich von mir nicht beruhigen lassen. Immer wieder redete ich auf ihn ein, bis sein Kläffen durch ein Winseln ersetzt wurde. Ich ging auf die Veranda, um nachzusehen, ob Spuren dieses Schlages zu sehen waren. Es goss in Strömen, so heftig, dass ich nicht weit sehen konnte. Der See lag hinter einem dichten Regenvorhang. Blitze und Donner schienen aus allen Himmelsrichtungen niederzugehen. So ungefähr könnte der Weltuntergang beginnen. Ich ging zurück ins Haus, schaltete das Licht an und begann, meine Koffer und Pakete auszupacken und die Sachen in die entsprechenden Schränke einzuräumen.

5.

Als Sylvia zu Weihnachten nach Finnland kam, hatten meine Eltern sich zwar mit der Situation als solche abgefunden, aber meine Lebenspläne immer noch nicht akzeptiert. Dennoch taten sie alles, um die finnische Weihnacht in einer besonders positiven Weise dem ausländischen Gast darzustellen. Ich kann mich nicht erinnern, Mutter jemals so nervös und doch akribisch im Hause hantieren gesehen zu haben. Alles, was es an finnischen Besonderheiten zu Weihnachten gab, musste zubereitet und aufgetischt werden. Wann hatten wir Lachsforelle, Schinken, Weihnachtsgulasch mit Kartoffel- und Steckrübenmus, Karottenreisauflauf, Trockenobst mit Milchreis zu einer Mahlzeit auf dem Tisch? Beim Einkaufen hatte ich sie beobachtet, wie sie nur die besten Zutaten aussuchte und jedem Bekannten, mit dem sie im Geschäft ins Gespräch kam, mit Stolz erzählte, dass sie über Weihnachten Besuch aus Deutschland bekäme, der doch einmal richtige Weihnacht, so wie man es im Lande des Weihnachtsmannes feierte, erleben wollte. Sie verschwieg allerdings, dass es ihre zukünftige Schwiegertochter, die Frau ihres Sohnes Tauno, war, die zu Besuch kam. Ich registrierte es mit einem Schmunzeln und hielt mich aus den Gesprächen heraus. Sollte sie doch auf ihre Weise die Situation verarbeiten. Vater ging es ähnlich. Ihm war daran gelegen, dass das Haus und Grundstück in einem ordentlichen Zustand war, dass Sylvia in Deutschland erzählen konnte, dass auch die Finnen ordnungsliebende, fleißige Menschen waren. Die Wochen des Schweigens waren Gott sei Dank vorüber. Er sprach wieder mit mir, gab mir seine Anweisungen, dieses und jenes zu erledigen. Ich musste mein Zimmer räumen und zu Matti ins Zimmer für die Zeit ziehen, da Sylvia unter unserem Dach wohnte.

Ein Problem stellte sich für die Familie in der Art und Weise, wie wir die Saunazeremonie abhalten würden, dar.

„Ihr könnt aber nicht zusammen in die Sauna gehen", hatte Vater gesagt, „das schickt sich einfach nicht."

Ich griente und fragte, warum eigentlich nicht. Ich erntete einen bösen Blick.

„Ihr könnt euch doch mit ihr gar nicht verständigen", vertiefte ich meinen Einwand, „Sylvia ist doch sicherlich mit so einem Saunabesuch nicht vertraut. Da braucht sie Anleitung."
Mutter opferte sich. Sie erklärte sich bereit, Sylvia in die Geheimnisse eines finnischen Saunaganges einzuweihen. Sie würde mit Sylvia zuerst gehen, so dass sie anschließend mit Sylvias Hilfe das Weihnachtsessen vorbereiten konnte. Wir Männer sollten nach den Frauen in die Sauna gehen. Das war das erste Mal, dass wir uns konstruktiv gemeinsam über ein Problem, das mit Sylvia zusammenhing, unterhielten. Ich bemerkte es mit Genugtuung und war mir sicher, dass ich mit der mir eigenen Hartnäckigkeit dafür sorgen würde, dass Sylvia von meiner Familie mit allem Anstand aufgenommen wurde. Darüber hinaus würde über kurz oder lang ihr Charme auch Vaters Herz erweichen.
Einen Tag vor Heiligabend kam Sylvia in Helsinki an. Es war ein wunderschöner Wintertag. Tags zuvor hatte es sehr viel Neuschnee gegeben und die Sonne schien, dass sich die weiße Landschaft unter dem dunkelblauen Kreuz Finnlands präsentierte. Vater hatte Matti großzügig sein Auto zur Verfügung gestellt, so dass er mich nach Helsinki fahren konnte. Ich besaß noch keinen Führerschein. Tausend Ermahnungen Vaters, seinen Wagen ja heile nach Hause zu bringen und in der großen Stadt keinen Unfug zu treiben, begleiteten uns auf den Weg. Wir fuhren in den Sonnenaufgang hinein in Richtung Finnlands Hauptstadt. Es war nicht das erste Mal, dass wir zusammen dort waren, aber Abenteuerlust und Wiedersehensaufgeregtheit vermengten sich in mir. Der Weg von Lemi bis zur Hauptstraße nach Kouvola war mit einer festgefahrenen Schneedecke überzogen. Die Äste der Bäume hingen schwer mit Schnee beladen nach unten. Der Schnee strahlte sein weißes Licht gegen den noch dunklen Himmel. Von Osten zeichnete sich rot der Sonnenaufgang am Horizont ab. Ein Autoradio besaßen wir noch nicht, so sangen Matti und ich die Songs von Danni and the Islanders, den Beatles und Reijo Taipale. Unsere Stimmung hätte nicht besser sein können.
Plötzlich sagte Matti: „Du, Tauno, ich werde im Frühjahr nach Schweden ziehen. Ich hab's Vater noch nicht erzählt."

„Was?", empörte ich mich, „Das kannst du doch nicht machen! Das wird Vater umbringen. Erst ich und jetzt auch noch du. Warum das denn?"
„Ich hab hier keine Chance, einen Job zu bekommen. Hab bisher nur Absagen. In der Nähe von Norrköping wird ein neues Kraftwerk gebaut, da könnte ich anfangen", sagte er.
Ich dachte an Vater und Mutter, sie würden es nicht verkraften, wenn ihre beiden Söhne ins Ausland gingen. Wenn das jetzt zum Weihnachtsfest bekannt würde, wäre keine Weihnachtsstimmung mehr haltbar.
„Du brauchst keine Angst zu haben", sagte Matti, „ich werde jetzt zu Weihnachten zu Hause nicht darüber sprechen. Ich wollte es nur dir gesagt haben, damit du Bescheid weißt."
Ich schwieg. So sehr ich ihn auch verstand, es erschwerte meine Position erheblich. Bis Helsinki sprachen wir kein Wort mehr, hingen nur unseren eigenen Gedanken nach. Dann war es erforderlich, sich gemeinsam in dieser großen Stadt zu orientieren und zum Südhafen, in dem die Wellamo anlegen würde, zu finden. Nichts war in den Straßen Helsinkis von der weißen Pracht des Landes übriggeblieben. Aller Schnee war von den Straßen zusammengekarrt worden, nur noch graue, schmutzige Schneehaufen an den Straßenrändern. Einzig der Hafen war zugefroren. Eine schmale Fahrrinne von Suomenlinna zum Hafenbecken war von den Eisbrechern freigehalten, aber die gebrochenen Eisstücke schienen sich schon wieder vereint zu haben, um in Kürze eine feste Decke zu bilden. Bis zur Ankunft der Wellamo hatten wir noch genügend Zeit, so bummelten wir bei frostigen Temperaturen durch Helsinkis Straßen und wärmten uns bei Stockmann, Helsinkis größtem Kaufhaus, auf, ohne etwas zu kaufen.
Pünktlich war die schwarze Rauchfahne der Wellamo hinter Suomenlinna zu entdecken. Langsam schob sich der Dampfer durch die Helsinki vorgelagerte Inselgruppe. Ihr voraus fuhr der gelbschwarze Eisbrecher Sisu, um die Fahrrinne wieder freizubrechen. Die Wellamo tutete zur Begrüßung, als sie in den Bogen zum Südanleger glitt. Ich reckte und streckte mich, sprang und hielt ungeduldig Ausschau nach Sylvia, konnte sie aber an Deck nicht entdecken. Es schien endlos lange zu dau-

ern, bis das Fährschiff anlegte, die Leinen befestigt wurden und die ersten Menschen über die Gangway das Schiff verließen. Endlich entdeckte ich sie. Ohne Kopfbedeckung, ihr Haar war immer noch so, wie ich sie kannte, zu einem Pferdeschwanz zusammengebunden, mit einem dunkelroten Stoffmantel und langen, schwarzen Stiefeln bekleidet. In der einen Hand hielt sie einen kleinen, schwarzen Koffer, in der anderen eine dunkelgrüne Reisetasche. Ich winkte und schrie ihren Namen, aber sie registrierte mich nicht. Dann verschwand sie im Terminal. Ich rannte, ohne auf Matti zu achten, von der Aussichtsplattform in das Gebäude. Einige Passagiere hatten die Zollformalitäten schon absolviert. Sylvia ließ auf sich warten. Ich befürchtete Probleme mit dem gründlichen, finnischen Zoll, der dem deutschen in nichts nachstand. Aber dann kam sie endlich durch den Zollausgang, erblickte mich, ließ ihr Gepäck fallen und lief mir in die Arme. Ich fing sie auf, wir drehten uns im Kreis, bis wir zum Stehen kamen, uns aneinander pressten und Sylvia ihren Kopf gegen meine Brust legte. Dann erst gab es den ersten Begrüßungskuss, der von Mattis starkem Räuspern unterbrochen wurde. Ich stellte Sylvia Matti vor. Sie ließ mich los, ging auf Matti zu und umarmte ihn. Matti bekam einen roten Kopf und wirkte irgendwie hilflos. Ich musste lachen.

„Du darfst deine zukünftige Schwägerin ruhig umarmen", sagte ich ihm, aber es nützte ihm nichts, er fühlte sich von dieser ihm zu herzlichen Begrüßung überrumpelt.

„Wenn du zukünftig in den Süden gehst, wirst du dich etwas umstellen müssen", frotzelte ich.

Sylvia sah mich fragend an.

„So ein finnischer Waldjunge ist es nicht gewohnt, von fremden Mädchen umarmt zu werden", lästerte ich.

Sylvia lachte und umarmte Matti noch einmal. „Jetzt sind wir uns ja nicht mehr fremd", sagte sie und lehnte sich wieder an mich.

„Schön, dass du da bist", begrüßte ich sie noch einmal und küsste ihre Stirn, die eiskalt war. „Hast du keine Mütze mit? Es ist hier ziemlich kalt."

„Die habe ich tatsächlich vergessen", antwortete sie.

„Dann gehen wir gleich in die Stadt und kaufen dir eine richtig

warme."
Matti hatte Sylvias Gepäck aufgenommen und wartete, dass wir endlich gehen würden. Wir taten ihm den Gefallen, ließen ihn mit dem Koffer und der Reisetasche vorauslaufen und schlenderten ihm glücklich Arm in Arm nach.
Als wir spät abends zu Hause in Lemi ankamen, spürte ich die gespannte Atmosphäre. Auf der einen Seite war man auf den fremden Gast gespannt und doch nervös und unsicher, ob man dem sicherlich anspruchsvollen deutschen Mädchen mit der bescheidenen finnischen Lebensart auch genügen würde, auf der anderen Seite hatte Vater aber mehr Angst um sein Auto, denn wir waren wesentlich später als geplant nach Hause gekommen. Und da wir zu der Zeit noch kein Telefon besaßen, konnten wir aus Helsinki auch nicht unsere Verspätung ankündigen. Ich beobachtete ihn, wie er zwischen verschämter Begrüßung und kritischer Betrachtung seines Wagens hin und her gerissen war. Als er aber keine Beule im graugrünen Ford entdecken konnte, widmete er sich auch mit gebührender Reserviertheit der Willkommenheißung. Mutter hatte eh seinen Anteil an Begrüßung durch übertriebene, wie ich fand, Freundlichkeit übernommen. Dass Sylvia darüber hinaus ein paar Brocken Finnisch sprach, ließ das Eis schnell schmelzen. Dennoch war ich durch das ständige Übersetzen, obwohl ich selbst nicht alles lückenlos verstand, was Sylvia von sich gab, und der langen Reise und dem ungewohnten Pflastertreten in Helsinki dermaßen ermattet, dass ich noch während der Konversation auf dem Sofa neben Sylvia einschlief.
„Hast du gut geschlafen?", weckte sie mich schließlich, als alle anderen bereits zu Bett gegangen waren.
Ich entschuldigte mich mit dem für mich aufregenden und harten Tag. Ihr schien die weite Reise nicht viel ausgemacht zu haben. Obwohl wir alleine waren, fühlte ich die Ohren und Augen meiner Eltern, die unruhig darauf achteten, was da unten im Wohnzimmer vor sich ging. Sie würden erst dann halbwegs Ruhe finden, wenn sie hörten, dass Sylvia sich in meinem Zimmer zum Schlafen legen und ich bei meinem Bruder die Tür von innen schließen würde. Sie mussten an diesem Abend noch etwas länger wachen, denn Sylvia und ich hatten noch

viele Zärtlichkeiten, die wir in den langen Monaten der Trennung vermissten, auszutauschen.

„Schmückt ihr euren Tannenbaum immer mit eurer Fahne?", fragte Sylvia verwundert, als die Familie nach dem Saunakaffee gemeinsam den Weihnachtsbaum schmückte.
Ich weiß nicht, ob Vater es bewusst beeinflusste oder es mehr ein Zufall war, jedenfalls lag plötzlich die Kette finnischer Fahnen ausgebreitet unter dem Tannenbaum, Matti und Vater sahen sich nur kurz an und schon zierten die kleinen Fähnchen unsere finnische Tanne. Ich schämte mich dieses übermäßigen Nationalstolzes, aber ich ließ es gewähren, um den Weihnachtsfrieden, der um zwölf Uhr vor dem Dom in Turku verkündet wurde und den wir gemeinsam im Radio uns angehört hatten, nicht zu stören. Ich bestätigte, dass das ein Teil finnischer Weihnacht sei und es sich in jeder finnischer Familie gehöre, dass die Fahnenkette den Weihnachtsbaum schmücke. Dabei hatten wir die letzten Jahre diesen Christbaumschmuck nicht benutzt. Später korrigierte ich diese Aussage Sylvia gegenüber.
Es war nicht mein Plan, Sylvia wie ein Zootier in der Verwandtschaft vorzuführen, aber Weihnachten war das Fest der Besuche. Und so vergingen die Weihnachtstage mit Besuchen bei den Verwandten oder von den Verwandten bei uns zu Hause. Es durfte keine Schwester oder Bruder, Cousine oder Cousin, Onkel oder Tante ausgelassen werden. Jeder musste den Besuch aus Deutschland kennen lernen, aber keiner durfte erfahren, dass wir heiraten würden. Das war ein Thema, das umgangen wurde und wenn es einer der Verwandten scherzhaft ins Gespräch brachte, wurde sofort abgewiegelt und ein anderes Thema angeschlagen. Es war eine mühselige Zeit für Sylvia wie für mich. Ständig sollte ich übersetzen, auch die belanglosesten Dinge, und Sylvias Aufmerksamkeit war bald erschöpft vor lauter Anspannung den fremden Klängen zu folgen und zu verstehen. Zum Gespräch reichten ihre Kenntnisse der finnischen Sprache nicht, und auch ich war nicht in der Lage, alles zu übersetzen. So waren wir froh, als die Feiertage vorüber waren und wir endlich Zeit für uns hatten, uns mit uns selbst,

unseren Plänen und Problemen beschäftigen konnten.

„Hast du dich denn um eine Arbeitsstelle während der Semesterferien im Sommer gekümmert?", fragte Sylvia.

Hatte ich natürlich nicht, aber sie wäre nicht meine Sylvia, wenn sie nicht eigene Initiativen entwickelt hätte. Sie hatte Adressen von drei Firmen aus Bremen mitgebracht, von denen sie wusste, dass sie über den Sommer Praktikanten einstellen würden.

„Jetzt setzt du dich hin und schreibst Bewerbungen", sagte sie.

Es wurde zu meiner ersten Deutschstunde mit ihr. Wort für Wort ging sie geduldig mit mir durch, forderte von mir eine deutliche Aussprache und übte mit mir das Schriftliche so lange, bis sie der Meinung war, wir könnten die Bewerbung abschicken.

Im Gegenzug brachte ich ihr das Skilaufen bei. Sie hatte noch nie Ski unter den Füßen gehabt. Wir übten erst mit alten Holzskiern, die noch eine Riemenbindung hatten. Und als sie aufrecht auf den Brettern stehen und eine Strecke, ohne umzufallen, laufen konnte, kauften wir ihr Skischuhe, mit denen sie auf etwas modernere Ski über die Piste gleiten konnte. Für eine Mitteleuropäerin, die vom Skilaufen absolut keine Ahnung hatte, lernte sie äußerst schnell. Es dauerte gar nicht lange, da konnte sie mit mir mithalten und da sie Mattis Ski benutzen durfte, der sich immer die besseren und schnelleren leisten konnte, hatte ich bald Mühe, ihr vorauszulaufen. Am Tag vor Sylvester war sie dann so weit, dass ich vorschlug, die sechs Kilometer zu unserem Sommerhaus zu laufen. Es war ein herrlicher Schneetag. Morgens gab es etwas Neuschnee bei minus acht Grad, im Laufe des Vormittages klarte es auf, so dass es ideale Verhältnisse zu einer Skiwanderung waren.

„Heizt den Kamin nicht zu schnell an", hatte Mutter mich ermahnt und ich hörte Vater aus ihr sprechen. Und „Macht keine Dummheiten" durfte auch nicht fehlen. Wir nahmen uns eine Thermoskanne Kaffee und belegte Brote mit und machten uns auf den Weg. Die Landschaft hätte sich nicht schöner zum Verlieben präsentieren können. Ich war stolz und glücklich mit Sylvia durch diese weiße Pracht laufen zu dürfen. Der Schnee knirschte unter unseren Skiern und je weiter wir uns von Lemi entfernten, je stiller wurde es. Wir hörten nur noch die von uns verursachten Geräusche. Die Tannen und Kiefern waren schwer mit Schnee beladen, die Seen waren zugefroren und dick mit Schnee bedeckt. Je später es wurde, je blauer wurde der Himmel. Die Sonne reflektierte blendend auf dem weißen Belag. Wir arbeiteten uns im gleichen Rhythmus über die Landstraße nach Niemikylä und bogen schließlich in den Weg am See, an dem unser Sommerhaus lag. Dicker Pulverschnee erschwerte das Laufen. Die Ski versanken tief, dass ein Gleiten unmöglich war. Hier war die Natur unberührt, keiner hatte die letzten Tage den Weg hieraus genommen. Als wir am Haus ankamen und außer Atem hinunter auf den See blicken konnten, der wie alle Seen unterwegs nur durch seine glatte Schneedecke zu erkennen war, seufzte Sylvia tief und sagte: „Mein Gott, ist das schön hier."

Wir verharrten eine Zeit, bis sie sich von dem Anblick trennen konnte, wir uns die Ski abschnallten, sie an die Hauswand stellten, sie, wie ich es gelernt hatte, von Schneeresten befreiten, und Sylvia das erste Mal das Haus betrat. Es war damals noch nicht sehr groß. Von der Veranda kam man direkt in den Wohnraum, der in der Mitte durch den Kamin geteilt war, so dass wir vorne am Fenster zum See unsere Essecke und hinten im Raum unsere Sitzgruppe hatten. Gleich rechts war die Küchenzeile und dahinter zwei kleine Schlafräume, einen für Vater und Mutter, und einen für Matti und mich. Die Fenster, doppelte Sprossenfenster, wie sie bei uns üblich waren, waren mit Eisblumen bedeckt.

„Denk dran, was deine Mutter dir gesagt hat", frotzelte Sylvia.
Ich nahm sie in den Arm. „Wozu Kamin? Ich hab doch dich."
„Oh, oh, denk dran was deine Mutter gesagt", lachte sie und hielt mich auf Distanz. „Kamin und Dummheit", wiederholte sie die Worte meiner Mutter, zog mich an sich und küsste mich.

„Vergessen wir die Dummheit."

Aber mehr als innige Küsse und enge Umarmungen bei vorsichtig entfachtem Feuer im Kamin passierten nicht. Als wir abends nach Hause kamen, verfolgten uns misstrauische Blicke. Ich aber sagte nur, dass mit dem Haus alles in Ordnung

sei.
Ja, das war das erste Mal, dass ich mit Sylvia dieses Haus betrat. Vieles hat sich seit dem geändert. Das Haus sieht nicht mehr so wie früher aus, es entstanden andere Gebäude ringsherum, im Elternhaus in Lemi wohnen jetzt fremde Menschen und Sylvia lebt nicht mehr. Ich wünschte mir, es hätte sich nichts geändert, absolut nichts, dabei ist nichts so beständig wie die Veränderung. Ob es immer zum Guten ist, sei dahingestellt. Könnte ich nur noch einmal mit Sylvia Arm in Arm am Kamin sitzen, zusammengekauert ein Glas Wein trinken, stumm die Stille genießen, obwohl sie so gerne erzählte, aber auch den Sinn für ruhige Minuten hatte. Ach, Sylvia, warum musstest du mich verlassen, du, die du die Willensstärkere von uns warst, warum konntest du mich nicht überleben oder mich zumindest auf deine Reise mitnehmen?
Das Gewitter hatte sich verzogen. Nur von Ferne grollte hin und wieder noch ein Donner. Wie der Schiebedeckel einer Kiste, der beim Herausziehen mehr und mehr Licht hineinließ, folgte der schwarzen Wolkendecke ein blauer, wolkenloser Himmel. Sam lag auf meinem Schoß und hatte seinen Kopf auf meinen Arm gelegt, schlief tief und fest, konnte sich seines Lebens in meiner Geborgenheit sicher sein. Im Kamin züngelten knatternd die Flammen an den Birkenholzscheiten.
Nachdem ich meine Arbeit erledigt hatte, ohne dass Sylvia mich ermahnen musste, stieg in mir Kälte empor, so dass ich das Feuer im Kamin entzündete, mir Kaffee kochte und den Schaukelstuhl vor das Fenster schob. Ich hob Sam auf meinen Schoß, genoss die dreifache Wärme, die mir die innere Kälte vertrieb und schaute dem Schauspiel auf dem See zu. Je mehr sich der Regenvorhang verzog, der See sich langsam wieder glättete, ohne seine ruhige Spiegelform anzunehmen, je mehr Leben fand wieder auf und über dem Wasser statt. Eine Gruppe Haubentaucher zog über den See, verschwand und tauchte weit entfernt wieder auf. Bachstelzen standen schwanzwippend auf dem Steg, warteten einen Moment und flogen gemeinsam mit einem Ankömmling davon. Meisen hüpften in den Birken von Zweig zu Zweig und Fischmöwen kreischten kreisend über dem Wasser. Den Hügel hinunter hatten sich Rinnsale durch

den Sandboden gebildet, sahen aus, als hätten sich Schlangen den Weg freigefressen. Vereinzelte Windböen schüttelten die Bäume trocken, so dass es sich anhörte, als ob erneute Regenschauer herniederfielen.

Oft hatten wir in all den Jahren hier zusammen vor dem Fenster gesessen, die Natur beobachtet, zu jeder Tages- und Nachtzeit, hatten die unterschiedlichsten Himmelsverfärbungen bewundert, die die ganze Palette der blauen, gelben und roten Farbtöne für uns bereit hielt. Konnten uns an den Spielen oder dem bloßen Dasein der Pracht- und Haubentaucher erfreuen, waren über jeden Besuch gefiederten Lebens beglückt. Hier am Fenster oder davor auf der Veranda schien uns der schönste Platz der Welt. Und dennoch mussten wir ihn immer wieder verlassen, dachten mit Sehnsucht in den ersten Tagen danach an ihn, vergaßen ihn, um uns mit den ersten neuen Reiseplanungen wieder mit Vorfreude an ihn zu erinnern. Es war wie mit meiner Herkunft, waren wir hier, wurde sie mir bewusst; waren wir drüben, vergaß ich sie, um mich irgendwann an sie zu erinnern und diesen merkwürdigen Zwiespalt in mir mit Wehmut zu verspüren. Sich an so vieles aus der Jugend zu erinnern, was ich nur in meiner Geburtsheimat erleben konnte, was in der Wahlheimat nie möglich gewesen wäre, es auf der einen Seite zu vermissen, aber auf der anderen Seite mit dem neuen Leben doch zufrieden und glücklich zu sein. Zu wissen, dass ich woanders herkam, aber sich doch als ein Teil der anderen zu betrachten. Und dann die Zerstörung dieses Traumes. Hin und her gerissen in den Gefühlen, zu wissen, dass sie nicht alle so waren wie diese ewig gestrigen Chaoten, Freunde zu haben, die nicht so dachten wie sie, und Freunde zu haben, die schon Verständnis aufbrachten, dass, wie sie sagten, endlich wieder der rechte Weg für Ordnung und deutsche Tugenden eingeschlagen wurde. Und auch in mir diesen Zwiespalt zu verspüren, der mich verunsicherte und anekelte. Auf der einen Seite zu wissen, dass eine Umkehr zu mehr Recht und Ordnung und eventuell sogar zu guten deutschen Tugenden seine positiven Seiten hatte, aber dennoch die Methoden, die dafür angewandt wurden zu verabscheuen, Angst vor ihnen zu haben, eine Angst, die über achtunddreißig Jahre nie aufgekommen war. Im Gegenteil, ich fühlte mich geborgen und sicher, war ja auch zu Hause. In meinem eigentlichen Zuhause kannten sie auch diese nationalen Strömungen, wie sie überall in Europa nach der von oben verordneten Verbrüderung aufflammten. Aber sie waren zu keinen radikalen Taten fähig. Die Deutschen mussten immer alles ganz oder gar nicht machen, sie neigten zu extremer Gründlichkeit, vertrugen keine tragende Gelassenheit. Ich fühlte mich plötzlich heimatlos, als hätte ich beide Heimaten auf einmal verloren, und fand keine Geborgenheit mehr, war aufgescheucht und verängstigt zu gleich, orientierungslos in einer sich auflösenden Ordnung. Eckpfeiler moralischer und ethischer Grundsätze wurden weggefegt und durch braune Ideologien, so man sie denn überhaupt als solche bezeichnen konnte, ersetzt. Ich hatte das Gefühl, ein ausgesetztes Tier zu sein, das seinen sicheren Käfig verloren hatte.

Was ist, Sam, wollen wir die Sauna anheizen? Sam streckte sich und gähnte laut. Zu dieser Zeit hatten wir, wenn wir angekommen waren, die Sauna aufgewärmt. Eine Zeit lang hatten Sylvia und ich uns gekabbelt, ob wir einen Elektroofen anschaffen oder den holzbeheizten beibehalten sollten. Sylvia wollte unbedingt den sauberen Elektroofen, während ich mir nicht vorstellen konnte, im sterilen Saunaraum zu sitzen, kein Holzknistern und Feuerschein mehr wahrzunehmen. Auch war ich davon überzeugt, dass ein holzbeheizter Ofen das Saunaklima entscheidend verbesserte. Es war eine der wenigen kleinen Auseinandersetzungen, bei denen ich mich durchsetzte. Wir behielten den alten Misa-Ofen, den Vater selbst in der Fabrik gebaut hatte. Wenn ich gekonnt hätte, wäre das Feuer im Ofen durch meine Gedanken entfacht worden. Ich verspürte den Drang, in der warmen Sauna sitzen zu müssen, aber irgend etwas hielt mich auch zurück, zeigte mir vor Augen, wie ich alleine auf der Saunapritsche lag. Und das fand ich bemitleidenswert, ohne Mitleid haben zu wollen. Komm, Sam, sagte ich meinem Kumpel, raffen wir uns auf und gehen in die Sauna.

Ich schloss das Saunahaus auf und betrat den Vorraum. Auf dem Kaminsims stand im Pfeifenständer meine alte Pfeife, die ich seit Jahren nicht mehr benutzt hatte. Ich nahm sie herunter, steckte sie in die Hosentasche und suchte im Wohnzimmerschrank nach einer Tüte mit vertrocknetem Tabak, die ich dann auch fand und ebenfalls mitnahm. Los, Sam, zum Holzschuppen. Ich ließ Sam nach draußen laufen. Der Boden war pitschnass, stellenweise hatten sich Pfützen gebildet. Im Holzschuppen nahm ich das Tragegestell, das Vater selbst gezimmert hatte, suchte aus dem Holzstapel Birken- und Pappelscheite und spaltete sie zu schmalen Streifen, damit das Feuer im Saunaofen bei dieser Luftfeuchtigkeit schnell entfache. Die Holzscheite waren in Zweierreihe bis zum Dach aufgeschichtet. Wenn ich den Winter hier verbringen wollte, musste ich mindestens noch zwei Reihen aufstapeln. Das hieß Arbeit, im Wald sammeln, in eine ofengerechte Länge zersägen und mit der Axt in Stücke zerteilen. Ich seufzte, füllte das Tragegestell und machte mich auf den Weg zum Saunahaus. Die Holzstufen waren vom Regen glitschig. Ich musste aufpassen, nicht auszurutschen. Vom kleinen Sandstrand, den wir extra für unsere Tochter damals angelegt hatten, hörte ich Sam Wasser schlappern. Ich stellte das Holz auf der Veranda ab und ging in den Vorraum. An den Kleiderhaken hingen zwei Bademäntel, daneben zwei Badehandtücher. Den Kamin hatte ich vor unserer letzten Abreise noch gesäubert. Zwischen Vorraum und Sauna hatten wir vor fünf Jahren eine Dusche eingebaut und eine zusätzliche Wand eingezogen, so dass ein abgetrennter Feuchtraum entstand. In der Sauna lagen die Plastikschüsseln umgekehrt auf der unteren Saunabank. Auf dem Tritt stand der rote, leere Plastikeimer mit der Aufgusskelle. Ich holte das Holz von der Veranda und stellte es auf die Trittbank und nahm Zeitungspapier aus dem Vorraum. Es war ein Weser Kurier aus dem vorigen Sommer. „Nationale erobern Bremer Senat" stand in dicken Buchstaben als Schlagzeile, Grund genug, diese Zeitung zu verbrennen. Ich knüllte Seite für Seite zusammen, steckte vier Knäuel in den Ofen, legte schmale Holzscheite darauf, zog den Schornsteinschieber so weit hinaus, dass er noch im Schacht steckenblieb und hielt ein brennendes Streichholz an das Papier. Der braune Spuk ging in Flammen auf und entzündete finnisches Holz, das knisternd vom Feuer gefressen wurde, Rauchschwaden aus dem Schornstein sandte und den Saunaraum zu heizen begann. Ich nahm das übrige Holz mit, schloss die Saunatür und stellte das Holz im Vorraum neben dem Kamin ab. Aus meiner Hosentasche holte ich Pfeife und Tabak, setzte mich auf die Bank der kleinen Veranda des Saunahauses und stopfte den Pfeifenkopf mit Tabak. Es war sehr lange her, dass ich die Pfeife benutzt hatte. Als ich ein Streichholz entzündete und die Flamme über dem Tabak hielt, entsann ich mich, dass in die Pfeife ein Filter gehörte. Ich blies das Streichholz aus und schraubte die Pfeife auf. In ihr steckte ein alter, vom Tabakteer dunkel gebräunter Filter, der mich ekeln ließ. Ich nahm ihn heraus, steckte die Pfeife wieder zusammen und legte sie beiseite. „Braver Junge", hörte ich Sylvia sagen. Sam kam zu mir die Treppe hinaufgelaufen und legte sich zu meinen Füßen. Sylvia lehnte sich an meine Schulter, beobachtete mit mir schweigend den See.

Sylvester war gekommen. Aus dem Fernsehen kannte ich die großen Feiern in Mitteleuropa und ich hatte Angst, Sylvia mit unserer ruhigen Art, den Jahreswechsel zu begehen, zu enttäuschen. Ich warnte sie vor.
„Bei uns findet kein großes Fest statt", sagte ich ihr, „kein Alkohol und keine große Stimmung. Wir werden gemütlich zusammen essen und dann vor dem Fernseher sitzen und irgend etwas gucken."
So als wolle sie mich beruhigen, versicherte sie mir, dass bei ihr zu Hause auch nichts Besonderes stattfände. Etwas hatten wir dennoch zu bieten, nämlich das obligatorische Bleigießen. Ich fand es albern, aber Mutter bestand wie jedes Jahr darauf. Um halb zwölf legte sie ein paar Holzscheite in den Küchenofen und zündete sie an. In einen Metalleimer hatte sie Wasser gefüllt und neben den Ofen die Kelle, in die die hufeisenförmigen Bleistücke gelegt wurden, um sie in das Ofenfeuer zu halten. Die Bleihufeisen lagen auf dem Küchentisch auf Papier, jedes Stück unterhalb eines geschriebenen Namens. Vater durfte wie immer zuerst die Kelle mit dem Hufeisen in den Ofen halten. So wie sich das Hufeisen verflüssigt hatte, zog er die Kelle heraus und kippte das flüssige Blei in das kalte Wasser

des Metalleimers. Ich hätte von vornherein sagen können, was Mutter in dem Gebilde, das sich bei der Abkühlung formte, erkennen würde. Sie würde unter Erstaunen der Familie ausrufen:
„Oh, schaut doch nur, das sieht aus wie ein Ofen. Du wirst sicherlich im nächsten Jahr viele, viele Öfen bauen."
Ich hatte es kaum zu Ende gedacht, das Zischen des heißen Bleies im kalten Wasser war noch nicht verklungen, da rief sie es schon. Bei ihren Bleigebilden schwankte sie oft zwischen einem großen Schiff, mit dem sie eines Tages eine weite Reise machen würde, und einem neuen Auto, das sich die Familie anschaffen würde. Diesmal verstummte sie, weil sie sich nicht schlüssig war, aber Matti sagte in seiner trockenen Art:
„Sieht aus wie ein Fisch. Du wirst einen großen Fisch angeln."
Damit war sie zufrieden. Matti, als ältester Sohn, durfte vor mir gießen, nachdem Sylvia das Angebot, vorrangig die Zeremonie auszuführen, abgelehnt hatte. Mattis Gebilde war ein einziger Klumpen, ein Nichts und hätte doch die Welt sein können. Ich sagte, dass das die Erdkugel sei und er in die weite Welt ziehen würde, aber damit erntete ich von allen Seiten nur böse Blicke. Endlich konnte Mutter dann bei meinem Bleiguss das von ihr so häufig gesehene Schiff entdecken, was wiederum von Vater missmutig ignoriert wurde. Sylvias zufälliges Kunstwerk identifizierte ich als Kutsche und fügte hinzu: „Hochzeitskutsche." Vater verließ demonstrativ die Küche und setzte sich vor den Fernseher, Mutter lächelte in sich hinein, sah mich mit ihren gutmütigen Augen an und sagte, dass ich doch nicht provozieren solle, wobei sie wohlwollend Sylvias Arm tätschelte. Das Bleigießen war beendet. Und während wir vor dem Fernseher die Kirchturmuhr von Helsinki verfolgten, die unablässig dem Jahreswechsel näherrückte, kam Sylvia mit einer Flasche Sekt aus meinem Zimmer zurück. Mutters Augen strahlten, Vater unterdrückte ein zufriedenes Grinsen und ich war erstaunt. Wir mussten uns sputen, noch vor dem Glockenschlag Gläser aus der Küche zu holen und den Sekt zu verteilen. Sekt- oder Weingläser besaßen wir nicht, da es bei uns nie so etwas gab, so mussten wir dieses edle Getränk aus Wassergläsern trinken. Es war das erste Mal, dass ich Sekt zu trinken bekam und da-

mit in ein neues, aufregendes Jahr wechselte, das viele Veränderungen für mich bereithielt.
Am Neujahrstag hatte sich wieder Besuch angekündigt, aber gegen alles Flehen Mutters schnallten Sylvia und ich uns die Ski unter und machten uns nach dem Mittagessen noch vor den Übertragungen des Skispringens aus Garmisch-Partenkirchen, das man üblicher Weise bei uns am Neujahrstag anzusehen pflegte, auf den Weg in unser Haus am See. Unterwegs setzte leichter Schneefall ein. Unsere alten Skispuren waren nur noch schemenhaft erkennbar. Wieder zündete ich ein Feuer im Kamin an und während wir Arm in Arm davor saßen und uns wärmten, kam ich auf die Idee, die Sauna anzuheizen.
„Ich habe nichts mit", sagte Sylvia.
„Es ist alles da", erwiderte ich, „Handtücher und Seife und wir können uns im Schnee wälzen und abkühlen."
Sylvia sah mich skeptisch an. „Ich habe keinen Badeanzug mit. Und im Schnee ... ich weiß nicht."
„Du brauchst keinen Badeanzug oder schämst du dich vor mir?"
Sie zögerte mit der Antwort. Sah mich zweifelnd an. Dann sagte sie okay und: „Aber du bleibst anständig!"
„Was meinst du, was in einer finnischen Sauna passiert?", tat ich empört und lachte.
Ich rannte los, um die Sauna anzuheizen. Damals bestand sie nur aus dem Saunaraum, davor war eine kleine Veranda mit einer kleinen Bank, auf der man sich ausruhen konnte. Ein Umkleideraum war noch nicht dabei. Wir mussten uns im Haus umziehen. Verstohlen und schüchtern entkleideten wir uns, gegenseitige Blicke vermeidend. Sylvia bedeckte ihre Brust und ihre Scham mit einem Handtuch, ich band mir ein Handtuch um die Hüften. Als ich sie dann vor mir sah, bevor wir zur Sauna hinübergehen wollten, konnte ich nicht anders. Ich zog sie an mich, umarmte und küsste sie und unsere Handtücher fielen zu Boden. Sylvia errötete und, als wolle sie ihren nackten Körper vor mir verstecken, drückte sie sich an mich. Ich spürte ihre Brüste und ihre Haut und meine erste durch sie verursachte Erregung.
„Hast du was bei dir?", fragte Sylvia.

Ich verstand nicht, was sie meinte, bis ich errötend eingestehen musste, keine Vorsorge getroffen zu haben.
„Dann können wir es nicht machen", sagte sie, ohne sich von mir zu lösen. Es dauerte eine Zeit, bis wir uns trauten, uns loszulassen und unsere nackten Körper zu betrachten. Ich fühlte eine unsagbare Sehnsucht, mich mit ihr zu vereinen, sie zu lieben, zu streicheln, Zärtlichkeiten mit ihr auszutauschen, ihre Brüste zu berühren, die harten, dunklen Brustwarzen zu küssen, in ihren Schritt zu fassen und ihre Hand an meinem steifen Glied zu spüren. Aber alles scheiterte an meiner Unfähigkeit, für Vorsorge gesorgt zu haben. Wir hoben die Handtücher auf, banden sie wieder um und taten, als wäre nichts geschehen. Dann rannten wir durch den kalten Schnee zur Sauna, legten die Handtücher auf der Verandabank ab und setzten uns, als hätten wir es zum zigsten Mal getan, in die angenehm heiße Sauna.
Wenn Deutsche in die Sauna gehen, so musste ich es später erfahren, setzen sie sich hin und warten bis der Schweiß kommt. Wir Finnen harren nicht lange des Schweißes, wir machen einen Aufguss, vielleicht auch einen nach dem anderen, da braucht man nicht lange auf einen Schweißausbruch zu warten. Kann sein, dass ich auch zu viel mit meinen schnellen Aufgüssen angeben wollte, jedenfalls wurde es Sylvia schnell zu heiß, so dass sie aus der Sauna lief. Ich folgte ihr und wollte mich in den Schnee werfen, aber sie stand, die Arme vor den Brüsten verschränkt, vor der Treppe und traute sich nicht weiter.
„Los, komm in den Schnee", rief ich ihr zu und sprang in die weiße Abkühlung.
Sie hatte nicht den Mut, zögerte auch in die Sauna zurückzugehen und begann zu frieren.
„Ich komm nur mit, wenn du es nicht wieder zu heiß machst", sagte sie und schon hatten wir deutsche Saunasitten in Finnland eingeführt.
Behutsam überredete ich sie dafür, mit mir nach dem Saunagang in den Schnee zu kommen. Nachdem sie es einmal kennen gelernt hatte, wollte sie es nie mehr missen. Später schlugen wir am Steg ein Loch in das Eis und stiegen in den so ge-

öffneten See. Auch das brachte ich ihr bei. Wie wir im Laufe der Jahre vieles unserer verschiedenen Kulturen austauschten und uns gegenseitig lehrten und zu schätzen lernten. Das führte dazu, dass wir unsere nationalen Denkweisen tauschten, sie hatte den finnischen Part übernommen, während ich in meinem Handeln und Denken viel deutscher war als sie.

Der Rauch aus dem Schornstein meiner Sauna wurde dünner. So stand ich auf und legte Holz in den Ofen nach. Fünfzig Grad, das war noch viel zu wenig. Ich ging ins Haus zurück und holte mir zwei Flaschen Bier und schnitt aus einem eingeschweißten Ring Fleischwurst ein Stück ab, das ich in Alufolie einwickelte. Dazu nahm ich mir zwei Scheiben Brot mit, die ich mit Butter beschmierte. Die Wurst wollte ich auf den Steinen des Saunaofens garen. Früher hatten wir den Ring Fleischwurst über dem Saunaofen an dem Lüftungsschieber gehängt. Wenn die Wurst dann heißer wurde, tropfte das Fett auf die Steine und verbreitete im ganzen Saunahaus einen Wurstgeruch. Sylvia hatte dieser Zeremonie ein Ende gesetzt. Sie mochte diesen Gestank, wie sie ihn titulierte, nicht. Fortan wurde die Wurst dann in Alufolie gewickelt, damit das Fett nicht mehr auf die Steine tropfen konnte. Jetzt wäre es egal gewesen, sie war nicht mehr da, um für Ordnung zu sorgen, aber ein ganzer Ring wäre mir zu viel gewesen. So blieb Sylvias Lösung für mich eine praktische Alternative.
Sam trottete schnuppernd neben mir her. Bekommst nachher ein Stück ab, versprach ich ihm. Der leichte Wind trieb den Rauch aus meinem Saunaschornstein hinunter zum See und legte ihn wie Nebelschwaden über das Wasser. Ich stellte mein Essen und die Bierflaschen auf den Tisch des Saunavorraumes und ermahnte Sam, nicht dabeizugehen. Er wedelte mit dem Schwanz und seufzte. Komm, Alter, munterte ich ihn auf, wir holen Wasser aus dem See. Ich nahm zwei Plastikeimer und ging die Treppen zum See hinunter. Sam folgte mir. Auf dem Steg kniete ich mich hin und tauchte die Eimer in den See, bis sie voll waren. Eigentlich war es, seitdem wir die Nasszelle in das Saunahaus eingebaut hatten, nicht mehr nötig, Wasser aus dem See zu holen, aber ich erinnerte mich an alte Zeiten, in

denen es zu dem Saunaritual gehörte, das Wasser für den Aufguss und zum Waschen aus dem See zu holen. Da wurde das Wasser zum Waschen auch noch in einem Behälter, der seitlich am Ofen angebracht war, aufgewärmt. Nach den Saunagängen wurde dann heißes Wasser aus dem Behälter und kaltes Wasser in Eimern und Schüsseln gemischt, so dass man sich damit waschen konnte. Die Dusche, die nun mit heißem und kaltem Wasser mischbar war, war zwar äußerst praktisch, sie hatte aber auch viel von unserer Saunatradition genommen.
Ich brachte die vollen Eimer in den Saunaraum. Fünfundsiebzig Grad, da wurde es Zeit, dass ich mich vorbereitete. Ich ging in den Vorraum zurück, legte Holzscheite auf zusammengeknäultes Papier in den Kamin. Dann öffnete ich eine Flasche Bier, nahm einen Schluck und zog mich aus. Unsere Bademäntel hingen nebeneinander an ihren Haken. Es schnürte mir die Kehle zu. Tränen drangen in meine Augen, aber ich wischte sie weg. Du bleibst jetzt hier, sagte ich Sam und schloss ihn im Vorraum ein. Er winselte kurz, dann gab er Ruhe. Das Wasser im See war kalt. Jedenfalls empfand ich es so. Aber ich schwamm eine Runde, kletterte wieder auf den Steg, um über die Treppen zum Saunahaus zurückzukehren. Oben nahm ich Holz mit in die Sauna und warf es in den Ofen. Nach kurzer Zeit bollerte das Feuer, der Lichtschein der züngelnden Flammen geisterte durch den Raum. Ich legte mich auf die oberste Bank, genoss diese Atmosphäre, doch je länger ich einsam dort lag, um so mehr Wehmut stieg in mir empor, bis sie wieder vollends Besitz von mir ergriff und mich zu einem Häufchen Elend werden ließ.

Sylvia hatte dafür gesorgt, dass ich eine Praktikantenstelle in Bremen bei einem Armaturenhersteller im Ortsteil Findorff bekam. Das schien mir der richtige Ort zu sein, um die ersten zarten Wurzeln in deutschem Boden auszubreiten. Der Name des Stadtteiles barg alle Voraussetzungen, um einen Finnen in sich aufzunehmen und ihm heimatliche Gefühle zu vermitteln. Erst später erfuhr ich, dass er nichts mit meiner Herkunft und seinen Menschen zu tun hatte. Es war der Name eines Mannes, der das Land urbar machte, Wassergräben und Kanäle ziehen ließ, damit eine Ansiedlung von Menschen dort möglich war. Wie auch immer, der Stadtteil und die Firma trugen dazu bei, dass ich mich in dem fremden Land wohlfühlte und trotz der anfänglichen Sprachprobleme sich der Wunsch, hier die Wurzeln zu vertiefen, verstärkte. Es war eine schöne Zeit, an die ich gerne zurückdenke. Sylvia und ich führten ein eheähnliches Leben. Wir konnten unsere junge Liebe ausleben, wohnten zusammen in einer kleinen Zweizimmerwohnung, die wir günstig für die Zeit meines dreimonatigen Aufenthaltes in Bremen möbliert gemietet hatten. Bei Sylvias Eltern wollten wir nicht wohnen. Ihr Argwohn und Misstrauen und ihre Kontrolle hätte unserem Glück im Wege gestanden. Es genügten die Besuche am Wochenende, Sonntag mittags zum Essen oder nachmittags zum Kaffee. Schon da war es schwierig, sich von diesem Zwang zu befreien, ihren Eltern klarzumachen, dass wir auch eigene Interessen hatten, denen ein fester Ablaufplan zuwiderstand. Ich kann mich nicht beklagen, dass ihre Eltern mich schlecht behandelt hätten, nein, ganz im Gegenteil, trotz aller Skepsis, die sie unserer Verbindung entgegenbrachten, waren sie mir aufgeschlossen und herzlich gegenüber, aber meine Liebe galt Sylvia, mit ihr wollte ich zusammen sein, alleine, um auch belastenden Sprachproblemen aus dem Weg zu gehen, mit denen ich ja am Tag auf dem Arbeitsplatz genug zu kämpfen hatte. Und nur Sylvia kannte und verstand die Probleme, die ein Mensch hatte, der in einem fremden Land mit wenig Sprachkenntnissen lebte. Man mag sich nicht ständig die Blöße geben, etwas nicht verstanden zu haben, nachzufragen und es trotzdem nicht zu verstehen. Du kannst viele Wörter kennen, aber aneinandergereiht, dazu noch schnell gesprochen, verstehst du sie nicht und kannst ihren Sinn nicht erfassen. Das bedarf einer jahrelangen Schulung des Gehöres und des Verstandes und auch dann wirst du immer an irgendwelche Grenzen stoßen, die dir verdeutlichen, dass die wahre Heimat deine Muttersprache ist. So habe ich auch heute, nach über vierzigjähriger, täglicher Sprachschulung meine Schwierigkeiten am Telefon und vermeide es, wenn es geht, mit Menschen, die ich nicht kenne, zu telefonieren. Das führte sogar dazu, dass ich auch in meiner Muttersprache ungern über den

Fernsprecher kommuniziere. Es trat ein Verlust der Sprachsicherheit ein, auf der einen Seite sich nie perfekt zu fühlen, auf der anderen Seite einen fremden Akzent angenommen und Worte verloren zu haben.

Mit der Sprache war es ohnehin so eine Sache. Je zivilisierter eine Nation glaubte zu sein, um so arroganter ging sie mit ihrer Sprache um. Versuch einmal in Paris dich ohne Französisch durchzumogeln, du erleidest fürchterlich Schiffbruch. In den ruhmreichen Staaten, dort wo die Helden und die Gerechtigkeit zu Hause sind, versteht dich keiner, wenn du ihre Sprache nicht sprichst, es sei denn, du triffst auf einen, der gerade seine Heimat gewechselt hat. Wir Finnen hatten es da einfach. Uns verstand ohnehin keiner und wir waren zu klein und zu unbedeutend, dass wir der Welt unsere Sprache hätten aufdiktieren können. Also fügen wir uns und lernen die Sprachen der anderen, so wie wir von klein auf erzogen wurden, bescheiden, kleinmütig, demütig.

Und die Deutschen? Sie pflegen auch diese Arroganz anzunehmen, jeder müsse ihre Sprache sprechen. Mit einer unnachahmlichen Selbstverständlichkeit reisen sie durch Europa und glauben, dass Adolf auf seinen Feldzügen so ganz nebenbei jeglicher Nation die deutsche Sprache gelehrt hat. Was würden sie in Holland, Italien und Spanien machen, wenn sich die Einheimischen weigerten, sie zu verstehen oder Deutsch zu sprechen? Es wäre das Ende des deutschen Massentourismus. Und gerade sind sie dabei, den Nachbarn ihre Idiome als Ekel aufzubereiten. Es musste alles nicht sein. Diese Mustereuropäer, die sich von Europa ausgenommen und betrogen fühlten, die gerne den Neid und die Zuneigung der anderen spüren, die Vorbilder und Lehrmeister der Welt sein wollen, am liebsten die Stellung des amerikanischen Besserwissers und Weltpolizisten eingenommen hätten, sie waren im Begriff, zum Außenseiter degradiert zu werden, zur weltlichen Persona non grata. Schienen aus ihrer Geschichte nichts gelernt zu haben, frönten ihrem Hang zur Übertreibung und Perfektionismus. Und ich stand dazwischen, hatte eigentlich genug mit mir und meinem persönlichen Leben zu schaffen, ignorierte die Entwicklungen, bekam zwar bei der einen oder anderen Nachricht Magenschmerzen, war aber im Grunde wie die Masse, die die Dinge laufen ließ, sich nicht wehrte und sich dennoch über die Entwicklungen beklagte. Und gerade da zeigte sich die Heimatlosigkeit, in der ich mich befand. Zwar hatte ich in all den Jahren gelernt, mit der deutschen Sprache umzugehen, mich durch sie mitteilen zu können, aber schon mein rollendes R und so manche Intonation verriet mich als nicht dazugehörig. Ging es hart auf hart in einem Streitgespräch, fehlte mir die Sicherheit, Schnelligkeit im gedanklichen Übersetzen und das Zuhause, die Heimat in dem, womit uns unsere Eltern groß gezogen hatten. Das alles kam erst jetzt zum Vorschein, jetzt, da die anderen mehr und mehr von Heimat sprachen, mehr und mehr die Nicht-Sprachheimatlichen ausgrenzten. Sicherlich, sie machten da noch Unterschiede zwischen denen, die sich auch durch ihr Äußeres als fremd erwiesen und jenen wie mich, die durchaus arisch hätten sein können. Aber wie lange noch? Sollte ich hoffen und beten? Sollte ich mich mit ihnen verbrüdern, so wie wir es schon einmal getan hatten, bevor ein größerer Bruder unsere Verwandtschaft trennte? Nein, sie setzten und zeigten mir Grenzen, die ich nicht gewillt war, zu überschreiten oder einzureißen. Dazu reichte mein Mut nicht. So war ich ein Ausgegrenzter, dessen Sehnsucht es war, dazuzugehören, dessen Verstand aber sagte, keine Bindungen mehr zu besitzen. Das Band zu meiner Tochter und meinen Enkelkindern war zwar innig und fest, es vermochte aber nicht alleine zu genügen. Ich fühlte mich allein gelassen im Niemandsland, ohne Zuhause, ohne schützenden Hort, der es mir ermöglicht hätte, die Welt da draußen zu ignorieren und zu vergessen. Ich hätte keine Zeitung mehr lesen, kein Fernsehen mehr sehen und kein Radio mehr hören dürfen. Jeden Moment hatte ich erwartet, dass sie im Radio die ersten Takte Beethovens Fünfter intonierten und eine Sondermeldung über einen weiter eroberten Gau verkündeten. Jedes Aufschlagen der Zeitung, jedes Sehen und Hören von Nachrichtensendungen wurde zur Qual, immer die Angst, nun endlich die Machtübernahme verkündet zu bekommen.

Wie kann Helena nur damit fertig werden? Ich habe mehrfach mit ihr und Holger, ihrem Mann, darüber gesprochen. Sie

schienen zwar immer besorgt, aber letztendlich zeigten sie doch eine gewisse Gleichgültigkeit, die mir signalisierte, dass es ihnen egal war, in welchem System sie ihrer Arbeit nachgehen konnten. Sie waren an politischen Dingen nicht wirklich interessiert. Es würde schon alles seinen Weg gehen und sich einrenken. Ich versuchte immer wieder, sie zu sensibilisieren, sie wachzurütteln, aber dann waren da die Kinder, um die sie sich kümmern mussten, dann lenkten sie mit Problemen in der Arbeit ab, verwiesen auf die hohe Ausländerkriminalität, auf das freche Gesocks, das sich im Lande breitgemacht hätte, dem Einhalt geboten werden musste. Und seit dem Anschlag in New York gab es genug Gründe, sich gegen den vermeintlichen Terror im eigenen Lande zur Wehr zu setzen. Dass damit aber ein anderer Terror die Oberhand gewann, das wollten sie nicht wahrhaben. Im Gegenteil, sie gaben ihre hart erkämpften demokratischen Grundwerte auf, tauschten sie gegen ein Ordnungsprinzip ein, das die braune Erde wieder nach oben kehrte, auf der schon einmal schwarze Stiefel Menschenrechte mit Füßen getreten hatten.
Ich schreckte hoch, setzte mich aufrecht hin, spürte wie ungezügelter Zorn in mir aufkeimte. Dabei wollte ich mich nicht aufregen, wollte keine feindlichen Gedanken hegen, denn meine Zeit in dem verlassenen Land war schön, es war mein Zuhause, ich fühlte mich dort heimisch. Schweiß tropfte mir in die Augen. Ich nahm die Saunakelle von der Wand, tauchte den Holzgriff in einen der Wassereimer, um dann mit dem Schöpfkopf Wasser über die Steine zu werfen. Es zischte und Wasserdampf stieg empor, dann folgte der heiße Zug der befeuchteten Luft an meinen Körper. Ich musste mein Gesicht reiben. Ich wiederholte den Aufguss, genoss es, wie ich im heißen Schauer erhitzt wurde, und warf noch einmal Wasser über die Steine. Wenn Sylvia mit mir im Saunaraum saß, konnte ich keine Aufgüsse machen. Erst wenn sie die Sauna verlassen hatte und ich alleine auf der Bank saß, durfte ich diese Zeremonie durchführen. Ich hatte in so vielen Dingen auf liebgewordene Gewohnheiten verzichtet, ebenso wie sie auch sich anpasste. Aber das war wiederum unsere Stärke, dass jeder auf den anderen Rücksicht nahm, nicht nur seine Interessen verfolgte, sondern

stets um das Wohlbefinden des anderen besorgt war.
Welch eine Katastrophe bahnte sich da an, als sie von einem Arztbesuch nach Hause kam und man Verdächtiges in den Blutwerten festgestellt hatte! Wir saßen im Wohnzimmer und Sylvia starrte stumm vor sich hin.
„Das muss doch noch gar nichts bedeuten", versuchte ich sie zu beruhigen, rückte näher an sie heran und legte meinen Arm um sie.
„Es hat immer etwas zu bedeuten, wenn die Blutwerte nicht stimmen", antwortete sie.
„Aber nun mach dich doch nicht verrückt, bis du wirklich weißt, was los ist", redete ich auf sie ein.
Doch ich konnte sie nicht beruhigen und, wenn ich ehrlich war, kämpfte ich nur selbst gegen die aufkeimende Panik. Wir waren beide lebenserfahren genug zu wissen, dass mit so einer Nachricht bei vielen Bekannten sich das Leben dem Ende näherte. So vermochte ich weder sie noch mich beruhigen. Und die Tage, bis das endgültige Ergebnis feststand, waren durch Unkonzentriertheit, Ängste und Verzweiflung gekennzeichnet. Aber all das war gar nichts gegen das, was dann auf uns zukam.
Sam kratzte an der Saunatür und winselte. Ich warf noch einmal Wasser auf die Steine, wartete bis der Hitzeschwall an mir vorbeigezogen war und stieg von der oberen Saunapritsche hinunter. Vorsichtig öffnete ich die Tür. Sam streckte sich und gab freudige Geräusche von sich. Im Saunavorraum nahm ich einen Schluck Bier und ging die Treppe zum See hinunter.
„Pass auf, dass du nicht ausrutscht", ermahnte Sylvia mich. Dabei war sie es, die hier schon einmal auf den Stufen ausgerutscht war und sich eine leichte Gehirnerschütterung zugezogen hatte. Ich grummelte wie gewohnt in mich hinein. Vom Steg stieg ich die Leiter in den See hinab und schwamm, tauchend und prustend, ein paar kleine Runden. Sylvia war immer weit hinausgeschwommen, wollte mich animieren, mitzukommen, aber ich war kein guter Schwimmer und traute mich nicht zu weit auf den See hinaus.
Oben am Haus wieder angekommen, zog ich den Bademantel über, nahm mir die angefangene Flasche Bier und setzte mich

auf die Veranda, um auszuruhen und den See zu beobachten. Weit hinten am Horizont war der Rücken des vorbeigezogenen Gewitters noch zu sehen. Unter dem blauen Himmel zogen ein paar vereinzelte Schäfchenwolken vorbei. Der entfernte Waldrand und die kleinen Inseln spiegelten sich im geglätteten See. Drei Prachttaucher zogen lautlos ihre Bahn. Wie hatten wir uns immer gemeinsam über die Taucher und andere Wasservögel gefreut, wenn sie an uns vorüberglitten, tauchten, zum Flug starteten oder platschend landeten. Sylvia konnte sich immer wieder aufs Neue dafür begeistern, mehr noch als ich. Und ich erfreute mich an ihrer Begeisterung. Nun aber hatte alles an Außergewöhnlichkeit verloren. Es waren halt Vögel dort auf dem See, schön dass es sie gab, aber ich verspürte keinen Anlass, mich darüber zu freuen. Ich nahm einen Schluck Bier aus der Flasche, streichelte Sam, der neben mir auf der Bank saß. Ist schon merkwürdig das Leben, nicht wahr, Sam? Jetzt sind nur noch wir beide da.

Früher herrschte hier im Sommer ein ganz anderes Leben. Helena planschte unten am See, Vater und Mutter saßen auf dem Steg und erfreuten sich an dem Spiel ihrer Enkeltochter, Matti und ich bauten wieder einmal am Haus und Sylvia war die gute Seele, die für unser leibliches Wohl sorgte, ohne das Hausmütterchen zu sein, das sie auch nie abgeben wollte. Die Familie versammelte sich im Sommer hier und erfüllte alles mit einem pulsierenden Leben. Wie kann ich nur diese erdrückende Ruhe ertragen?

Ich zog meinen Bademantel aus, nahm die eingewickelte Wurst, legte sie auf die heißen Steine und holte Holz in die Sauna, um den Ofen zu füttern, dass das Feuer wieder auflodertet. Dann legte ich mich wieder auf die oberste Bank, verdrängte meine Gedanken an Sylvia. Morgen würde ich Birkenzweige abschneiden, um Vihtas zu binden. Und schon wieder dachte ich an Sylvia, die es mir untersagte, mich mit den Birkenzweigen im Saunaraum zu schlagen, weil die Blätter an den Wänden kleben würden und sie schließlich doch wieder für die Sauberkeit in diesem Hause zu sorgen hatte. Ein paar mal hatte ich diese alte Saunatradition trotzdem durchgesetzt, mit dem Versprechen, die Sauna gründlich zu reinigen. Nachdem sie aber wieder meine Reinigungsarbeiten zu bemängeln hatte, unterblieb es für lange Zeit. Mich störten die abgefallenen Birkenblätter nicht, sie konnten sich hier frei verteilen. Irgendwann würde ich sie entfernen, ohne mir einen Stress daraus zu machen. Und in diesem Gedanken stellte ich fest, wie viele Gewohnheiten ich ihretwegen aufgegeben hatte, ohne sie letztendlich zu vermissen, und nun, da ich sie wieder aufnahm, waren sie doch nur ein hohler Trotz gegen die Einsamkeit. Es würde mir nichts fehlen, wenn ich es sein lassen würde.

Ich richtete mich auf, blickte aus dem Fenster auf den See und sah doch in ein Nichts, tief, leer und hohl. Alle Werte waren verloren, jeglicher Sinn war abhanden gekommen. „Mach es nicht zu heiß, ich mag das nicht", hörte ich Sylvia. Ich winkte lakonisch ab. Die Wurstpelle platzte. Trotz Alufolie tropfte Fett auf die Steine, setzte erst Wurstgeruch und dann den Gestank von verbranntem Fett frei. „Hab ich es dir nicht gesagt", hörte ich sie schimpfen. Ich griente wie immer. War froh, dass sie mich rügte. Ich brauchte das, es gehörte zu meinem Leben. Ihre ständigen Ermahnungen, wie fehlen sie mir! Ich kletterte die Bänke hinunter, ergriff die Saunakelle, drehte die Wurst auf den Ofenrand, goss Wasser über die Stelle, auf die das Fett ausgelaufen war, und quälte mich wieder nach oben, um erneut Wasser auf die Steine zu werfen.

Zu unserer Hochzeit waren meine Eltern nicht gekommen. Mir war es egal, oder verdrängte ich meine Enttäuschung? Matti arbeitete in Schweden und bekam nicht frei, so waren es nur Sylvias Verwandte und Freunde, die an unserer kleinen Hochzeitsfeier teilnahmen. Ich hatte mein Ingenieurstudium abgeschlossen und in der Firma, in der ich das Praktikum gemacht hatte, eine Anstellung gefunden. Und obwohl Sylvia ihr Studium noch nicht beendet hatte, beschlossen wir, zusammenzuziehen und zu heiraten.

„Ihr seid doch verrückt, das kann doch nicht gut gehen", höre ich Vater noch schimpfen.

Mutter weinte, nun würde auch der jüngste Sohn das Haus verlassen. Nach vielen unschönen Auseinandersetzungen mit Vater sprachen wir wieder einmal nicht mehr miteinander. Unsere Einladung, an der Hochzeit teilzunehmen, ignorierten

sie. Vater ignorierte sie, Mutter musste zu ihm stehen. Ein Hochzeitsgeschenk gab es nicht. Und Sylvias Vater reagierte nicht minder böse. Er sah nur die Ausbildung seiner Tochter gefährdet, es gab dieselben Sprüche wie damals, als wir uns entschieden, das Leben gemeinsam zu verbringen. Nur Sylvias Mutter zeigte Verständnis und insgeheim ein wenig Freude über das bevorstehende Fest.
Sylvia trug ein schlichtes weißes Kleid mit einem spitzenbesetzten Schleier und weißen, hochhackigen Schuhen, die sie sich von ihren ersparten Pfennigen kaufte. Sie sah bezaubernd aus! Ich konnte mich an ihr nicht satt sehen. Ich war so glücklich! Nun war sie endlich mein. Keiner konnte sie mir mehr nehmen, auch wenn ich mir so lächerlich in meinem Anzug vorkam. Mein Gott, war ich ein Milchgesicht, diese blasse, von keiner Sonne gebräunte Haut, die dünnen blonden Haare. Und diese Unsicherheit, die in mir steckte, die anderen beneidend, mit welcher Selbstsicherheit sie auftraten, alles kannten und über alles Bescheid wussten, und ich, ich war nur gerade Ingenieur geworden und hatte von nichts Ahnung und keinerlei Lebenserfahrung, war gerade aus dem finsteren finnischen Wald gekrochen und hatte zum ersten Mal die Sonnenstrahlen des Lebens gespürt. Welch ein Wagnis, welcher Mut aus Unwissenheit! Alle anderen hatten ja Recht, aber wir hatten die Liebe, wir wussten, dass wir zusammengehörten, uns machte unsere Liebe stark und ließ die Zweifel an uns abprallen.
Ich seufzte tief und nahm noch einmal die Saunakelle, um einen Aufguss zu machen. Die Sonne senkte sich über den weitentfernten Waldrand, zauberte ihr Farbenspiel in den Himmel und auf den See. Ich schob die Wurst vom Ofenrand auf die Saunakelle und nahm sie mit in den Vorraum. Sam begrüßte mich erfreut. Du gehst nicht dabei, hörst du, ermahnte ich ihn und ließ ihn im Haus zurück, um noch einmal in den See zu steigen. Meine Schwimmbewegungen zerstörten das bunte Bild des Sonnenunterganges auf dem See. Die in der Nähe schwimmenden Prachttaucher tauchten unter. Sam hatte brav auf dem Sofa gelegen und meine Wurst bewacht. Ich zündete das Feuer im Kamin an, öffnete die zweite Flasche Bier und entfaltete die Alufolie. Sofort schnupperte Sam aufge-

regt und rückte näher an mich heran. Ich musste ihn ermahnen, den Kopf vom Tisch zu nehmen. Das Feuer im Kamin flackerte auf, Holz spritzte knallend von den Scheiten. Die Wurst hatte keinen Geschmack. Oder lag es an mir? Lustlos schnitt ich mir Stück für Stück ab, ließ für Sam eine größere Scheibe übrig und gab sie ihm, nachdem ich mich davon überzeugt hatte, dass sie für ihn nicht zu heiß war. Einmal noch, Sami, dann bleibt Herrchen bei dir, verabschiedete ich mich von meinem Cockerspaniel und ging zurück in die Sauna. Die Hitze war auf achtzig Grad abgekühlt. Für einen letzten Saunagang reichte es. Ich setzte mich auf die oberste Bank und goss Wasser über die Steine.

Schweren Herzens hatte Sylvias Vater auf Drängen der Mutter sich bereit erklärt, die Kosten für die Hochzeitsfeier zu übernehmen. Die Schande, für seine Tochter keine Feier finanziert zu haben, wollte er doch nicht über sich ergehen lassen. Sylvia hatte ihm gesagt, als die Streitigkeiten um unsere Hochzeit eskalierten, dass er sich sein Geld sonst wo hin stecken könne, wir wollten sowieso nicht groß feiern, wir würden lediglich standesamtlich heiraten und danach zum Italiener eine Pizza essen gehen. Über diese Dreistigkeit hatte selbst ich lachen müssen. Es bedurfte eines nächtlichen Grübelns und der flehenden Worte seiner Frau, bis er am nächsten Morgen dann mürrisch sagte:

„Also gut, ich bezahl euch die Feier. Aber ich bestimme wie, wo und was. Und außerdem versprichst du mir", und dabei zeigte er mit dem Finger auf mich, „dass Sylvia ihr Studium beendet und ihr nicht sofort so ein Balg in die Welt setzt."

Ich hatte nicht verstanden, was er mit „Balg" meinte und sah Sylvia hilfesuchend an.

„Ist schon okay", antwortete Sylvia, „kannst dich drauf verlassen."

„Ich will es von ihm hören", sagte er und sah mich erwartungsvoll an.

„Sag ja", nickte sie mir zu.

Und ich sagte ja.

Mir wäre es lieber gewesen, wir hätten im engsten Kreis irgendwo nett gegessen, nicht unbedingt Pizza, aber ohne den

Stress einer größeren Familienfeier. Das ständige Aufpassen auf jedes Wort, auf jede Silbe, um auch ja alles zu verstehen, ermüdete mich und nun würden viele Stimmen auf einmal auf mich einreden, um meinen Kopf in einen Bienenkorb zu verwandeln. Doch ich behielt meine Bedenken für mich, wollte mir nicht die Blöße geben, kein vollwertiges Mitglied ihrer Familie zu sein. Es war dann doch erträglicher als ich befürchtet hatte, vieles, was ich nicht verstand, ging im Trubel der Feier unter. Aber immer wieder musste ich die irrige Meinung Sylvias Verwandtschaft korrigieren, dass Finnen doch viel trinken würden, bis mir vom vielen Anstoßen schlecht wurde und ich schließlich nur noch Mineralwasser trank und damit den Irrglauben eindrucksvoll widerlegte.
„Das hätten wir geschafft", atmete Sylvia für mich auf, als wir nachts in das Taxi stiegen, das uns zu unserer kleinen Wohnung brachte. „War's schlimm?", fragte sie.
Ich verneinte. Vieles hatte ich zwar nicht verstanden, aber davon hatten die wenigsten etwas mitbekommen. Und je mehr ich getrunken hatte, um so gleichgültiger wurde es mir auch, ob ich irgendetwas von dem belanglosen Geschwätz der mir wohlgesonnenen aber auch beschwipsten Verwandtschaft verstehen würde. Ich nahm meine kleine, süße Frau in den Arm, küsste sie und schlief ein. Vor der Haustür weckte Sylvia mich. „So, Herr Virtanen, nun dürfen Sie noch mal kräftig arbeiten", sagte sie. „Los, du Schlappschwanz, trag mich über die Schwelle." Sie ließ sich in meine Arme fallen und ich trug sie mit meiner jugendlichen Kraft die Treppe in die zweite Etage hoch.
Ich musste schmunzeln. Wie mit zunehmendem Alter doch die Kräfte schwanden. Heute hätte ich Sylvia keinen Meter mehr tragen können. Die Jahre hatten die Kraft aufgezehrt, zurück war ein kraftloser, alter Mann geblieben, dessen Beine zu wackeln begannen, der krumm und verbraucht war, der keine Ausdauer mehr hatte und auch kaum noch Willenskraft. Und all die Jahre waren so schnell, so wahnsinnig schnell vergangen. Sylvia! Ich ließ noch einmal mit geröteten Augen Wasser auf die Steine fallen, streckte meinen faltigen Körper gegen die Hitze und stieg die Pritschen hinunter. Ich tauchte meine Hän-

de in einen der mit Seewasser gefüllten Eimer und warf das immer noch kühle Wasser über mich. Dann hob ich den Eimer und goss das Wasser langsam über meinen Kopf, dass es meinen Körper hinunterlief und mich wohltuend abkühlte. Ich öffnete die Saunatür und ging unter die Dusche. Sam kam zu mir, schaute in den Saunaraum und drehte sich wieder um. Bleib schön im Vorraum, Sam, sagte ich ihm und mischte kaltes und heißes Wasser. Wie einfach es doch mit der Dusche war, dachte ich. Vater und Mutter hatten es in vielerlei Hinsicht schwieriger. Sie hatten die Annehmlichkeiten, die wir nach und nach in dieses Haus einbauten, nicht mehr mitbekommen. Wie sie auch unsere Hochzeit nicht miterlebten, weil es ihre kleinbürgerliche Seele nicht über das Herz brachte, das Glück ihres Sohnes zu akzeptieren. Zu schwer wog die Enttäuschung, dass ihr Sohn eine Ausländerin heiratete und für sie das geliebte Heimatland verließ. Es hat Jahre gedauert, bis sie sich mit der Situation abfanden. Eigentlich war es Helena, ihr einziges Enkelkind, das ihre Herzen aufweichte. Aber gleichzeitig wuchs in ihnen der Neid Sylvias Eltern gegenüber, weil diese das ganze Jahr über das Heranwachsen des Kindes miterlebten, während sie es nur im Sommer und zu Weihnachten beobachten konnten.

Dass Sylvias Eltern Helena nur sporadisch sahen, während sie fast sechs Wochen im Jahr ihr Enkelkind vierundzwanzig Stunden am Tag um sich hatten, zählte dabei nicht. Die Kinder waren weit entfernt, sie konnten sie nicht, wann immer sie wollten, besuchen. Das alleine zählte und ließ die Eifersucht in ihnen aufkeimen. Sie lebten nur noch von Besuch zu Besuch, strichen die Tage am Kalender ab und warteten, ja, verwarteten so einen großen Teil ihres Lebens. Mich machte es krank und ich kämpfte dagegen an. Sie hatten nicht das Recht, mir ein schlechtes Gewissen einzuflößen, denn ich war erwachsen genug, mein eigenes Leben zu leben. Und das wollte ich nun einmal mit Sylvia in Deutschland. Schlimm diese ewigen Abschiede unter Tränen, man sah sich ja so lange nicht mehr und was konnte in der Zwischenzeit alles geschehen! Es war immer ein Abschied für die Ewigkeit, auch wenn man sich zuredete, im nächsten Sommer oder zum nächsten Weihnachtsfest würde

man sich ja wiedersehen. Zu uns nach Deutschland kamen sie nur ein paar mal, eigentlich erst, als Vater in Rente ging. Wohlgefühlt haben sie sich bei uns nie so richtig. Es war ihnen alles viel zu hektisch, zu betriebsam. Der Straßenverkehr, die vielen Menschen machten ihnen Angst. Sie waren nur das beschauliche Leben eines kleinen Walddorfes gewohnt. Selbst das verhältnismäßig ruhige Lappeenranta war ihnen schon mit zu viel Leben erfüllt. Und unsere Art in Deutschland zu leben, ließ sie sich noch kleiner fühlen. Das war nicht die bescheidene, genügsame Lebensweise, die sie in Lemi pflegten. Wir kamen ihnen protzig und verschwenderisch vor, es war ihnen alles ein paar Nummern zu groß. Sie sahen mich stumm an, schüttelten mit dem Kopf und sagten leise:
„Junge, das ist nicht unsere Welt und dass du dich in ihr wohl fühlen kannst, wo wir dir immer Bescheidenheit beigebracht haben ..."
Ich spürte wie ihre Seelen dabei brannten. Ich war nun einmal der verlorene Sohn.
Ich zog den Bademantel an und setzte mich auf die Veranda. Sam ließ sich schnaubend unter meinen Beinen nieder. Die Sonne war am Horizont untergetaucht. Der Himmel strahlte in roten und orange Farben, spiegelte sich im glatten See wieder. Langsam wurde es dunkel. Der Sommer neigte sich dem Ende zu und machte damit die Tage wieder kürzer. Dunkle Nächte kündigten sich an, keine lauen, hellen mehr, die das Gemüt so beschwingten und für einige Wochen Lebensfreude verbreiteten. Bald war es wieder so weit, dass die kurzen Tage die Selbstmordrate in die Höhe trieb. An ein Beenden meines Lebens hatte auch ich gedacht, als Sylvia nicht mehr erwachte, als sie mich alleine ließ. Aber mir fehlte der Mut oder war es ganz einfach Bequemlichkeit? Na, wollen mal sehen, vielleicht folge ich ihr ja doch noch früher als gedacht.
Ich trank mein Bier aus, stand auf und ging in den Aufenthaltsraum, in dem das Feuer im Kamin zuckende Lichtspiele an die Wände warf. Sam folgte mir und sprang auf das Sofa, um sich nach mehrmaligem Drehen hinzulegen. Ich zog mich an, warf noch etwas Holz in das Feuer, rückte den Schaukelstuhl näher an den Kamin. Draußen kreischten Möwen. Ich stand noch

einmal auf und schloss die Tür. Wir hatten hier nach der Sauna gerne gesessen, Kaffee getrunken oder etwas gegessen, uns aneinander gekuschelt und die lodernden Flammen im Kamin beobachtet. Wie leer und sinnlos jetzt doch alles war. Ich verspürte keine Lust, mir irgendetwas zum Essen zu machen. Wozu? Alleine war es kein Genuss, schien es vergebliche Liebesmühe. Und doch müsste ich morgen ins Dorf, um ein wenig einzukaufen, für das, was mir jetzt so abwegig vorkam. Ich könnte auch am Haus meiner Eltern, in dem ich aufgewachsen war und gelebt habe, vorbeischauen, um zu sehen, wie es dort jetzt aussah. Die Ofenfabrik, in der Vater gearbeitet hat, gibt es immer noch. Ich bin auf dem Weg hierher daran vorbeigefahren. Natürlich werde ich das Grab meiner Eltern und meines Bruders besuchen. Ich war schon lange nicht mehr da. Hatte keine Lust verspürt, auf der Herfahrt dort zu halten. Auf dem Grabstein ist ein Platz frei, für mich. Aber ich werde in dem Grab nicht meine letzte Ruhe finden. Mein Platz ist neben Sylvia. Und sollte ich hier sterben, ist Helena beauftragt, meine Asche nach Deutschland zu holen, um meine Urne neben der von Sylvia beizusetzen. Das Grab meiner Eltern wird von der Gemeinde gepflegt. Ich habe dafür bezahlt, zehn Jahre im Voraus, habe damit so ein kleinwenig Ablass für mein schlechtes Gewissen erhofft. Doch freikaufen konnte ich mich nicht.

Der Tod Vaters kam für alle plötzlich und unerwartet. Wir wähnten ihn gesund und vital, um so herber traf uns die Nachricht. Ich habe das Bild immer noch vor meinen Augen, wie ich im Büro saß, über technische Probleme nachdachte und das Telefon störend klingelte. Unwirsch meldete ich mich und in dem Moment, wo ich den Hörer am Ohr hielt, spürte ich, dass eine tragische Nachricht auf mich zukam. In all den Jahren hatte ich gelernt, am stillen Rauschen des Telefonhörers zu erkennen, ob es ein Gespräch aus Finnland war, das mich erreichte. Dieser Bruchteil von Stille reichte mir zu erahnen, es war etwas passiert. Mutter pflegte mich nie in der Arbeit anzurufen.

„Tauno?", kam ihre zittrige, unsichere Frage, die bereits Tränen getränkt mein Ohr erreichte.

Wieder waren es nur Bruchteile von Sekunden, die ich zögerte zu antworten, aber die Zeit in diesen Situationen nimmt den Charakter einer Zeitlupe an, jede Aktion, jede Sprache verzerrt sich zu einem lang gedehnten Schrecken.

„Ja, was gibt es denn?", fragte ich noch etwas gereizt, mich umsehend, dass die Kollegen nicht mitbekamen, dass ich Finnisch sprach.

„Vater ist tot", hörte ich sie sagen und mir war, als schalle ein Echo durch meinen Kopf, dass diesen Satz immer und immer wiederholte, ohne dass ich seinen Sinn verstand. Vater ist tot. Was hatte das zu bedeuten? Und während langsam das Bewusstsein den Sinn dieser Worte übersetzte, schien gleichzeitig jegliche Kraft meinem Körper zu entströmen. Am anderen Ende hörte ich Mutter weinen. Ich wusste nicht, was ich sagen sollte, so wiederholte ich hohl: Vater ist tot.

„Tauno?", weckte mich Mutter aus meiner Erstarrung. Sie schnäuzte sich, atmete tief durch, wie sie es immer tat, wenn sie sich vom Übel dieser Welt befreien wollte.

„Ja, ja", kam ich langsam zu mir, „was ist passiert? Er war doch gesund. Wir haben doch gerade erst seinen Geburtstag gefeiert. Ich glaub das nicht. Wieso?"

Mutter schwieg. Eine Zeit lang herrschte unerträgliche Stille, auch um mich herum. Der sonst so hohe Geräuschpegel war erloschen. Ich spürte die Augen der Kollegen auf mich ruhen und merkte erst jetzt, dass mir Tränen aus den Augen liefen, sich meine Nase verdickte.

„Was ist passiert?", wiederholte ich meine Frage und wischte die Tränen mit dem Hemdärmel aus meinem Gesicht.

„Er hatte einen Herzinfarkt", antwortete sie, „er hat im Schuppen gearbeitet und, als ich lange nichts von ihm gehört hatte, bin ich hingegangen, um nachzusehen. Und da lag er." Ihre Stimme vibrierte und ich hörte ihre Anspannung, das Weinen zu unterdrücken. „Ich bin gleich zu Heikkinens, um Hilfe zu holen. Aber es war zu spät. Der Notarzt konnte nur noch den Tod feststellen. Kommt ihr rüber?"

„Natürlich kommen wir. Wann ist das denn passiert?"

„Heute morgen. Ich muss mich jetzt um alles kümmern. Ihr seid ja nicht da."

„Hast du Matti schon angerufen?"

„Nein, das wollte ich gleich machen. Die Beerdigung ..."
„Hör zu, Mutter, überstürze jetzt nichts. Wir werden das zusammen regeln. Ich muss nur hier einiges auf die Reihe bringen und Sylvia benachrichtigen, dass sie sich frei holt. Ich rufe dich heute Abend von zu Hause aus an. Wenn du willst, benachrichtige ich Matti."
„Nein, das mache ich selbst. Wann könnt ihr denn hier sein? Ich habe solche Angst hier alleine in dem Haus."
„Das brauchst du nicht. Ich rufe dich heute Abend an, dann besprechen wir alles. Okay?"
„Beeilt euch", sagte sie noch, ehe sie weinend den Hörer auflegte.
So viele Dinge schossen mir durch den Kopf und immer wieder die Frage, was das eben eigentlich für ein Gespräch war. Hatte ich es nur geträumt? Vater tot? Nein, das konnte nicht sein. Das musste ein Irrtum sein, er war doch noch im Sommer, als wir zu Hause in Lemi waren, putzmunter, dem fehlte doch nichts. Und nun, so plötzlich, tot? Nein, nein! Aber geträumt haben konnte ich es an diesem Platz sicherlich nicht. Praktische Dinge drängten sich in den Vordergrund: Fast systematisch bildete sich eine Liste in mir, was ich als Nächstes zu tun hatte: Vorgesetzten informieren, Urlaub einreichen, Arbeit verteilen, Sylvia anrufen, Flug buchen. Wie immer kam der Tod äußerst ungelegen. Ich hatte so viel Arbeit, musste ein Projekt durchziehen, ich konnte es mir eigentlich nicht leisten, am Arbeitsplatz zu fehlen. Aber was hatte dies alles für eine Bedeutung im Angesicht des Todes?
Die Kollegen waren auf mich zugekommen, fragten, was passiert sei. Aus ihren Augen sprach ehrliche Anteilnahme, als sie die Nachricht erfuhren und mir ihr Beileid aussprachen. Sofort waren sie bereit, meine Arbeit zu übernehmen und drängten mich, sofort nach Finnland zu fahren. Als ob das so einfach wäre! Finnland war kein anderes deutsches Bundesland, es lag die Ostsee dazwischen. Mir wurde bewusst, wie weit wir doch von einander entfernt waren. Es waren eben nicht nur ein paar Stunden, die man im Auto verbringen musste, es waren schon etliche Stunden mehr. Dabei war mein erster Gedanke, das Flugzeug zu nehmen, nach Helsinki zu fliegen und von dort

mit dem Taxi nach Lemi. Es wäre die schnellste Möglichkeit, aber wir wären auf dem Lande unbeweglicher, bei allem, was zu erledigen war. Dann fiel mir ein, dass wir ja Vaters Auto benutzen konnten, und Matti würde auch mit seinem Auto kommen. Also doch fliegen.
Auch bei meinem Vorgesetzten stieß ich auf viel Verständnis und bekam sofort frei. Ich rief Sylvia an und musste daran denken, wie sehr sich in den Jahren das Verhältnis zwischen ihr und Vater doch gewandelt hatte. Mit Mutter war sie immer gut zurechtgekommen. Vater legte seine Skepsis ihr gegenüber erst mit den Jahren ab. Ihr Charme und die Geburt Helenas ließen ihn Stück für Stück erweichen, machten ihn zugänglicher. Und dass Sylvia sich auch noch in seiner Sprache mit ihm unterhalten konnte, brachte die Dämme dann doch zum Einbrechen. Trotzdem, so paradox das klingen mag, verzieh er mir nie, dass ich, so wie er es empfand, das Vaterland verraten hatte, eine Ausländerin heiratete und im Ausland lebte. Dabei hatte sein Land nicht allen Menschen mehr genug Arbeit zu bieten. Viele waren ausgewandert, überwiegend nach Schweden, weil man die Sprache auch sprach und es doch so nahe lag, nahm in Kauf, dass man dort wie die Türken in Deutschland behandelt wurde. Aber das alles zählte bei Vater nicht. Man bleibt da, wo die Wurzeln sind.
Ich wollte mich mit Sylvia am Telefon nicht in einen Mitleidsrausch hineinsteigern, so überhörte ich ihren Schrecken und meine innere Panik, ging sofort über, die praktischen Sachen mit ihr zu regeln. Helena und Randi, unser damaliger Cockerrüde, mussten bei Sylvias Eltern untergebracht werden. Beide konnten wir nicht mitnehmen. Helena wollte ich in ihren jungen Jahren es nicht antun, die Trauerfeierlichkeiten für ihren geliebten Opa über sich ergehen zu lassen. Außerdem konnte ich sie nicht eine Woche, denn so lange sollte unser Aufenthalt in Finnland dauern, aus der Schule nehmen. Von nun an lief alles fast automatisch, jeder Schritt schien tausendmal geübt und einstudiert und doch war alles neu und irgendwie irreal. Am nächsten Morgen saßen wir im Flugzeug von Hamburg nach Helsinki. Knapp zwei Stunden Flugzeit, dann landeten wir. Mietwagen oder Taxi war die Frage, aber wir nahmen

dann doch ein Taxi, ließen uns durch die trostlose Herbstlandschaft nach Lemi kutschieren. Mutter wartete schon sehnsüchtig auf uns. Unmengen von Tränen wurden bei der Begrüßung vergossen. Vater war im örtlichen Beerdigungsinstitut aufgebahrt. Wir besuchten ihn noch einmal, nahmen Abschied. Das letzte Bild von ihm hat sich in mir eingebrannt, wie er da lag, friedlich mit gefalteten Händen, so kraftlos und klein, sein faltiges Gesicht hatte eine graue Farbe angenommen. Ich empfand Dankbarkeit für alles, was er für mich getan hatte. Er hatte mich in jungen Jahren behütet und mir ein gesichertes Leben gegeben, trotz aller wirtschaftlicher Bescheidenheit hatte er mir eine Ausbildung ermöglicht, die mir ein zufriedenes Leben bescherte. Auch wenn er mit manchen meiner Entscheidungen nicht einverstanden war, so hat er mich doch geliebt, wie auch ich ihn geliebt habe, ohne dass wir es uns je gesagt haben.
Was immer man unter einer schönen Beerdigung verstehen mag, Vaters Beerdigung war eine. Alle Verwandten und Freunde, Nachbarn und Bekannten waren gekommen, ihn auf dem Weg zu seiner letzten Ruhestätte zu begleiten. Gegen Vaters Willen, er mag es uns verzeihen, hatten wir den Pastor predigen lassen, das Leben eines Mannes zu würdigen, der für sein Vaterland gekämpft, für seine Familie gesorgt und gearbeitet, seine Frau und seine Kinder auf seine Weise geliebt und behütet hatte, immer ein hilfsbereiter und fleißiger Freund, Nachbar und Verwandter war, der sein Haus selbst gebaut und es mit seinem Grundstück in einem tadellosen Zustand hielt. Nun lag sein Körper in diesem mit weißem Tuch bespannten Sarg, den die Freunde langsam in die tiefe Kuhle hinabgleiten ließen. Und so, als würde über den Verlust dieses Menschen selbst der Himmel weinen, ging ein heftiger Regenschauer hernieder, über den wir später, mit dem nötigen Abstand, noch so manches mal wehmütig geschmunzelt haben.
Matti sah ich bei Vaters Beerdigung das letzte Mal lebend. Er hatte an Vaters Todestag die Nachtfähre von Stockholm nach Turku genommen, da er die Fähre nach Helsinki, die drei Stunden früher den Hafen verließ, verpasste. So traf er trotzdem nur etwas später bei Mutter ein als wir. Immer noch arbeitete er in Norrköping in dem Kraftwerk, das er mit aufgebaut hatte. Ei-

nige Male besuchten wir ihn dort, wenn wir auf dem Weg nach Finnland waren. Er wohnte in einem dieser Mietsblöcke, hatte nicht das Verlangen und den Ehrgeiz, sich ein eigenes Haus zu bauen und eine Familie zu gründen. Hin und wieder hatte er die eine oder andere Beziehung, lebte mal mit einer Frau zusammen, aber es war nie etwas von Dauer. So kam er auch diesmal wieder alleine. Zwei Tage nach Vaters Beerdigung fuhren wir zusammen hinaus zu unserem Haus am See.

„Was meinst du, Tauno?", fragte er mich plötzlich, „Soll ich den ganzen Krempel hier verkaufen? Jetzt, wo Vater nicht mehr da ist. Wer soll das ganze hier in Ordnung halten? Wir beide oder besser wir drei, sind weit weg und Mutter kann das alles nicht alleine schaffen."

Ich hatte bisher keinen einzigen Gedanken daran verschwendet, so war ich über seine Äußerungen doch sehr überrascht.

„Wir, das heißt du, denn dir gehört das jetzt ja hier alles, solltest es nicht überstürzen. Irgendwann wird auch Mutter nicht mehr leben. Und das Wohnhaus wird schwieriger zu erhalten sein, wenn wir nicht vor Ort sind. Das könnte hier noch einmal ein Zufluchtsort werden. Wir werden jedes Jahr im Sommer, so es uns dann möglich ist, herkommen und da wäre es schön, wenn wir die Zeit hier verbringen könnten. Aber, wie gesagt, du bist der Boss", antwortete ich und wusste damals noch nicht, wie Recht ich behalten sollte.

Matti hatte das Sommerhaus nicht verkauft, im Gegenteil, in seinen Ferien baute er es Stück für Stück aus und nach seinem Tod gehörte es dann mir. Und nun war ich hier, in meinem Zufluchtsort, alleine, als einziger Überlebender. Alle anderen hatten sich aus dem Staub gemacht, hatten mir die Bürde des Weiterlebenmüssens aufgebunden. Ich nahm mir meinen Sam, meinen Trostspender, auf den Arm, drückte ihn an mich. Gleich gehen wir rüber, Alter, sagte ich ihm, dann schauen wir mal, ob wir noch ein Häppchen für dich haben, und dann legen wir uns schlafen. Ich hatte Angst davor, mich in das leere Bett zu legen, war mir sicher, nicht schlafen zu können und jedem Geräusch lauschen zu müssen, doch kaum hatte ich mich in das von Sylvia verlassene Bett gelegt und Sams zufriedenes Stöhnen gehört, schlief ich ein.

6.

„Hey, Tauno, wieder im Lande", wurde ich am nächsten Tag in Ellis Laden begrüßt.
Es war Pertti Sinkko, einer aus dieser Sippe, die sich hier wie die Kaninchen verbreitet hatte. Man sprach bei dieser Familie sogar von Inzucht. Zum Amüsement mancher Fremder gab es in Lemi Volleyballmannschaften, deren Mitglieder alle Sinkko hießen. Mit Perttis älterem Bruder und einigen seiner Verwandten war ich zur Schule gegangen. Ich fand, dass man ihm sein Alter stärker ansah als mir, darüber hinaus verkörperte er das typische Bild des ungepflegten Landsmannes, der auch gerne einmal die Wodkaflasche an den Hals setzte. Unrasiert, fettige, ungekämmte Haare, die von einer in den Nacken geschobenen, schmutzigen Baseballkappe nur halb bedeckt waren, ein wohl ehemals weißes Unterhemd, das am Bauchansatz aus der braunen, befleckten Trainingshose heraushing. Er war nicht gerade ein Gesprächspartner, den ich mir freiwillig ausgesucht hätte.
„Tag, Pertti", antwortete ich knapp und wollte weiter meine Einkäufe tätigen.
„Wo ist denn deine Frau?", hielt er mich auf. „Ihr seid doch sonst immer zusammen hier."
Pertti war für einen Finnen außergewöhnlich redselig und für einen finnischen Mann war er eine Katastrophe. Das Vokabular eines finnischen Mannes bestand überwiegend aus ein paar Grunztönen, die auf Fragen von Frauen zur Bejahung oder Verneinung von sich gegeben wurden, notfalls umfasste es auch noch ein paar derbe Schimpfwörter. Pertti aber musste weibliche Gene in sich tragen, denn selbst für mich, der doch umfangreichere Konversationen gewohnt war, war er ein Schwätzer. Jeder, der in diesem Dorf nicht Sinkko hieß, fürchtete sich vor ihm, da sein Redeschwall unendlich war.
„Ist zu Haus geblieben", antwortete ich mürrisch.
„Ist sie krank?", fragte dieser Tölpel, und ich antwortete ihm barsch: „Nein, tot."
Er stutzte für einen Moment, dann kam er auf mich zu, legte seine Hand auf meine Schulter und ein Schwall von Mitleids-

bekundungen entsprang seinem Mund, gepaart mit einer üblen Ausdunstung.
„Bist du jetzt raus aus diesem Deutschland?", fragte er, so als wolle er wissen, ob ich das wilde Kurdistan verlassen hätte.
Nein, antwortete ich ihm, ich wolle nur mal nach dem Rechten hier sehen. Denn ich wollte vermeiden, dass dieser Mensch noch auf die Idee kam, mich zu besuchen, seinen Tabak- und Schnapsgeruch in meinem Haus zu verbreiten und mich durch sein Geschwätz an den Rande eines Nervenzusammenbruches bringen würde. Gott sei Dank kam Leila Värtö auf uns zu, lenkte seine Aufmerksamkeit auf sich. Aber dieser Mensch hatte nichts Eiligeres zu tun, als ihr zu erzählen, dass meine Sylvia gestorben sei. Wieder musste ich dieses Bedauern und Angefasse über mich ergehen lassen. So redete ich mich schnell damit heraus, dass mein Hund im Auto warte und ich mich beeilen müsse. Und während ich mich der Kühltruhe zuwandte, kam Pertti noch einmal an meine Seite und ergriff meinen Arm.
„Du, Tauno", sagte er bedeutungsvoll, „sei vorsichtig da draußen. Letzte Woche haben Sie bei den Ahonens das Sommerhaus ausgeraubt. Sollen wieder welche von diesen Scheißrussen sein, die durch die Wälder streifen und die Gegend unsicher machen."
„Ist schon gut, Pertti, ich werde aufpassen", antwortete ich und entwand mich seines Griffes. Dieser Schwätzer, natürlich mussten es böse Russen sein, die auf Beutezüge waren. Dass auch verwilderte, einheimische Jugendliche in Betracht kamen, davon wollten sie hier nichts wissen. Ich tat es ab. Diese Brüder waren nur auf unbewohnte Häuser aus. So wie sich jemand darin aufhielt, machten sie einen großen Bogen herum. Außerdem besaß ich ein Schrotgewehr, noch von Vater, mit dem ich mich zur Wehr setzen könnte. Ich gab nichts auf dieses Gerede und erledigte meine Einkäufe, ohne weiter gestört zu werden, sah nur die beiden noch tuscheln und verstohlen hin und wieder zu mir herübersehen.
An der Kasse saß Leena Valkonen, die Tochter von Erkki Valkonen, einem ehemaligen Spiel- und Schulkameraden von mir. Eine hübsche junge Frau mit langen blonden Haaren. Ich wun-

derte mich, dass sie noch in diesem Nest wohnte, wo es doch die aufstrebende Jugend in die Städte und Ballungszentren zog. Sie lächelte mich mit einem knappen Gruß an.
„Wie geht's deinem Papa?", fragte ich sie.
Sie blickte kurz auf, schob die Waren über den Scanner und ihr Gesicht rötete sich leicht vor Schüchternheit.
„Er liegt im Krankenhaus", antwortete sie leise.
„Wieso das denn? Was Ernstes?", fragte ich nach.
Sie zuckte mit den Schultern, ohne zu antworten.
„Wo liegt er denn?"
Sie räusperte sich und antwortete, dass er im Krankenhaus in Lappeenranta läge. Ich wollte sie nicht länger ausfragen, bezahlte meinen Einkauf und verließ das Geschäft. Während ich die Sachen in den Wagen lud, redete ich mit Sam, dass er noch ein wenig im Auto ausharren müsse, denn ich wollte noch in das auf der anderen Seite des Platzes gelegene Blumengeschäft, um Blumen für das Grab zu kaufen. Sam legte seinen Kopf auf die Vorderpfoten und seufzte tief. Leute kamen vorbei und grüßten knapp. Ich erwiderte, schloss das Auto ab und ging rüber zum Blumenladen.
„Na, Tauno, auch wieder da?", begrüßte mich Tuula Värtö, eine Verwandte Leilas und meine erste große Jugendliebe. Ich war damals dreizehn und sie ging eine Klasse unter mir zur Schule. Aber sie wollte von mir nichts wissen, hatte sich in diesen Bauernlümmel Matti Ekman verguckt. Geheiratet hat sie dann einen aus der Sippe der Värtös. Die besaßen die großen Ländereien rund um Lemi. Vier Kinder waren aus dieser fruchtbaren Verbindung entstanden. Ihr Mann starb bei einem tragischen Unfall im Winter vor fünfzehn Jahren. Er war mit dem Trecker über den zugefrorenen See gefahren, eigentlich eine ungefährliche Angelegenheit, denn die Leute hier kannten sich damit aus, sie wussten, wann und wo sie das Eis des Sees befahren konnten. Aber aus einem unerklärlichen Grund war das Eis an einer Stelle brüchig. Der Trecker samt Heikki Värtö versank im See und seine Leiche tauchte erst im darauf folgenden Frühjahr wieder auf. Vor einigen Jahren hatte sie den Hof verkauft und den Blumenladen übernommen. Für die hiesigen Verhältnisse war sie immer noch eine attraktive wenn auch

ältere Frau. Ihre zierliche Gestalt war drahtig und zäh und ihre kurzen, grauen, zu einem Bubikopf geschnittenen Haare verliehen ihr ein fast mädchenhaftes Aussehen. Ihre strahlenden blaugrauen Augen, um die sich kleine Lachfalten gebildet hatten, versteckten die harten Lebenserfahrungen, die diese Person in all den Jahren gemacht hatte. Das Leben hier und insbesondere mit ihrem verstorbenen Ehemann war hart und voller Entbehrungen.
„Hallo, Tuula", grüßte ich zurück, „ja, wieder hier."
„Und? Alleine? Wo ist deine Frau?"
„Sie ist in Deutschland geblieben."
„Na nu, ihr seid doch sonst immer zusammen, unzertrennlich."
„Sie ist tot", sagte ich und sah, wie der Frau der Schrecken ins Gesicht fuhr. Sie wollte etwas sagen, brachte es aber dann doch nicht heraus. Sie schluckte, gestikulierte mit der rechten Hand, ihre Augen röteten sich.
„Ist schon gut, Tuula, du brauchst nichts zu sagen. Ich weiß deine Anteilnahme zu schätzen. Danke."
Sie schnäuzte sich und wischte sich die Augen. „So werden wir immer weniger", sagte sie schließlich, „und die Guten gehen immer zu erst. Wir haben sie hier immer gemocht. Klar, zu Anfang waren wir skeptisch, wie wir hier mit allen Fremden skeptisch sind, aber sie war immer freundlich und aufgeschlossen und schließlich auch eine von uns." Sie schniefte noch einmal kräftig in ihr Taschentuch. „Wann ist sie gestorben?"
„Im Frühjahr."
„Es hat keiner hier gewusst, oder?"
„Nein, es hat keiner gewusst."
„Darf ich fragen woran?"
„Leberkrebs."
„Ach, Gott, dann habt ihr eine schlimme Zeit durchgemacht. Aber sie war im letzten Sommer doch noch gesund, oder?"
„Nein, da stand es schon fest. Aber man rennt ja nicht mit einem Schild herum, dass man dem Tode geweiht ist."
„Voi, voi, Tauno", sie streichelte meinen Arm. „und nun, was machst du nun? Bleibst du hier oder gehst du zurück."
„Mal sehen. Eigentlich will ich hier bleiben. Ich kann nicht alleine in dem Haus leben, in dem mich so viele Erinnerungen

an sie quälen. Und dann die politische Situation ..."
„Ja, man hört so vieles davon, was ist denn da los? Haben die schon wieder einen neuen Hitler? Oder was spielt sich da ab?"
„Weit entfernt sind sie nicht mehr davon. Ich habe mich einfach nicht mehr wohl gefühlt unter diesen Bedingungen."
„Aber du hast doch Kinder und Enkelkinder."
„Eine Tochter und zwei Enkelkinder, ja, das ist richtig. Aber die scheinen sich mit der Situation zu arrangieren. Ich kann es nicht."
„Man spricht davon, dass sie wieder alle Ausländer ermorden und sich die Ostgebiete zurückholen wollen."
„Nein, nein", lachte ich kurz auf, „ganz so schlimm ist es nun doch nicht. Es werden nicht alle Ausländer ermordet und von Zurückholen der verlorenen Ostgebiete kann auch nicht die Rede sein. Es ist halt nur so, dass sich die Situation für bestimmte Ausländer in Deutschland dramatisch verschlechtert hat. Das Leben ist schwieriger geworden." Warum verharmloste ich eigentlich? Ich wusste es nicht, aber ich fühlte mich in die Verteidigerrolle gedrängt, ohne dass dazu ein Anlass bestanden hätte. Und was sollte ich mit dieser Frau die politische Situation Deutschlands diskutieren. Sie verstand es doch nicht und was ging es sie überhaupt an? Letztendlich lief es doch darauf hinaus, dass sie es hier schon immer gewusst hatten, dass es so enden würde. Wer seine Heimat verließ, um in einem fremden Land zu leben, der musste es auch in Kauf nehmen, dass er dort verfolgt würde.
Ich blickte mich in ihrem Laden um und suchte nach roten Rosen. „Gib mir einen Strauß von denen dort", sagte ich schnell und zeigte auf rote Rosen, die bundweise in einem gelben Plastikeimer standen.
Tuula zögerte einen Moment, dann wischte sie sich die Hände in der Schürze ab und ging auf die Blumen zu.
„Soll ich dir sie zurechtmachen."
„Nein, lass man, ich nehm die so."
„Willst auf den Friedhof?", fragte sie.
„Ja, ich war ja schon lange nicht mehr da."
„Auch schon lange wieder her, dass deine Mutter gestorben ist. Wie viele Jahre sind es her?"

„Schon einige Jahre", antwortete ich kurz und zählte bereits das Geld für den Blumenstrauß ab. „Ich muss mich beeilen", sagte ich entschuldigend, „ich habe meinen Hund vergessen, der ist schon seit langem alleine im Auto eingesperrt."
„Na dann, der Arme, dann beeil dich mal", sagte sie und reichte mir die Rosen. „Schau mal wieder rein. War schön, dich wiederzusehen. Und ... noch mal, mein herzlichstes Beileid."
Ich bedankte mich und verließ den Blumenladen. Draußen schien die Sonne. An den Birken hingen die ersten braunen Blätter. Der gelb gestrichene Glockenturm, der am Rande des Kirchengrundstückes getrennt von der Kirche stand, blendete grell. Ich winkte Tuula noch einmal zu und ging hinüber zum Friedhof. Das Grab war gepflegt, so wie es sein sollte. Ich entfernte ein paar Blätter, die darauf gefallen waren, nahm die Blumenvase, die hinter dem Grabstein lag, und füllte sie mit Wasser. Dann bohrte ich sie in den sandigen Boden des Grabes und stellte die Rosen hinein. Der Grabstein hatte noch Platz für einen Namen, der aber nie eingemeißelt werden würde. Ich erzählte meinen Eltern und Matti, dass Sylvia gestorben sei, dass ich nun alleine hier stehe. „Eurer Enkelin und den Urenkeln geht es gut", sagte ich ihnen und verschwieg die Probleme, die mich veranlassten, zurückzukehren. Auch erzählte ich ihnen nicht, dass mein Aufenthalt ein längerer sein würde.
Wind kam auf und raschelte im Birkenlaub. Vereinzelt segelten Birkenblätter durch die Luft. Und mit den fallenden Blättern kam die Erinnerung an mein schlechtes Gewissen, das mich ein Leben lang plagte, das erst Monate nach dem Tod Mutters verflog, dann nur noch sporadisch als Erinnerung in mir auftauchte. Ich hatte versucht, hart gegen mich und meine Eltern zu sein. Sagte mir immer wieder, dass ich mein Leben hatte und nicht auch noch für das meiner Eltern verantwortlich war. Nach außen für meine Umwelt konnte ich den Schein waren, doch in meinem Inneren sah es anders aus. Da brannte die Seele oft, weinte ich, wenn ich an meine allein gelassenen Eltern dachte, wie sie unter der Trennung litten, wie sie mit ihrem Leid in ihrem Haus dahinsiechten, nicht die Kraft aufbrachten, sich von der Trauer über die Trennung zu befreien. Und das ärgerte mich auch gleichzeitig, ihr Unvermögen, das

eigene Leben zu gestalten, sich von ihren Söhnen geistig so zu befreien, dass sie in der Lage gewesen wären, ihr eigenes Leben zu leben, sich darüber zu freuen, dass es ihren Söhnen gut ging, dass es ihnen besser ging, dank der Hilfe, die sie als Eltern ihnen gegeben hatten. Nein, sie schienen das Leid zu genießen, schienen es als ihr Lebensinhalt einverleibt zu haben, wollten von aller Welt bedauert werden, von den undankbaren Söhnen allein gelassen worden zu sein. Diese Haltung aber war der Nährboden für meine Härte ihnen gegenüber, wenn ich mich von ihnen verabschiedete. War aber der Ärger darüber verflogen, schwamm Trauer und Mitleid an die Oberfläche meiner Gefühle. Das verstärkte sich noch mehr, als Mutter alleine zurückblieb, alleine in dem für sie zu großen Haus, das sie bis an ihren Tod wie in einem riesigen Sarg des Seelenbrennens behütete und ihr Leiden zu einer ausweglosen Falle verstärkte. Folglich war ihr rascher Tod auch ein Ergebnis ihrer Unfähigkeit, sich aus diesem Leidenwollen zu befreien. Wie sinnlos diese vergebene Zeit, die nur mit Sehnsucht nach den Kindern und Enkelkindern ausgefüllt war. Warum konntet ihr nicht euer Leben leben, euch von uns befreien, uns loslassen? Ihr hattet eben so wie wir ein Recht darauf, nein nicht nur ein Recht, eine Pflicht auf ein eigengestaltetes Leben. Warum musstet ihr es uns und euch so schwer machen? Ich rückte die Blumen noch einmal zurecht und verabschiedete mich, eilte zu Sam, der zu lange alleine im Auto ausharren musste.
„Komm, Sam", befreite ich ihn aus seinem Gefängnis und ließ ihn aus dem Wagen springen, „gehen wir ein wenig die Beinchen vertreten und pieschen." Sam sprang heraus, blieb stehen, streckte und reckte sich, schüttelte sich kräftig, dass der Schleim aus seinem Maul in hohem Bogen flog und setzte sich langsam in Bewegung. Pertti kam aus Ellis Laden und erspähte mich. Ich winkte und drehte mich in die andere Richtung, um einem erneuten Gespräch aus dem Wege zu gehen. Auf der anderen Seite des Platzes stand Tuula in ihrem Laden und beobachtete mich, trotzdem steuerte ich auf sie zu, um dann aber rechts an ihrem Geschäft vorbei den schmalen Weg hinunter zum entfernten See, der silbern im Sonnenschein glänzte, zu nehmen. Sie winkte mir zu und ich erwiderte ihren Gruß. Sam

schnüffelte und pinkelte, blieb aber treu an meiner Seite. Dann fiel mir ein, dass ich Tiefkühlkost eingekauft hatte, die jetzt still vor sich hin taute. Also befahl ich Sam, mir zu folgen und eilte zum Auto zurück. Mein altes Zuhause, das ich besichtigen wollte, musste auf ein andermal warten.

Ich steuerte das Auto hinaus aus dem Dorf, erinnerte mich an viele der Bewohner, die zu meiner Jugendzeit in den Häusern, an denen ich vorbeifuhr, wohnten, von denen nun auch schon viele auf dem Friedhof lagen. Einige der Kinder, die in meinem Alter waren, gab es auch schon nicht mehr. Die Zeit fraß unaufhörlich einen nach dem anderen auf, bald war auch ich an der Reihe. Mit dem Tod Vaters wurde der Sensenmann Dauergast in unserer Familie. Nach und nach nahm er sich die Menschen aus unserer Reihe, hinterließ Narben und leere Plätze. Matti war der nächste, der uns verließ und damit Mutter nach sich riss. Sylvias Eltern verließen uns kurz nacheinander. Und zu allem Überfluss holte er sich auch noch Sylvia, meine Sylvia, der Inhalt meines Lebens.

Die Straße zu meinem Haus weckte so viele Erinnerungen. Wie oft waren wir sie gemeinsam gegangen, gefahren oder im Winter mit Ski gelaufen. Glückliche Augenblicke und Zeiten der Trauer, des Abschiedes. Ich verdrängte die traurigen Momente, ließ die glücklichen aufleben, in denen Sylvia und ich frisch verliebt waren, nur Sinn für uns beide und unsere Liebe hatten. Und immer wieder waren es die ersten Male, an die ich denken musste, als Sylvia und ich unsere ersten Skitouren hier hinaus machten, unsere Liebe lebten und so überaus glücklich waren.

Trotz Tiefkühlkost hielt ich noch einmal am See, der rechts der Straße lag, bevor ich links den Weg zu meinem Haus einschlagen musste, ließ Sam heraus, der sofort zum Ufer lief, mit allen Pfoten im Wasser stand und schlapperte. Ich hatte Angst, zurück in das Haus zu kehren, das mich verlassen und einsam empfangen würde. Ich fühlte mich so, wie sich meine Eltern wohl, seit ihre Jungen sie alleine in dieser Einsamkeit zurückgelassen hatten, bis ans Ende ihrer Tage fühlten: einsam und verloren. Und im Moment besaß ich nicht die Kraft, die ich ihnen immer abverlangt hatte, stark zu sein und das eigene Leben zu leben. Ich empfand, kein eigenes Leben mehr zu haben. Es war mir genommen, ersetzt durch Sinnlosigkeit. Jedes Handeln, jeder Gedanke, jede Bewegung schien zu tiefst ohne jeglichen Sinn. Es kostete mich äußerste Anstrengung, mich aus diesem Teufelskreis zu befreien, mich wach zu rütteln, nach einem Rest Sinn zu suchen und ihn auch zu finden. Es muss ja weitergehen, war eine dieser Banalitäten, die die Sinnlosigkeit wegwischen und Platz für einen Lebenssinn machen sollte, aber der Ersatz ließ auf sich warten, wollte die Leere nicht ausfüllen. Ich orderte Sam trotz seiner nassen, schmutzigen Pfoten zurück in das Auto, setzte mich selbst hinein, um zu verharren, über den See zu starren und nach Kraft zu suchen, die das Leben längst verbraucht hatte.

Seit ich in Helsinki angekommen war, hatte ich mein Mobiltelefon, das sie in Deutschland Handy nannten und unter dessen Wort sich sonst auf der ganzen Welt niemand etwas vorstellen konnte, abgeschaltet. Ich hatte nicht einmal daran gedacht, meine Tochter anzurufen, sie zu informieren, dass ich gut in Lemi angekommen war. Entsprechend besorgt klangen ihre Nachrichten auf meiner Mailbox. „Warum meldest du dich nicht?", war ihre wiederholt bekümmerte Frage. Und ich schämte mich, nicht an ihre Sorgen um mich gedacht zu haben, mich nur im beklagenden Selbstmitleid ergötzt zu haben. Dabei musste ich daran denken, wie Sylvia und Helena es mir einmal gleichgetan hatten. Sie waren ohne mich nach Finnland gefahren, da ich arbeiten musste und keinen Urlaub bekam. Aus irgendeinem Grund hatte sich die Schnur des Telefons meiner Eltern so verwunden, dass der Rufimpuls nicht durchkam. Ich versuchte es immer und immer wieder, erhielt ein Freizeichen, aber niemand nahm den Hörer ab. Und Sylvia rief mich nicht an. Sie hatte mich vergessen, so glaubte ich. Schließlich bemühte ich die Polizei ins Haus meiner Eltern. Die wunderten sich nicht schlecht über diesen Besuch. Aber endlich erinnerte sich Sylvia wieder meiner und bestätigte mir ihr gesundes Ankommen in Lemi.

„Entschuldige, Schatz", bat ich Helena um Verzeihung, „ich war zu sehr mit mir und meinen Sorgen beschäftigt. Es ist alles so trostlos hier ohne deine Mutter."

„Du hast es so gewollt", antwortete sie verärgert und erleichtert

zu gleich. „Wie konntest du mir das antun, Papa? Du weißt, was für Sorgen ich mir um dich mache. Ein Anruf, nur ein kleiner Anruf, hätte genügt und du hättest uns allen viel Kummer erspart. Ich war drauf und dran, die Polizei anzurufen."
Ich musste lachen, was ihren Zorn noch einmal anstachelte.
„Was gibt es da zu lachen?", fragte sie verärgert und wollte mir weiter Vorhaltungen machen.
„Kannst du dich nicht erinnern?", unterbrach ich sie. „Ich habe schon einmal euretwegen die Polizei angerufen, weil ihr euch nicht gemeldet habt. Weißt du das nicht mehr?"
„Um so mehr hättest du daran denken sollen, uns anzurufen. Ich habe seit deiner Abreise keine ruhige Minute mehr gehabt. Mensch, Papa", sie schluchzte und ließ ihren Tränen nun freien Lauf.
„Hast ja Recht, mein Schatz", tröstete ich sie, „du hast ja Recht, ich hätte mich melden müssen. Es tut mir Leid. Ich gelobe Besserung. Werde dich jetzt jede Woche einmal anrufen. Ist das okay?"
Sie schnäuzte sich. „Du bist und bleibst unmöglich", sagte sie schließlich und atmete tief aus. „Ich bin jedenfalls froh, dass es dir gut geht."
„Mir geht es nicht gut, mein Schatz. Deine Mutter fehlt mir."
„Du musst dich endlich damit abfinden", sagte sie hart, dass ich mich selbst in ihrer Äußerung wiedererkannte. „Es ist schließlich nun schon ein paar Monate her und du hättest das Haus jetzt nicht aufsuchen müssen. Du hättest auch bei uns bleiben können."
„Ich will niemanden zur Last fallen ..."
„Du fällst uns nicht zur Last. Aber hör endlich auf, dich selbst zu bemitleiden. Das Leben ist nun mal so."
„Wer hat dich so hart gemacht, mein Kind, ich kenne dich gar nicht wieder."
„Ach, hat mein Vater mir nicht immer gesagt, dass jeder sein Leben leben muss und dieses vor allem auf Bezug seiner eigenen Eltern? Hast du nicht immer gesagt, dass Selbstmitleid die Wurzel allen Übels sei? Nun kannst du zeigen, was du aus deinen Sprüchen selbst gelernt hast. Also, bemitleide dich nicht ständig selbst, es ändert nichts an deiner Situation. Du musst

jetzt dein eigenes Leben leben. Es wäre aber trotzdem schön, wenn du uns hin und wieder mal dran teilhaben lässt und uns anrufst, uns nicht ganz vergisst."
„Ist okay, Schatz. Bei euch alles in Ordnung, geht's den Kindern gut?"
„Bei uns ist alles bestens. Und bei dir, geht's Sam gut?"
„Sam ist in Ordnung, der stöbert hier rum, war auch schon schwimmen. Also, mein Schatz, ich verspreche, dich wieder anzurufen. Grüß Holger und drück die Kinder von mir."
„Lass das Handy eingeschaltet", hörte ich sie noch rufen, bevor ich das Gespräch beendete.
Sie war eben doch meine Tochter. Ich erkannte mich in vielem in ihr wieder. In jungen Jahren war das auch unser Problem miteinander. Es irritierte mich, dass so vieles, was sie sagte, wie sie dachte und was sie tat der kleine Tauno Virtanen war, den ich nun in Gestalt meiner Tochter vor mir sah und die mir ungewollt den Spiegel vorhielt. Es dauerte seine Jahre, bis ich es akzeptierte und mehr Verständnis für sie aufbrachte, mich nicht an jeder Erinnerung erregte und sie schalt, sondern sie dafür noch mehr liebte, da sie ja unverkennbar meine Tochter, meine Helena war. Das führte dazu, dass das Band zwischen uns inniger und verbindender wurde, dass wir uns auch ohne Worte, nur mit Blicke verstanden, sowie es auch zwischen Sylvia und mir war. Wir brauchten uns nichts zu sagen, wir verstanden, was der andere sagen wollte, ohne es auszusprechen, da wir häufig auch den gleichen Gedanken hatten. Wir waren eine Symbiose eingegangen, jeder lebte für den anderen, doch nun ...? Sylvia war tot, Helena weit von mir entfernt. Ich war alleine, alleine mit Sam, meinem letzten, treuen Kamerad.
Aber Helena hatte Recht. Alles Wehklagen brachte nichts, machte mir Sylvia nicht wieder lebendig. Ich hatte nun mein eigenes, restliches Leben zu leben, sowie ich es immer von meinen Eltern eingefordert hatte. Und es gab genug auf dem Grundstück und am Haus zu tun. Die Garage für das Auto musste gebaut werden, Holz für den Kamin gehackt und einige Ausbesserungsarbeiten erledigt werden. Aber je mehr Dinge mir einfielen, um so gelähmter, phlegmatischer, unwilliger wurde ich. Ich konnte mich einfach nicht überwinden, mich

aufraffen und wenigstens eine Tätigkeit aufnehmen. Komm, Sam, befahl ich meinem letzten Freund, lass uns angeln gehen, dann können wir überlegen, wie wir was als Nächstes tun.
Der See war leicht bewegt, vereinzelte Kumuluswolken zogen unter dem blauen Himmel vorbei. Möwen kreischten und ab und zu schallte das „Kuikka" der Haubentaucher über den See. Ich machte das Ruderboot fertig, warf die Angel hinein, hob Sam in das Boot und zog es am Steg längsseits, so dass ich trockenen Fußes einsteigen konnte, wobei ich das Schaukeln ausbalancierte und mich plötzlich daran erinnerte, wie ich bei einer gleichen Aktion zwischen Boot und Steg geriet und samt Angeln, die ich in den Händen hielt, Bekleidung, Mütze auf dem Kopf und Brille auf der Nase, ins Wasser fiel. Genauso tauchte ich wieder auf. Die Angeln noch in den Händen, die Mütze triefend auf dem Kopf und die Brille auf die Nasenspitze gerutscht. Das wäre ein Bild fürs Fernsehen gewesen, aber Sylvia hatte die Kamera nicht bereit und wurde erst durch mein lautes Schreien auf mich aufmerksam. Als sie mich dann so im See stehen sah, konnte sie nicht mehr an sich halten und hatte Tränen gelacht. Nun aber war ich geschickter, vermied den Sturz und ruderte mit Sam hinaus auf den See.
Sam war ein geschickter Bootsfahrer. Wenn ihn etwas interessierte, und das kam bei den vielen Wasservögeln recht häufig vor, dann stand er mit steifen Vorderpfoten auf der Bootskante und beobachtete mit gekrümmter Rute das Objekt der Begierde. War das Interesse vorüber, setzte oder legte er sich auf den Bootsboden. Meine Aufgabe war es nur, aufzupassen, dass ich ihn nicht mit dem Haken der Blinker verletzte. Ich ließ das Boot treiben und warf die Angel aus. Barsche und Hechte gab es hier genug, wobei mir ein kapitaler Barsch am liebsten gewesen wäre. Der Hecht hatte mir zu viele Gräten.
Als Helena noch klein war, fuhr sie gerne mit mir zum Angeln hinaus, aber je größer sie wurde, um so stärker wurde die Aversion gegen das Angeln, vor allem gegen das Töten der Fische, auch wenn bei uns nur zur Ernährung gefischt wurde. Das hatte sie von ihrer Mutter übernommen, die eine ähnliche Entwicklung durchlebt hatte.
Nach mehrmaligen vergeblichen Versuchen, warf ich den Kö-

der noch einmal aus, klemmte die Angel mit dem Fuß fest und ruderte den See entlang. Auf diese Weise hatte ich meine größten Hechte gefangen, aber auch mehrere Angeln verloren, weil sie durch einen plötzlichen Ruck, sei es, dass ein Fisch gebissen oder der Haken irgendwo hängen geblieben war, dem Druck meines Fußes entglitten und auf Nimmerwiedersehen im See versanken. Ein leichter Wind erfasste meine Haare und schob mir eine Strähne ins Gesicht. Ich hatte keine Hand frei, sie wieder an ihren Platz zu schieben, denn das Geheimnis des von mir praktizierten Angelns lag auch in einer gleichmäßigen, ruhigen Geschwindigkeit, so dass ich mein Rudern nicht unterbrechen konnte. Erst als ich genug Fahrt hatte, um sacht zu gleiten, zog ich die Ruder ein, ordnete flüchtig mein Haar und ergriff die Angel. Langsam rollte ich die Schnur auf. Zeitrafferartig durchzuckten Bilder der vielen auf diesem See ausgestandenen Kämpfe mein Gehirn. Ich sah mich mit Vater und Matti im Boot, wie ich unter ihren Rufen einen schweren Hecht heranzog, der mir, kurz bevor Vater ihn mit dem Köcher sichern konnte, von der Angel fiel; ich sah mich mit Sylvia und Helena im Boot sitzen oder alleine im frühen Morgendunst, zu einer Zeit, in der die Fische am besten bissen. Und plötzlich sah ich Klaus Menke mir gegenüber, die Angelrute aus dem Boot haltend, gleichmäßig die Schnur einrollend. Er schwieg, war überhaupt ein ruhiger, sprachfauler Mensch, der durchaus ein Finne, was er gerne sein wollte, hätte sein können. Wir waren gute Freunde, was mehrere Gründe hatte. Ursprünglicher Anlass war, dass seine Frau Finnin war und man mir sagte, dass er Finnisch sprechen könne. Er arbeitete als Kaufmann in der selben Firma wie ich. Das war im ersten Jahr, in dem wir in Bremen wohnten. Irgendjemand brachte ihn zu mir und sagte, hier hast du jemand, mit dem du dich in deiner komischen Sprache unterhalten kannst. Na ja, Klaus konnte etwas Finnisch, hatte in Helsinki und in der Nähe von Kouvola gewohnt. Aber hatten wir uns eine Zeit lang unterhalten, wechselte er, da ihm die Worte ausgingen, wieder ins Deutsche. Nicht anders erging es mir mit seiner Frau, die so eingedeutscht war, dass sie bald besser Deutsch als Finnisch sprach. Wir verstanden uns prima, hatten gleiche Interessen und annähernde Ansichten, so glaubte ich jedenfalls lange Zeit. Wir trafen uns nicht nur bei Veranstaltungen der Deutsch-Finnischen Gesellschaft sondern verabredeten uns auch häufig zu eigenen Unternehmungen. Oft buchten wir gemeinsam unsere Fähre nach Finnland, besuchten uns auf unseren Sommerhäusern. Merkwürdig, wie lebendig er nun da vor mir saß, die erkaltete Pfeife im Mundwinkel, die ergrauten Schläfen der kurzgeschorenen Haare, seine silberne Brille nach vorne auf der breiten Nase gerutscht, der ausgeprägte Adamsapfel, die buschigen, schwarzen Augenbrauen.

„Na, hast was?", rutschte es mir hinaus. Aber kaum hatte ich es ausgesprochen, war sein Bild verschwunden und ich sah nur noch meine eigene Angelschnur, die ich wie automatisch einzog. Klaus und Mirja, dachte ich, unsere besten Freunde, bis sich alles auflöste, irgendwie, irgendwann, unerklärlich, unbegreiflich und doch unwiderruflich und wahr. Dabei waren wir uns einmal so nah, so verwandt. Klaus pflegte immer zu sagen, dass er mit seiner Mirja die Staatsbürgerschaft getauscht hätte. Und so war es auch, jedenfalls äußerlich. Er dachte viel finnischer als seine Frau, während sie typisch deutsche Eigenschaften angenommen hatte. Keiner vermutete in dieser kleinen, dunkelhaarigen Person eine Ausländerin. Bei mir war es anders, zwar unterschied ich mich äußerlich nicht von den Einheimischen, aber mein von mir nie abgelegter, leicht finnischer Akzent mit dem rollender R und der etwas singenden Intonation verrieten und brandmarkten mich.

Klaus war derjenige, der mir half, mich zu integrieren, denn nach dem anfänglichen Jubel über meine Heirat mit Sylvia und dem Umzug nach Bremen folgten doch Schwierigkeiten, die mich häufig an den Rand des Verzweifelns brachten. Immer wieder gab es Verständigungsprobleme in der Arbeit oder im alltäglichen Leben. Sicherlich, Sylvia wollte immer alles für mich regeln, aber ich wollte mein Leben selber meistern, wollte nicht ständig von der Hilfe anderer abhängig und bemuttert sein. Nur ging es mir, wie ich fand, alles viel zu langsam. Ich hätte auf einen Knopf drücken wollen, um dann in allem fit und auf der Höhe zu sein. Doch so schnell ging es nicht.

Sylvia und Klaus waren die ruhenden Pole in meinem Leben,

die mir Mut zusprachen, mich aus meinen Depressionen herausholen und mich vorantrieben. Klaus war wirklich der bessere Landsmann. Nie ließ er mich spüren, dass er etwas besser oder über alles und jedes genauestens Bescheid wusste, wie es so eine deutsche Untugend war. Mit seiner finnischen, fast stoischen Ruhe, ohne dabei phlegmatisch zu wirken, bekam er alles in den Griff, bis, ja bis er sein eigenes Leben nicht mehr im Griff hatte und die Kontrolle über sich und seine Umwelt verlor. Und denk ich an sein trauriges Ende, dann müssten mir jetzt wieder die Tränen kommen, aber Tränen hatte ich genug um Sylvia vergossen, so dass ich für ihn nun keine mehr über hatte.
Über mein Sinnieren hatte ich vergessen die Angelschnur weiter einzurollen. Nun ruckte es, die Schnur spannte sich, die Angelrute bog sich gekrümmt nach unten. Das Boot stand still. Ich hob die Angelrute an, versuchte sie einzurollen, aber nichts bewegte sich. Ich blickte der Schnur nach und sah den Punkt, wo sie ins Wasser tauchte. Ich klemmte die Angel zwischen die Beine, ergriff die Ruder und bewegte das Boot langsam rückwärts. Dann ließ ich die Ruderblätter ins Wasser tauchen, rollte die entspannte Schnur auf, bis sie sich wieder strammte. Ich hob die Angel wieder an, versuchte mich weiter ranzuziehen. Die Schur ratschte ans Boot. Ich musste mich langsam drehen, da ich den Punkt, wo die Perlonschnur ins Wasser tauchte, passierte. Jetzt richtete ich die Angel über den Bug des Bootes, hob sie mehrfach und drehte die Kurbel. Plötzlich löste sich der Haken. Ich konnte ihn herausziehen. Kleines Geäst mit Mudd belegt hatte sich daran verfangen. Ich tauchte den Haken wieder ein, zog ihn im Wasser so lange hin und her, bis sich mein Fang von selber löste. Ich war des Angelns müde. Sam hatte seinen mitleidigen Blick aufgelegt und sah mich mit seinen großen, braunen Cockeraugen an. Ist gut, Sam, streichelte ich seinen Kopf, wir rudern jetzt zurück. Es hat heute keinen Sinn. Aber so zurückrudern mit einer Angel im Boot, war auch sinnlos. So warf ich sie doch noch einmal aus, klemmte sie wie gehabt mit dem Fuß fest und ruderte nun etwas kräftiger in Richtung meines Grundstückes.
Kaum war ich jedoch zweihundert Meter gerudert, da verspürte

ich einen Druck auf der Angel. Ich zog die Ruder ein und ergriff die Angel. Die Schnur spannte sich schwer, ließ sich nur Stück für Stück einziehen. Die Angelrute krümmte sich unter einer Last, das Wasser, zwanzig Meter hinter dem Boot, kräuselte sich. Ich ließ Leine nach, um sie gleich wieder anzuziehen. Ich musste mich im Boot aufrichten. Sam wurde unruhig. Setz dich, Sam, herrschte ich ihn angespannt an. Ich stemmte die Füße fest auf die Bootsplanken, dass ich die Schaukelbewegung ausgleichen konnte. Immer wieder gab ich Schnur nach, um sie gleich wieder einzurollen. Stück für Stück näherte sich so mein Opfer. Es musste ein kapitaler Bursche sein, der dort wild und kraftvoll um sein Leben kämpfte. Jetzt kam er an die Wasseroberfläche, sprang über das Wasser, riss mir die Angel hin und her. Schweißperlen der Anstrengung bildeten sich auf meiner Stirn, mein Rücken feuchtete sich. Der alte Mann und das Meer, dachte ich, aber ich wollte hier nicht nächtelang mit einem Fisch kämpfen, wenn mich nun auch das Jagdfieber packte und ich unbedingt meinen Fang für mich sichern wollte. Immer näher bekam ich ihn, bis ich ihn längsseits des Bootes hatte. Die Angelschnur drohte mir zu reißen, meine Angel schien zu leicht für diesen Fisch. Ich hob ihn an, vorsichtig, nur jetzt nicht noch verlieren. Sam kläffte wie von Sinnen. Still, Sam, stöhnte ich, ohne die Hoffnung zu haben, er würde gehorchen. Ich hatte keinen Kescher mit, also musste ich ihn über den Bootsrand ins Boot ziehen. Ich zog ihn aus dem Wasser. Ein Wahnsinnsbursche von Hecht, bestimmt neunzig bis einhundert Zentimeter lang. Er zappelte und zerrte. Nur noch wenige Zentimeter und ich hätte ihn im Boot. Doch plötzlich war die Angel leicht wie eine Feder, es platschte und der Hecht fiel zurück ins Wasser. Ich fluchte alle Schimpfwörter, die ich kannte, und sah dabei doch gleichzeitig Sylvia lachen und mir scheinheilig tröstende Worte sprechen. Mann, Mann, von diesem Burschen hätte ich die ganze Woche essen können. Ich verfluchte mich, dass ich die Spielzeugangel, wie ich die kurze, rote Angel nannte, genommen hatte und nicht die kräftigere, mit der dieser Bursche keine Chance gehabt hätte.
Ich ließ mich auf den Mittelsitz fallen. Sam winselte, stemmte sich an mir hoch und leckte mich. Schon gut, Sam, wehrte ich

ihn ab, habe ja selber Schuld. Jetzt ist aber wirklich Schluss, wir rudern zurück. Ich legte die Angel auf die Heckbank und steuerte auf meinen Bootssteg zu. Die Reusen könnte ich noch auslegen, aber mir war die Lust genommen. Morgen war auch noch ein Tag. Ich hob Sam auf den Steg und ruderte das Boot auf den Sandstrand, an dem Helena als Kind ihre Sandburgen gebaut hatte, ganz im Stile eines deutschen Kindes am Wasser. „Lass sie doch", hörte ich Sylvia sagen. Also resignierte ich und ließ mein Kind deutsche Sandburgen auf finnischem Boden bauen.

Dass wir Menschen doch eine große Familie sind, deren Herkunft und Nationalität verwischen, sieht man an unseren Kindern. Die Grenzen, die unsere Eltern immer noch in ihren Köpfen pflegten, waren mit Helenas Geburt wie weggewischt. Plötzlich vereinte das Kind uns alle, ließ uns zu einer großen Familie werden. Unsere Ängste, Helena könnte den Widerstand unserer Eltern gegen unsere Verbindung weiter spüren, bestätigte sich nicht. Im Gegenteil, unsere Eltern übertrafen sich an Herzlichkeiten ihr gegenüber. Und Helena als aufgewecktes, liebenswürdiges Geschöpf verstand es, ihre Großeltern ganz für sich einzunehmen. Fortan war es für meine Eltern nicht mehr wichtig, dass wir sie besuchen kamen, nein, Hauptsache ihr Enkelkind besuchte sie. So konnten wir auf diese Weise auch endlich einmal alleine durch Finnland reisen, während Helena bei meinen Eltern blieb, ohne dass wir ein schlechtes Gewissen haben mussten. Denn obwohl wir regelmäßig im Sommer vier Wochen meine Eltern besuchten, war es uns nicht vergönnt, auch nur einmal für ein paar Tage sie zu verlassen, um uns die Schönheiten meiner Heimat anzusehen. Dank Helena konnten wir Versäumtes nachholen.
Ich musste lächeln, als ich daran dachte wie unsere Tochter in den Wochen, in denen wir uns in Finnland aufhielten, meine Muttersprache lernte. Immer wenn sie nicht weiter wusste, nahm sie das deutsche Wort und hängte ein I daran, so wie es bei einigen Wörtern tatsächlich vorkam. Meine Eltern sahen mich dann fragend, lächelnd an. Aber sie brachten meinem Mädchen so viel bei, dass sie in der Lage war, sich mit meinen

Eltern problemlos zu unterhalten. Als sie dann älter wurde und andere Interessen in ihr Leben rückte, sie schließlich mit uns nicht mehr jeden Sommer und Winter nach Finnland fuhr, verlor sich das ein wenig, aber sie hatte den Reichtum erfahren, sich in verschiedenen Ländern zu Hause zu fühlen und die Sprachen zu sprechen, was sie für ihr Leben prägte.
Um so unverständlicher ist es mir, dass sie die Augen vor der politischen Entwicklung in Deutschland verschließt und nicht auch den Weg in ihre zweite Heimat gewählt hat. Aber da verlange ich dann doch wohl zu viel von ihr, denn sie hat ihre eigene Familie, ihre Arbeit und ihre Freunde dort, ist überwiegend in dem Land aufgewachsen und ignoriert wohl zum eigenen Schutz das, was um sie herum passiert. Und Holger, ihr Mann, ein Stoiker in Person, berührt außer seiner beruflichen Karriere sowieso nichts. Der würde, wenn es seinem beruflichen Weiterkommen dienen würde, auch mit den Wölfen heulen. Immerhin hat er aber meiner Tochter durch seinen Ehrgeiz ein Leben in Wohlstand geschaffen, zu dem sie sicherlich auch ihren Anteil beigetragen hat, er aber verdient, wie man so schön sagt, das dicke Geld. So kann ich beruhigt sein, dass es auch meinen Enkelkindern gut geht und sie in geordneten Verhältnissen aufwachsen. Als Sylvia noch gesund war und Helenas Kinder noch nicht zur Schule gingen, haben wir sie im Sommer mit auf unser Sommerhaus genommen, dass sie ein Stück ihrer Herkunft verinnerlichen konnten. Aber die Begeisterung ließ nach, als Holger darauf drängte, seine Kinder in den Ferien mit in den Süden zu nehmen. Er konnte meiner Heimat nicht viel abgewinnen, wie er immer sagte, er brauche die Sonne und den Trubel und nicht das Langweilige eines abgelegenen finnischen Sees. Da hatte es unsere Tochter schwer, ihn von den Schönheiten des auch von ihr geliebten Landes zu überzeugen. Sie waren in all den Jahren nur dreimal zusammen mit uns in Lemi.
Ich seufzte bei diesem Gedanken und Wehmut stieg in mir empor. Spürte ich doch auch den Zwiespalt, in dem meine Tochter lebte. Aber so war es mit der Liebe, wenn man den Partner uneingeschränkt liebte, musste man immer einen Teil von sich selbst aufgeben. So wie es auch Sylvia und mir er-

ging, da wir uns ganz in unserer Liebe verloren. Und doch tat es nicht weh, liebgewonnene Gewohnheiten dem anderen zu Liebe zu opfern. Es schien fast wie ein Opferritual, das man dem anderen brachte, um seine Liebe zu beweisen. Wie konnte ich da meiner Tochter böse sein, hatte das Leben mich doch gelehrt, viele Dinge, die mir fremd waren, zu akzeptieren, mitunter auch zwangsweise zu akzeptieren. Was ich jedoch bis heute nicht akzeptiert habe, ist Sylvias Krankheit und ihren Tod. Verzweiflung steigt immer wieder in mir empor, denke ich an ihren Kampf, diese heimtückische Krankheit zu besiegen, um dabei jegliche Kraft zu verlieren und letztendlich zu unterliegen. Wieder stiegen mir Tränen bei diesem Gedanken in die Augen. Warum sie und nicht ich?

Alle meine Versuche, ihre und meine Ängste nach der ersten Blutprobe herunterzuspielen, waren vergebens. Die Gewissheit, dass etwas in ihrem Körper, der trotz ihres Alters schlank und rank war, nicht in Ordnung war, kam mit der zweiten Blutanalyse. Diese starke Frau weinen zu sehen, machte mich unendlich hilflos. Sie war nie der Typ, der wegen jeder Kleinigkeit heulte, es bedurfte schon eines außerordentlichen Anlasses, dass bei ihr die Tränen flossen. Und nun war es Todesangst, Enttäuschung, dass ihr Gott sie mit so einer Krankheit bestrafte, und Verbitterung erfasste sie, denn sie hatte sich in ihrem Leben nichts zu Schulden kommen lassen, war immer ehrlich und aufrichtig und achtete die Gebote, ohne einem kirchlichen Wahn verfallen zu sein. Und ich stand daneben, konnte weder sie noch mich selbst erreichen, war mir fremd in dieser Situation, wusste, dass es ein schlimmes Ende nehmen würde, und redete trotzdem hohl von Hoffnung und dass es ja nicht zwangsläufig das Ende bedeuten müsse. Doch schneller als ich dachte, holte uns die Wirklichkeit ein und löschte alles aus, was ich je im Leben geliebt hatte.

„Was habe ich verbrochen, dass ich so hart bestraft werde?", fragte sie unter Tränen und entwand sich meiner Umarmung, die ihr in diesem Moment zu eng war, so als wollte sie sich schon von mir befreien, dabei lehnte sie sich nur gegen alles auf, was sie in Ketten legte und eigene Entscheidungen für ihr Leben von nun an ausschloss. „Es ist doch alles umsonst", weinte sie bitterlich, „ich weiß ja doch, dass ich sterben werde."

Was sagt man darauf einem Menschen, den man von Herzen liebt, dem man die Angst nehmen und Hoffnung geben will? So wie man es ausspricht, klingt es einem selbst unglaubwürdig, fühlt man sich als Lügner ertappt. Trotzdem sagte ich ihr, dass es nicht zum Schlimmsten kommen müsse, die heutige Medizin bekäme schon vieles hin. Und irgendwie fühlte ich mich als Verräter, der ihr eine Tod bringende Krankheit übertragen hatte und selbst mit dem Leben davonkommt.

„Du wirst sehen, die Therapien schlagen an und alles wird wieder gut. Es ist alles nur ein böser Traum", sagte ich, aber in ihrer Verzweiflung schrie sie, dass es kein böser Traum sei und sie diese quälenden Therapien nicht über sich ergehen lassen würde.

„Wenn mein Gott mich haben will, dann soll er mich kriegen", sagte sie trotzig, stampfte mit dem Fuß auf, so wie sie es als kleines Mädchen gemacht hatte, unterbrach für einen Moment ihren Tränenfluss, um dann wieder still in sich hinein zu weinen.

Schlaflose Nächte folgten, in denen wir eng aneinandergeschmiegt unsere Ängste nicht in den Griff bekamen, der Schlaf uns wie weggewischt in dieser schweren Zeit nicht einmal gegönnt war. Wir sollten das ganze Elend am wachen Körper erleben.

„Es ist die Strafe für das, was wir unseren Eltern angetan haben", sagte sie leise in einer dieser schlaflosen Nächte.

„Quatsch", antwortete ich, „wir haben unseren Eltern nichts angetan, wir haben das getan, was alle großen Kinder tun: Ihr eigenes Leben leben. Nichts anderes. Andere haben viel größere Trennungen durchleben müssen. Alle die, die nach Amerika oder Australien ausgewandert sind, haben bestimmt ihre Eltern nicht jeden Sommer und Weihnachten besucht."

Sie erwiderte nichts. Für sie war es klar, dass sie für irgendein Fehlverhalten in ihrem Leben bestraft wurde. Das Leben bestand für sie aus Gerechtigkeit, die jedermann widerfahren würde. Für die guten Taten würde man belohnt, für die schlechten bestraft. Und so verrannte sie sich in die fixe Idee und suchte verzweifelt nach ihrem Fehlverhalten. Sie war nie besonders gläubig gewesen, aber nun sprach sie öfters von ihrem Gott, der sie verlassen hatte, den sie befragte, warum sie bestraft würde, und der doch zugleich Trostspender und Zufluchtsort in stillen Gebeten war. Sie schöpfte Kraft aus der inneren Einkehr, um gleichzeitig auch daran zu zerbrechen, denn Hoffnung wurde von Verzweiflung aufgefressen, wie ihre Krankheit ihre Leber auffraß und sie damit schleichend aber unaufhaltsam ihrem Ableben entgegenbrachte, die grausame Zuversicht in ein endloses Leid tränkte.

Nein, ich habe es bis heute nicht akzeptiert und lehne mich nach wie vor dagegen auf, obwohl meine Auflehnung etwas Aberwitziges hat, denn ändern wird sie an den Tatsachen nichts mehr. Aber ich bin nicht in der Lage diese Auflehnung abzulegen, zu akzeptieren, was mir das Schicksal aufdiktiert hat. Schon habe ich Sylvias Denkweise angenommen und bin davon überzeugt, dass nicht sie sondern ich von ihrem oder meinem Gott bestraft werden sollte. Nur, warum hat er sie damit hineingezogen? Warum konnte er nicht den direkten Weg gehen und mich auserwählen? Warum hat er uns füreinander bestimmt, hat uns, trotz der großen Entfernung, die unsere Heimaten auseinander liegen, zusammengebracht? Es musste doch einen Sinn haben. Aber worin lag der Sinn ihres Todes?

Sam krabbelte an mir hoch, machte auf sich aufmerksam: Fressenszeit. Wie sehr Tiere für Stimmungen empfänglich waren, bewies dieser kleine Bursche, dessen Lebensfreude mit dem Aufblühen Sylvias Krankheit verblühte. Er war ein lustiges, spielfreudiges Kerlchen, aber seit dem feststand, dass Sylvia der Krankheit verfallen war, wurde er zum stillen Genossen, der eingekreist sich auf seine für ihn reservierten Plätze verzog, stumm die Augen aufschlug und uns beobachtete, hin und wieder sich an uns schmiegte, um vor allem Sylvia einen Teil seiner Lebenswärme abzugeben, vielleicht in der Hoffnung, ihr doch helfen zu können. Und wie hat er getrauert um seine Bezugsperson, die tagsüber immer für ihn da war, ihn fütterte und umhegte. Sein Weinen klang schmerzverstärkend in meinen Ohren, machte mich noch hilfloser als ich schon war.

Okay, Sam, raffte ich mich auf, irgendwie müssen wir ja sehen, dass es für uns weitergeht. Herrchen macht dir sofort zu fressen. Ich stand auf, holte ihm eine Dose Nassfutter, das er so gerne fraß, obwohl es nach dem Wissen seines Herrchens nicht so gesund für ihn war und er es deshalb nicht so häufig bekommen sollte, und füllte sein Fressnapf. Gierig schlang er das Fressen hinunter, schlabberte anschließend Wasser und verlangte, das Haus zu verlassen. Ich ließ ihn hinaus und ging mit nach draußen, mich von meinen Erinnerungen zu befreien, den Kopf für das jetzige Leben freizubekommen. Aber mein Leben hing bleiern in meinem Kopf, ließ keinen Raum für ein Gegenwarts- oder Zukunftsdenken, war gefüllt von schwarzer Vergangenheit, die mich lähmte, mich zum Sklaven machte. Hielt mir immer wieder das von Sylvia zu ertragende Leid vor Augen, dieser aussichtslose Kampf, diese Verzweiflung, der auch ich keine Hoffnung mehr entgegensetzen konnte.

„Wie kann ich ohne dich weiterleben?", fragte ich sie, „wie soll ich morgens den Tag beginnen und abends ins Bett gehen, wenn du nicht mehr bei mir bist? Du kannst mich nicht einfach verlassen, genauso wie ich dich nie verlassen würde."

Sie hielt stumm meine Hand. Und mein Blick fiel auf ihre, die wie ihr ganzer Körper, gezeichnet und geschwächt war von ihrer Krankheit, die sie mehr und mehr auffraß und Stück für Stück von mir nahm.

„Ach, Tauno", sagte sie, „mit uns beiden ist das schon so eine Sache. Der Herr hat uns füreinander bestimmt. Stell dir vor, unter den vielen Millionen Menschen und den Tausenden Kilometer Entfernung haben wir uns gefunden, weil wir uns finden sollten. Und ich bin meinem Schöpfer dankbar dafür, dass er uns zusammengebracht hat. Es war ein unsagbar reiches Leben trotz aller Schwierigkeiten. Wir haben verdammt schöne Zeiten miteinander verlebt. Weißt du noch, wie wir uns das erste Mal gesehen haben?" Sie lachte mit gefeuchteten Augen. „Mein Gott, warst du ein Milchgesicht und so jung, so jung."

„Tja, und nun sitzen wir hier, am Ende unserer Tage", resignierte ich.

„Dein Leben geht weiter, mein Schatz, du hast noch eine Aufgabe, vergiss das nicht. Die Kinder brauchen dich. Sam braucht dich."

„Sie brauchen auch dich. Genauso wie sie ohne dich auskommen müssten, werden sie auch ohne mich auskommen."
„Sprich nicht so etwas, Tauno. Der Herr hat mich nun einmal von uns beiden ausgesucht, eher zu gehen. Deine Aufgabe ist noch nicht beendet." Sie strich mir über die Haare und gab mir einen Kuss auf die Wange. „Was wir wollen, danach hat uns keiner gefragt. Und wir haben es zu akzeptieren, ob wir wollen oder nicht."
„Nein", widersprach ich ihr, „ich will und werde es nie akzeptieren. Du bist der ganze Sinn meines Lebens, wie soll ich da ohne dich weiterleben?"
„Weil du es musst", sagte sie mit aller Anstrengung, „fahr, wenn ich nicht mehr bin, nach Hause und gewinne von allem hier Abstand. Ruder auf den See hinaus und angle, geh in die Sauna, heiz den Kamin an. Fahr nach Lappland und besteig den Saana, was du schon lange machen wolltest, oder zieh endlich im Winter mit einer Renntierherde über den vereisten Inari. Mach einfach das, was du schon immer machen wolltest, wovon ich dich bisher immer abgehalten habe."
„Du hast mich von nichts abgehalten. Ich habe halt nur auf Dinge verzichtet, wie auch du auf Wunscherfüllungen verzichtet hast. Keiner von uns ist dem anderen etwas schuldig."
„Das stimmt: Keiner ist dem anderen etwas schuldig", sagte sie müde, kuschelte sich bei mir ein und es dauerte nicht lange, da hörte ich ihren gleichmäßigen Atem, dem ich hellwach lauschte, da die Angst in mir wuchs, er könne schon jetzt für immer stillstehen.
Ein kühler Wind zog über den See. Der Himmel war verhangen. Es sah nach aufkommendem Regen aus. Wellen kräuselten sich, auf ihren Rücken ritten aufgeplusterte Wasservögel. Möwen kreisten über dem See, hielten mit gesenkten Köpfen Ausschau nach Beute. Sam saß neben mir auf dem Steg, hob die Nase gegen den Wind. Mich fröstelte. Wie sieht's aus Sam, wollen wir einen Spaziergang machen?, fragte ich meinen treuen Freund. Seine Ohren hoben sich, er streckte sich und gab einen freudigen Ton von sich. Gut, Alter, dann komm, gehen wir den Weg, den wir mit Mama immer gegangen sind. Sam folgte mir freudig zum Haus. Ich legte ihm sein Halsband

und seine Leine an, zog mir selbst meine Windjacke über, denn es war ein ungemütlicher Tag. Wir gingen den Weg, den wir so oft mit Sylvia und, seitdem wir unsere Hunde mit nach Finnland nehmen konnten, was aufgrund von Quarantänebedingungen nicht immer möglich gewesen war, mit unseren Hunden gegangen waren. Entlang dem See führte er zur Hauptstraße nach Lemi, dann bogen wir wieder rechts in die Wälder, kamen vorbei an einzelnen Bauerngehöften der Sinkkos und Värtös, um durch einen dichten Birkenwald zu kommen und schließlich über einen kleinen Pfad zurück an unseren See zu gelangen, so dass wir einen Rundkurs von drei Stunden absolvierten. Mittlerweile hatte Regen eingesetzt. Die Wolken wurden immer dunkler. Schaumkronen tanzten auf dem See.
Ich kontrollierte den Bootsschuppen und das Ufer, dass nichts herumlag, was durch ein Unwetter weggeschwemmt werden konnte, und ging mit Sam zum Haus zurück, wo ich ihm mit einem Handtuch die Pfoten und die Schnauze säuberte, so wie es Sylvia mit unseren Hunden auch immer getan hatte, um den Schmutz aus dem Haus zu halten. Dann eilte ich noch einmal zum Holzschuppen, um Holz für den Kamin zu holen. Wenn es schon draußen ungemütlich war, konnte ich es mir wenigstens drinnen gemütlich machen. Beim Kaminfeuer ein Buch lesen, kam es mir in den Sinn, das hatte ich schon lange nicht mehr gemacht. Mit Sylvia hatten wir uns bei so einem Wetter ins Haus verkrochen und bei einem Glas Rotwein jeder vor dem Kamin in seinem Buch gelesen. Aber nun fehlte mir die innere Ruhe dazu. Ich war nicht in der Lage, mich auf einen Buchtext zu konzentrieren, dabei hat auch mir das Lesen eines guten Buches einmal sehr viel bedeutet. So zündete ich das Feuer im Kamin an, stellte den Schaukelstuhl, der mein Lieblingsplatz war, davor, nahm Sam auf den Schoß und setzte mich, die emporzüngelnden Flammen zu beobachten.
„Du musst dich von diesen Chaoten nicht einschüchtern lassen, sie sind nur eine vorübergehende Entgleisung deutschen Geschmacks", hatte Sylvia gesagt, „die werden genauso schnell wieder verschwinden, wie sie gekommen sind."
„Zwanzig Jahre wie schon einmal? Oder endlich das tausendjährige Reich?", fragte ich zynisch.

„Das wird nicht passieren. Unsere Demokratie ist viel zu gefestigt. Wir stecken in Bündnissen, gehören zur europäischen Union, haben eine gemeinsame Währung", entgegnete sie, aber dieser Unterton, den ich bei ihr kannte, wenn sie versuchte für die Gegenseite zu argumentieren, ohne davon überzeugt zu sein, verriet sie doch.

Und ich wertete in meinen Gedanken die Verkettung fehlgelaufener politischer Entscheidungen und Verhaltensweisen. Die Politiker hatten sich die Demokratie aus den Händen nehmen lassen, wurden von machthungrigen Managern, denen nur der eigene und der Aktionärsprofit am Herzen lag, zu Marionetten degradiert. Die Wirtschaftsbosse bestimmten die Politik, schwangen sich auf zu Göttern, die über das Leben von Millionen Menschen bestimmten, die Arbeitsplätze vernichteten und dafür Millionen kassierten. Und Millionen fühlten sich um ihr Leben, ihre Zukunft betrogen, sahen nur, wie ein paar Wenige immer reicher wurden und Armut und Not sich im Lande verbreiteten. Die Perspektivlosigkeit, zu wissen, dass wen sie auch wählten, sich an ihrem Zustand nichts änderte. Und dann kamen die behaarten Glatzen aus ihren Verstecken, versprachen wieder Arbeit und Bestrafung für die Vernichtung deutscher Arbeitsplätze. Die Globalisierung und die damit verbundene Entfremdung weckte wieder das Verlangen nach Heimat und Schutz in den eigenen Grenzen. Wer konnte dieses besser umsetzen als diejenigen, die sich deutschnational nannten? Hätte doch nur eine der vormals herrschenden Parteien das richtige Rezept zur Heilung Deutschlands gefunden, die Rattenfänger in den braunen Hemden wären in ihrem eigenen Sumpf jämmerlich ersoffen.

„Das können wir uns nicht gefallen lassen", entrüstete sich Klaus Menke, als wir eines Abends zusammensaßen und unsere Ängste über die politische Entwicklung austauschten.

„Was willst du denn dagegen machen?", lachte ihn Mirja, seine Frau, höhnisch aus.

„Warum legt diese Schweine keiner um?", fragte er, stellte sich vor uns, als hielte er eine Maschinenpistole in der Hand, und feuerte eine Salve in die ihm entgegenmarschierende Meute.

„Einfach draufhalten, ratz, fatz", sagte er, „so wie sie es auch mit den anderen machen. Keine Gefangenen, nur ein toter Nazi ist ein guter Nazi."

„Du spinnst doch", erwiderte Mirja und tippte sich mit dem Finger an die Stirn und zu uns gewandt sagte sie weiter: „Ich glaube, der spinnt wirklich. Hat mir schon ausführlich erzählt, wie er diesem Pack beikommen will. Stellt sich dabei mit denen auf eine Stufe und gefährdet die Familie."

„Darum werden die ja so groß", ereiferte sich Klaus, „weil sich ihnen keiner entgegenstellt."

„Aber du, du willst alleine gegen sie kämpfen, was?" Mirja war richtig sauer.

„Wenn einer anfängt, folgen ihm andere", sagte Klaus voller Überzeugung.

Mirja schüttelte stumm den Kopf. Sylvia und ich saßen fassungslos daneben, konnten nicht glauben, was wir da hörten, wollten es auch nicht. Klaus war uns als ein besonnener, zurückhaltender Freund bekannt, keiner, dem man ein Märtyrertum zutraute. Wir hatten uns immer über Gott und die Welt unterhalten können, saßen auch schweigend in einer Ecke der Sauna oder in einem Ruderboot, verstanden uns auch ohne Worte und nun diese Wandlung.

„Ich hasse dieses Pack", hatte er zwar irgendwann einmal beiläufig gesagt, aber reichte das, um Taten folgen zu lassen?

Auch jetzt ging ich davon aus, dass er nur seinem Hass freien Lauf lassen würde, dass er aus einer angestauten Emotion heraus so reagierte.

„Die sind schon einmal unter gleichen Bedingungen an die Macht gekommen", fuhr er ruhiger fort, „und auch damals hat sich ihnen keiner in den Weg gestellt. Ist ja auch prima, wenn sie die fünf Millionen Arbeitslose von der Straße kriegen, die Dealer und das ganze andere Gesocks einsperren, da habe ich ja auch gar nichts dagegen. Nur, was ist mit unserer Meinungsfreiheit, was mit unserem Recht, anders zu sein als dieses Pack? Gerade ihr, als Ausländer, die keinen deutschen Pass habt", und er zeigte auf Mirja und mich, „wieso müsst ihr fortan Angst haben, in diesem Staat zu leben? Vielleicht müsst ihr es ja nicht mal. Aber wer garantiert es euch? Sind erst einmal die Türken und Farbigen aus dem Land getrieben, stören die

anderen auch noch, bis sich wieder der arische Wahn durchsetzt, dabei sind sie selber ein Gemisch aus vielen Völkern, befruchtet von vielerlei Horden, die über deutschen Boden gezogen sind. Wollt ihr wirklich, das es so kommt? Gerade ihr solltet euch erheben und gegen sie kämpfen. Und sei es nur, dass ihr euch auf dem Marktplatz hinstellt und ihre platten Parolen entlarvt."
Mirja lachte. „Und du willst dich auf den Marktplatz hinstellen mit einer Maschinenpistole in der Hand und als Märtyrer für eine gerechte Welt kämpfen?" Sie winkte verächtlich ab.
Klaus schwieg wie Sylvia und ich auch.
„Habt ihr nichts dazu zu sagen?", fragte er schließlich nach einer erdrückenden Pause.
Wir sahen uns an und begannen gleichzeitig zu sprechen. Ich hielt inne und ließ Sylvia den Vortritt.
„Im Prinzip ist das ja alles richtig, was du sagst. Obwohl es mich ein wenig befremdet, wie du es sagst. Das bist eigentlich nicht du, wie ich dich kenne. Aber gut, vielleicht nimmt es dich ja doch ein bisschen mehr mit als wir vermuten. Es ist ja alles schön und gut, natürlich sollten wir dieses und jenes dagegen unternehmen, aber ich für mein Teil bin nicht mutig genug, mich ihnen entgegenzustellen. Ich will mein Leben leben und nicht ständig gegen oder für etwas kämpfen müssen." Das sagte sie damals wirklich, ohne zu ahnen, dass sie den schwersten Kampf ihres Lebens noch vor sich hatte.
„Und du, Tauno? Was ist mit dir? Warum kämpfst du nicht?", hakte Klaus nach.
„Weil ich zu schwach bin", antwortete ich und unterbrach Klaus, der sofort darauf antworten wollte. „Ich bin zu schwach, weil ich als Ausländer auch nicht das Recht habe, mich in eure Angelegenheiten zu mischen ..."
„Nee, das meinst du doch nicht wirklich", unterbrach mich Klaus jetzt doch, „das hier ist ebenso dein Land wie es meines oder unser aller Land ist. Du lebst hier ... seit wie vielen Jahren? Ist ja auch egal, und wenn du erst ein Jahr oder weniger hier leben würdest. In jungen Jahren haben wir dafür gekämpft, dass die Grenzen aufgehoben wurden und wir in einem grenzenlosen Europa leben durften. Jetzt werden wieder Grenzen

errichtet und sei es vorerst nur in unseren Köpfen. Das hier geht auch dich an. Sicher, alleine bist du nicht stark genug, zu zweit sind wir stärker und je mehr wir werden, um so stärker werden wir. Sorgen wir dafür, dass wir wieder ohne Angst in diesem Land leben können, dafür müssen wir aber kämpfen, von alleine ändert sich da nichts."
Mir fehlten die Worte und die Argumentation. Ich fühlte mich überfordert. Wieder machte sich in dieser Situation die Unsicherheit der fremden Sprache bemerkbar, hätten wir auf finnisch diskutiert, ich hätte viel mehr sagen können, aber so fühlte ich mich hilflos und blieb stumm. Genauso wie die Diskussion verstummte und der Abend einen fahlen Nachgeschmack bekam, der noch lange in unseren Köpfen kleben blieb, sahen wir doch tatenlos zu, wie gespenstische Horden der Vergangenheit in ihren widerlichen Uniformen, voran von Trommlern aufgepeitscht, durch die Straßen einer ehemals gutbürgerlichen Stadt marschierten. Alles schien so unwirklich, wie in einem bösen Traum, der die inneren Ängste an die Oberfläche spülte. Nur, es gab kein Erwachen und damit keine Erlösung. Von überall kamen die beruhigenden Sprüche: „Das wird vorübergehen. Warte mal ab, die werden sich bald entlarvt haben und genauso schnell wieder verschwinden." Aber ihr Bleiben hielt an, ihr Zulauf wurde immer größer, die Stimmen, die sie bei den noch freien Wahlen erhielten, immer mehr. Ein Strudel, ein Sog setzte ein, der alles mitriss.
„Wir haben nichts zu befürchten", versuchte Sylvia mich zu beruhigen, während ihre Kräfte schwanden. Ich lachte höhnisch und antwortete, mir der Doppeldeutigkeit bewusst: „Nein, du nicht, du hast von denen nichts mehr zu befürchten." Sie sah mich kraftlos an, ihre Augen waren schon tief in ihre Höhlen zurückgetreten, signalisierten den nahenden Tod, der in ihrem Körper wütete.
„Du auch nicht", sagte sie matt, ergriff meine Hand, aber sie war nicht mehr in der Lage, sie zu drücken, wie sie es früher zur Bekräftigung ihrer Aussagen gemacht hatte. Das verstärkte die Angst in mir, ließ Panikattacken in mir aufkeimen, wie ich sie noch nie in meinem Leben erlebt hatte. Die Gewissheit, alleine diesen Horden ausgeliefert zu sein, ohne die stärkende

Kraft Sylvias an meiner Seite, das schien auch für mich ein aussichtsloser Kampf.

Und Klaus? Klaus Menke, dieser besonnene Freund, der mir mehr durch seine ausstrahlende Ruhe finnischer Landsmann war als mancher wahre Finne, der tat tatsächlich das, was alle hätten machen sollen, er lehnte sich gegen das drohende Unheil auf, setzte sich über das allgemeine, eigene Sicherheitsdenken hinweg, führte das aus, was er uns an jenem Abend prophezeit hatte. Und zerbrach daran. Und während ich am Ufer des Sees saß und ein Windzug meine Haare durcheinander wirbelte, sah ich ihn vor mir, stumm, wie er meistens war, lächelnd, seine angenehme Art ausstrahlend, dass ich mich in seiner Nähe wohl fühlte. Über die Jahre hatte er mehrfach sein Aussehen verändert. Als wir uns kennen lernten, trug er sein Haar bis auf die Schultern, glich sein Äußeres den Achtundsechzigern, ohne einer von ihnen gewesen zu sein. Dann spiegelte sein kurzer, glatt gekämmter Haarschnitt die Seriosität eines biederen Kaufmannes mit Familie wieder, wuchsen ein Stück und wurden hochgeföhnt, dazu gesellte sich in seinem Gesicht ein nicht ganz dichter Kinn- und Oberlippenbart, der ein paar Jahre später aber wieder entfernt wurde. Und ab da trug er das immer grauer werdende Haar extrem kurz geschnitten. Er war kein Sprücheklopfer, der sich in jede Diskussion mischte und zu allem etwas zu sagen hatte. Das überließ er anderen, wobei er mich dann verschmitzt angriente, wohl wissend, was für einen geistigen Dünnschiss, wie er es gerne zu sagen pflegte, die anderen von sich gaben. Wenn er sich zu einem Thema äußerte, dann hatte es Hand und Fuß, war nicht durchwebt von hohlen Phrasen. Leidenschaft entwickelte er nur beim Sport. Im Stadion konnte er temperamentvoll mitgehen, sich maßlos aufregen, um gleichzeitig über seine Reaktion zu lachen. Auf dem Tennisplatz flog bei einer missglückten Aktion auch schon mal sein Schläger durch die Luft. Damit hatte er immerhin mehrere Schläger in unserer gemeinsamen Zeit zertrümmert. Seine Mirja und seine Jungs, er hatte es zu zwei Söhnen gebracht, die gleichaltrig mit unserer Helena aufwuchsen, liebte er über alles, genauso wie er meine Geburtsheimat liebte. Er hatte in Helsinki gewohnt und war, wie er immer wieder beteu-

erte, nie von dieser Stadt losgekommen. Dass er zurück nach Deutschland musste, weil er in Finnland keine Arbeit fand, empfand er als eine seiner größten Lebensniederlagen. Sentimental wurde er nur, wenn es um Finnland ging. Hatten wir ausnahmsweise mal ein paar über den Durst getrunken und schwelgten in den „guten alten Zeiten", dann kam es auch schon mal vor, dass er in Erinnerung seiner verlorenen zweiten Heimat Tränen vergoss. „Heimweh", schluchzte er dann immer entschuldigend und jeder von uns hatte Verständnis, wussten wir doch um sein Verhältnis zu Mirjas und meiner Heimat.
Oft waren wir im Sommer oder zu Weihnachten zusammen nach Finnland gefahren, hatten uns dort auch gegenseitig besucht, sie waren dabei mehr bei uns als wir bei ihnen, denn meine Eltern banden uns doch sehr an sich. Fast vierzig Jahre, fast so lange wie Sylvia und ich verheiratet waren, kannten wir uns, da kann man schon von einer besonderen Freundschaft sprechen.
„Tauno", war Mirja eines Abends aufgeregt zu uns gekommen, „du musst unbedingt mit Klaus reden. Der bringt uns alle noch ins Verderben. Ich kenn ihn einfach nicht wieder. Er ist wie besessen. Der hat was Schlimmes vor, ich spüre es."
Ich beruhigte sie und versprach, mit ihm zu sprechen. Aber dann ergab sich nicht die Möglichkeit, wir unterhielten uns über dieses und jenes, aber das, was ihn so sehr verändert hatte, wie Mirja sagte, hielt er von mir fern. Sein damaliger Versuch, mich für seine politischen Aktivitäten einzuspannen, war gescheitert, und damit hatte sich das Thema für ihn erledigt. Seit dem Abend waren es nur noch wenige Gespräche, die wir über die politische Entwicklung führten. Und heute frage ich mich, wie konnte das alles passieren? Wie konnte ich mich sein Freund nennen, ohne zu erkennen, was in ihm vorging, was ihn veränderte? Vielleicht hatte ich auch wissentlich die Augen davor verschlossen. Nur, konnte ich mich dann noch sein Freund nennen? Meine Mentalität, allen Konflikten tunlichst aus dem Weg zu gehen, nicht aufzufallen, um eventuell anzuecken, verhinderte, dass ich Klaus Menke vielleicht hätte retten können.
Sylvia hatte einen schlechten Tag gehabt. Ich lag an ihrer Seite

auf dem Bett, las unkonzentriert in einem Buch, setzte es immer wieder ab, tupfte ihr die Schweißperlen von der Stirn. Sie war den Abend zu schwach zum Sprechen. Sam hatte sich zu ihren Füßen gelegt. Er verstand es nicht, wenn ich ihn von seinem Frauchen wegnahm, bei der er sonst doch immer liegen durfte. Aber ich musste jede Belastung für ihren ausgezehrten Körper verhindern. Plötzlich schreckte mich das schrille Gepiepe des Telefons hoch. Mirja bat mich aufgeregt mit zittriger Stimme zu ihr zu kommen, Klaus wäre gerade dabei eine große Dummheit zu begehen.
„Kann ich dich alleine lassen", fragte ich Sylvia.
Sie gab mir ein Zeichen, dass ich gehen könne. Ich hatte kein gutes Gefühl. Angst stieg in mir hoch. Wie sollte ich einen erwachsenen Mann, der sich in eine Sache verrannt hatte, von einer Dummheit abhalten? Ich hätte mich beeilen sollen, aber im Widerstreit zwischen gehetztem Zuhilfekommen und Angst vor der eigenen Courage, wollten sich meine Bewegungsabläufe nicht beschleunigen.
Mirja empfing mich unter Tränen. Ich solle mich beeilen, schluchzte sie, Klaus wäre zu dem Fackelumzug der Nazis und hätte sich so verabschiedet, als sei es für immer. Sie hätte ein ganz merkwürdiges Gefühl, da stimme etwas nicht.
„Hast du die Polizei verständigt?", war meine sofortige Frage, in der Hoffnung, eine Obrigkeit würde mir die Last des Handelns nehmen.
„Nein, wieso Polizei?"
Also blieb es doch an mir hängen. In meiner Militärzeit war ich immer ein mutiger Draufgänger, der sich in die schwierigsten Aufgaben hineinwagte, aber hier? Hier schien es ernst zu werden, in einer Sache, die mich nichts anging. Oder doch? Es ging um meinen Freund, es ging um Klaus, also ging es mich etwas an. Ich versuchte, wie mir schien etwas tollpatschig, Mirja zu beruhigen. Redete auf sie ein, dass sie sich alles nur einbilde und sich doch alles in Wohlgefallen auflösen würde. Damit beruhigte ich mich selbst mehr als sie. Nun aber hatte ich mich von Mirjas Ängsten anstecken lassen. Die Angst vor der eigenen Courage war der Angst um meinen Freund gewichen. Ich hatte mich immer von diesen Veranstaltungen fern-

gehalten, jetzt aber wurde ich gezwungen, mich mitten hinein zu begeben.

Es schnürte mir den Hals zu, als ich in die Innenstadt gelangte, mir die Menschen entgegenkamen, die von oder zur Veranstaltung der Braunen wollten. Ich stellte den Wagen in einer Seitenstraße im eingeschränkten Halteverbot ab, begab mich zu Fuß zur Obernstraße, in der ich das marschierende Volk vermutete, da auf dem Marktplatz, Bremens guter Stube, in der dieses Pack noch zu einer Abschlusskundgebung aufgerufen hatte, der Fackelzug enden sollte. Ich ging auf eine Menschenwand zu, die den Straßenrand säumte. In der Häuserschlucht spiegelte sich das kreisende Blaulicht von Polizeifahrzeugen, Qualm von rußenden Fackeln stieg empor, hin und wieder erblickte ich das züngelnde Feuer einer Fackel. Der Zug war zum Stehen gekommen, aber auf der Stelle trampelnde Stiefel hallten durch die Straße, untermalten den Gesang aus Hunderten von Kehlen, denen heute Deutschland und morgen die ganze Welt gehörte. Mir lief eiskalt ein Schauer über den Rücken. Ich fühlte mich wie in einem Film, der in den Tagen der Machtergreifung spielte. Es würgte mich und ich hätte mich übergeben können. Wie sollte ich Klaus hier finden? Ich schlängelte mich an den Rücken der gaffenden Menge entlang zum Anfang des Aufmarsches hin, in die gleiche Richtung, in die die Leute mit gereckten Hälsen glotzten. Je mehr ich mich dem Kopf des Umzuges näherte, um so lauter wurde ein Stimmengewirr aus Kreischen, Rufen und hektischer Betriebsamkeit, hier wurde nicht mehr gesungen, es schien ein wildes Chaos. Ich blickte in das rotierende Blaulicht unzähliger Polizei- und Krankenwagen, Frauen weinten und schluchzten, auf der Straße lagen Menschen, über die sich rotweiß gekleidete Sanitäter beugten, Blut, überall Blut. Ich kämpfte mich weiter vor, bis ich an eine Absperrung geriet, an der eine Reihe von Polizisten ein Weiterkommen unmöglich machten. Ich wollte wissen, was denn los sei, aber ich erhielt keine Antwort. Erst ein Mann, der seine weinende Frau in den Armen hielt, verriet mir, dass hier ein Irrer in den Fackelzug geschossen hätte. Was denn aus dem Attentäter geworden sei, wollte ich wissen. Den habe man fertiggemacht, antwortete man mir zynisch.

Ich wusste nicht, woher ich die Gewissheit nahm, aber ich glaubte den Attentäter zu kennen. Ich versuchte noch einmal, in dem vielen Durcheinander Klaus ausfindig zu machen, aber ich entdeckte ihn nicht. So bahnte ich mir den Weg durch die Menschenmassen zurück zu meinem Auto und fuhr wie in Trance zurück nach Hause. Ich sah erst nach Sylvia, denn zu Mirja traute ich mich noch nicht. Sylvia schlief. Sam lag auf meinem Kopfkissen, blickte nur kurz hoch, um den Kopf dann gleich wieder auf seine Pfoten zu legen. Dann schlich ich mich aus dem Haus, in der aberwitzigen Hoffnung, Klaus doch bei Mirja anzutreffen. Als ich mich aber ihrem Haus näherte, schienen meine schlimmsten Befürchtungen zur Gewissheit zu werden. Vor dem Haus standen zwei Polizeiwagen und ein weiteres Auto. Man hinderte mich daran, das Grundstück zu betreten. Erst als ich mich auswies und erklärte, ein Freund der Familie zu sein, rief man einen Beamten, der mich in das Haus geleitete. Ich wagte nicht zu fragen, was passiert sei, kam aber auch nicht auf die Idee, dass mich dieses auch verdächtig machte. Was ich hier wolle, wurde ich schließlich von einem Beamten in Zivil gefragt.
„Frau Menke hatte mich gebeten, ihr zu helfen", antwortete ich.
„Wobei zu helfen", kam sofort die nächste Frage.
„Ihren Mann zu suchen", sagte ich wahrheitsgemäß.
„Wieso suchten sie ihn?", fragte der Beamte in Zivil, den ich seinem Äußeren nach zu urteilen, nicht den Braunen zuzählte. Aber da konnte ich mich ja auch täuschen.
„Er war plötzlich verschwunden. Und Frau Menke hatte sich Sorgen gemacht."
„Gab es dazu einen Anlass?"
Mirja saß mit verweinten Augen auf dem Sofa. Matti, einer ihrer erwachsenen Söhne saß neben ihr. Immer wieder wurde ihr Körper von Weinkrämpfen erschüttert.
„Was ist eigentlich passiert?", fragte ich erst jetzt, ohne auf die mir gestellte Frage zu antworten.
Betretenes Schweigen schlug mir entgegen. Verstohlene Blicke wurden getauscht.
„Verflucht noch mal, ich will wissen, was passiert ist!", wurde

ich lauter.

Der Zivilbeamte nahm mich an den Arm und geleitete mich in den Flur.

„So wie es aussieht, hat ihr Freund ein Blutbad angerichtet", sagte er mit gedämpfter Stimme.

„Blödsinn", lachte ich verkrampft, „der doch nicht. Unmöglich! Ich glaub es nicht."

„Es ist aber so", versicherte der Mann.

„Und wie? Mit der blanken Faust oder was?"

„Mit einer Maschinenpistole."

Ich sah ihn entgeistert an. Klaus und Maschinenpistole? Unmöglich.

„Hören Sie, das kann nicht sein. Mein Freund hat keine Maschinenpistole besessen. Und außerdem wäre der nicht in der Lage, einem Menschen etwas zu Leide zu tun."

Der Mann sah mich mitleidig an. „So wie es aussieht, müssen Sie Ihr Bild von Ihrem Freund wohl revidieren. Die Fakten sehen so aus, dass ein gewisser Klaus Menke, ihr Freund also, sich dem Fackelzug in der Obernstraße entgegengestellt und in die marschierenden Menschen geschossen hat."

„Was ist mit meinem Freund?", fragte ich.

Wieder schwieg der Beamte für einen Moment mit gesenktem Blick, dann richtete er langsam seinen Kopf hoch, sah mich an. „Sie haben ihn fertiggemacht", flüsterte er, räusperte sich, um mit kräftiger Stimme neu zu beginnen: „Er ist von den aufgebrachten Menschen überwältigt worden und dabei zu Tode gekommen." Dann fuhr er mit flüsternder Stimme, mich noch etwas mehr zur Seite nehmend, fort: „Hören Sie, es wäre besser, wenn Sie sich hier raushalten würden. Lassen Sie sich in nächster Zeit hier nicht sehen. Ich befürchte, dass die ...", er unterbrach sich, „na, ja, die Leute, mit denen sich Ihr Freund angelegt hat, sind nicht gerade sehr zimperlich. Die machen keine Unterschiede. Wir müssen befürchten, dass die wild um sich schlagen werden."

„Ich habe keine Angst vor denen", entgegnete ich trotzig und wusste nicht, woher ich diesen waghalsigen Mut nahm.

„Seien Sie nicht blöd", flüsterte er weiter, „das nimmt hier Ausmaße an, denen auch wir nicht mehr gewachsen sind. Wir

können Sie nicht beschützen."
Ein grünberockter Polizeibeamter betrat den Flur. „Herr Kommissar, Sie möchten bitte den Oberstaatsanwalt anrufen", trug er auftragsgemäß in strammer Haltung vor.
„Ist gut, mach ich sofort", antwortete er, nestelte an seiner Jackentasche und zog eine Visitenkarte hervor, die er mir reichte. „Kommen Sie morgen früh in mein Büro", sagte er jetzt wieder in normaler Lautstärke, „ich habe noch ein paar Fragen an Sie." Er drehte sich um und wollte gehen.
„Darf ich noch mit Frau Menke ..."
„Nein, jetzt nicht."
Dann ließ er mich stehen, ging zurück in das Wohnzimmer. Wieder hatte ich das Gefühl, das alles könne nicht wahr sein. Ich hatte mich irgendwie verlaufen, war in die Dreharbeiten eines Filmes geraten, der nun von der Fiktion in die Realität trat. Aber begreifen konnte ich nichts. Das konnte alles nicht wahr sein. Nein, nein, nein, schrie es in mir. Nicht auch dieses noch. Ich hatte genug zu ertragen, da brauchte ich dieses nicht noch zusätzlich. Unschlüssig stand ich da, war hin und her gerissen, wollte Mirja in irgend einer Weise Trost zusprechen aber auch gleichzeitig fliehen.
„Nun gehen Sie schon", forderte mich der Kripobeamte auf.
Ich sah ihn geistesabwesend an, setzte meine Füße in Richtung Ausgang in Bewegung, aber alle Motorik schien nicht von mir gesteuert. Ich war eine willenlose Marionette, die von oben gesteuert wurde. Dabei hätte ich mich fallen lassen können, beobachtend, wie das Leben aus meinem Körper kroch, so wie es aus Sylvias Körper sich davonstahl. Sie lag reglos in unserem Bett, dass ich mich über sie beugen musste, um mich zu vergewissern, das noch ein Rest an Leben in ihr steckte. Sam blickte nur kurz auf, klopfte leicht mit dem Schwanz und schlief weiter. Ich wollte mich ins Bett legen, aber ich wusste, ich konnte nicht schlafen, ebenso wie ich eigentlich nicht wach bleiben wollte. Ich spürte eine Lähmung in mir, die mich seltsam erfüllte. So fühlt es sich an, wenn du tot und dein eigener Zuschauer bist, dachte ich. Ich ging in das Wohnzimmer, zündete eine Kerze an, goss mir ein Glas Rotwein ein und starrte vor mich hin. In meinem Kopf kreiste unaufhörlich das Blau-

licht der Polizei- und Krankenwagen, ich sah blutende Menschen auf dem Asphalt liegen, über die rotbekleidete Sanitäter sich beugten und ich sah Klaus, wie er hysterisch lachend die Maschinenpistole aus der Hüfte im Anschlag hielt und unendliche Salven in die auf ihn zumarschierenden Glatzköpfe jagte. Und ich stand daneben, feuerte ihn an, immer wieder ja, ja, ja schreiend und in die Hände klatschend. Dann brach der Geräuschpegel ab und in Zeitlupe sah ich die Massen auf uns zustürmen, aber sie packten nur Klaus, schlugen und traten auf ihn ein, während ich unbehelligt in dem Kampfesgetümmel stand, so als wäre ich nicht anwesend, auch wurde ich von keinem Schlag oder Tritt getroffen. Dann sah ich nur noch einen Haufen Mensch vor meinen Füßen liegen, blutüberströmt, zusammengekrümmt, leblos, tot. Aus meinen Augen liefen heiße Tränen. Ich schrie, aber der Schrei blieb in mir stecken, wollte nicht hinaus. Als ich aufwachte, war die Kerze bedrohlich heruntergebrannt. Ich blies sie aus und ging ins Schlafzimmer. Sylvia lag wach. Sie bewegte ihren Kopf zu mir, sah mich aus erschrockenen Augen an und ich wusste, es ging ihr wieder schlecht.
„Möchtest du etwas? Soll ich dir etwas bringen?", fragte ich. Aber sie schüttelte nur langsam den Kopf und wandte den Blick nicht von mir. Sie brauchte nicht zu wissen, was passiert war, das würde sie nur aufregen und vielleicht einige der Stunden, die sie noch zu leben hatte, von ihrer Lebensuhr streichen. Ich legte mich zu ihr, streichelte ihr über den Kopf, nahm ihre Hand und lächelte ihr zu, spürte dabei, wie es in mir brannte, doch ich unterdrückte die Tränen, wollte ihr keine Schwäche zeigen.

Ob ich gewusst hätte, was Klaus Menke plante, wurde ich auf dem Kommissariat von dem blonden Beamten gefragt, der mich am Abend davor in Empfang genommen hatte. Nein, ich habe von nichts gewusst, antwortete ich. Woher Klaus die Maschinenpistole habe, wollte man von mir wissen. Das hatte ich mich auch schon gefragt. Er hatte mir, obwohl wir sehr eng befreundet waren, so glaubte ich wenigstens, mit keinem Wort berichtet, dass er sich eine Waffe besorgt hatte. Gut, wir spra-

chen zwar, wie ich meinte scherzhaft ein paar mal darüber, dass man sich eine Pistole oder ein Präzisionsgewehr aus Belgien oder vom Russenmarkt in Berlin besorgen sollte, um sich und seine Familie gegen das Pack oder andere Eindringlinge verteidigen zu können. Das hatte aber nie so konkrete Konturen angenommen, dass ich davon ausgehen konnte, Klaus habe die Spinnerei in die Tat umgesetzt. Noch einmal wurde mir nahegelegt, mich von den Menkes fernzuhalten, da man nicht für meine Sicherheit garantieren könne. Das konnte auch nur heißen, dass sie auch nicht gewillt waren, Mirja und ihre Familie sowie ihre Freunde zu beschützen. Wieder sprach er diese Warnung mit gedämpfter Stimme aus, so als befürchte er, Mikrofone im Raum könnten ihn als Verräter entlarven. Ich erwiderte nichts, verabschiedete mich und ging.
Vor Mirjas Haus stand ein Polizeiwagen. Ich ignorierte ihn und ging auf die Haustür zu. Hastig wurden die Fahrzeugtüren aufgerissen und zwei Beamte stürmten heraus.
„Halt! Wo wollen Sie hin?", schrie der mir am nächsten war.
„Zu Menke", antwortete ich und machte einen Schritt zur Seite, um nicht von dem Vorausstürmenden angerempelt zu werden.
„Ausweis!", schnauzte der zweite, dem die Mütze in den Nacken gerutscht war, so dass sein äußerst kurzgeschorenes Haar zum Vorschein kam.
Ich reichte meinen Pass. Misstrauisch beäugte der Polizist ihn.
„Was wollen Sie hier?", fragte er unfreundlich und grob.
„Ich möchte Frau Menke besuchen", erwiderte ich.
„Die ist nicht da", entgegnete er barsch, reichte mir meinen Pass, ließ ihn aber, bevor ich zugreifen konnte, fallen.
Ich sah ihn prüfend an. Provozierend erwiderte er mit einem Grinsen meinen Blick. Wortlos hob ich meinen Pass auf.
„Können Sie mir sagen, wo ich Frau Menke antreffen kann?", fragte ich, um Höflichkeit bemüht.
„Nein, das kann ich nicht. So, und nun verschwinden Sie hier", sagte er unfreundlich, ergriff meinen Arm und geleitete mich vom Grundstück der Menkes.
Ich riss mich los, ging von alleine. Was hatten sie mit Mirja gemacht? Hatten sie sie verhaftet? Oder war sie bei einem ihrer Söhne in Sicherheit? Zu Hause machte ich mich, nachdem ich

mich um Sylvia gekümmert hatte, sofort daran, die Telefonnummern der Söhne ausfindig zu machen. Mirja und Klaus hatten ihren Jungen, die nun schon erwachsene Männer waren und eigene Familien hatten, finnische Vornamen gegeben, so wie es häufig in den deutsch-finnischen Familien üblich war. Bei Matti erfuhr ich, dass er seine Mutter zu Pekka, der im finnischen Konsulat in Hamburg arbeitete, gebracht hatte. Er bat mich, dort im Moment aber nicht anzurufen, da seine Mutter noch immer unter Schock stehe. Sie würde mich bestimmt anrufen, wenn es ihr besser ginge. Auch wolle er sich bei mir wegen der Beerdigung, um die er sich kümmere, melden.

Als ich wieder zu Sylvia ins Schlafzimmer kam, fragte sie mich, was denn passiert sei. Ich kämpfte mit mir, ob ich ihr das Geschehene erzählen könne, aber ihr Blick verriet mir, dass ich es ihr nicht verheimlichen konnte. Ich verschwieg die Grausamkeiten, die ich den Abend vorher gesehen hatte, beschränkte mich auf das, was notwendig war, den Tod Klaus' zu erklären. Dieses stumme Entsetzen in ihren Angst gewohnten Augen, nein, ich hätte lügen sollen, aber sie kannte mich zu gut, hätte mich dabei sofort ertappt.

„Warum?", fragte sie schwach mit rotumrandeten Augen, „warum?"

Ich zuckte mit den Schultern. „Ich weiß es nicht. Es ist mir unerklärlich", antwortete ich, „ich versteh nicht, warum er es auf diese Weise machen musste. Überhaupt versteh ich ihn nicht, warum er es überhaupt tun musste. Er hat mir davon nichts erzählt. Nicht ein Sterbenswort, absolut nichts. Auch woher er die Maschinenpistole hat. Ein absolutes Rätsel. Da bist du jahrelang mit jemandem befreundet und kennst ihn doch so wenig. Ich hätte es ihm nie und nimmer zugetraut."

„Seitdem dieser braune Spuk begonnen hat, hat er sich aber doch verändert", sagte sie mit leiser Stimme.

„Ja, das schon. Er hat gegen dieses Pack gewettert und geschimpft, aber kann man denn ahnen, dass er zu so einer Tat fähig ist? Mensch, dieser Idiot! Hätte er sich doch ein Gewehr besorgen sollen und aus sicherer Entfernung, so feige wie dieses Pack auch ist, wenn es einzeln agiert, sie umlegen sollen. So war es doch klar, dass die ihn fertigmachen. Ein Magazin

reicht ja nicht für die Ewigkeit." Ich schüttelte ungläubig den Kopf, ergriff ihre Hand. „Hast du die Kraft, mit zur Beerdigung zu kommen, wenn ich dich im Rollstuhl fahre?"
„Mal sehen, wie ich mich dann fühle", antwortete sie.
Aber als es dann so weit war, fühlte sie sich nicht stark genug, die für sie Kräfte zehrende Strapaze auf sich zu nehmen.
Matti hatte wunschgemäß seinen Vater einäschern lassen. Die Gedenkfeier organisierte er zur Urnenbeisetzung. Aus Angst waren nicht viele Trauergäste gekommen. Die Weggebliebenen sollten sich bestätigt fühlen, denn als wir uns dem Urnengrab näherten, marschierte eine Horde Glatzköpfe in braunen Hemden mit vorausgestreckten Armen uns entgegen, entriss dem Pastor die Urne, entsiegelte sie, schraubte sie auf, und verstreute die Asche in den Matsch des Friedhofweges, traten mit ihren weißgeschnürten Springerstiefel hinein, dass der feuchte, aschebestreute Schlamm den daneben stehenden, entsetzten Trauernden an die Hosen spritzte, und warfen die Urne wie einen Football über den Friedhof. Matti und Pekka stürzten sich nach einem Moment des Schocks auf die Störenfriede, aber sie hatten keine Chance gegen die in Überzahl auf sie einschlagenden Nazis, wurden noch am Boden liegend getreten, so dass ich, nun allen Mut zusammennehmend, einschritt und einen der Treter von hinten wegriss. Aber kaum hatte ich den Burschen weggezogen, erhielt ich von einem anderen einen Faustschlag ins Gesicht, dass ich taumelnd in die Knie ging, das Gekreische der Frauen in meinem Kopf vielfach wiederhallte und ich für einen Moment das Bewusstsein verlor. Als ich wieder zu mir kam, zog das Pack in Marschformation von dannen. Frauen weinten, Männer kümmerten sich um die Verletzten, irgendjemand versuchte wie in einem aberwitzigen Film, die Asche aus dem Matsch in die Urne zu füllen. Ich spürte mein Kinn schmerzen, mein Kopf dröhnte. Mirja wurde von zwei Frauen gestützt, der Pastor redete auf sie ein, wollte sie beruhigen, Matti und Pekka saßen schmerzverzerrt auf dem Boden. Ich erinnere mich nur noch, das keine Polizei und kein Krankenwagen kam. Wir waren auf uns alleine gestellt, versorgten uns selbst und sahen keinen Sinn darin, eine Anzeige zu erstatten.

Es hätte viel mehr von der Sorte eines Klaus Menke geben müssen, aber von den Guten gibt es immer zu wenig. Die Feigen, und dazu zähle ich mich auch, sind in der Überzahl. Ich seufzte bei diesem Gedanken, streichelte meinen Sam, der neben mir saß und mit mir den sich beruhigenden See beobachtete. Über den entfernten Wäldern setzte die untergehende Sonne ihr Farbenspiel, malte die Wolken in verschiedene Rot- und Lilatöne. Wie oft hatten wir hier vom Saunahaus aus den Sonnenuntergang beobachtet, schmiegte sich Sylvia an mich, seufzte glücklich und die Welt war für uns in Ordnung. Eine Ordnung, die wir für unseren Seelenfrieden brauchten, die uns die Kraft für unser Leben gab, bis die Idylle zerstört, mit Füßen getreten zersprang und vom Tod aufgefressen wurde. Das ganze Leben schien ein einziges Krebsgeschwür, das sich wie durch Sylvias Körper auch durch unser Leben fraß, alles zerstörte, was wir liebten. Das Geliebte schien dem Tode geweiht. Wie an einer Schnur zog sich dieser fressende Tod durch mein Dasein, nahm mir alles weg, was mir lieb und teuer war, die Eltern, den Bruder, den Freund und dann auch noch die über alles geliebte Frau. Wie konnte das Leben da lebenswert sein, wenn es nur aus grausamen Abschieden bestand?
Mirja war nicht mehr in ihr Haus zurückgekehrt. Die Nazis hatten es mit Parolen und Hakenkreuzen beschmiert und die Scheiben eingeworfen. Matti und Pekka richteten es wieder her und konnten es unter großen Verlusten verkaufen. Mirja zog zurück nach Finnland und lebt jetzt in der Nähe von Helsinki, wo sie sich ein kleines Haus gekauft hat. Zu Sylvias Beerdigung war sie schon nicht mehr in Deutschland. Nur Matti war gekommen, Pekka hatte nicht freibekommen. Ich sollte sie mal anrufen oder besuchen. Es würde ihr gut tun. Vielleicht täte es auch mir gut, mal wieder mit ihr über alte Zeiten zu sprechen.
Komm, Sam, forderte ich meinen treuen Freund auf, mitzukommen und ging hinunter zum Steg. Über den See ruderte in einiger Entfernung Jokke Hirvinen, der Sohn eines ehemaligen Nachbarn, und winkte mir zu. Ich erwiderte seinen Gruß. Leise glitt sein Boot über den See, sandte keilförmig kleine Welle aus, die aber zu schwach waren, um bei mir am Ufer anzugelangen. Sam rückte vorsichtig mit gestrecktem Hals an den

Stegrand und schnüffelte in Richtung See. Na, alter Knabe, was witterst du da? Riechst du Fisch? Jokke Hirvinen zog die Ruder ein und warf die Angel aus, klemmte sie im Boot fest, nahm die Ruder wieder auf und ruderte langsam weiter. „Viel Glück!", rief ich ihm hinüber, winkte ihm noch einmal zu und ging zum Bootshaus. Ich begutachtete die Netze, die ich an den Seitenwänden ausgebreitet hatte. Sie waren noch tadellos in Ordnung. Als die Familie noch groß genug war, bin ich öfters auf den See hinausgefahren, um die Netze auszulegen. Aber jetzt? Was sollte ich mit dem ganzen Fisch? Gut, ich könnte etwas einfrieren, aber würde sich das lohnen? Ich verspürte auch keine Lust. Die ganze Arbeit, die Fische ausnehmen und säubern, die Netze reinigen und eventuell flicken zu müssen, ach was. Vielleicht mal angeln oder die Reusen auslegen, aber das mit den Netzen war für das, was ich brauchte, viel zu aufwendig. Da könnte ich mir auch lieber den Fisch bei Elli kaufen. Und als ich daran dachte, überkam mich mit einem Mal ein Heißhunger auf frisch geräucherten Lachs, so wie wir ihn früher an den Lachsangelplätzen gekauft hatten. Ganz zu Anfang hatte ich ihn noch selbst geangelt, um ihn vor Ort räuchern zu lassen. Dann wurden wir bequemer und ließen ihn mit dem Kescher aus dem Teich holen, ausnehmen und räuchern. Mit frischen Pellkartoffeln und gesalzener, finnischer Butter, dazu ein Glas Milch und zum Abschluss einen kalten Aquavit oder Wodka. Mir lief das Wasser im Mund zusammen. Ich bekam Hunger. Ich sah auf die Uhr, es war zu spät, um ins Dorf zu fahren und den Fisch meiner Träume zu kaufen, und außerdem hätten sie bei Elli zu dieser Zeit ohnehin keinen geräucherten Lachs mehr, der sowieso nicht so gut schmeckte wie der frische von den Angelplätzen. Aber ich hatte ja Abba-Heringe im Vorrat, die mit Pellkartoffeln und Butter taten es auch. Hastig ging ich den Hügel hoch zum Haus. Sam folgte mir. Schnell wusch ich ein paar Kartoffeln und setzte sie zum Kochen auf den Herd. Den Aquavit, den ich noch bei Aldi in Deutschland gekauft hatte, legte ich ins Gefrierfach des Kühlschrankes. Dann deckte ich den Tisch, für zwei Personen, stellte eine Kerze auf den Tisch und zündete sie an. „Für dich, mein Schatz", sagte ich und hörte ihre lobenden Worte „Schön machst du das". Sam sah mich fragend an. Du hast doch schon zu fressen gehabt, sagte ich ihm. Aber er sollte auch nicht leben wie ein Hund, so bekam er noch ein paar Leckerlies, die er gierig zerkaute.

Mit dem Feuerhaken zerteilte ich die vom letzten Kaminfeuer übriggebliebene Asche, dass sie durch das Rost in das Aschefach fiel, knäuelte Zeitungspapier zusammen und legte Birkenscheite mit geringelter Rinde darauf. Das Feuer fraß sich gierig am trockenen Holz hoch, so dass ich schnell ein gemütliches Kaminfeuer hatte. Finnische Tangomusik fehlte, um die Stimmung komplett zu machen. Ich kramte in den auf der Fensterbank gestapelten CDs, hörte Sylvia sagen: „Die kannst du auch endlich mal einsortieren", und fand Olavi Virta, von dem meine Eltern schon geschwärmt hatten. Jugendliche Freude kam in mir hoch, hastig fingerte ich die silberne Scheibe heraus, legte sie in den CD-Spieler der Stereoanlage und ließ „Tähti ja meripoika" erklingen, dieses fröhliche und doch zugleich melancholische Stück, dass mir schon fast wieder zu fröhlich für meine Situation erschien, aber ich ließ mit der Musik die Wehmut durch meinen Körper ziehen, dachte an meine Eltern, Matti und immer wieder an Sylvia, die diese Musik so sehr gemocht hatte, obwohl sie damit nicht aufgewachsen war. Und ich sah uns nach dieser Musik auf der Veranda dieses Hauses an Sommerabenden oder im Haus im Winter tanzen, ausgelassen und heiter, voller Lebensfreude, unbeschwert von den Schatten, die sich noch auf unser Leben legen sollten. Das Zischen überkochenden Wassers schreckte mich aus meinen Gedanken. Ich eilte zum Herd, stellte die Hitze kleiner und probierte, ob die Kartoffeln schon gar waren. Sie waren es. So nahm ich sie vom Herd, kippte das kochende, dampfende Wasser in den Ausguss, dünstete die Kartoffeln kurz und nahm sie mit an den gedeckten Tisch. Aber mit der Unterbrechung meiner Erinnerungen war auch irgendwie die gute Stimmung verflogen. Olavi Virta störte mich mit seinem fröhlich melancholischen Gesang. Ich schaltete ihn aus, horchte, während ich die heißen Kartoffeln entpellte, nur noch dem Knistern des Kaminfeuers zu.

7.

Die Nächte wurden mit jedem Tageswechsel länger, keine lauen Sommernächte mehr, in denen es hell wie an Regentagen oder nur für ein paar Stunden schummrig wurde. Der kurze aber kräftige Sommer Finnlands verabschiedete sich. Abends wurde es kühl, so dass morgens alles mit Feuchtigkeit belegt war. Noch immer hatte ich mich nicht aufraffen können, eine Garage für mein Auto zu bauen. Wenn der Winter käme, und der konnte nach diesem herrlichen Sommer wieder früh im Oktober einsetzen, dann würde ich Probleme bekommen. Auch hatte ich keine Winterreifen, die hier üblicherweise noch mit Spikes bestückt waren. Anfang der siebziger Jahre waren sie auch noch in Deutschland erlaubt, da konnten wir sie schon zu Hause montieren und damit nach Finnland fahren. Dann wurden sie in Deutschland verboten, so mussten wir mit Gepäckträger fahren, auf dem ich die Spikes lud. In Travemünde, wenn wir zum Einschiffen vor dem Schiff warten mussten, wechselte ich schnell die Reifen, so dass wir in Helsinki gleich weiterfahren konnten. Einmal fuhren wir Anfang Oktober ohne Winterreifen nach Finnland, weil es angeblich noch bestes Herbstwetter war und mit Schnee nicht so schnell zu rechnen wäre. Als wir aber in Helsinki eintrafen, fanden wir eine tief verschneite Landschaft vor. Kaum waren wir aus dem Schiff gerollt, drehten wir uns auch schon auf dem glatten Platz. Unterwegs musste ich noch einmal vor einer Ampel einen Schneehaufen ansteuern, weil ich den Wagen nicht zum Stehen bringen konnte. Und die graue Serie der Winterreifen, die so hervorragend bei Schnee und Eis haften sollten, verhinderten auch nicht, dass ich unser Auto in einen Straßengraben lenkte. Gott sei Dank war uns dabei nichts passiert. Nun, da ich mich daran erinnerte, wachte ich endlich aus meiner Lethargie auf. Ich machte die Ladefläche meines Kombis frei, befestigte Sams Reisekäfig auf der Rückbank und begab mich mit ihm auf den Weg nach Lappeenranta. Die Laubbäume verfärbten sich immer mehr, der Wind trieb Horden von Blätter durch die Luft.

Auf dem Hof meines Elternhauses spielten kleine Kinder, so

wie Sylvia und ich es uns gewünscht hatten, als wir das Haus verkauften. Es sollte wieder Leben in dieses Haus einziehen, in dem ich eine glückliche Jugend verbracht hatte, das aber so viele Jahre nur Warten und Trauer erlebte. Der neue Besitzer, er arbeitete ebenso wie mein Vater früher in der hiesigen Saunaofenfabrik, war ein fleißiger Mann. Er hielt das Haus und das Grundstück genauso wie mein Vater zu seinen Lebzeiten sauber und in Schuss. Da lag kein Gerümpel herum und trotz der kleinen Kinder machte alles einen aufgeräumten Eindruck. Jetzt fuhr ich daran vorbei, ohne zu halten. Ich hatte die junge Familie einmal besucht, hatte den Kindern Schokolade und den Erwachsenen eine Flasche Wein mitgebracht. Ich spürte ihr Lächeln auf den Lippen, wie ich verschämt alles musterte, ob es auch in Ordnung gehalten wurde. Dabei konnte ich mir sicher sein, dass ich es nicht besser hätte machen können. Wir waren uns mittlerweile aber doch so fremd, dass wir uns wenig zu erzählen hatten, zumal sie auch nicht neugierig waren und mich nach meinem Leben ausfragten. Es genügte ihnen zu wissen, dass Sylvia nicht mehr lebte. So trank ich meinen mir servierten Kaffee, aß den gerade aus dem Backofen geholten Pulla und verabschiedete mich. Es war keine brennende Wehmut mehr in mir wie in den ersten Jahren nach dem Verkauf des Hauses, ein paar Erinnerungen ja, aber der Abstand hatte die Gefühle normalisiert. Die ersten zwei Jahre nach dem Tod Mutters und dem Verkauf des Hauses waren schlimm. Schon das Aufräumen des Hauses und der Verkauf des Hausrates waren eine seelische Strapaze. An allen Dingen hing die Erinnerung, wusste ich um die Verbundenheit meiner Eltern damit. Und mit anzusehen, wie die Horden schaulustiger, oft kaufdesinteressierter Leute durch das Haus meiner Eltern stoben, Nase rümpfend über dieses oder jenes, ohne es selbst bei sich besser zu haben, die niederschmetternden Gebote für all die Sachen, die sich Vater und Mutter so teuer gekauft hatten. Tränen standen mir oft in den Augen, wenn der Tag gegangen und wir uns von diesen Barbaren erholen konnten, die mit so viel Geringschätzigkeit nur darauf aus waren, ein Schnäppchen zu machen. Aber was sollten wir mit all den Sachen? Wir hatten doch schon alles, unser Haushalt war komplett und das Haus voll von unnützem Kram, dass wir selbst einen Großteil hätten zum Kauf anbieten können. So suchten wir wirklich nur die Gegenstände aus, die uns irgendwie von Nutzen sein konnten oder an denen mein oder auch Sylvias Herz hingen. Die ganzen Sommerferien und auch noch zwei Wochen Herbstferien gingen mit den Aufräum- und Verkaufsarbeiten drauf, so dass wir zum Winter das Haus einem jungen Ehepaar mit zwei Kindern übergeben konnten. Endlich war wieder Leben in dieses Haus eingekehrt. Wenn es mich auch immer mit Wehmut erfüllte, so fuhr ich danach oft an unserem Haus vorbei. Manchmal hatte ich an der Straße gehalten, saß im Auto und beobachtete das Haus. Sah Mutter oder Vater im Garten hantieren, all die vielen Arbeiten verrichten, die sie so liebevoll in und um dieses Haus ausgeführt hatten. Dabei vergaß ich den Zwang, der uns nach Vaters Tod auferlegt war, dieses Haus in den Sommerferien zu pflegen. Mutter war allein und außer Stande, die notwendigen Arbeiten zu verrichten. So wartete sie auf uns und übersah dabei, dass wir das ganze Jahr über hart gearbeitet hatten und uns auf ein wenig Erholung freuten. Und da gab es für sie keinen Aufschub. Waren wir angekommen, mussten die ersten Arbeiten gleich am nächsten Tag erledigt werden, ob es nun das Rasenmähen oder das Schneiden der Hecke war, ob die Fenster neu gestrichen oder der eine oder andere Baum gefällt werden musste, sie hatte all die Monate, in denen sie alleine in diesem Haus wartete, alles ausgebrütet und geplant. Lehnten wir uns dagegen auf, weil wir zu erschöpft waren, konnten wir uns sicher sein, dass sie mit uns maulte und die nächsten zwei Tage nur noch das Notwendigste mit uns sprach.

„Lass sie doch einfach mal maulen", sagte Sylvia, „wir brauchen auch unsere Erholung. Das heißt ja nicht, dass wir es nicht machen werden. Nur muss das denn immer sofort sein. Wir sind schließlich vier Wochen hier."

Aber sah ich dann nach dem ersten Ärger meine Mutter, diese hilflose, überforderte Frau, dann konnte ich es wieder nicht übers Herz bringen, stand am nächsten Morgen früh auf, um doch einen Großteil der mir zugedachten Arbeiten zu erledigen. So war mir meine Mutter wieder wohl gesonnen, dafür war Sylvia für ein paar Stunden über mich verärgert.

Niilo Sinkko, auch einer aus der großen Sippe der Pertti Verwandten, winkte mir zu. Ich verlangsamte den Wagen und fuhr auf die linke Fahrspur rüber, um neben ihm zu halten. Wir waren zusammen zum Gymnasium gegangen. Er hatte die Laufbahn eines Pädagogen eingeschlagen, unterrichtete am Gymnasium in Lappeenranta Englisch und Schwedisch. Nun war er pensioniert und nach Lemi zurückgekehrt.
„Hallo, Tauno", begrüßte er mich und reichte mir die Hand durch das geöffnete Wagenfenster, „hab schon gehört, dass du wieder da bist. Wie geht es dir?"
„Danke, danke, es muss ja. Und selbst?"
Er winkte ab. „Du weißt ja selbst, wie das in unserem Alter ist. Da tut hier was weh und zwickt da etwas. Tut mir übrigens leid mit deiner Frau." Er blickte prüfend durch meinen Wagen. „Und? Nun ganz alleine hier? Nur deinen Hund mit?"
„So ist es. Und du bist auch wieder zurück in Lemi?"
„Back to the roots, wie der Engländer so schön sagt", lachte er, „hier ist es ruhiger, beschaulicher als in der Stadt. Wo soll's hingehen?"
„In deine Stadt, aus der du geflüchtet bist, nach Lappeenranta, Winterreifen kaufen", antwortete ich.
„Na, die bekommst du bei Jussi an der Tankstelle doch viel günstiger. Komm mit, wir reden mit ihm, dann gibt er dir Prozente, dass sich der Weg in die Stadt gar nicht lohnt." Ohne meine Antwort abzuwarten, lief er um das Auto, riss die Beifahrertür auf und setzte sich neben mich. „Los," befahl er mir, „gib Gas."
Ich fühlte mich überrumpelt. Eigentlich hatte ich mich auf einen Tag in Lappeenranta gefreut, mal etwas raus aus der Einsamkeit des Waldes, so etwas Ähnliches wie Großstadtluft schnuppern. Im Vergleich zu deutschen Städten war Lappeenranta immer noch ein Dorf, aber es bot doch viel mehr als Lemi oder die noch kleineren Nachbarorte. Ich zögerte einen Moment, aber Niilo forderte mich auf, zu starten. Jussi Sinkko war sein Neffe. Zweifelsohne würde er mir im Beisein seines Onkels einen guten Preis machen. Ob der aber wirklich günstig war, konnte ich nicht beurteilen, da ich absolut keine Preisvorstellungen hatte. Ich fuhr an der Kirche vorbei ortsauswärts in

Richtung Lappeenranta. Es wäre also kein Umweg, wenn ich meinen Weg in die Stadt dann fortsetzen würde.

„Hallo, Jussi", begrüßte Niilo seinen Neffen, „kennst du Tauno noch?"

„Na klar", antwortete der junge Mann, wischte seine Hand am Hosenbein ab und reichte mir die Hand. Er verkörperte den typischen Finnen, etwas kräftig gebaut, wohl genährt mit Pausbacken, dünnem, blondem Haar, dessen eine Strähne ihm ständig ins Gesicht fiel, so dass er immer wieder mit der Hand das widerspenstige Haar richtete.

„Tauno braucht Winterreifen", sagte Niilo, „mach ihm einen guten Preis, gehört ja fast zur Familie." Er lachte und klopfte mir auf die Schulter.

Jussi forderte uns auf, ihm in sein Büro zu folgen. Es war ein typisches Handwerkerbüro, in dem nur das Genie das Chaos zu beherrschen schien.

„Hast du eine Vorstellung, was du haben willst?", fragte mich der junge Mann.

Nein, ich hatte keine, es mussten nur gute, preiswerte Reifen sein. Er blätterte in einem Reifenkatalog, in dem schon etliche mit Öl beschmutze Finger gesucht hatten, tippte schließlich auf eine Reifenabbildung und sagte: „Hier, die Nokia, die sind für unsere Verhältnisse die besten, kann ich dir innerhalb von drei bis vier Tagen besorgen." Er nahm einen Taschenrechner, rechnete mit flinken Fingern, nannte mir einen Preis, dessen Verhältnis mir nichts sagte, aber den ich auf Niilos wohlwollendem Zunicken für gut befand und bestellte die Reifen, die mich sicher durch den Finnischen Winter bringen sollten.

Wir gingen wieder nach draußen. Eine Windböe erfasste unsere Haare und brachte sie gleichzeitig durcheinander. Die Sonne blinzelte hinter dicken Wolken hervor und blendete mich für einen Moment.

„Bist du da draußen am See jetzt alleine?", fragte Jussi, als ich meine Wagentür öffnete.

Ich bejahte es.

„Sei wachsam", sagte er, „da scheinen wieder Russen auf Beutetour zu sein. Haben wohl schon ein paar Häuser geknackt."

„Woher wisst ihr, dass es Russen sind?", fragte ich.

Die beiden sahen sich an. Man wusste halt, dass es Russen waren. Ich stieg in mein Auto, ließ die Seitenscheibe hinunter.
„Werde schon aufpassen, habe ja meinen Kampfhund bei mir", lachte ich und startete das Auto.
„Ich ruf dich an, wenn die Reifen hier sind", rief mir Jussi noch zu, als ich die Tankstelle verließ. Er stand mit seinem Onkel an der Zapfsäule und winkte kurz, wollte sich gerade abwenden, als mir einfiel, dass ich doch sicherlich auch ihre Dienste für meinen geplanten Garagenbau in Anspruch nehmen könnte. Ich stoppte und setzte zurück.
„Was mir noch einfällt", rief ich den beiden zu, „wer aus eurer Sippe kann mir denn beim Garagenbau behilflich sein?"
„Teuvo", kam es gleichzeitig aus beiden Münder.
„Meine Rufnummer hast du ja, sag ihm Bescheid, er möge mich mal anrufen. Ich will noch vor dem ersten Schnee meine Garage fertig haben."
„Geht klar, Tauno, ich werd's ihm ausrichten."
Ich war erleichtert, so hatte ich die aufgeschobenen Arbeiten mit einem Schlag erledigt. Was sollte ich mich abmühen und Holzarbeiten verrichten, zu denen ich nie eine besondere Liebe entwickelt hatte. Teuvo Sinkko, noch einer aus der großen Sippe, der war Zimmermann, der könnte das fachmännisch für mich erledigen. Für eine Flasche Cognac und ein paar Scheine würde er sicherlich bereit sein.
Ich verließ Lemi, bog rechts auf die Savitaipale Straße in Richtung Lappeenranta, um ein paar Kilometer weiter dann auf die Sechs das kurze Stück in Richtung Stadt zu fahren. Auf dem Marktplatz herrschte noch reges Treiben. Ich suchte einen Parkplatz, holte Sam aus seinem Käfig, ging mit ihm ein paar Bäume ab, damit er sich auspinkeln konnte und querte hinüber zu den Marktzelten. Ein böiger Wind blähte das weiße Leinen und Plastik auf, ließ nicht befestigte Zeltteile aufgeregt flattern. An einem der Cafézelte machte ich halt, setzte mich hinein und bestellte Kaffee und einen Berliner. Sam legte sich zu meinen Füßen. Lappeenranta war für uns immer so etwas wie die heimliche Hauptstadt. Sie war die nächstgrößte Stadt in unserer Nähe, hier bekam man alles, hier konnte man bummeln und stöbern, Kneipen und Unterhaltung, fernab und doch nah am

ländlichen Mief. Im Sommer musste man im Hafen auf den Kneipenschiffen unbedingt sein Bier trinken. Hier gab es größere Vereine, ob nun im Eishockey oder Fußball, die um die finnische Meisterschaft mitspielten, wenn auch nie mit dem ganz großen Erfolg, dazu waren die Großstädte Helsinki, Turku, Jyväskylä und Tampere dann doch zu groß, aber hier konnte man annähernd erleben, wie das Leben draußen in der großen, weiten Welt sein konnte. Größere Firmen wie Chymos und Karjala waren hier angesiedelt, bis sie auch nach und nach verkleinert wurden oder verschwanden. Aber Lappeenranta war auch eine schöne Stadt, die vor allem im Sommer ihre Reize hatte. Der große Saimaa, über den man mit den Ausflugdampfern schippern und weiter über den Saimaakanal nach Viipuri oder über das verzweigte Seensystem eine Fahrt unternehmen konnte, beherrschte das Stadtbild und prägte seine launische Fröhlichkeit.

Ich kaufte Tomaten, Gurken und Kartoffeln ein, bummelte über den Markt, blieb bei einigen Kunsthandwerksständen stehen, um die Holzschnitzerein und Bilder zu betrachten, aber ich hatte genug davon, dass ich hier nichts mehr kaufen musste. So brachte ich Sam und das Gemüse in den Wagen, fuhr zu Sokos auf das Parkdeck und machte einen Bummel durch das Kaufhaus. Wie oft hatte ich mich geärgert, wenn Sylvia hier, wie es mir schien, stundenlang herumstöberte, mal dieses, mal jenes begutachtete, nur um mal zu gucken, wie sie sagte. Ich dagegen ging nur zielgerichtet in ein Kaufhaus, um das zu kaufen, was ich benötigte, hasste dieses Bummeln ohne Kaufabsicht und nun schlich auch ich hier durch die Gänge, mir dieses und jenes anzusehen, ohne etwas kaufen zu wollen. Dann steuerte ich aber doch die Lebensmittelabteilung an, kaufte mir noch einige Lebensmittel, auf die ich Appetit bekam.

Erkki Valkonen fiel mir ein, der hier in Lappeenranta im Krankenhaus liegen sollte. Ob der wohl noch dort lag? Wir waren während der Schulzeit gute Freunde, hatten so manchen Blödsinn gemeinsam verzapft. Er war Architekt geworden und hatte mit einem aus der Värtö-Sippe ein Baugeschäft gegründet. Baute überwiegend Blockhäuser, Ferienhäuser, aber auch hin und wieder Einfamilienhäuser. Das Geschäft war jahrelang sehr gut gelaufen, aber plötzlich stand die Firma vor der Pleite. Die Familie hatte alles dabei verloren, konnte gerade noch das Elternhaus retten, so dass sie dort ein neues Zuhause fanden. Es hatte lange gedauert bis Erkki sich davon erholte, fand schließlich in Savitaipale eine Anstellung in einem Architekturbüro. Nebenbei baute er dann für Verwandte und Bekannte die Ferienhäuser, um seine Schulden zu bezahlen und das Auskommen seiner Familie zu verbessern. Er würde sich sicherlich freuen, wenn ich ihn besuchen würde. Aber hatte ich den Mut, nach all den schrecklichen Ereignissen um Sylvia wieder ein Krankenhaus zu betreten? Ich entschied mich, mir den Mut einfach einzureden. So fuhr ich zum Krankenhaus, erkundigte mich an der Information, wo Erkki Valkonen lag, und besuchte meinen Freund aus der Jugendzeit.

Kaum war ich jedoch auf dem Weg zu seiner Station, kamen mir die Erinnerungen wieder hoch. Dieser würgende Krankenhausgeruch, vor dem ich schon so oft an die frische Luft geflohen war, die Hilflosigkeit, mit ansehen zu müssen, wie Sylvia sich quälte, wie ihre Angst von Therapie zu Therapie wuchs, wie ihr Körper immer weniger wurde, wie sie am lebendigen Leibe mumifizierte, sich ihre Hautfarbe änderte. Und immer wieder dieser Gang ins Krankenhaus, ohne die Hoffnung zu haben, man könne ihr wirklich helfen.

„Ich will nicht mehr", hatte sie mir leise gesagt, als wir wieder einmal das Krankenhaus betreten hatten, ich sie zu einer erneuten Chemo-Therapie brachte. „Ich will einfach nicht mehr. Warum lässt mein Gott mich nicht sterben?"

Und ich ging an ihrer Seite, hätte ihr Mut zusprechen sollen, hatte aber selber keinen mehr, den ich an sie weiterreichen konnte.

Sie blieb stehen und wollte sich umdrehen.

„Was ist los?", fragte ich. „Wir müssen in die Richtung", sagte ich und wies nach vorne.

„Ich will nicht mehr", antwortete sie leise, „ich will zu Hause sterben."

„Hier wird noch nicht gestorben", sagte ich entschlossen, „ich brauche dich noch. Und so lange ich dich noch brauche, wirst du alles tun, um mir erhalten zu bleiben."

„Was willst du mit einer sterbenskranken, pflegebedürftigen Frau, die zu nichts mehr nutze ist?"
„Red nicht so'n Blödsinn. Allein deine Anwesenheit hält auch mich am Leben. Was soll ich ohne dich anfangen? Du kannst dich jetzt noch nicht davonstehlen." Ich drehte sie in die Richtung, die wir zuvor eingeschlagen hatten, nahm ihren Arm und hakte sie bei mir ein. Langsam gingen wir den Gang zur Station weiter.
„Du solltest dich daran gewöhnen, bald allein zu sein", sagte sie, „tu mir nur einen Gefallen und such dir nicht zu schnell eine Neue."
Ich ertrug dieses Geschwätz nicht. Tränen stiegen mir in die Augen. Ich wusste ja, sie meinte es nicht so, aber nichts lag mir ferner, als nach einer anderen Bindung Ausschau zu halten. Im Gegenteil, hätte man mir gesagt, wenn Sie wollen, können Sie sich neben Ihre Frau legen, wir beerdigen Sie dann gleich mit, ich hätte mich sofort neben sie gelegt und darauf gewartet, dass ich den letzten Weg gemeinsam mit ihr gegangen wäre.
Erkki Valkonen lag mit zwei anderen Männern in einem Zimmer. Er schlief, als ich den Raum betrat. Ich setzte mich an seine Seite, legte ihm die Äpfel, die ich ihm mitgebracht hatte, auf seinen Schrank. Er war alt und grau geworden, auch die Haut hatte schon eine ungesunde graue Farbe angenommen. Er sah wesentlich älter aus als ich, dabei waren wir gleichaltrig. Mit seinen Eltern wohnte er damals am Ortsrand von Lemi, nicht weit von unserem Haus entfernt. Schon als kleine Butscher hatten wir uns kennen gelernt, waren dann zusammen eingeschult worden und machten gemeinsam das Abitur. Eine ganze Jugend hatten wir Seite an Seite verbracht, waren gemeinsam durch die Wälder gezogen, zum Angeln und zum Baden gegangen, hatten uns über unseren ersten Liebeskummer hinweggetröstet, die erste Zigarette zusammen geraucht und das erste Bier getrunken. Erst das Studium trennte unsere Wege. Er ging nach Tampere, eine Stadt, in die mich nichts gezogen hätte. Aber er hatte sich in Leila Aho, der Tochter des Bürgermeisters, verknallt, die ebenfalls ein Studienplatz in Tampere bekommen hatte. Genutzt hatte es ihm wenig. Nach anfänglichen Kontakten entschied sich Leila dann für einen

Rechtsanwaltsohn aus Tampere, den sie noch während ihrer Studienzeit heiratete. Erkki kehrte unbeweibt nach Lemi zurück und heiratete später eine Frau aus Mikkeli, die er auf einer Tanzveranstaltung kennen gelernt hatte. Wir aber hatten nicht mehr viel Berührungspunkte, nachdem ich auch noch nach Deutschland gezogen war. Nur wenn der Zufall es wollte, trafen wir uns, plauderten freundschaftlich miteinander, aber keiner hielt es für nötig, den anderen zu sich einzuladen oder anderweitig ein Treffen zu vereinbaren. So war die Zeit an uns vorübergelaufen, hatte uns alt und hässlich gemacht.
Nun saß ich an seinem Krankenbett, hörte wie er geräuschvoll durch den Mund atmete. Sein Nachbar forderte mich auf, ihn doch zu wecken. Doch vielleicht hatte er diesen Schlaf dringend nötig, wusste ich denn, aus welchen Gründen ihm vielleicht der nächtliche Schlaf vorenthalten wurde? Ich wollte mich gerade erheben, als sich sein Mund schloss und die Augen öffneten. Benommen blickte er um sich. Dann sah er mich. Ein Lächeln huschte über sein Gesicht.
„Du?", fragte er schläfrig, schluckte und versuchte sich aufzurichten.
„Bleib liegen", sagte ich ihm, aber er mühte sich hoch, richtete sich auf, so dass er in seinem Bett schließlich saß.
„Bist du schon lange hier?", fragte er.
„Nein, nicht wirklich. Ich wollte dich nicht wecken."
„Aber, das hättest du man gleich machen sollen, viel Zeit bleibt uns ja nicht mehr, oder?"
Ich stutzte. War das ein Scherz oder bezog er das auf seine Krankheit?
„Wie meinst du das?", fragte ich deshalb.
„Na, erstens sind wir ja nicht mehr die Jüngsten und zweitens sitzt mir der Sensenmann schon im Nacken, hast du ihn nicht gesehen?"
Er hatte nichts an seiner makabren Art eingebüßt, die ihn schon früher für Leute, die ihn nicht kannten, unangenehm sein ließ.
„Außer den hier Anwesenden habe ich niemanden gesehen", antwortete ich, um ihm den Wind aus den Segeln zu nehmen.
Er aber konnte es nicht unterlassen, mit diesem bitteren Unterton, den ich auch bei Sylvia kennen gelernt hatte, weiter zu

reden. „Dann schau noch mal hin", er zeigte mit seiner rechten Hand auf seine Schultern, „da sitzt er und wetzt das Messer, freut sich schon auf seine fette Beute."
„Na, so fett bist du doch nicht mehr", begab ich mich in sein Spiel.
„Eben, die Hälfte meines Körpers hat er ja auch schon weggefressen."
Das Gespräch nahm einen Verlauf, den ich nicht wollte. Ich wollte nicht so despektierlich über den Tod reden, das hatten wir als junge Burschen uns herausnehmen können, aber jetzt nicht mehr, wo er so nahe war und Narben in unser Leben gesetzt hatte. Früher hatten wir unsere makabren Scherze hierüber gemacht und Erkki konnte es besonders schlimm.
„Dir scheint es aber gut zu gehen, wenn du deinen schrägen Humor noch nicht verloren hast", sagte ich.
„Sterbensgut geht es mir", lachte er zynisch, „einen Lungenflügel hat er sich schon geholt, am zweiten arbeitet er gerade. Dauert nicht mehr lange, dann hat er mich."
„Ich habe deine Tochter bei Elli getroffen", lenkte ich ab, „hübsche Frau geworden."
Er hatte mir gar nicht zugehört, redete weiter von der Krankheit, die ihn auffraß.
„Erkki", unterbrach ich ihn, „ich weiß was du im Moment durchmachst."
„Ach, Scheiß drauf", wischte er meinen Einwand weg, „nichts weißt du. Rein gar nichts."
„Oh, doch, mein Freund, ich habe gerade auf ähnliche Weise meine Frau verloren, habe ihren verzweifelten Kampf über Monate mitgemacht, habe an ihrer Seite gelegen, als sie einschlief, in der Hoffnung, der Sensenmann würde mich mitnehmen. Der hat aber nur sie gewollt, hat mich zurückgelassen. Erzähl mir also nicht, dass ich keine Ahnung hätte."
Er schwieg und ich musste meinen Zorn bekämpfen, der in mir aufgestiegen war. Immer diese Selbstbemitleidung, die in Sarkasmus ausartete, dachte ich, ertappte mich aber selbst, dieser Selbstzerstörung zu frönen.
„Entschuldigung", sagte ich schließlich, nachdem wir eine Zeit geschwiegen hatten. „Ich bin aber nicht hergekommen, um mir

deinen Sarkasmus anzuhören. Ich wollte eigentlich nur einen alten Freund besuchen."

Seine Augen hatten sich gerötet, die Nase war verstopft. Er holte sich ein Taschentuch aus seinem Nachtschrank und schnäuzte sich.

„Tut mir leid", sagte er schließlich, „hast ja Recht. Aber da kämpfst du ein Leben lang und dann dies. Ist das gerecht?"

„Nein, das ist nicht gerecht."

„Und, wie läuft's so in Deutschland? Kommt bald der neue Hitler?"

„Ach was", tat ich empört und fühlte mich gleich wieder angegriffen, obwohl er mich doch gar nicht treffen wollte.

„Na, man hört und sieht ja so vieles. Was ist denn da los?"

„Die Leute sind unzufrieden, zu Recht. Zu viele Arbeitslose, zu wenig Arbeit, zu viel Kriminalität, der absolute Nährboden für Ratten- und Bauernfänger. Guck dich doch um in Europa, überall das Gleiche, das, was künstlich zusammengeführt wurde, driftet in der Not wieder auseinander. Die Globalisierung zerrüttet mit ihren Auswirkungen das europäische Haus."

„Ja, aber bei euch übertreiben sie es wieder." Er sagte tatsächlich „bei euch" und schloss mich damit ein. Hatte er vergessen, woher ich kam? Oder hatte ich mich so weit von hier entfernt, dass ich aus seiner Sicht zu denen gehörte, die in Fackelzügen durch deutsche Straßen zogen?

Wieder fühlte ich mich in die Rolle gedrängt, deutsche Positionen verteidigen, verniedlichen und verharmlosen zu müssen. Wenn ich auf das Pack jetzt schimpfen würde, gäbe ich Erkki neuen Nährboden für seine Verurteilungen und würde mich damit gleichzeitig erniedrigen. Er würde alles, was ich zur Entschuldigung oder zur Verurteilung sagen würde, falsch interpretieren und den Menschen hier weitererzählen, und dann hieß es: Selbst Tauno hat gesagt. So konnte ich nur verheimlichen, warum ich nach Lemi zurückgekehrt war, konnte nur den Tod Sylvias vorschieben und meinen Aufenthalt als vorübergehend bezeichnen.

„Es ist alles halb so schlimm", ließ ich mich dann doch hinreißen zu sagen, „alles nur eine vorübergehende Erscheinung."

Hatte ich so nicht schon einmal argumentiert, ohne daran zu

glauben? Hatte man mir nicht auch ständig diesen Spruch eingetrichtert? „Es wird nicht mehr lange dauern, dann ist dieses Gesocks weg vom Fenster. Die Leute sind nicht mehr so dumm wie früher, das ist alles nur eine Trotzreaktion, weil sie die Schnauze von diesen sogenannten etablierten Parteien voll haben, die den Staat als Selbstbedienungsladen betrachten und machen, was sie wollen."

Da saß dieser todkranke Mann in seinem Bett und grinste vor sich hin, dass ich mich dabei ertappt fühlte, wie ich mich ereifert hatte. Verlegen lächelte ich zurück. „Ach, Scheiße", sagte ich schließlich, „eine Scheißzeit, in der wir Leben. Wird Zeit, dass wir abtreten und diesen ganzen Dreck nicht mehr miterleben müssen."

„Tja", sagte er und sein Grinsen wich aus seinem Gesicht, „ich hab's ja nun bald geschafft. Hättest man hier bleiben sollen. Heimat ist Heimat, die Wurzeln kannst du nicht verleugnen."

Da fiel mir doch prompt sein Grund ein, unbedingt in Tampere studieren zu müssen, und diesmal musste ich grienen.

„Na, was hast du jetzt?", fragte er irritiert.

„Apropos Wurzeln, wie war das damals noch, als du dich wagemutig in Tampere eingeschrieben hast?"

Sein Grinsen wurde immer breiter bis er lachte. „Tja, du weißt das doch am besten: Wo die Liebe hinfällt. Man, man, war ich damals verknallt und blöde. Und dann dieses Desaster, hat mich einfach ignoriert, ist mit diesem Schnösel von Paragraphenreiter, diesem Winkeladvokaten davongezogen. Ich hab mich so beschissen gefühlt, so blamiert, dass ich aus Trotz in Tampere geblieben bin und mein Studium beendet habe."

„Wie geht es deiner Frau?"

„Der geht es gut, hat ja auch eine dankbare Aufgabe. Mein Ältester hat vor vier Wochen Zwillinge bekommen."

„Zwillinge? Na, da habt ihr denn ja auch alle Hände voll zu tun."

Sein Lachen wich aus seinem Gesicht. Ich spürte, wie er in sich kehrte und den zukünftigen Verlust bedauerte, also musste ich ihn wieder auf andere Gedanken bringen.

„Hast du von der alten Gang noch jemanden gesehen, Pentti oder Tapsa?", fragte ich nach den Freunden, mit denen wir damals durch die Gegend gezogen waren.

„In alle Winde verstreut", antwortete er und wischte sich mit dem Ärmel die Augen, „Tapsa war letzten Winter mal kurz in Lemi, wohnt jetzt aber in der Nähe von Stockholm. Hat ja in zweiter Ehe eine Schwedin geheiratet, die er auf der Fähre kennen gelernt hat. Und Pentti ist jetzt Wildhüter oben im Urho-Kekkonen-Nationalpark. Seine Frau ist vor fünf Jahren gestorben, Kinder hat er nicht, da ist er in die Wildnis gezogen. Hab ihn vor drei Jahren dort mal besucht, sind wie in alten Zeiten einige Tage durch die Tundra gezogen. War ein imposantes Erlebnis. Solltest ihn auch mal besuchen. Der würde sich freuen."

„Gibt es da irgend eine Adresse?"

„Meine Frau kann sie dir geben. Fahr mal vorbei."

Ich stand auf, fühlte, dass die Zeit gekommen war zu gehen.

„Mein Hund wartet im Auto", sagte ich und reichte ihm die Hand.

„Schön, dass du an mich gedacht hast", erwiderte er meine Verabschiedung, „komm mal wieder rein. Ich würde mich freuen."

„Mach ich", sagte ich und wusste doch, dass ich ihn nicht wiedersehen würde. Wieder einer aus unserem Jahrgang, der die endlose Reise antreten wird. Und lange dauerte es nicht mehr, dann hätte auch ich es geschafft.

So, Sam, alter Kumpel, begrüßte ich meinen Freund, jetzt bin ich nur noch für dich da. Ich gab ihm zu trinken und ein paar Stücke Trockenfutter, sperrte die Pforte seines Käfigs wieder zu und fuhr in Richtung Innenstadt. Mir war danach, am Hafen spazieren zu gehen, mir den frischen Wind um die Nase wehen zu lassen, über den Saimaa mit seinen vielen kleinen Inseln zu blicken, vielleicht irgendwo einzukehren, um einen Kaffee oder ein Bier zu trinken. Der Markt am Hafen hatte bereits geschlossen. Die bunten Stände der Bonschen- und Gemüseverkäufer waren bereits abgebaut. Der Wind trieb Papierreste und Laub vor sich her. Der Springbrunnen im See war abgestellt, spritzte nicht mehr seine Wasserfontänen in die Höhe. Ich ging mit Sam den Hügel, auf dem der Stadtteil Linnoitus

sich befand, zu den alten Befestigungsanlagen hoch, wanderte weiter die noch immer mit Kopfsteinpflaster belegte Straße entlang, um hier und da in eines der Kunsthandwerksgeschäfte zu schauen, kehrte um und betrat das Majurska, dieses mir immer russisch anmutende Café am Anfang der Straße, in dem man Kleinigkeiten zu essen bekam und auch alkoholisiertes Bier bestellen konnte. Es war wie russische Wohnstuben wohl aussahen eingerichtet. Plüschsofas, Rüschengardinen, Samoware, überfüllt mit östlichem Tand, so wie sich keine finnische Familie einrichten würde, die eher das Geradlinige, Schnörkellose liebten. Ein zierliches, finnisches Mädchen bediente mich, sicherlich eine Studentin, die ihr Studium finanzierte. Sie war so aufmerksam, Sam sofort eine Schale mit Wasser hinzustellen, die mein Kamerad dankbar annahm und hastig schlabberte. Dafür sollte sie später ein entsprechendes Trinkgeld bekommen, obwohl dieses hier nicht erwartet wurde.
Irgendwie strahlte dieses Café eine eigenartige Atmosphäre aus, man spürte und roch den Mief dumpfer, russischer Behaglichkeit, man fühlte sich fremd und doch zugleich wohl und behaglich. Sylvia liebte dieses Café. Im Sommer waren wir häufig hier Gäste. Bei Sonnenschein setzten wir uns in den Garten, bei schlechterem Wetter verkrochen wir uns auf die dunkelroten Plüschsofas, in die sie versank, ohne die Füße auf den Boden zu bekommen. Hin und wieder traf man hier auch echte Russen an, meistens Touristen, obwohl man sich nicht sicher war, ob die nicht doch in heimeliger Atmosphäre hier ihre schmutzigen Geschäfte abwickelten. Die grenznahe Lage Lappeenrantas machte die Stadt zu einem beliebten Einkaufsziel russischer Touristen, so dass bald nach Öffnung der Grenzen für die meist zahlungskräftigen, jedoch ungeliebten Nachbarn sich eine russische Beschilderung breitmachte, die dem ehemaligen Feind helfen sollte, sein Geld hier auszugeben. Ich bekam mein Glas Bier und sah dabei Sylvia vor mir, wie sie die Augen verdrehte, weil ich zu dieser Zeit schon Bier trank. Dabei war es mir keine Gewohnheit, überall und zu jeder Zeit Bier zu trinken. Draußen wechselten ständig die Lichtverhältnisse, da schnell vorbeiziehende Wolken die Sonne im stetigen Wechsel bedeckten und wieder freigaben, so dass auch der

Raum, in dem ich saß, von hell bis dunkel die Augen strapazierte. Sam seufzte zufrieden zu meinen Füßen. Ich kämpfte mit mir, ob ich etwas zu essen bestellen sollte, aber dann fiel mir der Fischstand auf dem Weg nach Hause ein, an dem ich mir einen frisch geräucherten Lachs kaufen konnte. Und bei diesem Gedanken lief mir das Wasser im Mund zusammen, bekam ich Unruhe und musste mich zusammenreißen, das Bier nicht zu hastig zu trinken.

Als ich das Majurska verlassen wollte, ging ein Regenschauer nieder. Ich wartete mit Sam im Eingangsbereich bis der Guss vorüber war, stieg dann mit ihm die Treppen zum Hafen hinunter, wo ich das Auto abgestellt hatte. Eines dieser modernen Schiffe, auf denen man über den Saimaa fahren und Konferenzen abhalten konnte, hatte gerade angelegt. Fröhliche Menschen kamen die Gangway hinunter, sahen aus, als hätten sie einen gelungenen Ausflug erlebt. Die Tagung, die sie auf dem Schiff wohl abgehalten hatten, schien ihnen eher Beiwerk gewesen zu sein. Ich schlängelte mich mit Sam durch eine Gruppe lachender Frauen, wich Pfützen aus, die sich durch den Regenschauer gebildet hatten. Hinter mir hörte ich neckende Bemerkungen, die ich lieber überhörte. Aber als ich am Auto stand, winkte mir die Frauengruppe zu, so dass ich ohne Emotionen zurückwinkte. Ich gab Sam zu fressen und war begierig darauf, auch meine Hungergelüste zu stillen.

Der Kiosk an der Sechs hatte geöffnet. Ich atmete auf. Ein paar Autos standen auf dem Parkplatz. Das Mädchen, das mir den Lachs verkaufte, sprach mit deutlich russischem Akzent. Findige finnische Geschäftsleute wussten, wie sie ihre russische Kundschaft zu bedienen hatten. Der Lachs war noch warm, kam gerade aus dem Räucherofen. Ich war versucht, ihn wieder auszupacken und an Ort und Stelle zu essen, aber ich riss mich zusammen, beeilte mich, von der Sechs wieder auf die Straße nach Savitaipale und Mikkeli zu kommen. Mittlerweile hatte eine dichte Wolkendecke die Sonne bedeckt. Es sah sehr nach Regen aus. Als ich an Jussis Tankstelle vorbeikam, sah ich Pertti im Streit mit Jussi. Sicherlich wollte der alte Säufer bei seinem fleißigen, jüngeren Verwandten wieder schnorren, um sich eine Flasche Schnaps kaufen zu können. Am Friedhof fiel mir ein, dass die Blumen sicherlich verwelkt waren, aber der Geruch des neben mir liegenden Fisches erinnerte mich daran, dass ich es eilig hatte, nach Hause zu kommen.

Als ich zu meinem Haus einbog, entdeckte ich in dem vom Regen etwas aufgeweichten Boden Reifenspuren. Da konnte sich nur jemand verfahren haben, dachte ich mir. Die Spuren führten nur bis zum Gästeparkplatz, den wir noch mit Matti angelegt hatten und der etwas oberhalb des Hauses nahe dem Pfad, der an unserem Grundstück vorbeiführte, lag. Auf dem Grundstück selbst waren keine Reifen- oder Fußabdrücke zu sehen. So ließ ich meinen Wagen langsam hinunter rollen, parkte das Auto neben dem Haus. Sam sprang mit einem Jubelschrei aus seinem Käfig, nahm den Geruch des Fisches in meiner Hand wahr und hangelte sich an mir hoch. Gleich, Sam, vertröstete ich ihn, gleich bekommst du ein Stück ab. Ich schloss das Haus auf, dabei bemerkte ich, feuchte Abdrücke auf der Terrasse, unförmig und undefinierbar. Ich zuckte mit den Schultern, konnte ja auch ein nasses Tier gewesen sein, das sich hierauf verirrt hatte. Sam hatte nur Interesse an meinem Fisch, er nahm keine andere Witterung auf. Im Haus war alles so wie ich es verlassen hatte. Ich legte das Fischpaket auf die Anrichte in der Küche, wusch mir die Hände, so wie mir es Sylvia vor dem Essen immer aufgetragen hatte: „Hast du dir auch die Hände gewaschen?" Ja, hatte ich. Dann schnitt ich mir zwei Scheiben von dem runden Finnischen Schwarzbrot ab, trennte es in der Mitte und beschmierte es dick mit Butter. Heute wollte ich mal nicht auf irgendwelche Cholesterinwerte achten. Dazu goss ich mir ein Glas Milch ein, trug das Geschirr und die Brote ins Wohnzimmer. In der Küchenzeile öffnete ich den in Alufolie, Wachs- und Zeitungspapier eingewickelten Fisch. Ein starker Räuchergeruch drang an meine Nase. Der Fisch war noch warm. Ich trennte den Kopf ab, klappte die Haut des Leibes hoch und nahm mit Gabel und Messer das rosa Fleisch des halben Fisches auf meinen Teller. Wie gerne haben Sylvia und ich zusammen diesen Fisch gegessen! Es war immer ein Genuss. Auch jetzt konnte ich mir nichts Leckeres vorstellen. Sam stand auf zwei Pfoten und hielt sich mit den Vorderpfoten an der Kante der Anrichte hoch. Seine Nase kam

bedrohlich in Nähe des Fisches. Du gehst jetzt mal runter, befahl ich ihm, und schob ihn mit einer Hand zurück. Die andere Hälfte des Fisches wickelte ich wieder ein und legte sie so, dass Sam nicht daran kommen konnte.
Dieser warme, geräucherte Lachs war ein Gaumenschmaus. Sicherlich hätte er mir noch besser geschmeckt, wenn Sylvia mir gegenüber gesessen und mitgegessen hätte. Sam war ein schlechter Essenspartner, auch wenn ich ihm ein kleinwenig abgab, darauf achtend, dass keine Gräten in seinem Fisch waren. Ich holte mir noch ein Stück aus der Küche, ganz schaffte ich ihn aber nicht.
Nachdem ich das Geschirr in die Spüle gestellt hatte, ging ich mit Sam hinunter zum See. Der Wind war aufgefrischt, kleine, quabbelige Wellen übersäten das Gewässer. Der Himmel war mit dunklen Regenwolken verhangen. Die Wellen klatschten an den Steg. Sam stand mit den Vorderpfoten im Wasser und schlabberte. Ich ging hinüber zum Bootshaus. Die Tür war nur angelehnt. Das verwunderte mich. War meine Senilität schon so weit fortgeschritten, dass ich meine Handlungen nicht mehr im Griff hatte? Ich war mir sicher, die Tür verschlossen zu haben. Aber wer sollte hier herauskommen, um meinen Bootsschuppen zu besichtigen? Dennoch hatte ich ein unsicheres Gefühl. Ich orderte Sam an meine Seite, öffnete vorsichtig die Tür. Das Boot lag wie immer mit hochgeklapptem Motor festgezurrt. Auch schien sich sonst nichts verändert zu haben, alles war wie gehabt an seinem Platz. Ich schüttelte den Kopf. Alter, seniler Mann, sagte ich mir, vergisst abzuschließen und scheißt sich dann fast vor Angst in die Hosen. Ich schmunzelte über mich selbst. Komm, Sam, kannst laufen. Ist alles in bester Ordnung. Ich atmete tief durch und verschloss die Tür, legte den Schlüssel auf dem über der Tür herausragenden Balken. Der Wind schüttelte Feuchtigkeit von den Bäumen. Tropfen fielen mir ins Gesicht, dass ich mich mit dem Ärmel abtrocknen musste. Ich klaubte einen abgebrochenen Zweig auf und ging neben das Haus, um die Umrisse der geplanten Garage auf den Boden zu zeichnen. Ich überlegte, ob ich ein Satteldach oder ein nach hinten abfallendes Flachdach bauen lassen sollte. Wahrscheinlich wäre letzteres preiswerter und schneller zu

bauen. Aber bei einem Satteldach, könnte ich einen Boden einplanen, auf dem ich dann wieder Ablagefläche hätte. Und während ich mir in Gedanken ausmalte, wie meine Garage oder Carport aussehen könnte, klingelte mein Handy. Verwundert holte ich es aus der Gürteltasche. Teuvo Sinkko meldete sich, er habe von Jussi erfahren, dass ich Arbeit für ihn hätte. Ob er heute noch vorbeikommen könne, fragte er. Das war mir denn doch zu eilig. Morgen würde es mir besser passen, antwortete ich. Also wollte er mich morgen Vormittag besuchen. Ob er denn schon etwas mitbringen solle? Mein Gott, hatte der Junge es eilig. Nein, nein, es genüge, wenn er käme. Damit war das Gespräch beendet. Nun schien alles seinen Lauf zu nehmen. Ich fühlte mich wieder unternehmungslustig, konnte Pläne schmieden, wurde aus meiner Lethargie herausgerissen und zurück ins Leben geführt. Ein Regenschauer zog vom See herüber und ich beeilte mich, mit Sam ins Haus zu kommen. Es war dunkel geworden, so dass ich Licht einschalten musste. Auch war die Temperatur merklich abgekühlt. Ich säuberte den Kamin, füllte die Asche in einen Metalleimer und entfachte ein Feuer. Dann nahm ich Papier und Bleistift und begab mich daran, das Haus für mein Auto zu planen.

8.

Die Nacht über hatte ich wieder schlecht geschlafen. Immer wieder hörte ich verdächtige Geräusche, glaubte ich ums Haus schleichende Menschen zu vernehmen. Aber dass Sam fest schlief und nicht anschlug, ließ mich in dem Glauben, nur schlecht geträumt zu haben. Doch es war mir schwer, nach diesen hochgeschreckten Wachphasen, wieder einzuschlafen. So lag ich lange wach, fühlte mich an die Nächte neben Sylvia erinnert, in denen ich in panischer Angst neben ihr lag und ihrem Atem lauschte, voller Furcht vor dem Moment, da sie aufhören würde zu atmen. Die Nächte waren meine Zeit, in denen ich meinen Gefühlen freien Lauf lassen konnte, in denen ich meine Ängste und meine Trauer auslebte. Tagsüber musste ich der starke Mann an ihrer Seite sein, der ihr den letzten Funken an Hoffnung und Zuversicht erhielt. Aber ebenso wie Sylvias Kräfte schwanden, entwich auch meine Überzeugungskraft, ihr einen Lichtstreif am dunklen Horizont vorzugaukeln. So wurde es immer mehr ein Warten auf den Moment, an dem ihre Krankheit sie besiegen würde. Und mitten in diese Trostlosigkeit blühte sie plötzlich noch einmal auf. Sie lag nach einer dieser durchwachten Nächte neben mir, sah mich lächelnd an, streichelte meine Wange und sagte, dass sie das Gefühl habe, es gehe ihr wesentlich besser.
„Lass uns rausfahren", schlug sie vor, „ich möchte den Frühling erleben, sehen, wie alles so herrlich grün wird."
Allein durch diesen Anflug von neuem Lebensmut wurde ich hellwach, obwohl sich mein Körper bleiern schwer anfühlte. Es war schon lange her, dass sie einen Wunsch geäußert hatte, dass sie aus dem Haus wollte, ja, dass sie das Bett verlassen wollte. Und nun verlangte sie danach, den aufkeimenden Frühling zu erleben, mit mir wie in früheren Zeiten übers Land zu fahren, sich an dem jungen Grün zu ergötzen, das die Hoffnung auf eine wärmere Zeit verkörperte. Ich drückte sie, gab ihr einen Kuss und eilte aus dem Bett, das Frühstück zuzubereiten, mich anzuziehen, um auch ihr dann bei ihrer Morgentoilette zu helfen. Aber welch ein Wunder, als ich aus dem Badezimmer zurück ins Schlafzimmer kam, stand sie am Kleiderschrank,

dass ich besorgt war, sie könne bei ihrer schwachen Körperkonstitution zusammenbrechen.

„Gib mir das bunte Frühlingskleid", sagte sie, „wollen wir doch der Jahreszeit entsprechend uns draußen präsentieren."

Ein wahrer Jubelschrei erfüllte mich, zu sehen, wie sie wieder lebte, dass es ihr besser ging, dass sie Lebensfreude ausstrahlte, frohgemut in den Tag hineingehen wollte. Ich schwebte wie auf einer Wolke, alles fiel mir viel leichter, ich vergaß die durchwachte Nacht, hätte für diesen Augenblick tausend durchwachte Nächte in Kauf genommen. Meiner Sylvia ging es wieder besser, sie war auf dem Weg der Besserung.

Dass man im Nachhinein immer schlauer ist, ist eine alte Weisheit. Aber die Hoffnung zu besitzen, dass sich doch etwas zum Guten wenden könnte, auch wenn es nur ein paar Tage oder Stunden sind, ist wie den Sonnenschein in tiefer Nacht zu erleben. Ich wollte einfach glauben, dass Sylvia auf dem Weg der Genesung war, auch wenn der Verstand mir sagte, dass es nicht sein könne und das man ja wusste, dass dem Tod noch einmal ein Aufbäumen vorausgeht. Kein Frühling war so schön wie dieser, in dem Sylvia noch einmal mit mir das Aufspringen der Knospen beobachtete, wir durch Norddeutschland fuhren und dieses wunderschöne erste Grün des Jahres bewunderten.

Es war ihr letztes Aufbäumen gegen den Tod, dann siegte dieser doch. Sie starb in meinen Armen, nachts, hörte einfach auf zu atmen und ich bekam es nicht einmal mit, hatte so viele Nächte in Angst davor wachgelegen und nun hörte sie auf zu leben, als ich schlief. Ihr Körper war kalt, ihre Haut gelb, die Augen geschlossen, so lag sie auf meinem Arm, zu mir gewandt, stumm, leblos, zusammengefallen. Ich mochte mich nicht bewegen, mochte nicht meinen Arm unter ihrem Kopf wegziehen, hatte Angst, sie in ihrem Schlaf zu stören. Ich fühlte mich zerrissen, spürte diesen brennenden Schmerz, der ein Schreien, ein endloses Schreien herausbringen wollte, aber nur Tränen, heiße Bäche von stummen Tränen entrannen meinen Augen. Mir kam es vor wie Stunden, dass ich so dagelegen hatte, erst dann wagte ich, sie auf den Rücken zu legen, ihre Hände zu falten und mich aus dem Bett zu begeben. Ich benachrichtigte Helena, die den Tod ihrer geliebten Mutter mit

einem Aufatmen und den Worten: „Hat sie es endlich geschafft?", quittierte, dann erst rief ich Sylvias Arzt an, der bescheinigen musste, was unverkennbar war.
Einer finnischen Tradition gehorchend, begleitete ich Sylvia zur Aufbahrung in das Beerdigungsinstitut. Ich folgte dem Leichenwagen mit meinem Auto, Helena und ihr Mann fuhren mit mir mit. Als Mutter im Krankenhaus starb, fuhren wir, wie es bei uns üblich war, auf dem Weg zur Aufbahrung noch einmal an unserem Haus vorbei. Dort stoppte der Leichenwagen, an dem vorne an den Kotflügeln jeweils eine kleine finnische Fahne flatterte, verharrte für ein paar Minuten, bis er weiterfuhr. Sylvia aber hatte das erreicht, was sie sich immer gewünscht hatte, sie wollte in ihrem Haus sterben. Nun hatte man sie, wie sie sich oft äußerte, mit den Füßen zu erst aus unserem Haus getragen. Ein Haus, das von nun an leer und unwohnlich wirkte, in dem mich so viele Erinnerungen mit meiner Frau verbanden, dass sie mich zu erdrücken drohten, mich immer öfter hinaustrieben, ziellos durch die Gegend fahren und mich flüchten ließen, Sam immer an meiner Seite.

Teuvo Sinkko kam schon am frühen Vormittag. Ich war gerade dabei, mein Frühstücksgeschirr wegzuräumen, als Sam anschlug. Autoreifen knirschten auf dem Sandweg. Ich schaute aus dem Küchenfenster und sah, wie ein dunkelblauer Volvo älteren Baujahres mit finnischem Kennzeichen oben auf den Gästeparkplatz einbog. Er hupte, schaltete die Scheinwerfer aus. Ein großer, kräftiger Mann mit Vollbart quälte sich aus dem Auto. Er bückte sich noch einmal hinein und holte etwas heraus. Dann sah ich, wie er seine Straßenschuhe gegen olivgrüne Gummistiefel tauschte. Ich versicherte Sam, dass alles in Ordnung sei, trocknete meine Hände im Geschirrhandtuch ab und ging hinaus auf die Veranda. Es war lange her, dass ich Teuvo Sinkko gesehen hatte. Sein fünfzehn Jahre älterer Bruder war mit Matti befreundet gewesen, so kam es schon mal vor, dass Matti im Schlepptau seines großen Bruders, der auf ihn aufpassen musste, mit zu uns nach Hause kam. Nun war er nicht mehr der kleine Bruder sondern ein großer, kräftiger Mann mit der Gestalt eines tapsigen Bären. Sein tiefer Bass dröhnte mir entgegen.

„Na, Tauno, so sieht man sich wieder."

Er kam mit großen, ausholenden Schritten auf mich zu. Streckte mir die Hand entgegen, lachte dabei, dass seine vom Nikotin vergilbten Zähne zum Vorschein kamen. Seine großflächige Hand erfasste meine und quetschte sie wie in einem Schraubstock.

„Jussi hat mir gesagt, du willst anbauen", schallte seine Stimme aufdringlich in dieser Ruhe. Wieder lachte er fast blechern. Er sah sich prüfend um, und nickte anerkennend. „Schönes Grundstück. Kennt man kaum wieder. Ich war als kleiner Junge mit meinem Bruder Armas schon mal hier. Hat sich viel verändert. Ist aber auch eine lange Zeit her. Und du bist jetzt alleine hier?"

„So ist es."

„Zu Hause ist es doch am schönsten, nicht wahr?", donnerte seine verrauchte Stimme, so als wolle er sagen, Schuster bleib bei deinen Leisten und verlass die Heimat nicht.

Er fingerte in seine Jackentasche und kramte eine Schachtel Zigaretten hervor, hielt mir die geöffnete Schachtel entgegen, aber ich lehnte dankend ab.

„Ich kann's mir nicht abgewöhnen. Hab's aber auf zwei Schachteln pro Tag einschränken können. Also, was willst du wohin gebaut bekommen?" Der ausgeblasene Rauch aus seiner Nase wurde vom Wind mitgerissen.

Ich zeigte neben das Haus, wo ich mit Hölzern die Umrisse der Garage schon abgesteckt hatte.

„Ich brauch für den Winter einen halbwegs winterfesten Stall für mein Auto", sagte ich und reichte ihm die Zeichnung, die ich die ganze Zeit über in der linken Hand festgehalten hatte.

„Das sieht ja schon mal ausgezeichnet aus. Willst einen Betonboden?" Mit seinen Worten entwich Rauch aus seinem Mund, der verwirbelte und sich auflöste.

„Na, ich weiß nicht. Wird das nicht zu aufwendig. Ich meine, das müssten ja mindestens sechs bis zehn Kubikmeter sein. Genügt nicht ein isolierter Holzfußboden?" Ich sah ihn fast flehend an. Ich wollte ja kein Wohnhaus bauen und zu teuer sollte es auch nicht werden.

„Ganz wie du willst. Kleine Auffahrrampe, Punktfundament, das müsste zu machen sein. Soll ich dir das vorher erst alles durchkalkulieren?"
Ich wartete wieder auf die Qualmwolken aus seinem Mund, aber kein Rauch schlich sich in die Lüfte.
„Hast du denn eine ungefähre Vorstellung, was der Spaß kosten wird?", fragte ich vorsichtig.
Er blickte nach oben in die Wipfel der Bäume, als wenn er die Antwort da finden würde. Seine Lippen bewegten sich, man sah ihm das Rechnen an und mit den Zahlen fiel jetzt auch der Rauch hinaus, den er zuvor eingesogen hatte. Dann senkte er wieder den Blick, sah auf die Zeichnung.
„Kann ich die mitnehmen?", fragte er, Qualm ausblasend.
„Klar, hab ich ja für dich gemacht."
„Gut, dann lass uns so verbleiben, dass ich das heute Vormittag zu Hause ausrechne und dich dann anrufe und dir die Kosten durchgebe. Übrigens solltest du dir mal ein finnisches Mobiltelefon anschaffen. Das sind für mich immer Auslandsgespräche." Er lachte laut und klopfte mir auf die Schulter. Seine Zigarette hatte er bis auf den Filter aufgeraucht. Nun bückte er sich, drückte den Rest auf einem Stein aus und bohrte die Kippe in den feuchten Waldboden, um sie mit dem Fuß endgültig zu verscharren. Das war für ihn eine so selbstverständliche Prozedur, dass ich nichts dazu sagen wollte. Als er sich aufrichtete, erfasste mich die von ihm ausgeblasene Qualm-wolke, dass ich mit den Händen wedelnd den Qualm vertrieb.
„Wann willst du den Stall denn gebaut bekommen?", fragte er und kratzte sich in seinem von grauen Haaren durchsetzten Bart.
„So schnell wie möglich. Viel Zeit haben wir ja bald nicht mehr", antwortete ich und wies auf den Himmel, der in ein paar Wochen den ersten Schnee bringen könnte.
„Willst du über Winter hier draußen bleiben?", fragte er fast ungläubig.
„Das hatte ich eigentlich vor", entgegnete ich fast trotzig.
„Hast du einen Schneepflug? Den brauchst du hier, sonst kommst du nicht mal bis zum Weg. Jussi kann dir sicherlich einen besorgen."

„Ich werd ihn fragen. Willst du noch einen Kaffee?" Ich konnte ihn nicht ziehen lassen, ohne ihm etwas angeboten zu haben. Dabei hoffte ich, dass er ablehnen würde. Aber er schien genug Zeit mitgebracht zu haben, willigte freudig ein.
Ich holte zwei Tassen aus der Küche, goss uns von meinem Frühstückskaffee ein. Mittlerweile hatte er sich seine dritte Zigarette seit seiner Ankunft angesteckt.
„Bist lange drüben gewesen, nicht wahr?", sagte er in unser Schweigen hinein, „Willst jetzt wieder hier bleiben?"
Ich zuckte mit den Schultern. Eine Bejahung hätte so etwas wie ein Eingeständnis einer Niederlage. „Erst mal", antwortete ich deshalb.
„Ich war vor ...", er überlegte, schien die Zahl aus der Luft greifen zu wollen, als er dann weiterfuhr, „na, zehn, zwölf Jahren mit den Jungs in Hamburg, als Betreuer, haben dort Fußball gespielt gegen ..., na, irgend so einen Verein. Reeperbahn", er lachte verschmitzt, „da haben wir einen drauf gemacht. Bis in den Morgen gesoffen und rumgehurt. War ein tolles Erlebnis." Gedankenversunken inhalierte er seine Zigarette.
Ich sagte nichts.
„Hat sich da drüben ja vieles geändert in letzter Zeit. Wird auch Zeit, dass wieder Zucht und Ordnung einkehrt. Würde uns auch ganz gut tun. Schau dich doch um. Ein marodes Land, viel zu viele Schmarotzer und Ausländer. Fressen sich alle auf unsere Kosten durch. Guck dir die Zigeuner an, kriegen auf unsere Kosten ihre teuren Kleider und werden durchgefüttert. Und was ist der Dank? Klauen wie die Raben. Der Hitler, der hat das schon richtig gemacht."
„Wenn ich mit dem Preis einverstanden bin", lenkte ich ab, „wann kannst du dann anfangen?"
Er sah mich erstaunt an. Sein Mund stand ein Stück offen, dann begriff er, dass ich mit ihm nicht über dieses Thema diskutieren wollte. Er sog noch einmal an seiner Zigarette, drückte sie in dem von mir bereitgestellten Aschenbecher aus.
„Wenn du willst, gleich nächste Woche. Ich muss das Baumaterial besorgen. Vielleicht könnten wir zum Wochenende schon die Fundamentpunkte setzen", antwortete er.

„Das wäre prima. Mach einen vernünftigen Preis und du kannst sofort anfangen."

Er hatte meine Aufforderung zu gehen, verstanden. Umständlich verstaute er seine Schachtel Zigaretten und das Feuerzeug in seiner Jackentasche, stand auf und trank den letzten Schluck Kaffee aus.

„Werden wir schon hinbekommen. Spätestens heute Mittag. Und ...", er zeigte auf mein Handy, „schaff dir ein vernünftiges Telefon an." Er lachte dabei und musste husten.

Ich war froh, als ich wieder alleine war. Sam rannte neugierig über Veranda und Grundstück und schnüffelte aufgeregt, die fremden Spuren lesend. Die Wolkendecke riss auf und ein Sonnenstrahl erfasste mich. Über den See zog eine kreischende Horde Möwen, folgte einem Motorboot, das tuckernd seinen Wellenkeil verbreitete. Sam horchte auf und folgte dem Boot mit seinem Blick. Der See glänzte silbern im Sonnenstrahl. Ich sah zum Himmel hoch und musste mit ansehen, wie sich aufgeplusterte, dunkle Wolken wieder vor die Sonne schoben, der wärmende Lichtstrahl erlosch und der See seinen Glanz verlor.

Mein Handy piepte. Ich nahm es aus der Gürteltasche, sah auf das Display. Helenas Telefonnummer erschien auf dem grünlichen Feld.

„Na, mein Schatz, was gibt es?", meldete ich mich.

„Hallo, Papa, wie geht es dir?", fragte sie, ohne meine Frage zu beantworten.

„Mir geht es gut. Habe gerade eben mit Teuvo Sinkko über den Garagenbau gesprochen. Wird er wohl nächste Woche mit anfangen, wenn er nicht zu teuer ist."

„Du planst also doch, länger zu bleiben?"

„Hast du was anderes erwartet? Ich habe dir doch gesagt, dass ich hier bleiben werde."

„Ja, aber ..., ich dachte ..., na ja, ich dachte, du wirst nach ein paar Wochen zurückkommen. Das hört sich jetzt so endgültig an."

„Komm, Schatz, du weißt, dass ich es ernst gemeint habe. Hat sich schon ein Käufer für das Haus gemeldet?", fragte ich.

„Das ist der Grund, warum ich anrufe. Ich habe da jemanden, der interessiert ist, der will aber nicht so viel bezahlen. Wie

viel bist du bereit runter zu gehen?"
„Keinen Cent. Das Haus hat seinen Wert und wir haben es nicht eilig, sind ja Gott sei Dank noch nicht darauf angewiesen."
„Das schon, aber wenn es lange unbewohnt steht, wird es dadurch nicht besser."
„Braucht ihr dringend Geld?", fragte ich besorgt. Wir hatten abgemacht, dass Helena die Hälfte als Vorauserbe aus dem Verkaufserlös erhalten sollte. Doch wollte ich auf keinen Fall das Haus verramschen. Zu sehr hatte es auch einen ideellen Wert für Sylvia und mich.
„Nein, Papa, das nicht", antwortete sie.
„Aber?"
„Nichts aber", kam es kleinlaut.
„Na, ich hör da doch so leise Untertöne."
„So lange das Haus dort unbewohnt steht, habe ich keine ruhige Minute. Und ich kann nicht jeden Tag dort hinfahren, um nach dem Rechten zu sehen", klagte meine Tochter.
„Das verlangt doch auch keiner von dir. Es reicht, wenn du einmal die Woche vorbeischaust. Die Nachbarn passen doch auch auf."
„Das schon, aber letzten Endes habe ich die Verantwortung."
„Na komm, Schatz, mach dir darüber keine Sorgen. Und was den Preis betrifft, so bleiben wir bei der abgemachten Summe. Wird schon noch jemand kommen, der den Wert erkennt. So, nun erzähl mir, wie es euch geht? Was machen die Kinder?"
„Denen und uns geht es gut", antwortete sie mürrisch.
„Passen sie in der Schule gut auf?"
„Da läuft alles bestens."
„Und sonst? Was gibt es Neues? Nun erzähl doch mal", fragte ich ungeduldig.
„Eigentlich alles beim Alten. Nichts Besonderes. Dein Lieblingsverein ist auch nicht mehr das, was er mal war, hat sich zur grauen Maus zurückentwickelt. Hast du eigentlich mal Kontakt zu Mirja aufgenommen?"
„Nein, noch nicht. Und Fußball interessiert mich nicht mehr, zu viele Enttäuschungen. Aber sonst? Wie sieht es sonst aus, politisch meine ich?"

„Hat sich auch nichts geändert. Die Braunen marschieren, brüllen Parolen und verbreiten Angst und Schrecken. Die Ordnung, die sie versprochen haben, halten sie selbst nicht ein. Alles wie gehabt. Arbeitslose gibt es immer mehr, auch da hat sich nichts geändert. Und wenn es so weiter geht, kämpft hier bald jeder gegen jeden, das absolute Chaos."

„Ich denk, die Braunen wollten Arbeit schaffen, wo ist die Umsetzung ihrer Parolen?"

„Sie haben vergessen, dass die Konzerne ja fast ausschließlich in ausländischer Hand sind. Und die machen ihre eigene Politik, auch wie immer. Also im Moment siehst du, gibt es nichts Neues. Es ist immer noch so wie vor Wochen, als du das Land verlassen hast."

„Aber euch geht es gut, das ist die Hauptsache. Passt auf, dass ihr da nicht zwischen irgend welchen Auseinandersetzungen geratet."

„Wir versuchen uns so unauffällig wie möglich durchzuschlängeln. Nur nicht auffallen und anecken."

Ich atmete tief aus. Wut stieg in mir empor. Warum konnten wir nicht alle miteinander in Frieden leben? Warum musste es immer wieder Störenfriede geben, die Gewalt und Hass verbreiteten?

„Ihr solltet mal wieder hierher kommen", lenkte ich ab, auch um meinen Zorn, der mir in den Schläfen pochte, zu beruhigen, „es ist hier wunderschön. So ruhig und friedlich, nur die Natur pur. Der Sommer verabschiedet sich aber schon langsam. Die Nächte, und langsam auch die Tage, werden kühler. Es ist nachts durchgehend dunkel. Die Tage werden immer kürzer."

„Willst du nicht wenigstens zu Weihnachten zu uns kommen, Papa? Da ganz alleine, das ist nicht gut für dich."

„Eigentlich freue ich mich schon drauf, mein Schatz. Endlich mal wieder Schnee zu Weihnachten. Es sei denn, wir bekommen gerade dann wieder einen Wärmeeinbruch. Aber ehrlich, ich freue mich schon auf den Winter, wenn hier alles dick voll Schnee liegt. Warum kommt ihr nicht zu mir? Ja, kommt ihr doch zu mir."

„Papa, das geht doch nicht. Wir haben zum Herbst zwei Wochen Fuerte gebucht und dann keinen Urlaub mehr. Es wäre

wirklich besser, du würdest wieder zurückkommen und wir vergessen den Verkauf des Hauses."
„Schade, wäre so schön. Die Kinder könnten sich hier richtig im Schnee austoben, Ski laufen und so."
„Na, du weißt doch, dass sie Langlauf langweilig finden, die wollen den Berg runter auf 'nem Snowboard."
„Tja, verwöhnte Gören, können auch nicht mehr das genießen, was ihre Eltern und Großeltern genossen haben."
„Na, komm, Papa, du weißt doch sicherlich noch, wie sehr ich die Langlaufbretter gehasst habe. Also, nun mach mal halblang."
Ich erinnerte mich nur zu gut, wie meine Tochter Wut entbrannt die Ski zerbrechen wollte, weil sie wieder einmal irgendwo gestürzt war. Und ihr Temperament konnte dabei fast den Schnee schmelzen. Wie konnte sie schimpfen und fluchen, wollte sich nicht beruhigen, schmiss die Ski und Stöcke auf den Boden, trampelte mit den Füßen auf die Bretter und fluchte und zeterte.
„Na, ja, war ja man nur ein Versuch."
„Okay, Papa, ich muss jetzt Schluss machen. Also, Haus nur zum abgemachten Preis, keinen Cent weniger. Und du überlegst dir, ob du nicht doch wieder zurückkommen willst."
Ich lachte. Das war meine Tochter, pragmatisch und hartnäckig. „Mach's gut, mein Schatz, grüß deine Familie."
„Und ruf mich mal an. Hörst du, Papa?"
„Ja, ja", tat ich es ab, während Helena sich verabschiedete und das Gespräch beendete.
Ich fühlte mich in die Zeit zurückversetzt, als wir noch Weihnachten bei meinen Eltern feierten und Helena klein war, wie sie mit meinem Vater Schneeburgen im Garten baute oder Spaß daran fand, meine Mutter mit Schneebällen zu bewerfen, die es jauchzend über sich ergehen ließ. Ihre ersten Versuche, Ski zu laufen, wie sie über den Schnee stakste, steif und unbeweglich, die Ski nicht zum Gleiten bekam und je größer sie wurde, um so größer wurde auch ihr Zorn über ihre Unfähigkeit, den Einheimischen im Laufen gleich zu werden. Da kam es dann schon zu den Temperamentsausbrüchen, die die Skibretter in Gefahr brachten. Sicherlich, ihre Künste darin wur-

den besser und bald lief sie eben so gut wie ihre Mutter, aber geliebt hat sie den Langlauf nie. Ich musste lachen, als ich sie schmollend vor mir sah, auf der Piste stehend, nicht mehr weiter wollend, weil die lange Gerade, über die der Wind so erbärmlich pfiff, ihr zu anstrengend wurde und sie den Wind, die Strecke, die Ski und mich, der über sie lachte, verfluchte. Aber das war jetzt schon alles so endlos lange her und nicht wieder erlebbar, dass nur ein alter Mann wie ich in seinen Erinnerungen darin schwelgen konnte und dabei merkte, wie schnell das Leben über ihn weggezogen war.

Sam stupste mich mit seiner Nase an. Na, Kumpel, was ist? Wollen wir uns ein bisschen bewegen? Ein wenig spazieren gehen? Er sah mich mit seinen treuen Augen an, seine Ohren rutschten hoch und runter, wie er es immer tat, wenn er sich einer Sache nicht ganz sicher war. Ich holte sein Halsband und seine Leine, zog mir eine Jacke über, denn der Wind frischte hin und wieder auf und machte mich mit meinem Freund auf den Weg. Als wir an die Landstraße gelangten, entschied ich mich, mit meinem Freund nach Lemi zu gehen, dort etwas zu essen und zu trinken und den Tag so zu nehmen, wie er kam.

Lemi hatte nur eine Bar, die mehr Kneipe mit Essgelegenheit war. Kein besonders schöner Platz, um zu essen. Aber ich brauchte mich nicht selbst hinzustellen und etwas zu brutzeln. Tuula schloss gerade ihren Blumenladen ab, als ich den Dorfplatz überschreiten wollte.

„Hallo, Tauno", rief sie mir zu und winkte.

Ich verharrte einen Moment, überlegte, ob ich zu ihr gehen sollte oder nur zurückwinken und weitergehen. Zögernd machte ich dann doch den kleinen Umweg zu ihr.

„Na, willst gerade Mittagspause machen?", fragte ich.

„Muss ja auch mal sein, nicht? Hier ist mittags sowieso nichts los, da schließ ich den Laden immer für eine Stunde ab und geh nach Hause", antwortete sie.

„Sind die Kinder denn noch bei dir?" fragte ich.

„Nein", antwortete sie erstaunt über meine Frage, „die sind doch schon alle lange von zu Hause weg. Haben ihre eigenen Familien. Ab und zu habe ich mal die Ehre und darf auf die Enkelkinder aufpassen, auf die kleinsten versteht sich, die

großen gehen ja schon zur Schule. Der Älteste macht nächstes Jahr schon sein Abitur."
Ich nickte anerkennend. „Donnerwetter, wie viele Enkelkinder hast du denn?"
„Fünf", antwortete sie und lachte, „aber nur zwei wohnen hier mit Elena und Keke in Lemi, Kaisa wohnt mit ihrer Familie in Espoo und Raimo wohnt in Turku. Was hast du jetzt vor, ohne Auto, mit deinem Hund?" Sie bückte sich und streichelte Sam den Kopf. „Hübsches Kerlchen", sagte sie.
„Ich wollte mal in die Bar, etwas essen. Hab das gleich mit einem ausgiebigen Spaziergang verbunden."
„Du willst doch wohl nicht in Jaskas Kaschemme?", empörte sie sich.
„Doch, warum nicht?"
„Na, hör mal. Da lungern doch die ganzen Saufkumpane herum. Die Küche soll auch nicht mehr das sein, was sie mal war. Wenn du willst, können wir bei mir was zusammen essen. Ich mach uns schnell was."
Ich bedankte mich artig für die Einladung, lehnte aber ab. „Vielleicht ein andern Mal, Tuula. Will dir jetzt nicht in deiner Mittagspause zur Last fallen."
„Aber, Tauno, du fällst mir doch nicht zur Last. Ich mach uns gerne etwas."
„Danke, Tuula, ist nett gemeint von dir. Ich will aber mal mit meinem Kumpel hier in Jaskas verruchte Spelunke." Ich lachte und nahm den Weg über den Platz auf.
Tuula folgte mir. „Ist ja auch mein Weg", sagte sie, beeilte sich, mit mir Schritt zu halten. „Hast du eigentlich schon gehört, bei den Mäkkinens haben sie gestern Nacht eingebrochen. Das ist doch gar nicht so weit weg von dir."
Ich blieb stehen, sah sie skeptisch an. „Mäkkinens? Das liegt doch auf der anderen Seite vom See. Und, hat man die Burschen erwischt?"
„Nein, aber die hatten ihren Hund im Haus gelassen, damit der die Einbrecher verscheuchen sollte. Hat aber nichts genützt, diese Gangster haben das Tier einfach erschossen."
Ich schreckte bei dem Gedanken hoch, sie würden meinem Sam etwas antun. Aber wenn die mitbekamen, dass nicht nur

ein Hund, sondern auch ein Mann in dem Haus anwesend war, dann würden die davor zurückschrecken, bei mir einzubrechen.
„Ist das nicht schrecklich", jammerte Tuula neben mir, „das arme Tier. Hat denen doch gar nichts getan. Einfach erschossen. Das ganze Haus haben die verwüstet, diese Schweine. Russen! Ich sag's ja, ein Russe bleibt ein Russe, auch wenn du ihn ..."
„Ist gut Tuula", unterbrach ich sie.
„Magst du diese Wandalen etwa?", fragte sie empört.
„Nein, um Gottes Willen, wie kommst du darauf?"
„Nun ja", sie zuckte mit den Schultern.
Mein klingelndes Handy rettete mich aus dieser Situation. Ich nahm das Gespräch an und gab Tuula ein Zeichen zur Verabschiedung. Teuvos knarrende Stimme polterte an mein Ohr. Er wolle mir wie versprochen den Preis durchgeben, tönte sein verräucherter Bass. Ich war auf das Schlimmste gefasst, aber sein Angebot lag nur ein paar Hundert Euro über meiner Kalkulation. Sicherlich hatte er noch eine Spanne darin, die ich runterhandeln könnte, mir war aber nicht nach Handel, so akzeptierte ich seinen Preis.
„Wann fängst du an?", fragte ich ihn.
„Am Freitagabend komme ich mit ein paar Leuten und mach die Punktfundamente, dann können wir Mitte der nächsten Woche beginnen."
„Und wie lange braucht ihr dann?" Ich sah ihn vor mir, wie der Qualm seiner Zigaretten aus seinem behaarten Mund entwich, wie er den Telefonhörer an seinen von Haaren übersäten Kopf hielt.
„Na ja, drei, vier Tage, nicht länger", antwortete er.
„Ist gut, also bis Freitag."
Tuula winkte mir vom Ende des Platzes, bevor sie in ihrer Straße verschwand. Ich winkte zurück. Dann lenkte ich zielstrebig meinen Weg hinüber zu Jaskas Bar. Die Tür stand offen, laute, nicht mehr ganz nüchterne Stimmen drangen nach draußen. Pertti Sinkko war auch dabei, wie ich zu meinem Ärger beim Betreten der Bar feststellen musste. Ich konnte mich nicht so klein machen, dass er mich nicht sah. Und schon dröhnte mir sein Willkommensgruß entgegen, sprang er von

seinem Stuhl auf, riss dabei fast den Tisch um, vor dem er saß. Seine Saufkumpane schrien ihn an, da ihre Biere in Gefahr gerieten, umzukippen. Er ruderte mit seinen Armen durch die Luft, hatte Schwierigkeiten, sein Gleichgewicht zu halten.
„Hey, Tauno, komm an unseren Tisch", lallte er, „meine Freunde wollen wissen, was bei euch da so abläuft." Er winkte mich herbei, schaukelte beängstigend wie eine Birke im Wind. Ich hatte keine Chance an ihm vorbeizukommen. Seine speckige Baseballmütze war ihm wie immer in den Nacken gerutscht. Seine fettigen, ungewaschenen Haare hingen ihm strähnig ins Gesicht. Das Gummiband seiner Jogginghose schien ausgeleiert, denn ständig sackte ihm die Hose nach unten, musste er sie wieder nach oben ziehen.
„Ist gut, Pertti", beschwichtigte ich ihn, „ich geb euch einen aus, und ihr lasst mich in Ruhe essen? Okay?"
„Bist dir wohl zu fein, mit uns an einem Tisch zu sitzen", kam es von einem der Freunde Perttis.
Ich reagierte nicht darauf. Rief der Bedienung zu, sie möge den dreien auf meine Rechnung Bier bringen, zog Sam dicht an meinen Fuß und suchte mir einen Tisch abseits der lauten Saufgesellschaft. Noch einmal brandete ihr lautes Geschrei auf, als ihnen die von mir ausgegebenen Biere gebracht wurden. Die Speisekarte war nicht sehr reichhaltig, die üblichen finnischen Gerichte, Würstchen oder Fleischbällchen mit Kartoffelpüree, dünne Rindfleischscheiben oder Lachs mit Pommes Frites. Ich winkte das Mädchen herbei und bestellte die Rindfleischscheiben und ein Glas Milch. Kaum war sie gegangen, sah ich, wie sich Pertti unter vielen Verrenkungen erhob, zu mir blickte und schließlich auf mich zutorkelte. Wut stieg in mir empor. Ich wollte nicht mit diesem Säufer reden, seine üble Alkoholfahne riechen. Er zeigte mit ausgestrecktem Arm auf mich, so als brauche er eine Orientierung, um mich anzusteuern.

„Zu Hause ist es doch am besten", lallte er, „nich war? Darum bis du zurück aus diesem Hitlerland." Er ließ sich auf dem Stuhl mir gegenüber fallen. Sein ehemals weißes Unterhemd, das er schon bei unserer ersten Begegnung bei Elli angehabt hatte, war noch grauer und fettiger geworden. Seine widerliche

Alkoholfahne schlug mir ins Gesicht, als er sich zu mir beugte und radebrechte, dass er ja bald für mich arbeiten würde.
„So, du arbeitest bald für mich", gab ich meiner Überraschung Ausdruck.
„Ja, wir bauen dir doch das Haus", sagte er stolz.
Ich verstand erst nicht, was er meinte, bis es mir heiß den Rücken runterlief. Wahrscheinlich meinte er meine Garage und sein Cousin Teuvo hatte ihn angeheuert. Na, das konnte ja heiter werden. Wer weiß, was für Leute der Teuvo mir noch auf mein Grundstück anschleppen würde. Da konnte ich ja auf einiges gefasst sein.
„Arbeitest du für Teuvo?", fragte ich ihn, obwohl die Sachlage ja schon klar war.
„Für Teuvo", nickte er, „der hat nur die besten Leute." Er klopfte sich an die Brust. „Bin ein guter Zimmermann", lobte er sich selbst, „hab tolle Häuser gebaut." Er fuchtelte mir mit seiner Hand vor dem Gesicht herum. „Wirst sehen, auch deins wird ein tolles Haus."
„Garage."
Er winkte ab. „Keine Garage, Haus."
Die Bedienung kam und brachte mein Essen.
„So, Pertti", forderte sie den Betrunkenen auf, „jetzt gehst du schön wieder an deinen Platz und lässt unseren Gast in Ruhe."
„Pah", widersetzte der sich, „das ist mein Freund. Für den bau ich ein Haus."
„Ja, ja", ließ sich das Mädchen nicht beirren, „ich weiß. Trotzdem setzt du dich jetzt wieder rüber, oder ich sag Jaska Bescheid und der schmeißt dich dann raus."
Vor Jaska schien er Respekt zu haben, denn kaum wurde der Name genannt, schien er für einen Moment nüchtern, blickte das blonde Mädchen mit offenem Mund an, hielt in seiner Gestikulation inne, um sich dann vorsichtig zu erheben. Ich sagte nichts, war froh, bald alleine sein zu können. Das Mädchen wartete, bis Pertti sich umständlich vom Tisch auf den Gang begeben hatte, und lächelte mich bedauernd an. Pertti wollte sich noch einmal umdrehen und zu einem neuen Redeschwall ansetzen, aber die resolute, junge Bedienung schob ihn weiter und ging so lange hinter ihm her, bis er wieder am Tisch

seiner Freunde saß. Dort hockte er nun in sich zusammengesunken und stumm, ließ seine Freunde regungslos auf sich einreden.
Ich konzentrierte mich auf mein Essen, immer wieder Angst erfüllt auf Pertti schauend, er könne noch einmal wiederkommen. Aber es war eine andere Stimme hinter meinem Rücken, die mich hoch schreckte, die die gewonnene Ruhe unterbrach.
„Na, schmeckt's?", hörte ich hinter mir den Inhaber der Bar schnauben.
Sein massiger Körper schob sich an mir vorbei und blieb vor mir stehen. Jaska Illoinen, Sohn des legendären Skilangläufers Jorma Illoinen, der bei irgendeiner Olympiade zweifacher Goldmedaillengewinner für Finnland war. So etwas vergaß man hier nie, das stempelte einen zum ewigen Helden. Von seinem Ruhm war diese Bar geblieben, die nun aber schon seit etlichen Jahren sein Sohn Jaska führte. Dieser war zehn Jahre jünger als ich, hatte lange Zeit als Schiffskoch auf verschiedenen Schiffen der Ostsee gearbeitet. Als sein Vater bei einem tragischen Jagdunfall ums Leben kam, musste er die Seefahrt aufgeben und sein Leben von da an in diesem Nest fristen. Sein Körperumfang hatte in all den Jahren stetig zugenommen. Nun war seine Leibesfülle so angewachsen, dass sein Gewicht auf die verschiedensten Körperorgane drückte, er kurzatmig und schwer beweglich war. Wir kannten uns, wie man sich eben in so einer kleinen Gemeinde kannte, waren aber nie, auch des Altersunterschiedes wegen schon, näher befreundet. Sein Atem rasselte, er sog die Luft durch den Mund ein, um sie in einem merklichen Auf und Ab seines Körpers durch ihn auch wieder auszustoßen. Er schob sich den Stuhl, auf dem Pertti zuvor gesessen hatte, zurecht und ließ sich mit seinem Gewicht darauf fallen, dass ich Angst hatte, er könne zerbrechen.
Sam erhob sich und wollte meinen Tischnachbarn beschnüffeln, aber ich zog ihn zurück, befahl ihm, sich zu legen.
„Alles bestens", antwortete ich und aß weiter, meinen Gegenüber über den Brillenrand beäugend.
„Gab es Ärger mit Pertti?", fragte er stoßartig.
„Keine Probleme, nur ein wenig lästig", antwortete ich.
„Ich kann ihn ja nicht rausschmeißen, ist ja hier so etwas wie

sein Zuhause. Nur hin und wieder muss ich ihn mal zur Räson bringen, wenn er meine Gäste zu sehr belästigt. Du bist aus Deutschland zurück, habe ich gehört." Er sah mich an und erwartete eine ausführliche Stellungnahme. Aber ich hatte gerade den Mund voll und war mit Kauen beschäftigt, so zuckte ich nur mit den Schultern.
„Mein Sohn ist gerade drüben, in ...", er überlegte angestrengt, aber es fiel ihm nicht ein, „na, irgend so ein Nest bei Frankfurt. Macht dort eine Ausbildung zum Koch. Ist durch so einen Austausch. Ihm gefällt es wohl ganz gut. Ein halbes Jahr dauert das." Seine schwer herausgepressten Sätze wurden durch ständige Pausen unterbrochen. „Deine Frau ist auch gestorben?"
Ich nickte.
„Tja, die Besten müssen immer zu erst gehen. Meiner Alten geht es Gott sei Dank gut, schmeißt hier den Laden. Ich mach eigentlich nur noch die Küche. Wird mein Sohn dann wohl mal alles übernehmen. Dann enter ich wieder ein Schiff und mach eine lange Kreuzfahrt, Karibik oder so." Er versuchte ein Lachen, das ihm aber misslang. „Willst jetzt hier bleiben?", fragte er und wischte sich mit dem Hemdärmel den Schweiß von der Stirn.
Ich trank meine Milch aus, gabelte die letzten Pommes in mich hinein und wischte mir den Mund ab.
„Mal sehen", antwortete ich noch kauend.
„Man hört, sieht und liest ja so viel, was da in Deutschland zur Zeit abläuft", kam er wohl auf den Kern seines Anliegens, „Heikki hat aber nicht viel davon mitbekommen. Sagt jedenfalls nichts drüber."
„Was meinst du? Wovon sagt er nichts?", tat ich ahnungslos.
„Na, von alle dem, von den Nazis und so", antwortete er unsicher.
„Wieso? Was soll denn da ablaufen? Erzähl mal, ich weiß von nichts."
„Na, nun tu doch nicht so, musst doch alles mitbekommen haben, hast doch da gelebt." Wieder wischte er sich den Schweiß von der Stirn.
„Nee, du, ich hab in Bremen gelebt, aber da war nichts los. Alles ganz normal."

„Ja, aber im Fernsehen ..., ich meine in der Zeitung und so. Die können doch nicht alle lügen."
„Du, ich will dir was sagen, Jaska, das wird alles nur aufgebauscht, damit die ihre Schmutzblätter und Magazine verkaufen können. In Wahrheit ist da nichts, na, sagen wir fast nichts los. Ein paar Idioten, ja, aber nicht mehr."
„Wirklich? Und ich dachte ... was ich da im Fernsehen, also Tote und Verletzte, und in der Regierung ..."
„Also da sind sie Gott sei Dank ja noch nicht", lachte ich jetzt.
„Nicht? Ich dachte, die wären schon überall."
„Ach was. Alles Märchen. Glaub nicht alles, was die im Fernsehen zeigen oder in der Zeitung schreiben."
Er sah mich mit offenem Mund an. Schweißperlen standen auf seiner Stirn. Aus seinen Augen blickte die Intelligenz einer gemolkenen Kuh.
„Aber ...", er zuckte mit den Schultern, „dann stimmt das alles nicht? Hat Heikki doch Recht, wenn er nichts erzählt." Er fummelte ein Taschentuch aus seiner Hosentasche, schnäuzte sich kräftig. Dann klopfte er mit der Hand auf den Tisch. „Ich muss wohl wieder", schnaubte er, erhob sich schwerfällig, stützte sich auf dem Tisch ab und nahm meinen leeren Teller, das Besteck und das Glas unter der Bemerkung, das könne er denn ja auch gleich mit in die Küche nehmen, mit. „Soll ich dir noch was bringen lassen?", fragte er, während er sich schon in Bewegung setzte.
Ich bestellte noch einen Kaffee und einen Cognac, so wie es mein Vater gerne trank, wenn er, was sehr selten vorkam, die Illoinen Bar besuchte. Zwar besaß Jaska keine Konzession zum Alkoholausschank – nur Bier war erlaubt -, aber jeder im Dorf wusste, dass er das nicht so genau nahm. Und wo kein Kläger ... Sam war wieder hoch gekommen, hangelte sich an meinem Bein hoch. Noch nicht, Sam, sagte ich ihm leise, kleinen Augenblick musst du noch warten. Ich drückte ihn wieder runter und befahl ihm, sich hinzulegen. Artig gehorchte er mit einem tiefen Seufzer.
Warum musste ich mich immer in eine Verteidigungsposition gedrängt und in meiner Ehre gekränkt fühlen, wenn mich meine Landsleute auf die Vorkommnisse meiner ehemaligen

Wahlheimat ansprachen? Warum konnte ich nicht ganz normal darüber reden und erzählen, ohne mich angegriffen zu fühlen? Warum musste ich Jaska diese Verharmlosungen erzählen? Ich kannte mich selbst nicht wieder. Führte mich hier auf wie ein Anwalt des Packs, das ich sonst zu beschimpfen und zu verurteilen pflegte. Was ging in mir vor, dass ich in diesen Situationen die Fronten wechselte? Ich schüttelte stumm den Kopf und hörte plötzlich das blonde Mädchen fragen, ob etwas nicht stimme. Ich lächelte verlegen und verneinte, sagte ihr, als ich meine Verlegenheit überwunden hatte, dass sie mir die Rechnung bringen solle. Der Cognac war zu süß, hätte Metaxa sein können, aber der Kaffee war nicht zu stark und nicht zu schwach, gerade so, wie ich ihn mochte. Pertti und seine Saufgenossen wurden wieder lauter, schienen in Streit zu geraten, wuselten mit den Händen durcheinander, bis es plötzlich ein lautes Gepolter gab und einer der Burschen mit seinem Stuhl umkippte. Es dauerte nicht lange, da schob sich Jaska durch den Raum, packte den am Boden Liegenden und den zweiten Kumpel Perttis am Kragen und schleifte sie zur Tür und schubste sie nach draußen. Auf Pertti zeigend raunte er kurzatmig, dass er auch schleunigst zu gehen hätte. Ich hörte nur noch, wie Jaska „besoffenes Pack" brummte und zurück in seine Küche schlurfte. Ich ließ mir Zeit, trank in aller Ruhe meinen Kaffee und Cognac und bezahlte, als mir das Mädchen die Rechnung brachte. Die Luft stank nach Zigarettenrauch, Bier und Essen, so war ich froh, als ich mit Sam auf dem Dorfplatz stand und der leichte Wind mich umwehte. Die Kirchturmuhr läutete zweimal. Tuulas Blumenladen war noch verschlossen. Von Pertti und seinen Kameraden war nichts zu sehen. Auf dem Friedhof neben der Kirche säuberte eine alte Frau ein Grab. Ich konnte sie in ihrer gebückten Haltung nicht erkennen. Wie von einem Scheinwerfer traf ein Lichtstrahl durch die Wolken auf das Holzschindeldach der Kirche, die von hohen Kiefern und Tannen umgeben war. Autoreifen quietschten. Mit überhöhter Geschwindigkeit raste ein blauer Pickup auf den Dorfplatz zu, bog, ohne zu halten, an der T-Kreuzung links stadtauswärts. Ohne das Nummernschild zu sehen, vermutete ich in dem Fahrer und Beifahrer Russen, hatten diese typischen russischen Visagen, die man sofort erkannte. Und tatsächlich, das Nationalitätenkennzeichen am Heck bestätigte meine Vermutung. Ich sah dem Wagen nach, wie er die Straße in die von mir einzuschlagende Richtung preschte, jegliche Geschwindigkeitsbegrenzung ignorierend. Veli Aho, der alte, schon lange in Pension befindliche Bürgermeister, der gerade den Zebrastreifen zur Kirche passieren wollte, konnte gerade noch einen Schritt zurück setzen, als das Auto an ihm vorbeischoss. Er schimpfte und drohte mit seinem Krückstock. Aber der Wagen war schon hinter der Biegung verschwunden. Ich ging weiter. Der alte Bürgermeister hatte sich noch immer nicht beruhigt, stand immer noch vor dem Zebrastreifen und schimpfte.

„Nun, beruhige dich mal", lachte ich, als ich ihn erreicht hatte, „die hören dich sowieso nicht mehr."

„Verfluchte Lümmel", drohte er noch einmal mit dem Krückstock in Richtung des davongefahrenen Geländewagens. Langsam drehte er sich mir zu, blinzelte mich mit zusammengekniffenen Augen kritisch an.

„Wer bist du?", fragte er mich prüfend.

„Tauno Virtanen, Veli. Kennst mich nicht mehr?"

„Tauno? Von Erkki der Sohn?", fragte er.

„Genau. Willst du rüber zur Kirche? Soll ich dich rüberbringen?", bot ich meine Hilfe an.

„Ach was, bin doch nicht behindert", wehrte er ärgerlich ab, „aber diese Rowdies. Hast du das gesehen? Hätten mich fast überfahren. Da könnten die mich gleich ohne Sarg zum Friedhof rübertragen, die paar Meter."

„Na, na, Bürgermeister, wer wird denn solche Reden schwingen."

„Waren das wieder diese Sinkkos, diese Rotzlöffel? Nichts als Ärger hat man mit denen."

„Nee, nee, Veli, das waren keine Sinkkos, das waren die bösen Russen."

„Was? Russen? Was wollen die hier? Sollen bleiben, wo sie herkommen. Haben hier nichts zu suchen. Treiben sich sowieso schon viel zu viele von denen hier rum. Dicht machen sollte man sie wieder. Einfach dicht machen", ereiferte er sich.

„Was willst du dicht machen?", fragte ich verwundert.
„Die Grenze, dicht, einfach dicht. Kommt viel zu viel Gesocks hier rüber. Können bei sich so viel klauen, wie sie wollen, aber hier haben die nichts zu suchen."
Ich klopfte ihm auf die Schulter und lachte. „Sei froh, dass auch welche kommen, die ihr Geld hier lassen. Sind ja nicht alle Gangster."
„Pah, alles eine Wichse. Die ihr Geld hier lassen, haben das ja auch nicht redlich verdient. Tauno?" Er blickte mich wieder prüfend an. „Erkkis Tauno? Bist du nicht derjenige, der die Deutsche geheiratet hat?"
„Genau, Veli, der bin ich."
„So, so", er wandte sich zur Straße und machte einen Schritt auf die Fahrbahn zu, dann stoppte er wieder, drehte sich langsam um, sah mich wieder von unten nach oben an. „Erkkis Tauno", sagte er nachdenklich, „ist der nicht nach Deutschland, hat das Vaterland verlassen?"
Ich musste schmunzeln. „Das Vaterland verlassen", wiederholte ich, „ja, Herr Bürgermeister, ich hatte das Vaterland verlassen. Aber jetzt hat es mich wieder."
„So, so, in der Heimat ist es eben doch am besten." Er drehte sich um, nahm ruckartig die linke Hand auf den Rücken, stützte sich mit der rechten mit seinem Krückstock ab und schlurfte über die Straße. Auf der anderen Seite angekommen, drohte er noch einmal ortsauswärts, dann strebte er dem Kirchhof zu.
Komm, Sam, forderte ich meinen Freund auf, der sich gelangweilt hingelegt hatte, jetzt geht es nach Hause, hast ja auch wieder Hunger, sollst was bekommen, Herrchen hat sich ja auch den Bauch vollgehauen. Ich setzte meinen Heimweg fort, der mich aus Lemi hinausführte. Noch bevor ich die Ortsgrenze überschritt, überholte mich Jussi mit seinem roten Geländewagen mit Anhänger, auf dessen Ladefläche er einen großen Treckerreifen transportierte. Er bremste und setzte zurück, kurbelte das Seitenfenster hinunter und begrüßte mich.
„Morgen Nachmittag krieg ich deine Reifen", rief er mir zu, „kannst sie dann abholen, wenn du willst."
„Ich komm übermorgen vorbei", antwortete ich ihm.
Er winkte bestätigend und fuhr weiter. Ich fühlte mich müde,

war erschöpft, hatte genug von Konversationen, wollte endlich meine Ruhe, sehnte mich nach der Einsamkeit meines Hauses, nach einen erholsamen Saunagang, und, dieser Gedanke kam mir urplötzlich, endlich mal wieder ein gutes Buch lesen, am Kamin, dazu ein Glas Rotwein. Ja, das sollte der Plan für den Abend sein. Mit dieser mich optimistisch stimmenden Aussicht auf einen gemütlichen Abend setzte ich frohgestimmt den Weg nach Hause fort.
Als ich aber kurz vor meinem Grundstück ankam, zerplatzte meine gute Stimmung wie eine Seifenblase. Keuchende Geräusche drangen an mein Ohr. Ich blieb stehen und lauschte. Es mussten mindestens zwei Männer sein. Verunsichert näherte ich mich der Zuwegung zu meinem Haus. Auf dem vorderen Parkplatz stand ein großer, dunkelblauer Kombi. Sam zog und begann zu kläffen. Ich hielt ihn zurück, versuchte ihn zu beruhigen. Angst krabbelte in mir hoch, die aber gleich wieder wie eine unliebsame Last von mir fiel, als Teuvo mir entgegenkam. Sein tiefer Bass dröhnte durch den Wald.
„Hei, Tauno, hab mir gedacht, doch heute schon mal die Fundamente auszuheben, dann kann ich die morgen gießen. Sind dann bestimmt Anfang der Woche hart genug, dass wir anfangen können zu bauen." Er schob sich wieder die in der Hand glimmende Zigarette in den Mund, saugte, dass ihm die Wangen einfielen, und stieß den Rauch durch die Nase wieder aus.
„Hättest mich doch eben anrufen können", hielt ich ihm vor.
Er winkte ab. „Auslandsgespräch, viel zu teuer, dann kann ich meinen Preis nicht mehr halten." Er lachte dröhnend und zeigte in Richtung meines Hauses. „Das ist Jaakko, mein Schwager, der hilft mir eben."
Jetzt erblickte ich den zweiten Mann, den ich von weitem schon gehört hatte. Jaakko blickte kurz auf, grüßte knapp und buddelte weiter.
„Arbeitet Pertti auch für dich", fragte ich vorsichtig.
Teuvo lachte wieder laut. „Hat er das erzählt? Na, wenn er nüchtern ist, ist er ja ein halbwegs brauchbarer Zimmermann, aber nur dann. Hängt also davon ab, wie sein Pegel nächste Woche aussieht."
Ich sagte nichts weiter, ging auf mein Haus zu. Sam beschnüf-

felte Teuvos Beine.
„Wir buddeln jetzt nur die Punkte aus und setzen die Kästen rein, dann sind wir wieder weg", sagte er, während eine Rauchwolke aus seiner Nase davon stob.
„Schon gut, lasst euch Zeit", sagte ich missmutig und bot ihnen dann doch noch zu trinken an.
„Vichy", sagte Teuvo, „bei der Arbeit nur Wasser." Dann ergriff auch er wieder einen Spaten und setzte seine Arbeit fort.
Ich ging mit Sam ins Haus. Sylvia hätte jetzt laut geflucht, sie hasste solcherlei Überraschungen. Unangemeldeter Besuch war ihr ein Gräuel und durch nichts konnte man ihre Freundschaft mehr strapazieren, als unangemeldet zu Besuch zu kommen. Ich hatte ihre Gefühle übernommen, ärgerte mich, all meine Pläne schienen gestorben. Wenn ich jetzt die Sauna anheizen würde, fühlten die beiden sich womöglich noch eingeladen und das wollte ich auf jeden Fall vermeiden. Ich brachte ihnen das Mineralwasser hinaus und ging zurück mit der wahrheitsgemäßen Begründung, Sam füttern zu müssen. Drinnen fühlte ich mich dann auch nicht wohl, kämpfte mit mir, hinauszugehen und ihnen zu helfen, aber schließlich bezahlte ich Teuvo ja dafür, da musste ich mich nicht mit abquälen. Dennoch ging ich hinaus und fragte, ob ich behilflich sein könne, doch sie lehnten dankend ab, stöhnten und keuchten bei jedem Spatenstich, wischten den fließenden Schweiß mit den Ärmeln ihrer Hemde ab. So ging ich wieder ins Haus, fühlte mich in meiner Haut nicht wohl und wartete darauf, dass sie endlich ihre Arbeit beendeten.
Von Zeit zu Zeit ging ich in die Küche, um aus dem Fenster zu beobachten, wie weit ihre Arbeit fortgeschritten war. Bald hatten sie alle Punkte ausgegraben und setzten offene Holzkästen in die Löcher, in die sie dann den Beton gießen würden. Teuvo brachte die Spaten zu seinem Volvo, kam zurück zur Baustelle und spülte mit einem kräftigen Schluck das restliche Mineralwasser in sich hinein. Mit dem Hemdärmel wischte er sich übers Gesicht, fingerte seine Zigarettenschachtel aus seiner Jeanstasche und zog zwei Zigaretten heraus. Ich konnte nicht gegen meine Natur an. Obwohl es mir zu wider war, nahm ich die Cognacflasche und drei Gläser und ging mit Sam

hinaus. Sam rannte vor und beschnüffelte die beiden Männer, die noch immer kurzatmig ihre Arbeit betrachteten. Das Klingeln der Gläser setzte ihnen ein breites Grinsen ins Gesicht.
„Na, wie wär's mit nem kleinen Cognac?", fragte ich, wohl wissend, dass ich keine Ablehnung erfahren würde.
„No nii", brummte Teuvo, „da kann man ja nicht nein sagen."
Ich füllte mehr als ich mir zumutete in die Gläser der beiden Arbeiter, nahm mir selbst nur einen kleinen Schluck. Teuvo und Jaakko kippten den Inhalt in einem Zug durch ihre Hälse. Mir schuderte bei diesem Anblick. Dennoch bot ich noch einmal an.
„Morgen bring ich den Betonmischer, Sand und Zement", sagte Teuvo, während Zigarettenqualm aus seiner Nase drang und er den Cognac gleichmäßig im Glas kreisen ließ, „dann können wir übermorgen die Fundamente gießen, so dass wir nächste Woche mit dem Stall beginnen können." Er sog noch einmal kräftig an seiner Zigarette, warf die Kippe auf einen der Erdhaufen und trat mit dem Fuß drauf. Dann trank er den Cognac wieder in einem Zug aus und reichte mir das Glas.
„So, jetzt müssen wir aber. Los, Jaakko", brummte sein tiefer Bass.
Jaakko folgte ihm. Am Auto drehte sich Teuvo noch einmal um.
„Übrigens, Tauno", dröhnte er, „die Polizei warnt alle hier vor zwei Russen, die haben wohl auch Mäkkinens Hund erschossen. Sollt ich dir noch ausrichten, habe heute Mittag mit Pekka auf der Wache gesprochen. Kannst sie abknallen, wenn sie dir übern Weg laufen, dieses Pack", lachte er donnernd.
Ich winkte ab und sah ihnen noch nach, wie der Volvo auf den Weg bog und hinter dem Hügel im Wald verschwand. Ich atmete auf. Endlich wieder allein. Komm, Sam, jetzt machen wir doch noch die Sauna an. Ich stellte die Gläser und die Cognacflasche auf der Terrasse ab und ging zum Holzschuppen, wo ich die Holzkiepe mit Birkenholz belud. Bei dem Gedanken an die Warnungen, die ich in letzter Zeit wegen einbrechender Russen erhalten hatte, schüttelt ich mit dem Kopf. Die Leute mussten immer alles dramatisieren. Hier hatte es jahrzehntelang keine Vorkommnisse gegeben. Nie musste ich hier Angst

haben. Klar, hin und wieder hatten ein paar Jugendliche die Häuser aufgesucht und sich an dem wenigen Alkohol, der dort zu finden war, berauscht. Aber das hielt sich alles in erträglichen Grenzen. Und die wilden Geschichten, die man sich jetzt von den Russen erzählte, die nach der Grenzöffnung unser Land überfielen, wollte ich so nicht glauben. Dabei musste ich an die alte Kriegsgeschichte denken, wonach ein finnischer Landser beim Anblick der vielen Tausend anrückender russischer Soldaten ausgerufen haben soll: „Mein Gott, wo sollen wir die bloß alle begraben!" Ein ungewolltes Lächeln huschte über mein Gesicht, sah ich doch Sylvias strafenden Blick, die solcherlei Äußerungen nicht duldete, weder von der einen noch von der anderen Seite. Dennoch war sie es, die mich drängte, das Jagdgewehr von Vater im Sommerhaus so zu platzieren, dass es bei Gefahr zur Verteidigung griffbereit zur Verfügung stand. Wenn wir das Haus verließen, um nach Deutschland zurückzukehren, hatte ich es immer in eine Decke gewickelt und in den Bettkasten gelegt. Dort lag die alte Schrotflinte auch jetzt noch. Ob sie überhaupt noch funktionierte? Sie wurde seit Vaters Tod nicht mehr benutzt, diente lediglich zur vermeintlichen Abschreckung und einem imaginären Sicherheitsgefühl Sylvias.

Sam kläffte und rannte in Richtung Saunahaus. Eine Ente hatte sich auf dem Grundstück verirrt, flog unter hysterischem Geschnatter hoch und drehte durch die Kiefern zum See, wo sie sich platschend niederließ. Sam war hinterhergerannt, stand nun auf dem Steg und wollte sich nicht beruhigen. Ich pfiff scharf und rief ihn zurück. Er musste trotzdem das letzte Wort haben, trollte sich dann aber zögernd und kam den Hügel heraufgetrottet. Ich trug das Holz in die Sauna, zerteilte die Asche mit dem Feuerhaken, dass sie durch das Rost in die Lade fiel, zog sie heraus und kippte sie in den bereitgestellten Metalleimer. Dann füllte ich den Ofen mit den letzten Seiten des Weser Kuriers, Werder hatte mal wieder verloren, die Bayern wie immer gewonnen und Jan Ullrich hatte Lance Armstrong auf der vorletzten Etappe der Tour de France nicht mehr abfangen können. Allemal Nachrichten, die es wert waren, verbrannt zu werden. Ich stapelte die Birkenscheite darauf, zündete das

Papier an und wartete einen Moment, bis das Holz ebenfalls brannte und schloss die Saunatür. Der Wind drückte den aus dem Schornstein quellenden Rauch nach unten und in Richtung See, dort zerstob er in einen Schleier und löste sich auf. Ich säuberte auch noch den Kamin im Vorraum und brachte die Asche zum Komposthaufen. Als ich aber davor stand und den Eimer auskippen wollte, wunderte ich mich über den darauf liegenden Abfall, der nicht von mir stammte. Wer aber sollte hier in dieser Wildnis seinen Müll auf meinen Komposthaufen werfen? Ich war versucht, den fremden Haufen näher zu untersuchen, dann aber unterließ ich es. Wahrscheinlich hatten Teuvo und Jaakko ihren Abfall dort entsorgt. So tat ich es ab und ging zurück ins Haus, um mir etwas zum Essen nach der Sauna zuzubereiten.

„Ich will keine Kränze auf meinem Grab", hatte Sylvia angeordnet, „wenn es dir nichts ausmacht, dann sollen die Leute für die Krebshilfe oder für das Tierheim spenden. Lieber wäre es mir für das Tierheim, damit den Ärmsten der Armen geholfen wird, den geschundenen Seelen dieser Welt. Die Menschen können sich selber helfen, die Tiere nicht."

Ich hatte es aufgegeben, ihrer Sterbensplanung zu widersprechen, es ihr ausreden zu wollen, ihr mit den Worten zu begegnen, dass sie noch lange zu leben habe, sah ich doch, dass der Tod schon sichtbar neben ihr stand oder sich als Bettgeselle zu uns gelegt hatte. Und dann dieser innere Kampf, sie endlich vom Leiden erlöst sehen zu wollen und auf der anderen Seite sie nicht loslassen zu können. Was hätte ich drum gegeben, sie zu den Gesunden zurückzuholen, sie vom Leiden zu befreien, ohne sie loslassen zu müssen, indem ich sie von der Krankheit heilte.

Oft lagen wir in dieser Zeit gemeinsam im Bett und sie bat mich, von unseren glücklichen Zeiten zu erzählen. Meistens begann sie damit, dass sie einen Gedanken aussprach und mich dann aufforderte, weiter davon zu erzählen.

„Unsere erste gemeinsame Fahrt über die Ostsee, weißt du noch? Wir waren so glücklich. Erzähl mir davon."

Sie legte ihren Kopf auf meine Brust, ich streichelte ihr übers Haar, begann zögerlich zu erzählen, aber je mehr Erinnerungen

kamen, um so flüssiger erzählte ich, bis ich merkte, dass sie eingeschlafen war und mich mit meinen Erinnerungen alleine ließ. Da schon erlebte ich, wie mein späteres Leben ohne sie verlaufen würde: Allein gelassen in alten Erinnerungen, ohne Gegenwart und Zukunft, nur noch schmerzende Vergangenheit. Und war es erst der wohltuende Schmerz des Gequältseinwollens, der mir die ständige Erinnerung bescherte, wurden es schließlich die verlorenen Bilder, die ich suchte, weil ich mich erinnern wollte aber nicht konnte, die mir innere Pein verursachten. Es waren Gedankenblitze, die mich an Situationen mit Sylvia erinnerten, die ich versuchte zu vergegenwärtigen, aber plötzlich fehlten die Bilder dazu. Sie wollten sich trotz intensivster Anstrengung nicht einstellen. So war es auch mit ihrer Beerdigung. Ich wollte mich an alle Einzelheiten erinnern, aber nur schwarze Bilder stellten sich ein, die keine Farbe und keinen Ablauf einnehmen wollten. Ich wusste, da waren Tränen und Leid, da waren auch bunte Blumen trotz Bitte zur Spende an das Tierheim und ich stand vor ihrem kleinen Urnengrab, in das der Pfarrer die Urne versenkte, rings um mich schien ein leerer Raum, keine Menschen, die mich begleiteten, obwohl eine große Zahl von Freunden und Bekannten gekommen war. Aber die Erinnerung daran projizierte nur mich alleine in einen dunklen Raum, ohne Geräusche und schmückendes Beiwerk. Eigentlich der Situation angepasst. Das Schlimme daran war nur, dass es mir mit anderen Erinnerungen mehr und mehr auch so ging. Nur noch Fetzen, Bruchstücke, die sich nicht zu einem Erinnerungsfilm zusammenfügen wollten. Und dann gab es wieder diese endlosen Bilder, die sich einschlichen und nicht enden wollten, die in ständiger Wiederholung mich an den Rand des Wahnsinns brachten. Ich versuchte, mich durch andere Gedanken abzulenken, die bösen Bilder zu verdrängen, aber sie waren wie ein alles verzehrendes Ungeheuer, das alles neben sich vernichtete. Immer wieder Sylvia leiden sehen, immer wieder schreien wollen, ohne den Schrei über die Lippen zu bekommen.
Nachts war ich aufgewacht, weil mir der Schrei wieder einmal in der Kehle stecken geblieben war. Oder waren es Geräusche, die mich geweckt hatten? Aber Sam zu meinen Füßen schlief

fest und schnarchte. Ich schaltete das Licht an, richtete mich auf. Sam schmatzte, drehte sich auf den Rücken, hörte auf zu schnarchen und schlief weiter. Noch nie hatte ich Angst in diesem Haus, noch nie hatte ich einen Gedanken daran verschwendet, hier nicht sicher zu sein. Aber der verklemmte Schrei hatte mir die Furcht auf die Stirn geschrieben, die vom kalten Schweiß gefeuchtet war. Blödsinn, schalt ich mich. Selbst die Russen kommen nicht in ein bewohntes Haus. Doch dann fiel mir der getötete Hund der Mäkkinens ein. Meine Schrotflinte lag unter mir im Bettkasten, eingewickelt in einer Wolldecke. Wenn jemand ins Haus eindringen würde, hätte ich keine Chance, sie zur Verteidigung einzusetzen. Quatsch, schimpfte ich. Weiberkram! Hier kommt niemand, der dich bedroht. Ich knipste das Licht wieder aus. Blieb aber aufrecht im Bett sitzen. Welch Angst einflößende Geräusche ein Haus doch von sich geben kann, wenn man ihm lauscht und eine unheilbringende Gefahr erwartet. Ich ärgerte mich über mich selbst, nahm Sam vom Fußende zu mir auf den Arm, zog die Bettdecke bis zum Kinn und versuchte zu schlafen. Aber jedes Knacken, jeder sonstige Laut machte mich wieder hellwach, bis ich im Morgengrauen dann wohl doch eingeschlafen sein musste und erst bei hellem Tag wieder erwachte. Sam lag wieder zu meinen Füßen.

„Du fängst langsam an zu stinken", hörte ich Sylvia mich schellten, doch ich verspürte keine Lust, mich unter die Dusche zu stellen. So schlurfte ich unrasiert nach einer Katzenwäsche aus dem Badezimmer, öffnete die Verandatür, um Sam hinauszulassen. Auch er hatte es nicht eilig, trottete gemächlich die Treppen hinunter, schnüffelte am ersten Kiefernstamm, hob das Bein und blickte über die Schulter zurück zu mir, dass ich das Weiße seines Augapfels sehen konnte. So verharrte er eine Zeit, bis er glaubte, seine Blase genug geleert zu haben und kehrte zu mir zurück. Na, Sam, streichelte ich seinen Kopf, hast auch keine große Lust, den Tag zu beginnen, was? Dann komm mal rein, ich mach uns das Frühstück. Sam strich an mir vorbei und setzte sich wartend in die Küche. Ich fühlte mich antriebs- und kraftlos. „Reiß dich zusammen", schimpfte Sylvia mit mir, „du siehst ja schon aus wie der letzte Penner." Aber auch das konnte mir keine neue Energie vermitteln. Lustlos schmierte ich Sam eine Scheibe Schwarzbrot mit Leberwurst, schnitt sie in kleine Häppchen und reichte sie meinem Freund Stück für Stück. Von draußen hörte ich das Gepolter eines mit einem Anhänger sich nähernden Wagens. Ich horchte auf und schaute aus dem Fenster. Immer lauter wurde das Geklapper, bis es an meinem Haus vorbeikam, das Auto langsamer wurde und stoppte. Dann sah ich einen mit einer Mischmaschine beladenen Hänger rückwärts auf mein Grundstück rollen, gefolgt von Teuvos dunkelblauem Volvo. Geschickt steuerte er den Anhänger in die Nähe der Baustelle, hielt an und ließ den Motor verstummen. Noch bevor Teuvo aus der geöffneten Tür kletterte, stiegen Rauchschwaden aus dem Auto, dann folgte der große, kräftige Mann mit einer Zigarette im Mund, während aus der Beifahrerseite sein Gehilfe Jaakko behände hinausstieg. Zielstrebig gingen sie auf den Hänger zu und während Teuvo die Heckklappe öffnete, löste Jaakko das Seil, mit dem sie die Mischmaschine festgezurrt hatten. Ich stand am Küchenfenster und beobachtete beide, hatte vergessen, dass ich in Unterhose und Unterhemd ungekämmt da stand. Sylvia hatte Recht, ich sah schon aus wie der letzte Penner. Teuvo und Jaakko wuchteten derweil den Mischer hinunter, schoben ihn neben das Haus. Da erblickten sie mich. Ein Lächeln überflog ihre düsteren Mienen, sie winkten mir zu. Ich nickte zurück und ging zur Tür.

„Morjes", grüßte ich, mich hinter der geöffneten Tür versteckend. „Hab verpennt. Muss mich eben fertig machen. Wollt ihr 'ne Tasse Kaffee?"

„Morjes, lass man", dröhnte Teuvos verräucherter Bass, „wir wollten nur die Sachen eben vorbeibringen. Müssen noch weiter zu Häkkinens Antti. Sind heute Nachmittag dann wieder hier."

Jaakko schleppte Zementsäcke, stapelte sie auf eine ausgebreitete Plastikfolie, die er dann über den Haufen zog und mit ein paar Steinen beschwerte. Teuvo löste den Hänger von der Kupplung und ließ ihn nach hinten kippen. Feinkörniger Kiessand rieselte erst langsam dann in einem großen Schwall auf den Waldboden. Teuvo ergriff eine Schaufel und schob den Rest des Sandes vom Hänger. Sofort fegte Jaakko die Ladefläche sauber, warf den Besen in das geöffnete Heck von Teuvos Volvo. Während Teuvo die hintere Hängerklappe hochzog und die beiden Seitenhaken verriegelte. Beide Männer arbeiteten wie ein eingespieltes Team zügig und zielstrebig, ließen erkennen, dass sie es eilig hatten. Mir war es recht, so entging ich einer mir im Moment unangenehmen Gesellschaft, da ich mir selbst nicht gefiel. Teuvo drückte die Heckklappe seines Kombis nach unten, half Jaakko, den Hänger einzukuppeln, vergewisserte sich noch einmal, dass die Hänger-Wagenverbindung in Ordnung war und winkte mir zu.

„Haben es eilig, Tauno", brummte er, zog sich eine Zigarette aus einer rotweißen Schachtel und zündete sie an. Rauchschwaden zerteilten sich in der kühlen Morgenluft. „Bis später", dröhnte sein Bass, dann war er schon im Wagen verschwunden, der Motor startete und aus dem Auspuff schoss eine dunkle, giftige Wolke. Teuvo gab so viel Gas, dass die Reifen auf dem feuchten Waldboden durchdrehten, dann klapperte das Gespann den Hügel zum Waldweg hoch, verschwand hinter Bäumen und ich hörte nur noch wie sich das Geklapper des auf dem unebenen Waldweg hin und her tanzenden Anhängers schnell entfernte.

„Du solltest dich schämen", unterbrach Sylvia die Stille, als der Lärm verklungen war und mich nur noch Wald- und Seegeräusche umfingen. „Was hast du für einen Eindruck auf diese Leute gemacht! Die werden jetzt im ganzen Dorf erzählen, dass du dem Namen „finnischer Waldschrat" alle Ehre erweist."

Ich winkte verächtlich ab. „Blödsinn, die wissen das schon richtig einzuordnen." Aber sie hatte mit ihrer Schelte erreicht, dass ich mich ins Badezimmer begab, mich im Spiegel betrachtete, zu Schwamm und Seife griff, mein durchschwitztes Unterhemd auszog, mich wusch und rasierte, die Haare kämmte und mir saubere Unterwäsche, Hemd, Socken und Hose anzog. Dann räumte ich die Unordnung in meinem Haus auf, sortierte das schmutzige Geschirr in den Geschirrspüler, ließ ihn laufen, und bewunderte die schon lange nicht mehr da gewesene Sauberkeit.

Was ist, Sam, wollen wir auf den See, kleine Tour machen, die Angel mitnehmen? Mal gucken ob die Fische beißen? Sam sah mich aufmerksam an, wedelte vorsichtig mit dem Schwanz. Ich band ihm sein Halsband um, zog mir meine Wetterjacke an und nahm den Schlüssel für das Bootshaus vom Schlüsselbrett.
Der Himmel war bewölkt, aber es sah nicht nach Regen aus. Ein steter Wind bewegte die Bäume und trieb auf dem See kleine Wellen vor sich her. Na gut, Sam, nehmen wir das Motorboot, sagte ich meinem Kumpel und strich ihm über den Kopf. Er lief brav an meiner Seite hinunter zum Bootshaus. Seitdem ich das Gefühl hatte, dass hier in meiner Abwesenheit jemand war, hatte ich den Schlüssel im Haus aufbewahrt. Ich nahm Vaters Angel von der Wand, die ihm Matti vor seinem Tod noch geschenkt hatte. Sie war kaum benutzt. Die verchromte Spule glänzte und ein kleiner, befederter Blinker war noch immer eingehakt. Lange her, dass ich mit Vater auf dem See war. Ich versuchte mich zu erinnern, wollte mir vorstellen, wie wir uns im Boot gegenübersaßen, kaum ein Wort wechselten, hinaus zu den Inseln fuhren, weil Vater dort den besten Fischplatz prophezeite. Aber die Bilder wollten sich nicht einstellen, blieben im Nebel der Vergesslichkeit hängen und wollten sich nicht zu klaren Erinnerungen formen. So legte ich die Angel auf den Boden des Bootes, nahm einen Eimer mit und hob Sam ins Boot. Dann schob ich das Boot hinaus, zog es am Ende des Schuppens seitlich heran, so dass ich ohne Gefahr einsteigen konnte.
Der Motor des Bootes ließ sich ohne Probleme starten. Aber erst, als wir uns vom Ufer entfernten, fiel mir ein, mich zu vergewissern, dass genug Benzin im Tank war. Ich hatte den Motor schon lange nicht mehr benutzt und vergaß die Gefahr, die sich mit einem leeren Benzintank verband. Matti hatte es erfahren müssen. Kurz nachdem Vater den Außenborder gekauft hatte, war Matti alleine auf den See hinaus gefahren und so lange durch das Insellabyrinth gekurvt, bis ihm der Sprit ausgegangen war. Zum Abendbrot war er nicht zu Hause erschienen, was nicht seine Art war, es sei denn, er sagte uns Bescheid, dass er nicht kommen würde. Mutter machte sich sofort Sorgen, aber Vater wischte ihre Besorgnis ärgerlich weg.

Der Junge wisse schon, was er mache und kenne sich auf dem See gut aus. Aber als er gegen zehn Uhr abends immer noch nicht zu Hause war, begann auch er, sich Sorgen zu machen. Mutter war den Tränen nahe und rannte wie eine aufgescheuchte Glucke ständig hin und her, schaute immer wieder auf den Hof, als ob sie damit sein Kommen beschleunigen konnte. Auch um Mitternacht war Matti noch nicht zu Hause. Die Unruhe und Besorgnis wuchs von Minute zu Minute. Es war Herbst und der See lag in einem schwarzen Nichts, keine Chance bei diesen Sichtverhältnissen dort draußen jemanden zu finden. Schließlich telefonierte Vater alle Polizeistationen der Nachbarschaft ab, aber dort hatte sich Matti nicht gemeldet und man hatte auch keinerlei Nachricht über ein aufgegriffenes Boot oder Jungen. Der werde sich schon wieder melden. Doch die schlimmsten Geschichten geisterten nun in den Köpfen meiner Eltern herum. Hatte man den Jaska Heininen nicht erst nach drei Monaten ertrunken an einem Inselufer gefunden? Und war der Eino Ahven überhaupt nicht mehr aufgetaucht? Sofort bei Morgengrauen wollte Vater den Nachbarn bitten, ihn mit seinem Motorboot bei der Suche behilflich zu sein. Sicherlich würden sich andere Nachbarn mit anschließen. In solchen Notfällen konnte man sich auf die Nachbarschaftshilfe verlassen.

Ich hatte die ganze Zeit stumm in meinen Comics gelesen, mir natürlich auch meine Gedanken gemacht. Aber nie war es mir in den Sinn gekommen, dass Matti etwas zugestoßen sein könnte. Als um ein Uhr Matti immer noch nicht erschienen war, die Unruhe im Haus sich nicht legen wollte und an ein Schlafen nicht zu denken war, sprang ich auf und sagte, ich würde zum Haus am See fahren und auf Matti dort warten. Das komme überhaupt nicht in Frage, regte sich Mutter auf. Ein verlorener Sohn würde ihr reichen, nicht dass mir auf dem Weg dorthin noch etwas passieren würde.

„Der Junge hat Recht", sagte Vater schließlich, „ich fahr mit Tauno zum Wochenendhaus und du wartest hier. Wenn wir bis um sechs nicht zurück sind, verständigst du Niilo, dass er uns bei der Suche behilflich sein soll. Vielleicht sitzt Matti ja schon im Haus und wagt sich bei der Dunkelheit nicht nach Hause."

So fuhren mein Vater und ich nach kurzem Widerstand Mutters mit dem Fahrrad zu unserem Haus am See. Matti wartete dort nicht auf uns. Wir zündeten ein Feuer im Kamin an, stellten Petroleumlampen an die Fenster des Hauses und der Sauna sowie auf den Steg, achteten darauf, dass keines der Lichter ausging. Stumm hockten Vater und ich vor dem Kamin. Unaufhörlich zerspante er mit seinem Messer Holzstücke.
Als ich aufwachte, hörte ich Männerstimmen vor dem Haus. Elektrisiert sprang ich auf und lief nach draußen. Vater stand mit drei Männern, die ich als unsere Nachbarn erkannte, am Steg. In seiner unerschütterlich ruhigen Art beriet er mit anderen, wie man gedachte den See abzusuchen. Man war sich schnell einig und kletterte in die Boote, die man am Bootssteg befestigt hatte.
„Halt!", rief ich und rannte zum See hinunter. „Ich komme mit."
„Du bleibst hier", sagte Vater, „sollten wir Matti verpassen und er hier auftauchen, dann wirst du uns verständigen, dass wir die Suchaktion abbrechen können. Nimm das Elchhorn und tute dreimal lang anhaltend. Wir werden alle halbe Stunde für drei Minuten die Motoren abstellen. Schau auf die Uhr und denk dran, ab halb jede halbe Stunde. Hast du das verstanden?"
Ich nickte, aber viel lieber wäre ich mit den Männern hinausgefahren und hätte nach Matti Ausschau gehalten. Die Motoren quäkten beim Anlassen wie aufgescheuchte Enten. Dann zerteilte das Kielwasser der Boote den See, der dunkel und bedrohlich unter einer schwarzen Wolkendecke bleiern dalag, als wolle er Unheil verkünden. Mich fröstelte und ich musste mich schuddern. Lange sah ich den Booten nach, deren Motorengeräusche wie ein Schwarm Hornissen sich anhörte und deren Lärm sich immer weiter entfernte, aber als Summen in der morgendlichen Herbstluft noch anhaltend zu hören war, während die Boote von der Schwärze des Sees verschlungen wurden. Ich sammelte die erloschenen Petroleumlampen vom Bootssteg auf und ging in das Saunahäuschen. Dort entzündete ich im Ofen ein Feuer um mich zu wärmen. Noch immer war weit entfernt das Summen der Bootsmotoren zu hören. Als das Feuer entfacht war und ich noch etwas Holz nachgelegt hatte,

ging ich hinauf zum Haus, um das Elchhorn, eine aus Birkenrinde gewundene Tute, die man im Wald zur Anlockung von Elchen benutzte, da sie den Ruf eines brünftigen Elches imitierte, zu holen. Ich war versucht, so laut ich konnte den Ton erschallen zu lassen, aber es hätte missverstanden werden können. So ging ich zurück zum Saunahaus, setzte mich auf die unterste Saunabank und wärmte mich an dem im Saunaofen lodernden Feuer.

Essensvorräte hatte wir keine im Haus. Mein Magen knurrte und wollte nicht akzeptieren, dass es kein Frühstück gab. Langsam nahm der See seine silberne Farbe an, der Himmel hellte sich Stück für Stück auf, wenn sich die Wolkendecke auch nicht auflösen wollte. Ich zog meine Jacke über und ging hinunter zum See. Möwen kreischten und Haubentaucher ließen ihre Rufe über den See hallen. Ich lauschte in die ansonsten von anderen Geräuschen freie morgendliche Stille. Nur hin und wieder drang für Bruchteile von Sekunden ein Motorengeräusch aus weiter Ferne an mein Ohr. Leichte Wellen plätscherten an den Strand. Ich sah auf die Uhr. Mehr als eine Stunde war bereits vergangen und nichts war geschehen und trotzdem wollte sich keine Panik oder auch nur der Hauch einer Angst bei mir einstellen. Es war für mich so sicher wie das Amen in der Kirche, dass Matti zurückkehren würde. Und ich wollte der Erste sein, der ihn sehen würde, so dass ich voller Inbrunst in das Elchhorn blasen könnte, um aller Welt zu verkünden, dass mein Bruder wieder gesund und wohlbehalten bei uns weilte.

Irgendwann hörte ich dann sich nähernde Bootsmotoren. Ich hielt vom Bootssteg Ausschau, aber es dauerte lange, bis ich weit hinten am Horizont Boote erkannte, die sich den Weg durch das Labyrinth der Inseln in meine Richtung bahnten. Der Motorenlärm wurde immer lauter und die Umrisse der Boote immer größer. Schließlich erkannte ich die drei Boote, die von hier aus zur Suche aufgebrochen waren. Eines der Boote hatte ein weiteres im Schlepp und endlich erkannte ich darin Matti. Ich tanzte vor Freude auf dem Steg und blies unaufhörlich in das Elchhorn, so dass sein Ton im immer wiederkehrenden Echo von den Ufern zu einem ohrenbetäubenden Lärm an-

schwoll.
Schließlich tuckerten die Boote, einen großen Bogen fahrend, auf unseren Steg zu. Ich zog eines nach dem anderen heran und band sie fest. Als letztes Boot glitt das von Matti heran. Matti sah mich kurz mit gesenktem Blick an und ein leichtes Grinsen machte sich auf seinen Lippen breit, das aber sofort erlosch, als Vater neben mich trat und mich zur Seite drängte. Ich brauchte ihn nicht anzusehen, um seinen Zorn zu spüren, einen Zorn, den er sehr selten zeigte, der aber für uns Kinder höchste Alarmstufe bedeutete. Er reichte Matti die Hand, um ihm aus dem Boot zu helfen, aber die andere Hand war bereits zum Schlag erhoben.
„Schlag den Jungen nicht, der hat genug Ängste durchgemacht", rief Pekka Numminen vom Land aus und verhinderte damit, dass Vaters Hand hart und schallend an Mattis Kopf landete. So wurde es nur eine leichte Kopfnuss, die mein Bruder erleichtert akzeptierte.
„Was hast du dir dabei gedacht?", polterte Vater nun aber los und konnte nicht mehr an sich halten. Dabei sah ich, wie ihm die Tränen in den Augen standen und er schimpfend auf Matti einredete, bis er schließlich mitten im Satz unterbrach, Matti an sich zog und ihn fest an sich drückte, ihn mit beiden Armen umschloss.
„So, Freunde", sagte er plötzlich und ließ Matti los, „ihr habt euch ein gutes Frühstück verdient, aber ich habe nichts hier. Nur eine angebrochene Flasche Koskenkorva. Jemand abgeneigt, ein flüssiges Frühstück einzunehmen?"
Das brauchte man finnische Männer nicht zweimal zu fragen. In jedem der Männergesichter machte sich ein süffisantes Lächeln breit. Vater stapfte zum Haus hoch und kam mit einer Flasche, die er den Männern überreichte, zurück. Jeder nahm einen kräftigen Schluck.
„Und zur Strafe müsst ihr auch einen Schluck nehmen", hieß es plötzlich aus der Runde und schon wurde Matti die Flasche in die Hand gedrückt. Vorsichtig nippte er daran und kam ob der ungewohnten Schärfe des Alkohols ins Husten und die Männer grölten vor Vergnügen. Ich wagte nur ein paar Tropfen und schüttelte mich, was die Männer ebenso erheiterte. Vater lud

die Nachbarn dennoch zum Frühstück zu uns ins Haus und wollte ihnen den Sprit und die Zeit bezahlen. Das aber lehnten alle empört ab, denn es wäre ihnen ja schließlich eine Selbstverständlichkeit, einem Freund in der Not zu helfen. Es gäbe bestimmt genug Gelegenheiten, dass Vater sich revanchieren könne.

So radelten wir zu dritt nach Hause, wo Mutter uns in Tränen aufgelöst empfing und Matti aus ihrer Umarmung nicht mehr entlassen wollte. Endlich am Frühstückstisch konnte Matti uns erzählen, was passiert war. Er war in Richtung Kivijärvi gefahren, sei aber kreuz und quer durch das Insellabyrinth gefahren. Natürlich habe er nicht auf die Tankfüllung geachtet. Als er dann bei einbrechender Dunkelheit sich auf den Heimweg machen wollte, habe der Motor plötzlich gestreikt. Er habe aber keine Ruder mit gehabt, nur das kleine Paddel, und damit kam er nicht voran. Bei Dunkelheit habe er dann Panik bekommen, weil er sich auch nicht mehr orientieren konnte. Er habe nirgends ein Licht gesehen und Angst gehabt, er könne auf einen Felsen auflaufen, so habe er sich an eine Insel herangetastet und das Boot dort befestigt. Dann habe er auf der Insel voller Angst übernachtet. Erst bei hereinbrechendem Morgen, als er endlich wieder etwas sehen konnte, habe er sich ins Boot gesetzt und sei in die Hauptfahrrinne zurückgekehrt. Na ja, dann habe er Motorengeräusche gehört und schon gehofft, dass man ihm helfen würde. Pekka Numminen habe ihn dann entdeckt und er habe aufgeatmet. Immer wieder versicherte er, dass ihm die ganze Geschichte unendlich Leid täte. Er habe sich immer wieder ausgemalt, wie wir zu Hause in Angst auf ihn gewartet hätten. Er wollte uns wirklich keinen Kummer bereiten.

Vaters Zorn war mittlerweile verflogen, aber er schärfte uns Jungen eindringlich ein, immer den Tank des Motors zu kontrollieren und, wenn wir längere Touren vorhätten, einen Reservekanister voll Benzin mitzunehmen. Das war uns nach diesem Erlebnis dann auch ins Gedächtnis gebrannt und wir vergaßen die uns auferlegte Kontrolle nie mehr.

Und nun wäre es mir beinahe doch passiert. Was hätte ich mit

Sam da draußen gemacht, wenn der Motor gestreikt hätte, weil mir das Benzin ausgegangen wäre? Nach dieser Erinnerung strich ich den geplanten weiten Ausflug und wagte mich nur noch zu der ersten Inselgruppe, auf denen Sommerhäuser waren, wo ich unter Umständen Hilfe bekommen könnte. Ich ließ das Boot in seichteres Gewässer gleiten und wuchtete den schweren Stein, der als Anker diente, über Bord. Plumpsend versank er im braunen Wasser. Ich verharrte einen Moment, keuchte von der Anstrengung und streichelte Sam, der aufrecht zu meinen Füßen saß. Bist ein feiner Junge, mein Alter, sagte ich ihm und nahm die Angel. Das war ein sicheres Zeichen für meinen Hund, sich weiter weg von mir zu begeben und sich zu legen. Ich warf die Angel aus und rollte die Schnur langsam wieder auf.
Wie konnte ich es all die Jahre nur ertragen, so selten nach Hause zu kommen? Was bewog mich, meine Heimat zu verraten, mich in einem anderen Land heimisch zu fühlen? Du kannst deine Herkunft nicht verleugnen, deine Heimat ist in dir, durchzuckte es mich. Und doch, wenn all diese Geschehnisse nicht gewesen wären, ich hätte die Herkunft und die Heimat nie in Frage gestellt, sie nie bemüßigt, mir ein schlechtes Gewissen einzureden, mir nie Gedanken darüber gemacht. Mein Leben war reich an Erfüllungen und Erlebnissen, eine Heimat wie die meine und eine zweite Heimat wie die von Sylvia zu haben, war mehr als die meisten Menschen erfuhren. Sicherlich waren damit auch doppelte Belastungen verbunden, wie die Entfernung zu meinen Eltern, ihnen in ihren schweren Zeiten nicht beistehen zu können, ihnen nicht die Hand bei ihrem Ableben halten und ihr Grab, wann immer ich es wollte, besuchen zu können. Aber das eigene Leben zu leben und sich darin wohl zu fühlen, war ein hohes Gut, für das ich meinem Schöpfer dankbar war. Und wieder brannte meine Seele, als ich Sylvia vor meinen Augen sah, Helena und die Enkel, meine Familie. Wo immer wir zusammen waren, fühlten wir uns wohl, weil wir ein inniges Zusammengehörigkeitsgefühl besaßen und an uns selbst genug hatten. Wir brauchten keinen übertriebenen Luxus. Eine vernünftige Lebensqualität war uns nur ein Rahmen, der uns über unsere Verbindung hinaus glücklich

machte. Selbst in unseren schweren Zeiten war uns unsere Nähe Glück genug.

Über diese Gedanken hatte ich vergessen, die Angelschnur aufzurollen. Der Blinker hatte sich wohl am Boden verfangen und gab nicht mehr nach. Die Schnur spannte sich bis zum Zerreißen. Ich hob die Angel und ruckelte sie hin und her, aber der Köder saß fest. Ich fluchte leise vor mich hin, krabbelte zum Bug des Bootes und zog den Ankerstein an der Schnur hoch. Er hatte sich im Mutt festgesogen, so dass ich mit äußerster Anstrengung ziehen musste. Endlich löste er sich und ließ sich leichter nach oben ziehen. Eine Schlammwolke umhüllte den Stein, als er an die Oberfläche kam. Tausende von Seebodenpartikelchen stoben durch das braune Wasser und senkten sich langsam wieder zum Grund. Schlamm hatte sich auf dem Stein abgesetzt. Ich pendelte ihn im Wasser hin und her, bis er frei vom Seeboden war und wuchtete ihn über die Bootswand. Donnernd fiel er ins Boot. Mit den Füßen hatte ich die Angel festgehalten. Nun musste ich zurückbalancieren, ohne dass die Angel über Bord ging.

Sam rutschte unruhig von einer Seite auf die andere. Brauchst keine Angst zu haben, versuchte ich ihn zu beruhigen, wir haben es gleich geschafft. Ich setzte mich wieder auf die Mittelbank und zog das Boot vorsichtig mit der Angel zu dem Punkt, an dem sich der Blinker festgehakt hatte, ließ es über den Punkt hinausgleiten, um so von der anderen Seite zu versuchen, den Haken zu befreien. Ich gab mit der Schnur nach, um sie in Auf- und Abbewegungen frei zu bekommen. Fast war ich schon in einer kreisförmigen Bewegung um den Punkt herumgekommen, als es einen Ruck gab und der Blinker sich löste. Hastig rollte ich die Schnur ein. Als der Köder an die Wasseroberfläche gelangte, führte er Zweigstücke eines am Seeboden liegenden Baumes mit sich. Ich holte den Blinker ein und befreite ihn von dem Geäst.

Ich glaube, wir lassen das Angeln mal sein, was Sam. Fahren wir zurück? Es war eh eine Schnapsidee, dass wir heute was fangen könnten. „Los Jungs", hörte ich Vater uns Jungen wecken, „es ist ein herrlicher Morgen zum Angeln." Er kam die Treppe heraufgepoltert und zog uns die Bettdecken weg. „Der

frühe Vogel fängt den Wurm", fügte er an und wusste, dass wir Jungen ein verächtliches „Ääh" folgen lassen würden. Mitunter hatte er diese Anwandlung, dann musste er uns früh morgens wecken, um mit uns auf den See zu rudern und zu angeln. „Ich hab uns Brote und Kaffee gemacht. Zieht eure Regenjacken über, es regnet leicht." Wir rieben uns verschlafen die Augen und waren sauer auf ihn, dass er uns nicht hatte ausschlafen lassen. „Los, los", hörten wir ihn von unten rufen, „beeilt euch, sonst fahr ich ohne euch los." Hätte er doch seine Drohung wahr gemacht, aber wir wussten, dass er uns so lange rufen würde, bis wir endlich nachgaben. Mit dem Fahrrad fuhren wir durch den Regen zu unserem Wochenendhaus, schöpften mit einer Dose das Wasser aus dem Boot. Vater hatte eine Dose mit Regenwürmern gefüllt, die er noch am Morgen aus unserem Garten gegraben hatte. „Wer rudert?", fragte er eifrig. Und als sich keiner freiwillig meldete, befahl er uns, auf der hinteren Bank Platz zu nehmen und schob das Boot in tieferes Wasser. Dann sprang er selbst hinein und mit kräftigen Ruderschlägen trieb er das Boot hinaus auf den See. „Na, was meint ihr, wo gibt es heute die besten Fische? Drüben bei den Inseln oder hinten im Schilf?" Uns war es egal, wir hätten am liebsten noch geschlafen. Er entschied sich für das Schilf. Unsere Haare trieften vom Regen und trotz der milden Sommerluft, ließ uns der kühle Morgenhauch erschauern. Am Rande des Schilfes warf Vater den Ankerstein, der mir auch jetzt noch als Anker diente, ins Wasser. „So, nun wollen wir doch mal sehen, wer die meisten Fische fängt", sagte er freudig und zog bereits einen Wurm auf seinen Angelhaken. Ein ätzendes Spiel, das ich hasste, da ich meistens als Verlierer hervorging.
Die Fische mussten auch an diesem Morgen meine Antipathie gegen dieses Spiel gespürt haben. Sie mieden meinen Angelhaken wie die Pest oder verstanden es, sich geschickt am Wurm zu bedienen, ohne den Haken zu verschlingen. Als sich die Feuchtigkeit kühl und schwer bis auf meine Haut durchgearbeitet hatte, stand es zehn zu sieben für Vater gegen Matti, während ich bisher nur einen minderwertigen Rotauge gefangen hatte. Vaters Barsche waren unangefochten die größten. „Seht ihr", jubelte er, „ihr könnt noch eine Menge von eurem

alten Vater lernen." So blieb ich immer, wenn es ums Angeln oder Jagen ging, der Verlierer in der Familie, auch habe ich in späteren Jahren nie eine reiche Beute vom See nach Hause gebracht. Insofern sollte ich nicht auf meine alten Tage versuchen, an dieser Situation etwas zu ändern. Wenn ich zwei, drei einigermaßen große Barsche fange, ist die Welt für mich in Ordnung. Aber auch die sollten mir heute verwehrt bleiben.
Es war keine gute Idee, auf den See hinauszufahren. Ich hatte mich von irgendwelchen Sentimentalitäten leiten lassen, die mir wehmütige Erinnerungen versprachen. Doch was ich erhielt, war nichts als Enttäuschungen. Mein ganzes Leben schien in einer einzigen Enttäuschung enden zu wollen. Alleine war ich nicht in der Lage, mich aus dem Sumpf der Erinnerungen zu befreien, war ich nicht im Stande, mir ein eigenes, restliches Leben zu organisieren. Ich war im Inneren zerfressen von Selbstmitleid und Trauer, weil ich mein Leben als sinnlos und überflüssig betrachtete. Im Grunde hatte ich gehofft, dass mich hier, ohne dass ich selbst etwas dafür tat, weil ich darüber hinaus ein ewig feiger Junge geblieben war, der Tod einholen und von meinem Elend befreien würde. War nie auf die Idee gekommen, dass Sylvia mich in ihrer Beobachtung einen Jammerlappen gescholten hätte, der sich zusammenreißen sollte, um den Rest seines Lebens noch zu genießen. Es wäre nicht in ihrem Sinne, dass ich mich so gehen ließ. Schließlich hatte ich eine Tochter, einen Schwiegersohn und Enkelkinder, Sam nicht zu vergessen, die mich liebten und für die ich nach wie vor eine wichtige Bezugsperson war. Es war genug, dass auch sie ihre Mutter, Schwiegermutter und Oma verloren hatten. Es war meine verdammte Pflicht, für sie da zu sein, nun mehr ihnen mein Leben zu widmen und dabei für mich einen neuen Lebenssinn zu finden.
Ich lenkte das Boot zurück, ließ den Motor mit halber Kraft laufen, dass ich gemächlich den See durchpflügte. Virtanens Kühe standen am Ufer bis zum Bauch im See. Sylvia konnte sich immer daran ergötzen, wie diese Viecher ins Wasser wateten. Sie sagte beim Anblick dieses Schauspiels, dass die blöden Kühe sich doch die Euter verkühlen würden. Je näher ich meinem Haus kam, um so mehr Lärm drang an mein Ohr. Ich

schaltete den Außenborder weiter herunter, um zu lauschen, was für Geräusche ich dort vernahm. Dann konnte ich es endlich identifizieren. Es war der Lärm einer Mischmaschine. Teuvo musste mit seinem Kumpel bei mir auf dem Grundstück sein, um den Beton für die Punktfundamente zu gießen. Ich verspürte keine große Lust, die beiden anzutreffen. Am liebsten wäre es mir gewesen, in Ruhe am See sitzen zu können, um mich zu sammeln und zu besinnen.
Ich fuhr an meinem Grundstück vorbei. Durch die Bäume hindurch konnte ich die beiden dort oben arbeiten sehen. Sie blickten nicht zu mir hinunter und so konnte ich unbehelligt weiterfahren. Für ein paar Minuten beschleunigte ich das Boot, bis ich die Durchfahrt der Syväsalmi Brücke erreicht hatte und den Motor drosseln musste. Erst als ich den kurzen Kanal passiert hatte, drehte ich wieder auf und steuerte Lemi mit dem Lahnasee an.
Als ich in die kleine Bucht von Lemi einfuhr, wäre ich am liebsten wieder umgedreht. Pertti Sinkko und seine Saufkumpanen saßen auf einer Bank am Strand und lungerten dort herum. Sicherlich hatte irgendjemand wieder Schnaps besorgt, den sie dort konsumierten. So wie sie mich in die Bucht gleiten sahen, kam Hektik in die Dreiergruppe. Als Pertti mich erkannte, gestikulierte er mit wilden Armbewegungen und kam ans Ufer. Ohne auf seine abgenutzten Turnschuhe zu achten, watete er ins Wasser und zog mein Boot an den Strand.
„Hei, Tauno", lallte er, „wir haben 'ne kleine Feier. Komm, setz dich zu uns. Trink einen mit."
„Ist gut, Pertti", antwortete ich, „so früh am Tag vertrag ich noch nichts."
Und während ich Sam aus dem Boot und in den Sand hob, tänzelte er um mich, zog ständig seine rutschende Jogginghose hoch und redete wirres Zeug auf mich ein, das ich ignorierte, weil ich es nicht hören wollte.
„Das nächste Mal gebe ich wieder einen aus, Pertti", wimmelte ich ihn schließlich ab, versicherte ihm, dass ich jetzt kein Geld dabei habe und nur mal zum Friedhof wolle.
„Ja, Tauno, das ist gut. Ich habe deine Eltern gut gekannt. Feine Leute, beide, schade, dass sie nicht mehr sind", sagte er und

verfolgte mich.

„So ist nun mal der Lauf der Zeit", antwortete ich, „nun sieh mal wieder zu, dass du zu deinen Kumpels kommst, die saufen dir sonst noch alles weg."

Das war für ihn das Alarmzeichen. Seine Zunge benetzte seine Lippen und hastig drehte er sich zu seinen Saufkumpanen um, die apathisch auf der Bank hockten und den Schnaps entweder schon ausgesoffen oder in ihrem Delirium vergessen hatten. Pertti wankte auf sie zu, wäre fast gefallen, weil er vergessen hatte, seine Hose hochzuziehen, ergriff den Saum und riss den Bund nach oben. Ich drehte mich um, leinte Sam an und ging auf den Dorfplatz zu.

Tuula Värtö stand in ihrem Blumenladen an einem Tisch und stellte einen Strauß Blumen zusammen, der wohl für eine Beerdigung bestimmt war, denn Kondolenzschleifen lagen griffbereit, um in den Strauß eingeflochten zu werden. Sie blickte über ihre Schulter, als sie die Ladentür läuten hörte. Ein Lächeln erhellte ihr Gesicht, da sie mich erkannte.

„Hallo, Tauno", begrüßte sie mich und setzte den Blumenstrauß auf dem Anrichttisch ab, „was führt dich zu mir?"

„Hab ich bei dir Kredit?", fragte ich, denn ich hatte kein Geld eingesteckt, war nicht darauf vorbereitet, aus der Wildnis in die Zivilisation zu kommen.

„Aber immer, das weißt du doch. Hast dein Portemonnaie vergessen?"

„So ähnlich. Hatte eigentlich nicht vor, ins Dorf zu kommen. Aber Teuvo Sinnkko arbeitet mit Jaakko auf meinem Grundstück an meinem Autoschuppen und ich hatte keine Lust, mich da einzumischen. Da bin ich mit dem Boot weitergefahren."

„Aha", sie sah mich aufhorchend an, „brauchst jemanden, mit dem du mehr als nur belangloses Zeug reden kannst?"

Ich verstand ihre Logik nicht, obwohl sie mit ihrer weiblichen Intuition wahrscheinlich des Pudels Kern getroffen hatte. Ich überlegte, was ich ihr sagen sollte, und sah sie skeptisch an.

„Ich meine es ernst, Tauno, wenn du jemanden zum Zuhören brauchst, ich bin gerne für dich da", kam sie mir zuvor und legte ihre Hand auf meine, „kannst mich besuchen kommen. Ich mach uns was zu essen und du erzählst mir, was dir auf dem Herzen liegt."

„Ich überleg es mir, Tuula", antwortete ich und zog vorsichtig meine Hand unter ihrer weg, um auf ihren Anrichtetisch zu zeigen. „Jemand gestorben?"

Sie sah zu ihrem Arbeitstisch. „Ja, die Terttu Salminen, müsstest sie eigentlich auch noch kennen. Hat draußen am Ortsrand in ihrem kleinen Häuschen gewohnt. Ihr Mann ist schon vor zwanzig Jahren gestorben."

„Ja, ich weiß wohl noch. Ihr Mann hat mit meinem Vater zusammen in der Ofenfabrik gearbeitet. Muss aber doch uralt geworden sein, oder?"

„Neunundachtzig ist sie geworden. War ja auch eine aus der Sinkko Sippe. Die haben sich jahrelang um sie gekümmert. Die Kinder leben ja beide in Schweden. Der Jamppa hat doch mit deinem Bruder zusammen in diesem Kraftwerk in der Nähe von Stockholm angefangen."

„Das weiß ich gar nicht mehr. So, war der Salmisen Jamppa damals mit Matti ..."

„Aber ja, das weiß ich noch ganz genau. Wenn der Jamppa nicht sogar deinen Bruder dazu überredet hat."

„Na, das war dann wohl eher umgekehrt. Matti wollte unbedingt in Schweden arbeiten, weil er sich erhoffte, dort mehr zu verdienen und sich eine sichere Existenz aufbauen zu können. Aber das ist mittlerweile ja auch schon alles Schnee vom letzten Jahr. Und der Jamppa hat sein Glück dort gemacht?"

„Jedenfalls ist er da geblieben und soll eine eigene Familie haben. Um seine Mutter hat er sich aber ebenso wenig gekümmert wie seine Schwester. Von der wird behauptet, dass sie in einer ... na, sagen wir mal Bar als Mädchen für alles arbeiten soll." Tuula Värtö verzog verächtlich ihren Mund.

„Was die Leute so reden", winkte ich ab, „wenn jemand wo anders als Zuhause glücklich geworden ist, erfinden die Leute immer schnell Geschichten, um diese schlecht zu machen."

„Ja, aber das mit der Liisa soll wohl stimmen. Soll sich deswegen hier auch nicht mehr sehen lassen haben. Aber du bist doch bestimmt nicht hier, um dir den Klatsch, den ich hier verbreite, anzuhören." Sie lachte und ging hinter ihren Tresen zurück.

„Du siehst, das ist meine Art mit meiner Einsamkeit umzuge-

hen, ich beteilige mich am Dorfklatsch und verbreite ihn auch noch. Wenn du also über jemanden in unserem Dorf etwas hören willst, brauchst du mich nur zu fragen."
„Und was berichtet der Dorfklatsch über mich?", fragte ich mit einem spöttischen Lächeln.
„Na, lange Zeit warst du der Held aus Lemi, der sein Glück tatsächlich in einem anderen Land gefunden hat und der trotzdem seine Herkunft nicht verleugnete. Bist ja auch immer wieder hierher gekommen, hast dich um deine Eltern gekümmert ..."
„Und jetzt? Wieso bin ich jetzt nicht mehr der Held?"
„Du weißt, wie die Leute sind. Sie wollen immer Recht behalten. Und dass du nun zurückgekommen bist, ist Wasser auf ihren Mühlen. Sie haben doch schon immer gewusst, dass man langfristig im Ausland nicht glücklich werden kann. Den Tod deiner Frau bringen sie in Zusammenhang mit den politischen Entwicklungen in Deutschland. Sie sagen, Sylvia hätte sich zu Tode geschämt über das, was dort abläuft. Aber wie gesagt, die alten Weiber tratschen, ohne etwas wirklich zu wissen."
„Und du? Was trägst du dazu bei, wenn du, wie du selbst behauptest, die Tratschzentrale hier bist?", fragte ich verärgert.
„Das war doch nur ein Scherz, Tauno", antwortete sie empört. „Du glaubst doch nicht, dass ich mich an so etwas beteilige. Ich habe mich immer darüber gefreut, dass du mit deiner Sylvia dort glücklich warst. Und was weiß ich schon von den Dingen, die da im fernen Deutschland ablaufen? Ich habe nur das, was sie hier so im Fernsehen gezeigt haben, mit Bedauern zur Kenntnis genommen. Erzähl mir davon, was dort abläuft, damit ich es besser verstehe."
„Ein anderes Mal, Tuula, jetzt gibst du mir eine schöne rote Rose, die ich aufs Grab meiner Eltern legen kann. Das Geld bekommst du das nächste Mal, wenn ich wieder im Dorf bin."
„Das eilt nicht. Aber wenn du willst, komm heute Abend zu mir, dann können wir uns ein wenig unterhalten."
Ich antwortete nicht. Ihre Mitteilsamkeit hatte mir jetzt schon gereicht, dass ich keine Lust verspürte, mich ihrem Redeschwall einen ganzen Abend auszusetzen. Ich nahm die Rose, die sie aus einem Bund zog, und verließ Tuulas Blumenladen,

wohlwissend, dass ihre Blicke mich bis zum Friedhof verfolgen würden.

Müsstest eigentlich hier draußen warten, Sam, aber wir machen heute eine Ausnahme, sagte ich meinem treuen Kumpan und nahm ihn mit auf den Friedhof. Immer mehr gelbe Birkenblätter bedeckten die Wege und Gräber. Es würde nicht mehr lange dauern und die Bäume wären kahl. Es war immer ein Traum von Sylvia und mir, während der Ruska-Zeit, dem finnischen Indiansummer, wenn sich die Natur in leuchtend gelbe, rote und braune Töne verfärbt, nach Lappland zu fahren. Aber es blieb einer unserer wenigen unerfüllten Träume. Vielleicht war es auch gut so im Leben, dass man sich nicht alle Wünsche erfüllen kann, so hat man immer noch ein Ziel vor Augen, das man verwirklichen möchte, das einem Antrieb für das Leben ist.

Die Blumen auf dem Grab meiner Eltern waren verwelkt. Ich entfernte sie und legte die Rose auf den feinkiesigen Sandhügel, klaubte die herabgerieselten Birkenblätter auf und brachte sie zusammen mit den verwelkten Blumen zum Kompostkasten. Seit der Beerdigung Mutters hatte ich viele Verwandte, Nachbarn und Freunde nicht mehr gesehen. Mir war die Verwandtschaft nie so wichtig. Es gab ein paar Cousins und Cousinen, die wir bei unseren Besuchen ab und zu mal besuchten, aber die Verbindung war nicht so stark, dass wir uns jedes Mal sehen mussten. Ein klein wenig schlechtes Gewissen hatte ich denjenigen gegenüber, die sich während meiner Abwesenheit um das Grab meiner Eltern kümmerten, hin und wieder nach dem Rechten schauten und zu Weihnachten eine Kerze an den Grabstein stellten. Sicherlich hatte ich mich dafür bedankt, ihnen mal dieses oder jenes, meistens eine Flasche Cognac oder Wein mitgebracht, aber oft hatte ich es auch einfach vergessen. So wie in diesem Jahr, wo mich Sylvia nicht mehr daran erinnern konnte. Es wäre wenigstens eine kleine Geste gewesen, auch wenn es keiner von mir erwartete.

Na, Sam, nun warst du auch mal hier, was. Jetzt wollen wir noch mal sehen, ob wir auch bei Jaska Kredit haben. Vielleicht fällt für dich dann auch etwas dabei ab. Hast sicherlich auch schon Hunger, was? Sam zuckte mit den Ohren, gähnte und

gab einen hohen Ton von sich, sah mich mit seinen treuen, braunen Augen an. Ich streichelte ihn und ging mit ihm zurück zum Dorfplatz. Tuula bediente in ihrem Blumenladen Kundschaft, hatte keine Zeit, mir wieder ein Schwätzchen aufzudrängen. Warum sollte ich ihre Einladung eigentlich nicht annehmen? Wir waren in einem Alter, wo nicht jeder Besuch auch eine sexuelle Bedrohung war. Sylvia würde es mir verzeihen, wenn ich in meiner Einsamkeit Tuula zu einem abendlichen Plausch aufsuchte. Ich runzelte die Stirn. Wie einsam war ich denn wirklich, dass ich über so etwas nachdachte?
In Jaska Illoinens Bar saßen nur wenige Gäste. Ich fragte das junge Mädchen, das mich auch das letzte Mal bedient hatte, ob Jaska da sei.
„Der steht doch immer in der Küche", sagte sie und wollte davoneilen, aber ich hielt sie vorsichtig fest und bat darum, dass sie Jaska zu mir schicken möge.
Ich setzte mich an einen leeren Tisch am Fenster, leitete Sam zu meinen Füßen. Es dauerte nicht lange, da schob Jaska seinen massigen Körper durch die Tischreihen, bis er sich zu mir durchgekämpft hatte.
„Na, Tauno", schnaubte er kurzatmig, „was kann ich für dich tun?"
„Mir Kredit gewähren", lachte ich und sah in sein verdutztes Gesicht. „Ich hab mein Geld vergessen", setzte ich sofort nach, „bin mit dem Boot hier."
Seine Verwunderung wandelte sich in ein mattes Lächeln und er zeigte auf die Eingangstür. „Da steht ein Schild, auf dem ich meine Gäste darauf aufmerksam mache, dass ich keine Bettler beköstige und nicht anschreiben lasse, weil mir das Pack das Geld dann ja doch nicht bringt", erzählte er schnaubend, „aber ich denke, du wirst es mir nicht schuldig bleiben. Was soll's sein?"
Wenn ich ihn nicht gekannt hätte, wäre mir die Einleitung seines Vortrages sauer aufgestoßen, aber ich beschloss, es zu ignorieren und gab ihm meine Bestellung auf. „Und Jaska", hielt ich ihn fest, als er gerade gehen wollte, „kannst mal schauen, ob du ein wenig Wasser und etwas Ungewürztes ohne Geflügelknochen für meinen Kumpel hier hast?" Ich deute auf

Sam zu meinen Füßen.

Jaska blickte kurz unter den Tisch, schüttelte grinsend den Kopf und wollte mal sehen, ob er da etwas machen könne. Ich sah auf den Dorfplatz hinaus, der öde und verwaist vor mir lag. Pertti kam mir in den Sinn und mir wurde heiß von der Befürchtung, er könne hier auftauchen mit seinen Saufkumpanen und mich wieder voll labern. Das blonde Mädchen brachte mir einen Krug Bier und lenkte mich von meinen Gedanken ab. Sie sagte nichts, stellte nur den Glaskrug vor mir ab und ging wieder. Ich sah ihr für einen Moment nach. Dem Mädchen würde es gut tun, mal aus diesem Nest herauszukommen, dachte ich, sie könnte etwas aus sich machen, aber so wie sie sich gab und kleidete, wirkte sie wie die typische Landpomeranze. Ich nippte an dem kühlen Bier, wischte den Schaum mit dem Handrücken von meinen Lippen. Ein blauer Pickup donnerte aus Richtung Lappeenranta mit quietschenden Reifen in die Kreuzung dorfauswärts. Sah aus wie der Russen-Pickup, der mir schon einmal begegnet war, aber ich konnte Nummernschild und Fahrer nicht erkennen. Die Bedienung, die an einem anderen Fenstertisch herumhantierte, blickte beim Quietschen der Reifen auf und zeigte den Stinkefinger in Richtung Straße. Ich musste lachen.

„Na, na, so was macht man doch nicht", rief ich ihr zu.

Sie errötete und sagte zornig etwas von Scheißrussenpack, das sich von hier verziehen solle. Ich antwortete nicht, nahm einen kräftigen Schluck von meinem Bier. Überall auf dieser Welt gab es Feindbilder, dachte ich. Jedes Land, jedes Volk hatte seine verhassten Zielgruppen, auf die es schimpfte oder die es verfluchte. Die Holländer hassten die Deutschen, die Schweden die Finnen und die Finnen die Russen. Aber nur in Deutschland wurde aus Hass der Drang zur Vernichtung des Ungeliebten. Ich verfluchte dieses Feindbilddenken. Sicherlich, es gehörten immer zwei dazu, aber warum musste man aus einer Abneigung Hass erwachsen lassen und aus einem Hass den Willen zur Vernichtung? Warum konnten sich nicht alle Menschen so verhalten, dass sie sich gegenseitig tolerierten und akzeptierten? Ich merkte, wie mich dieses Leben müde gemacht hatte, wie ich müde der Konflikte und Probleme war. Ich wollte eigentlich nur noch meine Ruhe, in Ruhe leben und in Ruhe sterben können. Keine Kämpfe und Auseinandersetzungen mehr, mein Leben war Kampf genug, da brauchte ich im Alter meinen Frieden, um mich für den letzten Lebenskampf vorzubereiten.

Das Mädchen brachte Sam Wasser und eine Schüssel mit undefinierbarem Fressen. Es würde ihm auf seine alten Tage auch nicht mehr schaden, dachte ich und bedankte mich artig. Sam schnüffelte erst skeptisch, dann schlang er in gewohnter, gieriger Manier das ihm Gebotene hastig hinunter. Tuula Värtö trat mit einer alten Frau aus ihrem Blumenladen, lachte während sie der gebeugt gehenden und mit einem Krückstock sich stützenden Frau etwas sagte. Die Alte blieb für einen Moment stehen, sah mühsam in den Himmel, hob ihre Gehhilfe und zeigte in Richtung Friedhof. In der linken Hand hielt sie einen in Papier gewickelten Blumenstrauß. Tuula schloss ihre Ladentür ab, legte eine Hand auf die krumme Schulter der alten Frau und ging zielstrebig über den Dorfplatz. Ich hoffte, sie würde mich nicht sehen, aber sie musste mich hinter dem Barfenster doch erkannt haben, denn sie winkte mir zu. Ich hob mein Bierglas und prostete ihr zu. Sie lachte. Doch, für ihr Alter hatte sie sich gut gehalten. Und trotz des Landlebens im verträumten Lemi strahlte sie eine gewisse Attraktivität aus. Ich lächelte verlegen bei diesem Gedanken und sah ihr nach, wie sie den Platz verließ und in die Straße, in der sie wohnte, einbog. Was hinderte mich daran, sie zu besuchen, ein wenig über alte Zeiten plauschen, den neuesten Dorfklatsch zu erfahren? Es wäre ein völlig harmloser Abend, an dem zwei alte Schulkameraden in Erinnerungen schwelgen würden, ohne Gefahr zu laufen, auf andere Gedanken zu kommen. Andere Gedanken, die in einem anderen Alter bei wallenden Hormonen durchaus hätten aufkeimen können.

Ich war stolz darauf, sagen zu können, dass ich meiner Sylvia ein Leben lang treu geblieben war, trotz aller Versuchungen und aller Schwierigkeiten, die wir in unserem gemeinsamen Leben durchwanderten. Es hätte genug Gelegenheit gegeben, den Verführungskünsten anderer Frauen zu erliegen, aber irgendwie schrammte ich dann immer wieder an dem vermeintlichen Glück vorbei und konnte meiner Sylvia aufrichtig in die Augen schauen. Ich habe es auch nie bereut, nur mit einer Frau geschlafen zu haben. Was hätten die anderen auch anderes bieten können, das es wert gewesen wäre, unsere Liebe aufs Spiel zu setzen? Ich glaube, ich hätte es mir mein Leben lang nie verziehen.

„Hier hast du deine Lehtipihvi", schnaubte Jaska plötzlich neben mir und stellte mir den Teller mit den dünngeschnittenen Steaks, Kartoffelpüree und Erbsen auf den Tisch. „Lass es dir schmecken", stieß er noch hervor und schob seinen massigen Körper, ohne mein Danke abzuwarten, zurück in seine Küche.

Aus den Lautsprechern der Musikanlage ertönte plötzlich Tangomusik und ich verspürte ein sehnsüchtiges Gefühl in mir, so, als wäre ich nach langer Zeit wieder nach Hause gekehrt. Aber war ich es wirklich? Ich fühlte, wie meine Augen brannten und sich mein Hals zuschnüren wollte, so dass ich den ersten Bissen, den ich auf der Gabel hatte, nicht in den Mund führen konnte. Dabei fiel mir auf, dass ich im Gegensatz zu meinen deutschen Gewohnheiten, die Gabel tatsächlich in finnischer Manier auf dem nach oben gekrümmten Gabelrücken belegt hatte. Ich schüttelte den Kopf, ließ das Besteck auf den Teller zurück sinken und piekste in das Fleisch, um es zu schneiden. Seit ich mit Sylvia zusammenlebte, war mir dieses nicht mehr passiert. Sylvia hatte sich darüber amüsiert, wie wir Finnen unsere Gabel benutzten. Sie fragte mich spöttisch, wozu ich wohl meine, habe der Erfinder der Gabel diese gebogen? Ich sah mich verschämt um, aber keiner hatte Notiz von mir genommen. Sam zu meinen Füßen seufzte zufrieden. Der Kloß in meinem Hals hatte sich gelöst, so dass ich endlich essen konnte, denn auch die Sentimentalität, die mich für einen Moment angeflogen hatte, war mit den weiteren Klängen der Akkordeonmusik davongestoben.

Die Bedienung kam und fragte, ob ich noch ein Bier möchte. Ich lehnte dankend ab. Sie lächelte tatsächlich, beugte sich zu Sam hinunter und streichelte ihn. Wie er heiße, wollte sie wissen. Ich gab freundlich lächelnd Auskunft.

„Ich hätte auch immer gerne einen gehabt", sagte sie schließlich und richtete sich wieder auf, „aber meine Eltern wollten keinen."

„Und warum nicht?", fragte ich, während ich die Erbsen mit dem Kartoffelpüree vermengte.

„Macht zu viel Arbeit, haben sie immer gesagt."

„Wohnst du denn noch bei deinen Eltern?"

„Nein, nicht mehr, aber jetzt bin ich ja immer den ganzen Tag hier", antwortete sie und hob bedauernd die Schultern. Sie lächelte noch einmal und folgte dem Ruf eines Gastes. Ich beeilte mich meine Speise aufzuessen, denn so langsam verlor sie an Wärme.

Als ich mit Sam die Bar verließ, öffneten sich die Wolken für einen Moment und ein gleißender Sonnenstrahl beschien den gelb gestrichenen Glockenturm vor der Kirche. Ich blieb für einen Moment fasziniert stehen, denn solche Lichterscheinungen gab es sonst nur auf diesen kitschigen Heiligenbildern. Und als würde jemand seine Hand vor die Lichtquelle halten, erlosch dieser Lichtstrahl abrupt. Ich animierte Sam zum Weiterlaufen und ging mit ihm hinunter zum Strand, war froh, Pertti und seine Saufkumpanen nicht anzutreffen, aber ebenso erstaunt, mein Boot auch nicht vorzufinden. Ich war mir sicher, es so weit an Land gezogen zu haben, dass es nicht hätte wegschwimmen können. Ich fluchte mit den schlimmsten Schimpfwörtern, die mir einfielen, vor mich hin, suchte das weitere Ufer ab, ob sich diese bescheuerten Säufer nicht einen Scherz mit mir erlaubt hätten, aber weit und breit war von meinem Boot nichts zu sehen. Wut entbrannt stapfte ich über den Dorfplatz zurück zu Jaskas Bar, um Kimmo Sankari, dem Inhaber des einzigen Taxiunternehmens in der Umgebung, von seinem Mittagstisch hoch zu schrecken.

„Was ist los, Tauno", fragte er mich, als ich außer Atem vor seinem Tisch stehen blieb.

Ich rang nach Luft, Wut und der rasche Gang hatten mir die Luft genommen. „Pertti und diese Idioten haben mir mein Boot geklaut", schnaufte ich, „nun kann ich sehen, wie ich nach Hause komme."

Jaska hatte den Trubel, den ich veranstaltete, mitbekommen und schob seinen massigen Körper auf uns zu.

„Was ist los? Was hat Pertti schon wieder angestellt", stieß er

kurzatmig hervor, so als wäre er über den Dorfplatz gelaufen.
„Mein Boot", sagte ich wütend, „die haben mein Boot geklaut."
„Das glaub ich nicht, das muss ein Missverständnis sein. Das findet sich bestimmt wieder", entgegnete Jaska, „Klauen tun die Burschen nicht. Saufen mal einen zu viel und labern dummes Zeug, aber klauen ..., nee, das nicht."
„Und wer, bitte schön, hat dann mein Boot geklaut?", stieß ich immer noch außer Atem hervor.
„Hier ist noch nie ein Boot geklaut worden", fügte Kimmo hinzu, „selbst die Russen haben noch kein Boot mitgehen lassen. Das wird sich bestimmt wieder einfinden. Ich fahr dich jetzt nach Hause und sag meinem Sohn bescheid, dass er den See mal absuchen soll. Er bringt das Boot, so er es findet, dann zu dir." Er wischte sich den Mund mit seiner Serviette ab, warf sie auf den leeren Teller und stand auf. „Setz es auf meine Rechnung, Jaska, ich bring unseren Freund jetzt erst mal nach Hause."
Jaska machte ihm Platz und ich folgte Kimmo Sankari, der in Tradition seines Standes die dunkelblaue Taxifahreruniform trug. Vom Garderobenhaken nahm er im Vorbeigehen seine Schirmmütze, die er unter den linken Arm klemmte. Er lief mir voraus und ich musste mich beeilen, ihm zu folgen. Sam trottete brav mit.
„Warte eben hier", sagte er, als wir sein Büro, das zwei Häuser neben der Bar lag, erreicht hatten, „ich sag Antti eben Bescheid, dass er mal auf den See raus soll, um dein Boot zu suchen."
Ich wartete mit Sam geduldig, aber es dauerte nicht lange, bis er wieder herauskam.
„Es geht los", sagte er und winkte mir, ihm auf den Hof zu folgen, wo er seinen Mercedes-Diesel abgestellt hatte.
„Deutsche Wertarbeit", lachte er und klopfte auf das Armaturenbrett, „ist jetzt schon mein siebter. Nie Ärger mit gehabt, immer zuverlässig. Hab sie auch alle pfleglich behandelt. Ist ja mein Kapital und Werkzeug, mit dem ich mein Geld verdiene. Wie sieht's denn da drüben jetzt aus? Man hört ja die merkwürdigsten Dinge."

Geschwätzig wie ein Sinkko, dachte ich, da mir nicht nach einer Unterhaltung war. Aber konnte ich einem, der mir aus einer misslichen Situation half, durch Ignoranz strafen? Ich hatte wohl etwas zu lange mit meiner Antwort auf mich warten lassen, denn er setzte sofort nach:
„Mein Sohn Antti war mit seiner Frau im Frühjahr in Berlin, haben den Esko Rantasalmi, der bei den Eisbären Berlin Eishockey spielt, besucht. Sind von der Jugend an dicke Freunde. Der Esko hat sich toll gemacht, wenn ich dran denke, wie ich ihn als kleinen Jungen hier bei uns trainiert habe. Na ja, jedenfalls hat Antti berichtet, dass in Deutschland eine merkwürdige Stimmung herrsche. Viele Braunhemden in den Straßen, die den Arm nach vorne strecken und Jagd auf Ausländer machen."
„Alles dummes Zeug", ärgerte ich mich, obwohl ich es besser wusste, „ein paar dämliche Ewiggestrige, die sich wichtig machen wollen. Und Jagd auf Ausländer wird schon gar nicht gemacht."
„Antti sagt aber, dass unter den Ausländern richtig Angst herrschen soll. Warum bist du denn zurückgekommen?"
Wir hatten Lemi bereits verlassen und ich sah zu unserer Rechten den See silbrig glänzen. Das war mit ein Grund, warum ich zurückgekommen war, ich wollte die Seen silbrig glänzen sehen, durch endlose Wälder fahren, den blauen Himmel über mir und im Winter den Schnee unter meinen Füßen knirschen hören. Ich fasste meine Gedanken in Worte und sagte es Kimmo sehnsüchtig aus dem Fenster schauend.
„Halt", rief ich, kaum meine Gedanken ausgesprochen, als wir die Seenverbindung über die Brücke überquerten, „du hättest eben links abbiegen müssen."
Kimmo Sankari ließ seinen Mercedes bis zur nächsten Haltebucht ausrollen und wendete.
„Sehnsucht nach der Heimat also?", fragte er und ich bejahte, wollte ihm in dem Glauben lassen, denn mit nichts konnte man sich hier mehr Freunde machen als sehnsüchtig in die Heimat, in den Schoß Mutter Finnlands, zurückzukehren.
Der unbefestigte Weg war holprig und schmal. Ich hielt mich am Griff oberhalb der Tür fest und wurde trotzdem hin und her

geschaukelt. Kimmo verlangsamte das Tempo. An den Sümpfen kam uns der breite Volvo Teuvo Sinkkos entgegen. Kimmo musste zurücksetzen, bis er an der rechten Seite einen festen Streifen fand, auf den er ausweichen konnte. Als Teuvo neben uns hielt, wunderte ich mich über die vielen Männer, die in seinem Wagen saßen, ja einer lag sogar in seinem Anhänger. Teuvo kurbelte das Fenster hinunter. Er zeigte nach hinten und rief mit seinem rauchigen Bass:
„Die Idioten dahinten haben dir dein Boot nach Hause gebracht." Er tippte mit dem Finger an die Stirn und machte zusätzlich den Scheibenwischer. „Waren in ihrem Suffkopp der Meinung, du hättest das Boot vergessen. Wollten eine gute Tat tun und dir das Boot bringen."
Ich hätte vor Wut schäumen sollen und wäre am liebsten aus dem Wagen gesprungen und hätte jedem von diesen Säufern welche an die Ohren gegeben. Aber ich saß in dem Auto wie in einer Zelle, rechts neben dem Wagen ein nasser Graben und links blockierte Teuvos Volvo den Ausstieg. Und dann perlte so etwas wie Heiterkeit in mir auf. Ich hätte lachen können, nach der versteckten Kamera fragen sollen und irgendwie fühlte ich mich an Steinbecks Idioten in der Ölsardinenstraße und Tortilla Flat erinnert. Ich winkte mit einem unterdrückten Lächeln ab.
„Na, Hauptsache ich hab mein Boot wieder. Ist es denn noch heil?"
„Alles in Ordnung, das haben sie Gott sei Dank nicht auch noch geschafft, diese Idioten."
Auf der Hinterbank in Teuvos Auto entstand ein Handgemenge, aber ein scharfes Wort von Teuvo und es herrschte wieder Frieden.
„Wir haben die Fundamente fertig", rief er mir zu und steckte sich wieder eine Zigarette an, blies den Qualm heraus, dass er verwirbelte und vom leichten Wind hinfortgetragen wurde. „Hab Härter reingemischt, müssten also Übermorgen, na, sagen wir in drei Tagen fertig sein. Bring dann die Tage schon mal das Holz vorbei. Also, seht zu." Er hob den Arm, winkte uns zu und ließ seinen Wagen langsam anrollen. Der Bursche auf dem Hänger, der sich zwischenzeitlich hochgerichtet hatte, kippte

um und verschwand hinter den Seitenwänden.
Kimmo betätigte sein Funkgerät. Es piepte ein paar Mal, dann meldete sich sein Sohn. „Ja, was gibt's?"
„Hey, Antti, brauchst Taunos Boot nicht mehr zu suchen. Pertti und seine Saufkumpanen haben das Boot zu Tauno gebracht. Es hat sich also wieder eingefunden."
Ich hörte noch Anttis Lachen, dann verstummte der Funkkontakt. Ich leitete Kimmo zu meinem Grundstück, auf dem es nun wirklich nach Baustelle aussah. Ein Sand- und Kieshaufen, eine Mischmaschine, Schalbretter und abgeschnittene Bretterstücke lagen neben aus dem Boden wie Pilze ragendenden Punktfundamenten.
„Willst noch anbauen?", fragte Kimmo, als er seinen Wagen vor dem zukünftigen Autostall anhielt.
„Soll ein Stall für mein Auto werden. Wenn ich den Winter hier verbringe, friert mir der Wagen sonst noch kaputt."
„Eine weise Entscheidung", erwiderte der Taxifahrer und stellte den Motor ab.
„Musst eben mit reinkommen, ich hab kein Geld bei mir. Kriegst auch 'nen Cognac."
„Da lass ich mich nicht zweimal bitten." Trotz seines Alters kletterte er behände aus dem Auto und schlug schon die Fahrertür zu, als ich noch Sam aus dem Wagen hob.
„Schön hast du es hier", sagte Kimmo und schaute anerkennend in die Runde, „vor Jahren war ich schon mal hier, hab deinen Vater rausgebracht, nach einer Feier in der Fabrik. Hat sich aber doch vieles verändert."
„So ist die Zeit", erwiderte ich, „die Alten bauen auf und die Jungen bauen um."
Wir lachten und betraten das Haus. Ich holte mein Portemonnaie aus dem Schlafzimmer und zählte ihm das aufgerundete Fahrgeld in die Hand.
„Den Rest steckst du in eure Kaffeekasse", sagte ich, als Kimmo mir das Wechselgeld herausgeben wollte. Ich nahm zwei Cognacgläser aus dem Schrankregal und schenkte uns beiden von meinem guten französischen Cognac ein. „Auf den Schreck über das verlorene Boot, deine Hilfe und das glückliche Ende."

Er kippte den Inhalt des Glases mit einem Zug in sich hinein, wischte sich den Mund mit dem Handrücken und stellte das Glas ab.

„Wenn ich nicht noch fahren müsste, könnte ich mich an das Zeug gewöhnen", sagte er, klopfte mir auf die Schulter und wandte sich zur Tür. „Früher", drehte er sich noch einmal um, „früher war das hier eine sichere Gegend, keine Fremden, kein Kruppzeug, alles solide, verlässliche Menschen. Heute muss man hier schon um sein Leben bangen. Pass auf dich auf, so ein paar Russen streunen hier rum, die sind nicht gerade zimperlich."

Ich winkte ab. „Bei mir gibt es nichts zu holen", lachte ich, „die würden aus Mitleid mir höchstens noch was bringen."

„Na, Tauno", er zeigte auf mein Auto, dass auf dem Abstellplatz stand, „dein Nummernschild könnte die anziehen. Die glauben doch, dass die aus Deutschland alle reich sind und ihren Reichtum hier mit in die finnischen Wälder bringen."

„Ich pass schon auf", versicherte ich, aber als er in seinen Wagen stieg, ich ihm noch einmal zuwinkte und ihn hinter dem Hügel verschwinden sah, hatte ich seine Warnungen schon wieder vergessen.

Ich ging hinunter zum Steg, an dem mein Boot festgemacht war. Sam trottete neben mir her. Kritisch betrachtete ich die Bootswände, den Motor, schaute nach, wie viel Benzin noch im Tank war. Das Boot schien unversehrt und aus dem Tank fehlte auch nicht mehr Benzin als für die Tour notwendig war. Ich befahl Sam, auf dem Steg zu bleiben, und stieg in das Boot, um es in den Bootsschuppen zu paddeln. Dort zog ich es so weit es ging hoch und band es fest. Irgendwie beschlich mich mit einem Male ein merkwürdiges Gefühl. Ich fühlte mich unwohl, beobachtet, unruhig. Ärgerlich wischte ich diese Gefühlsregung weg und schloss den Bootsschuppen ab. Sam kam Schwanz wedelnd auf mich zugelaufen. Na, siehste, sagte ich ihm, da haben wir uns ja wieder, haben uns ja auch so lange nicht gesehen. Ich streichelte ihn und ging wieder zum Haus hoch, wo ich mir die Baustelle näher betrachtete. Es schien alles seine Ordnung zu haben, auch wenn vieles in Unordnung war. So holte ich die Schubkarre aus dem Holzschuppen und sammelte die Holzreste zusammen, in dem ich sie in die Schubkarre warf. Sam, der neugierig angeschnüffelt kam, erschrak beim scheppernden Aufprall der ersten Holzstücke in der Blechschubkarre. Ich lachte ihn aus und redete auf ihn ein, dass er keine Angst haben müsse. Misstrauisch reckte er seinen Hals in Richtung Karre, um sich beim nächsten Wurf ängstlich zurückzuziehen.

Ich wusste, es war vergebliche Liebesmühe, aber als ich die Holzreste in den Holzschuppen brachte, nahm ich die Harke mit, um der Baustelle endgültig ein aufgeräumtes Aussehen zu verleihen. Sylvia wäre stolz auf mich und ich hörte sie sagen, dass sie das auch nicht anders von mir erwartet hätte. Ein zufriedenes Lächeln huschte über mein Gesicht. Gedanken versunken stützte ich mich auf dem Harkenstiel und starrte auf den See, der wieder silbrig glänzend zwischen den Bäumen durchschien. Bei Sylvia musste immer alles seine Ordnung haben, alles aufgeräumt aussehen und vorschriftsmäßig seinen Platz einnehmen. Man lobte die Deutschen ja immer für ihre Ordnungsliebe. Dabei waren die Finnen nicht weniger ordnungsliebend, vielleicht nicht so pedantisch, eher lässiger, lockerer. Dann unterschieden sich Frauen und Männer wohl auch noch grundsätzlich. Wir Männer mussten immer alles liegen lassen, um es dann bei uns günstiger Gelegenheit wegzuräumen. Frauen hatten immer Angst, dass ein herumliegender Pullover der Anfang eines Haushaltschaos signalisierte. Und aus diesen Überlegungen heraus wanderten meine Gedanken plötzlich in eine andere Unordnung, durchzuckte es mich wie ein böses Gewitter und ich sah die nächtlichen Bilder in der Obernstraße, als Klaus seinen großen und letzten Auftritt hatte. Wie gerne hätte auch ich mich weiter in deutschen Tugenden gewähnt, wenn nicht die andere Seite des Deutschtums gewesen wäre, die mir Angst machte und mich erschauern ließ. Du warst Finne und du bleibst Finne, was immer du erlebt und gefühlt hast. Das andere, was du glaubst gewesen zu sein, war nur eine Illusion, ein Traum fern der Wirklichkeit, ermahnte mich mein Inneres. Es brannte in mir. Nein, es konnte nicht alles nur eine Illusion gewesen sein, zu sehr war ich Realist in einer illusorischen Welt, die mich sicherlich mit ihrer Wirk-

lichkeit straffte, aber Liebe und Verbundenheit waren keine Illusionen, zumal nicht, wenn sie von so einem erdverbundenen Menschen wie mich empfunden wurden.
Sam kläffte und riss mich aus meinen Gedanken. Das Geräusch eines Automotors näherte sich. Ein schwerer Wagen, der langsam den Waldweg herauf kam. Sam wollte den Weg hoch rennen, aber ich herrschte ihn an und er gehorchte, verharrte auf halber Strecke. Er knurrte und grummelte. Irgendetwas schien ihm nicht zu gefallen. Ich richtete meine Aufmerksamkeit zur Grundstückseinfahrt hin, denn dort musste der Wagen dem Geräusch zufolge bald erscheinen. Ich ging ein Stück den Hügel hoch, um Sam notfalls greifen zu können. Das schwere Motorengeräusch kam immer näher. Ich redete beruhigend auf Sam ein. Er setzte sich neben meinen Füßen. Jetzt sah ich durch die Bäume das Fahrzeug sich nähern. Langsam schaukelte es den Weg entlang. Es war ein großer, blauer amerikanischer Pickup. Ich konnte mich nicht erinnern, dass jemand der Nachbarn so einen Wagen fuhr. Als er in Höhe meiner Grundstückseinfahrt ankam, stoppte er für einen kurzen Moment, aber so wie ich mich in Richtung Weg bewegte, fuhr der Wagen wieder an und entfernte sich. Merkwürdig, dachte ich, und gleichzeitig kam mir die Erinnerung an den Pickup, über den sich der alte Bürgermeister so aufgeregt hatte. Russen! Aber gut, sie hatten mich und Sam gesehen und wussten nun, dass dieses Haus bewohnt war. Allein Sam würde sie davon abschrecken, in meinem Haus einbrechen zu wollen. Vielleicht hatte einer der Nachbarn sein Haus an diese Typen vermietet, die hier vielleicht nur in Ruhe einen Urlaub verbringen wollten. Dann aber kamen in mir die vielen Warnungen hoch, die mich vor rumstreunenden Russen warnten. „Alles Blödsinn", wischte ich diese Gedanken ärgerlich weg. Ich war hier sicher. Hier war Finnland und nicht der Wilde Osten.

9.

Am späten Nachmittag überkam mich die große Einsamkeit. Ich fühlte mich antriebslos und hielt mein Leben für sinnlos, wurde sentimental und Tränen standen mir in den Augen, weil ich immer wieder an Sylvia denken musste. Schwamm in meinem Selbstmitleid, dass es mir schließlich selbst zu viel wurde. Ich hatte das Gefühl, fliehen zu müssen, fliehen vor mir, vor der Einsamkeit, weg von meinem Haus am See. Kurzentschlossen schnappte ich mir Sam, setzte ihn in den Wagen und fuhr mit ihm ins Dorf. Vor Tuulas Blumenladen hielt ich, aber dann schien mir alles so blödsinnig. Was wollte ich hier? Sie konnte mir nicht helfen, nur ich alleine konnte mir helfen. Es half keine Flucht. Ich steckte in meinem Leben und musste es selbst bewältigen. Ich schüttelte mit dem Kopf und blieb hinter dem Lenkrad sitzen. Nichts als Leere, die mich ausfüllte, Sinnlosigkeit, wo ich auch hin floh, die innere Einsamkeit würde immer mitziehen, würde mich nie mehr frei geben.
Ich erschrak, als jemand an die Scheibe der Beifahrertür klopfte. Sam kläffte und stand auf dem Rücksitz mit der Nase an der Scheibe. Müde blickte ich zur Seite und sah in das lächelnde Gesicht Tuulas. Aber als sie in meine Augen sah, verfinsterte sich ihr Lachen und sie sah besorgt aus. Besorgt um mich? Sie öffnete die Beifahrertür und beugte sich in den Wagen.
„Was ist los, Tauno?", fragte sie, „Geht es dir nicht gut?"
„Doch, doch", bemühte ich mich schnell zu antworten, aber ich merkte selbst, dass in dieser Antwort keine Wahrheit lag.
„Komm, steig aus", forderte sie mich auf, „ich mach dir einen Kaffee, dann geht es dir gleich besser."
Die Heilkraft des Kaffees, lachte ich matt in mich hinein. Wenn sie wüsste, dass der mir auch nicht helfen konnte. Die Totenglocke des Friedhofes schlug an und Tuula und ich sahen hinüber zur Kirche, aus der begleitet von sechs schwarz gekleideten Männern ein Sarg herausgerollt wurde, dem eine lange Trauergemeinde folgte.
„Saimi", sagte Tuula und verharrte bis der Trauerzug hinter den hohen Tannen und Kiefern des Friedhofes verschwand.
„Komm, steig aus", forderte sie mich erneut auf, „lass uns

einen Kaffee trinken."

Sie schlug die Wagentür zu und wartete bis ich ausgestiegen war, dann ging sie in ihren Blumenladen. Ich zögerte, ihr zu folgen. Aber jetzt war ich hier und konnte aus dieser Situation nicht mehr herauskommen, obwohl ich ihr gerne entflohen wäre.

„Was ist los, Tauno?", fragte sie mich sanftmütig, als ich die Ladentür hinter mir geschlossen hatte.

Ich hasste diesen Tonfall schon bei Sylvia, er vermittelte mir das Gefühl eines kleinen, dummen Jungen, der von der großen, alles wissenden Mama besänftigt werden sollte. So verweigerte ich eine Antwort, sah ihr nur zu, wie sie mit einem Messlöffel Kaffee in die Filtertüte füllte, den Deckel der Kaffeemaschine schloss und den Schalter drückte, um das Wasser zum Kochen zu bringen.

„Geht es dir nicht gut?", kam sie fragend auf mich zu, so dass in mir die Angst emporstieg, sie könne mich nun umarmen. Unweigerlich machte ich einen Schritt zurück, doch wie mir schien, war es ein Schritt zu viel. Ich schämte mich und fand mich gleichzeitig kindisch und ungehörig.

„Tut mir Leid, Tuula", bemühte ich mich, die Situation nicht noch peinlicher werden zu lassen, „aber es ging mir eben im Auto wirklich nicht gut. Ich weiß auch nicht. Ein Schwächeanfall oder so etwas."

„So kann man das wohl auch sagen", durchschaute sie mich und blieb in gebührendem Abstand vor mir stehen.

Für ihr Alter war sie wirklich noch eine hübsche Frau, mit ihren kurzen, grauen Haaren und dem schlanken Körper, um den sie bestimmt viele Frauen in ihrem Alter beneideten. Ich bemühte mich um ein Lächeln und so, als würde mir jemand die Worte in den Mund legen, hörte ich mich sagen:

„Ich würde gerne dein Angebot annehmen."

Sie sah mich erstaunt an und fragte mich, welches Angebot ich meine.

„Auf einen Plausch zu dir zu kommen", sprach ich wie diktiert. Ein freudiges Lächeln huschte über Tuulas Gesicht. „Schön, das freut mich. Wann möchtest du kommen?"

„Heute Abend?"

„Heute Abend?" Sie zögerte einen Moment. „Gut. Sagen wir gegen acht? Ich mach den Laden hier um sieben dicht, dann bereite ich uns etwas zu essen vor. Lachs? Magst du Lachsforelle?"

„Du sollst dir keine Umstände machen. Ich bring eine Flasche Wein mit. Rot oder weiß?"

„Wenn ich schon wählen darf, rot. Aber Umstände macht es mir nicht. Ich muss mir ja sowieso etwas zu essen machen. Also können wir auch zusammen essen."

Die Kaffeemaschine gluckste in den letzten Tönen. Irgendwie standen wir uns hilflos gegenüber. Ich hatte das Gefühl, dass Tuula eine leichte Röte ins Gesicht gestiegen war und mir schienen Schweißperlen die Stirn zu befeuchten. Ich lächelte verlegen und lenkte meine Aufmerksamkeit auf die Blumen, die neben mir standen, und lobte ihre Schönheit und Frische, bis wir beide laut lachen mussten. Da waren wir fast siebzig Jahre und benahmen uns wie Kinder, die mangels Lebenserfahrung unsicher im Umgang mit dem anderen Geschlecht waren und sich ihrer Annäherungsversuche schämten.

Ich war froh, als die Kaffeemaschine endlich schwieg und Tuula zwei Becher aus einem kleinen an der Wand hängenden Schrank nahm und sie mit Kaffee füllte. Ich brauchte wie immer Milch und Zucker, um ihn genießen zu können. Wir tranken schweigend, vermieden es, uns anzusehen. Als ich den Becher abstellte, sagte ich lachend:

„Ich brauch dir ja wohl keine Blumen mitzubringen", und deutete in die Runde auf das Blumenmeer in ihrem Laden.

Sie lachte mit und verneinte. Wenn ich einen guten Rotwein mitbrächte, würde das genügen.

„Also, bis heute Abend", verabschiedete ich mich und verließ Tuulas Blumenladen.

Auf dem Weg nach Hause überkamen mich Gewissensbisse. Wie konnte ich mich nur dazu hinreißen lassen? Sylvia, vergib mir, jammerte ich. Und all das Elend, das ich den Nachmittag verspürt hatte, stieg wieder in mir empor. Früher, wenn es mir schlecht ging, bin ich gelaufen, aber heute wollten meine Beine nicht mehr so, also musste ich mich anders aus meinem Stimmungstief befreien. Ich hielt auf der Strecke nach Hause am

See, parkte den Wagen und ging mit Sam an das Ufer. Am Himmel zogen die Wolken schnell dahin, so dass sich die Lichtverhältnisse in rascher Folge änderten und auch der See mal stahlgrau, mal silbern glänzend oder bleiern vor uns lag. Sam latschte unbedarft ins Wasser und schlabberte, kam zurück und schüttelte sich. Ich setzte mich auf einen großen Stein und blickte auf das Spiegelbild meiner Gefühle.

Mit Sylvia hatten wir hin und wieder hier Rast gemacht, wenn wir von Zuhause zum Sommerhaus am See mit dem Rad gefahren oder gewandert waren. Hatten auf diesem Stein Arm in Arm gesessen und über den See geschaut, der so vielfältig die Stimmungen des Lebens widerspiegeln konnte. Zur linken Seite lag die Verbindung zum Kivijärvi, an dessen Nebensee mein Haus lag. Viele Jahre waren vergangen, Glück und Leid hatten sich oft abgewechselt, waren ständige Begleiter unseres Lebens. Und je älter wir wurden, um so mehr Leid schien sich breit zu machen und die Glücksmomente zu kleinen Augenblicken zu degradieren, deren Wahrnehmung mehr und mehr schwer fiel. Aber lag es nicht an mir selbst, diese kleinen Momente größer werden zu lassen? Warum machte ich mir Gewissensbisse, Tuula zu besuchen? Ich wollte doch nur mit ihr quatschen. Ein bisschen Gesellschaft haben, nichts mehr und nichts weniger. Ich würde Sylvia damit nicht betrügen, ihr nicht weh tun. Und mit diesen verstockten, redefaulen Kerlen konnte ich mich nicht über Dinge unterhalten, die mir auf der Seele brannten. Das war nur mit einer Frau möglich, die fast ein ähnliches Schicksal hatte wie ich, wenn ihr Mann sie auch viel früher verlassen hatte als Sylvia mich.

Ein Sonnenstrahl erhellte für einen kurzen Augenblick das triste Grau des sich unaufhaltsam nähernden Herbstes. Sam hatte sich zu meinen Füßen hingelegt, den Kopf auf den ausgestreckten Pfoten. Ich bückte mich und streichelte ihn. Brauchst nicht traurig zu sein, Kumpel, wir meistern das schon gemeinsam, nicht wahr? Er blickte mich mit seinen großen, braunen Augen an. Bist ein prima Kerl, versicherte ich ihm. Komm, lass uns nach Hause, hast doch bestimmt auch schon wieder Hunger. Weiß doch, was das kleine Cockerherz gerne möchte. Brav trottete er mit mir zum Auto und ließ sich bereitwillig in den

Wagen heben.

Ich hoffte, Sylvia könne mich nicht sehen. Wie ein pubertärer Teenager vor seinem ersten Rendezvous fühlte und benahm ich mich. Überlegte mir, was ich anziehen, welches Aftershave ich benutzen solle. In meinen Gedanken spielte ich den Besuch immer und immer wieder durch, meine Phantasie malte die sinnlosesten Situationen aus, dass ich mich solcher Gedankenspiele schließlich schämte, mürrisch im Haus hin und her lief, sinnlose Dinge verrichtete. Welchen Wein sollte ich mitnehmen? Keinen zu teuren, aber auch keinen zu billigen. Ich entschied mich für einen italienischen Cuvée del Fondatore, der war nicht zu lieblich und nicht zu trocken, aber zum Lachs? Ich wollte ihn wieder wegstellen, ließ ihn aber auf dem Tisch stehen und nahm zusätzlichen einen Barbera d'Alba aus dem Regal, der sollte besser zum Essen passen. Der Cuvée wäre nach dem Essen zum Plauschen ein idealer Tropfen.
Sam verfolgte mich mit seinen Blicken. Spürte wohl schon, dass irgend etwas Außergewöhnliches geschehen würde, dass er alleine im Haus zurück bleiben müsste. Ich sprach mit ihm, erzählte ihm, wie wichtig seine Aufgabe auf das Haus aufzupassen sei und außerdem würde er ja nicht lange alleine bleiben. Papa würde schon bald wieder kommen. Erst jetzt wurde mir bewusst, dass ich, ob ich nun mit mir oder Sam sprach, immer auf Deutsch redete, nie sprach ich Finnisch. Und ich überlegte mir, in welcher Sprache ich dachte und träumte. Sylvia hatte mir mal gesagt, dass ich während des Schlafens irgend welche wirren Worte gesprochen hätte und als sie mich weckte, hätte ich im Halbschlaf unvollständige Sätze auf Finnisch gebrabbelt. Bei diesem Gedanken verharrte ich und überlegte angestrengt, welcher Sprache ich mich in meinem Inneren bediente. Wenn ich rechnete, das war mir bewusst, zählte ich auf Finnisch, aber Überlegungen, Träume? Eigentlich, so schien es mir, spielten sich meine Träume teils auf Deutsch teils auf Finnisch ab und wache Gedanken überwiegend auf Deutsch. Was machte es aus, dass meine Muttersprache so verdrängt war? Dass ich so viel angenommen hatte, was im Grunde nicht meiner Natur entsprach? Mit Sylvia hatten wir

uns hin und wieder darüber unterhalten. Und gerade wenn wir uns Quizshows ansahen, kam der Unterschied zwischen dem bewusst gelernten und dem in Kinderjahren unbewusst Aufgenommenen deutlich zu Tage. Alles, was Schulbildung oder Allgemeinwissen betraf, konnte von mir beantwortet werden, aber ging es um Kinderlieder oder –spiele, die rein deutsch waren, taten sich mir Wissenslücken auf. Warum hatten wir zu Hause nur deutsch und kein finnisch gesprochen? Gut, in den ersten Jahren fielen ab und zu einige finnische Brocken, um Sylvias und später Helenas Sprachkenntnisse zu verbessern, aber selbst wenn wir hier in Finnland waren, sprachen wir unter uns nur deutsch. Warum, fragte ich mich. Warum hatten wir nie versucht, finnisch als gleichberechtigte Sprache zu gebrauchen? Dabei war es sicherlich von entscheidender Bedeutung, dass wir in Deutschland lebten und unser ganzes Umfeld von der einheimischen Sprache geprägt wurde. Aber damit verlor ich, ohne darüber letztendlich besonders traurig zu sein, meine mir angeborene Identität.

Ich hatte vor dem großen Fenster gestanden und auf den See hinausgestarrt. Langsam war die Dämmerung hereingebrochen und der See blinkte nur noch hin und wieder durch die Bäume, versank in der sich breit machenden Dunkelheit. Ich wachte auf aus meinen Gedanken, knipste das Licht an, zog die Vorhänge zu. Über all meiner unentschlossenen Untätigkeit war die Zeit verstrichen, so dass ich mich nun sputen musste, mich frisch zu machen, mich umzuziehen, und Sam musste auch noch gefüttert werden und pinkeln gehen. Ich füllte meinem treuen Freund den Napf mit Dosenfutter, wusch mich und zog mich um. Dann ließ ich Sam noch einmal raus, hielt ihm die Tür geöffnet, dass er wieder ins Haus konnte, wenn er sein Geschäft erledigt hatte. Geschenkpapier hatte ich nicht, um die Weinflaschen einzupacken, so legte ich sie vorsichtig in eine Plastiktasche und brachte sie ins Auto. Sam schnüffelte durch die Bickbeersträucher, hob sein Bein und strullte mit anhaltendem Strahl. Über dem See kreischten ein paar Möwen, von weit her drangen Verkehrsgeräusche zu mir herüber, ein leichter Wind ließ die wenigen Laubbäume auf meinem Grundstück rascheln.

Bist langsam fertig, Sam? ermahnte ich meinen Hund, sich zu beeilen. Na komm, musst deinen Job als Wachhund antreten. Er kam aus den Bickbeeren angetrottet, schnüffelte noch einmal an einer Kiefer und lief die Treppen zur Veranda hoch. Ich folgte ihm und knipste das Außenlicht an, gab ihm frisches Wasser. So, mein Freund, sagte ich ihm, nun lass ich dich ein wenig alleine, kannst, wenn du willst, dich ins Bett legen. Ich lass dir die Tür auf. Dauert nicht lange, ich bin bald wieder da. Er sah mich leidend an. Ich bekam ein schlechtes Gewissen. Du, ich kann dich jetzt nicht mitnehmen. Bist hier viel besser aufgehoben. Außerdem bin ich gleich wieder da. Ich streichelte ihn, gab ihm einen Hundekeks und schaltete das Licht aus. Die Verandaleuchte ließ ich brennen. Wenn ich den Weg zur Straße nicht so gut kennen würde, hätte er mir in dieser Dunkelheit, die nur durch das Scheinwerferlicht zerschnitten wurde, Angst einflößen können. Erst auf der Straße nach Lemi beschleunigte ich den Wagen, um pünktlich zu meinem ersten Rendezvous seit über vierzig Jahren zu gelangen.

Als ich die Stufen zum Windfang von Tuulas Haus emporstieg, hatte ich das Gefühl, etwas Verbotenes zu machen. Ich schaute tatsächlich durch die Straße, um mich zu vergewissern, dass ich nicht von irgendwelchen neugierigen Nachbarn beobachtet wurde. Die große, ungeschützte Birne, die den Eingang beleuchtete, erinnerte mich an das Haus meiner Eltern. Auch wir hatten so ein Monstrum unter der Überdachung im Eingangsbereich. Die Birne musste so alt sein wie ich. Zögerlich drückte ich den Klingelknopf, strich mir noch einmal mit den Fingern übers Haar, war versucht, die Krawatte zu richten, aber ich hatte keine umgebunden. Ich hörte Tuulas Schritte sich nähern. Wenn sie mich bloß nicht zur Begrüßung umarmen würde, schoss es mir durch den Kopf. Ich mochte diese Umarmungen nicht, auch wenn es so Mode geworden war, immer und überall mussten die Leute sich umarmen. Tuula öffnete die Tür, setzte ihr strahlendstes Lächeln auf, hielt ihren kurz geschorenen Bubikopf neckisch zurückgeknickt. Sie hatte sich eine weiße Bluse angezogen, deren oberste Knöpfe geöffnet waren. Der weiße Büstenhalten, der die flachen Brüste bedeckte, schim-

merte durch die Bluse. Die enge Jeans betonte ihre schlanke Figur. Ich schalt mich einen Idioten und wäre am liebsten die Stufen wieder hinuntergegangen und hätte mich für mein Kommen entschuldigt. Dabei war mir, als entglitt mir mein Lächeln zu einer dämlichen Fratze, als sie mich hineinbat und ihre Freude über mein Kommen ausdrückte. Ich reichte ihr die Plastiktüte mit dem Rotwein.
„Statt Blumen", sagte ich.
Sie bedankte sich artig.
Ich hatte das Gefühl, in das Haus meiner Eltern zu kommen, vom Windfang in den kleinen Flur, in dem die Garderobe eingebaut war, von dem aus man links in die Küche, gerade aus in das Wohnzimmer kam und von dem aus rechts die Treppe zu den kleinen Schlafzimmern nach oben ging. Es roch angenehm nach Essen, wie ich es schon lange nicht mehr gerochen hatte. Und obwohl ich wusste, dass sie einen Lachs zubereitet hatte, stank es nicht nach Fisch. So vieles in ihrer Wohnung erinnerte mich an das Zuhause meiner Eltern, auch wenn wir nie eine Ledergarnitur besessen hatten oder einen geschlossenen Wohnzimmerschrank. Aber die Raumaufteilung, Anordnung der Fenster, die Gardinen, der Schaukelstuhl, der Krimskrams, der im geordneten Sammelsurium in der Wohnung verteilt war. Die Essecke war von Asko, die erkannte ich wieder, denn mein Cousin Erkki besaß auch so eine. Nur hätte Erkki noch seine Riitta so zauberhaft den Tisch gedeckt. Auf weißem Leinentuch standen Teller und Besteck, Wein- und Milchgläser sich gegenüber, getrennt durch diesen Kandelaber, dessen fünf Kerzen bereits angezündet waren.
„Möchtest du einen Cognac vorweg?", fragte Tuula und unterbrach meine stumme Betrachtung des sich mir bietenden Schauspieles.
„Nein, nein", beeilte ich mich zu sagen, „wenn ich Wein trinke, wäre das zu viel, ich muss ja noch fahren."
„Milch?"
„Wie bitte?"
„Ob du Milch zum Essen möchtest?", fragte Tuula.
Ich musste schmunzeln. Hatte ich mir doch gerade erst wieder angewöhnen müssen, zu jedem Essen, wie es hier üblich war,

Milch zu trinken. „Ich dachte, dass wir einen trockenen Rotwein zum Essen trinken. Nimm den Barbera d'Albi, der eignet sich gut dazu."
„Fein. Setz dich schon mal. Ich muss eben noch in die Küche, komm sofort zurück."
Ich setzte mich nicht, betrachtete weiter das Wohnzimmer und blieb an dem gefüllten Bücherregal mit meinen Augen hängen. Sie las also gerne. Das machte sie mir noch sympathischer. Menschen die lasen, waren ausgeglichener. Meinte ich jedenfalls. Ich ging auf die Bücher zu, las die Autorennamen und Titel. Viel Frauenliteratur, amerikanische Trivialliteratur, die ich verabscheute, aber auch Leena Lander, Lehtolainen, Mankell und Donna Leon, keine deutschen Autoren. Tuula ertappte mich dabei, wie ich eines der Bücher von Leena Lander herauszog.
„Liest du gerne?", fragte sie, während sie eine Schüssel mit dampfenden Kartoffeln auf den Tisch stellte.
„Im Moment fehlt mir leider die innere Ruhe dazu", antwortete ich. „Und wenn du dich dazu zwingen musst, macht es keinen richtigen Spaß. Ansonsten schon." Ich deutete auf das Buch in meinen Händen. „Auf deutsch heißt dieses „Mag der Sturm kommen", gehört zu der Trilogie von Leena Lander, zu denen noch „Tummien perhosten koti" und „Iloisen kotiinpaluun asuinsijat" gehören."
„Ich weiß", sagte Tuula und wandte sich wieder der Küche zu, „ich habe sie alle gelesen."
„Ich leider dieses noch nicht." Ich stellte das Buch zurück ins Regal.
„Du kannst es dir mitnehmen und lesen", rief Tuula aus der Küche.
„Danke, aber ich werde es mir demnächst wohl mal selbst kaufen."
Die Backofentür klappte zu.
„Kannst den Wein schon mal öffnen", hörte ich sie aus der Küche sagen.
Ich suchte nach einem Korkenzieher, fand ihn in einer Schale auf dem Sideboard. Tuula brachte den Fisch auf einem länglichen Teller herein. Lachs im Backofen gegart, mir lief das

Wasser im Mund zusammen.
„Ich hol noch schnell die Soße und das Brot, dann kann es losgehen." Tuula eilte in die Küche.
Der Korken ploppte, als ich ihn aus der Flasche zog. Ich goss mir einen kleinen Schluck ein, prüfte, ob der Wein gut war. Ein wenig zu kalt, aber sonst in Ordnung. Ich goss uns beiden ein.
„Lange her, dass ich in so einer gemütlichen Atmosphäre gegessen habe", sagte ich, als Tuula zurückkam und sich setzte. Sie lächelte. „Gefällt es dir?"
„Sehr, ich habe es richtig vermisst. Sonst habe ich nur meinen Hund als Essens- und Gesprächspartner", lachte ich.
Sie schien es überhört zu haben, denn die Worte des Mitleids, die ich erwartet hatte, kamen nicht von ihr. Stattdessen forderte sie mich auf, zuzulangen, bot mir Brot und Butter an, so dass ich schweigend mir eine runde Scheibe finnischen Schwarzbrotes nahm und sie mit Butter bestrich. Ich nahm mein Glas Rotwein und prostete ihr zu.
„Danke noch mal für die Einladung", sagte ich und nippte an meinem Wein, der mir immer noch einen Tick zu kalt war.
„Freut mich, dass du gekommen bist", erwiderte sie, „ist doch auch Blödsinn, dass wir beide Alten jeder alleine in seiner Bude versauern. Mmh, den mag ich wohl."
„Hab ich aus Italien mitgebracht."
„Ah, bella Italia", schwärmte Tuula, „ich war in der Toskana, in Florenz, Pisa und Siena. Eine Busreise, eine Woche, wunderschön, hat mir sehr gefallen. Aber sonst komm ich hier ja nicht oft raus. Der Laden."
„Hast du niemanden, der ihn übernehmen kann?"
„Schon, aber diese Bettelei, ich weiß nicht."
Sie löffelte sich Kartoffeln auf den Teller, nahm Messer und Gabel und klappte die Rumpfhaut des Lachses zur Seite. Gekonnt löste sie das rosa Fischfleisch von den Gräten und reichte mir ein großes Stück herüber. Wir aßen schweigend, wechselten nur hin und wieder ein paar Worte über das Essen. Ich lobte ihre Kochkunst, aß mehr als ich aufgrund meines Bauchansatzes hätte gedurft und achtete auch nicht darauf, mich mit dem Rotwein zurückzuhalten. Als Nachtisch servierte Tuula dieses herrliche Valio Vanilleeis mit gefrorenen Waldbeeren. Ich

fühlte mich satt und müde, hätte mich jetzt am liebsten aufs Sofa gelegt, den Fernseher angeknipst und Sam neben mir gestreichelt.
„Soll ich dir beim Abwasch helfen?", fragte ich in der Hoffnung, Tuula würde mein Angebot dankend ablehnen.
„Ist ja nicht viel", erwiderte sie, „das meiste geht ja doch in die Spülmaschine. Setz dich schon mal ins Wohnzimmer, ich komme gleich."
Also doch aufs Sofa. Ich vermied es aber, die Beine hoch zu legen, setzte mich in einen der Ledersessel, stand aber wieder auf und ließ mir von Tuula zwei neue Weingläser geben, die ich mit den Cuvée füllte. Ich merkte, dass ich eigentlich schon genug getrunken hatte, aber ich konnte nicht widerstehen. Der Wein lag weich und samten auf meiner Zunge.
„Was macht eigentlich deine Schwester?", rief ich Tuula zu.
Ich erinnerte mich plötzlich an sie, als ich ein Bild der Familie auf einem Ecktisch erblickte. Sie war früher ein lustiger, leicht verrückter Vogel, hatte viele Männerbekanntschaften, obwohl sie keine ausgesprochene Schönheit war. Als die Renegades in Finnland berühmt waren und durch die Lande tourten, hatte sie sich mit dem Bassisten bei einem Konzert in Kouvola angefreundet, war mit ihm mitgezogen und schließlich für eine Zeit in Manchester hängen geblieben. Scherzhaft hatte man von ihr immer gesagt, dass sie die Männer nur nach Land und Währung fragte: Welches Land? Welche Währung? Dann war sie wohl nach Finnland zurückgekehrt, hatte in Helsinki einen Algerier kennen gelernt, der als Kameramann beim finnischen Fernsehen praktizierte und war mit ihm nach Algerien übergesiedelt. Dort hatte sie einen Jungen zur Welt gebracht und ihren Eltern zu den Besuchen aufgetragen, Toilettenpapier und Seife mitzubringen. Die Ehe war aber nach ein paar Jahren zerbrochen.
„Die lebt jetzt in Griechenland", rief Tuula aus der Küche, „Ist mit einem Griechen verheiratet und hat zwei Kinder von ihm. Der geht es recht gut. Ist auch ruhiger geworden mit den Jahren, wie wir alle."
Ja, wir waren alle älter und ruhiger geworden, auch wenn wir nicht alle so ein bewegtes Leben hinter uns hatten wie Tuulas

Schwester. Ich hörte wie Tuula Schranktüren in der Küche zuklappte. Für einen Moment war es still. Dann kam sie durch die Flurtür herein. Mir fielen ihre knallrot nachgezogenen Lippen auf, etwas zu kräftig die Farbe. Sylvia hatte es immer verstanden, sich dezent zu schminken.

„Ich war vor drei Jahren das letzte mal bei ihr in Griechenland. Sie wohnt in der Nähe von Thessaloniki. Dimitri hat dort ein kleines Hotel. Marja hat mich im letzten Jahr im Herbst besucht."

Sie setzte sich auf das Sofa mir gegenüber. Ich hatte das Gefühl, dass wir uns während des Abends fremder geworden waren. Es fiel mir schwer, von ihrer Schwester auf ein anderes Thema umzuschwenken, dabei hatte ich gedacht, dass uns der Gesprächsstoff nicht ausgehen würde. Tuula nippte an dem Wein.

„Eigentlich hab ich ja schon genug", sagte sie und lächelte.

Ich lächelte zurück.

„Wann ist deine Sylvia gestorben?", fragte Tuula plötzlich und die Frage bereitete mir noch mehr Unbehagen. Ich wollte nicht über Sylvia sprechen. Worüber wollte ich denn überhaupt mit Tuula sprechen? Wozu war ich hergekommen? Es hätte mir doch bewusst sein müssen, dass dieses Thema nicht ausgespart bleiben würde.

„Im Frühjahr", antwortete ich.

„Ihr wart lange verheiratet, nicht wahr?"

„Ja, das waren wir. Vierundvierzig Jahre, und es wären noch viele dazu gekommen, wenn sie ihr Herr nicht so frühzeitig abberufen hätte."

„Wir waren gerade mal achtzehn Jahre verheirate, als Mika im See ertrank. Die Kleinste war erst zehn und Pekka war auch noch in der Schule. War nicht leicht, so plötzlich allein mit den Kindern. Da fragt man nach der Gerechtigkeit im Leben."

„Hattest du nie vorgehabt, wieder zu heiraten?", fragte ich unbedarft, obwohl sich mir diese Frage noch nie gestellt hatte.

Tuula lächelte. „Ach weißt du, Tauno, wenn man hier auf dem Dorf lebt, nicht viel rauskommt, den Hof bewirtschaften muss und zwei Kinder hat, dann rennt die Zeit einem einfach davon und man hat gar keine Chance, sich seine eigenen Wünsche zu

erfüllen. Außerdem schien es mir in den ersten Jahren einfach unmöglich, einen anderen Mann wieder lieben zu können. Und dann ... dann blieb es eben so."
„Stimmt ja, ihr hattet ja den Hof am See. Was ist daraus geworden?"
„Ich hab ihn vor zehn Jahren an Heiskanen verkauft und dieses Haus meiner Eltern zurückgekauft. Und den Blumenladen nicht zu vergessen", betonte sie nicht ohne Stolz.
„Dann hast du ja wenigstens eine neue Aufgabe gefunden."
„Ja, die hat mir auch über vieles hinweggeholfen. Und meine Enkelkinder natürlich. Wie viele Enkelkinder hast du? Eine Tochter hattest du doch oder?"
„Genau, meine Helena. Zwei Enkelkinder habe ich, Dani und Kati, einen Jungen und ein Mädchen, richtige Racker. Dani ist ein ganz versessener Fußballer, schleppt ... schleppte seinen Opa immer zum Fußballplatz, wo ich mit ihm üben musste."
„Und die hast du zurückgelassen? Das könnte ich mir nicht vorstellen, mich von meinen Enkelkindern zu trennen. Ich freu mich immer wieder, wenn ich auf sie aufpassen darf oder sie mich besuchen. Ab und zu fahr ich auch mal übers Wochenende zu ihnen. Natürlich bin ich dann auch wieder froh, wenn ich meine Ruhe habe. Das ist ja der Vorteil von Enkelkindern, du musst sie nicht immer um dich haben, nur dann, wenn du glaubst, dass sie dir fehlen. Warum bist du zurück, nach all den Jahren?"
„Ich konnte die Einsamkeit in meinem Haus, in dem ich so viele Jahre mit Sylvia gelebt hatte und das ringsum von blühendem Leben umgeben ist, nicht ertragen. Durchs Haus zu gehen und darauf zu warten, dass sie gleich nach Hause kommt, aber sie kommt nicht mehr, nie mehr."
„Das kenne ich, auch wenn ich durch die Kinder und die Arbeit auf dem Hof abgelenkt wurde, aber wenn du dann zur Ruhe kommst, die Kinder schlafen und die Arbeit getan ist, dann bist du der einsamste Mensch auf der Erde."
Ich musste gegen die in mir aufkeimende Traurigkeit ankämpfen. Nur keine Schwäche zeigen, bloß nicht weinen.
„Aber über diese Zeit kommt man auch hinweg", setzte Tuula fort, „es dauert zwar, aber irgend wann werden die Abstände

der Trauer und des Einsamkeitsgefühls größer, bis du es eines Tages geschafft hast und deine Gefühle dich nur noch selten malträtieren. Du musst dich beschäftigen, immer irgend etwas tun, dann schaffst du es am schnellsten."
„Na, ja, ich denke, irgend wann werde ich es vielleicht geschafft haben, aber eine gewisse Selbstbemitleidung tut auch ganz gut." Ich lachte, weil ich wusste, dass es kindisch war, was ich da gesagt hatte. „Außerdem habe ich Angst bekommen, in dem Land zu leben, das ich im Grunde als meine fast gleichwertige Heimat betrachtete."
„Ja, ich habe gehört, dass es einen kräftigen Rechtsruck dort gegeben hat. Erzähl, was ist da los?"
Ich nahm einen Schluck Rotwein, merkte, dass in meinem Kopf der Alkohol eine leichte Wirkung zeigte. Ich musste vorsichtig und mit Bedacht sprechen. Tuula sollte nicht merken, dass ich nicht mehr so viel wie früher vertrug.
„Es ist eine merkwürdige Stimmung in dem Land", erzählte ich, „die lauten Schreihälse haben einen großen Zulauf erfahren. In den Kommunen haben sich die Braunen schon breitgemacht, auf Bundesebene sind sie schon bei achtundzwanzig Prozent. Sie dürfen wieder ungestraft durch die Straßen marschieren, ihre Parolen grölen, ihre Zeichen und Fahnen tragen und Hatz auf Andersdenkende machen." Ich merkte, wie ich mich in Rage redete, ich musste mich beherrschen, mich zurücknehmen. „Ich reduziere es jetzt mal auf ähnlich einfache Begründungen, ähnlich wie ihre Argumentationen, mit denen sie auf Bauernfängerei gehen: Die Politiker der ehemals etablierten Parteien haben kläglich versagt, haben nur noch an ihre eigenen Interessen gedacht, ohne die wahren Probleme zu lösen. Fünf Millionen Arbeitslose, ein großer Ausländeranteil – witzig, dass ich das sagen muss, nicht? – mit einer entsprechenden Kriminalität, das amerikanische Beispiel, ohne Rücksicht auf andere die eigenen Interessen durchsetzen und und und. Ich habe Angst, dass das ausufert. Sicherlich werden die mir nichts tun. Aber ich war Zeuge, wie sie meinen besten Freund ermordeten, Klaus, bestimmt hast du ihn hier mal mit uns gesehen."
Tuula sah betroffen aus, fragte, wie das passieren konnte, und

ich erzählte das erste Mal in aller Ausführlichkeit, was ich an jenem Abend und den darauffolgenden Tagen erlebt hatte. Sylvia hatte ich das nicht in allen Einzelheiten erzählen können, denn ich fürchtete um ihre Gesundheit. Nun tat es gut, den Ballast endlich loszuwerden, über Dinge sprechen zu können, die mich schon lange belasteten.

„Glaubst du wirklich, dass es noch schlimmer wird? Meinst du nicht, dass das nur eine vorübergehende Zeiterscheinung ist?", fragte Tuula schließlich, als ich meine Erzählung beendete.

„Es sieht nicht danach aus. Ich befürchte, dass man dieses Pack nicht mehr bremsen kann. Die haben Blut geleckt, befinden sich jetzt in einem Rausch."

„Aber woran glaubst du zu erkennen, dass du Angst haben musst?", fragte sie, wie mir schien, recht naiv.

Und wäre ich bei klarem Verstand gewesen, hätte ich unwirsch geantwortet und dieses Thema beendet. Aber irgendwie fühlte ich mich jetzt bemüßigt, ihr Erklärungen zu geben, die ich schon lange nicht mehr gesucht hatte, deren Suche ich aber auch immer wieder abgebrochen hatte, weil ich nicht fündig werden wollte. Ich wollte keine Erklärungen, keine Entschuldigungen, keine Deutungen, es genügte das, was ich gesehen und erlebt hatte, der Aufmarsch in der Obernstraße, Klaus' Beerdigung, die ständige Bedrohung und Angst, etwas Falsches sagen zu können, was diese Brüder zum ungesühnten Zuschlagen verleitete. Ich mochte in keiner Welt leben, in der ich mir ständig überlegen musste, was ich sage, weil ich für ein falsches Wort, eine falsche Deutung, eine falsche Geste eine Bestrafung befürchten musste. Meine Welt war genug von Ängsten erfüllt, mit der Sprache, der deutschen und jetzt hier in Finnland mit der finnischen, nicht richtig umgehen zu können, mich nicht richtig auszudrücken, Gespött zu ernten. Auch wenn ich nie ein politischer Mensch war, so möchte ich das, was ich als falsch empfinde, auch als solches titulieren wollen und meine Meinung frei äußern dürfen. Wie aber soll das in einer Gesellschaft voller Hass geschehen?

„Es genügt schon, sie zu sehen", sagte ich nach langem Zögern, „ihr Anblick versetzt mich in Angst und Schrecken und doch darf ich es ihnen nicht zeigen, weil es ihnen eine Genug-

tuung wäre. Wenn es darum geht, um meine Rechte und meine freie Meinungsäußerung zu kämpfen, bin ich ein Angsthase, weil ich alleine bin, zu schwach, mich selbst zu schützen. Einmal haben sie mich in Ruhe gelassen, werden sie es aber auch ein zweites Mal tun? Du hast sie noch nicht erlebt, hast noch nicht gesehen, wie sie Türken oder auch andere Menschen, von denen sie aufgrund ihres Aussehens glaubten, sie seien Ausländer, zusammengeschlagen haben. Wie soll ich da meinen Frieden finden. Ich bin alt und will nicht mehr kämpfen. Ich will meine Ruhe, ich will in Ruhe leben, das ist alles."
„Na, ja, wenn das so ist, hier kannst du in Ruhe leben, da draußen an deinem See. Finnland ist ein ruhiges Land, Gott sei Dank, wenn die Russen nicht wären, würden wir vor Ruhe hier alle einschlafen." Sie lachte und teilte den Rest des Rotweines in unsere Gläser.
Ich stöhnte und sagte, dass ich eigentlich nichts mehr dürfe, denn schließlich müsse ich noch nach Hause fahren.
„Du kannst auch hier bleiben", sagte sie ohne mich anzusehen und fügte schnell hinzu, „hier auf dem Sofa kannst du die Nacht verbringen."
„Ich weiß dein Angebot zu schätzen", erwiderte ich, „aber mein Kumpel wartet auf mich. Ich muss zurück."
„Kannst du denn überhaupt noch fahren?", fragte sie besorgt. „Soll ich uns noch einen Kaffee machen?"
„Oh ja, das wäre prima. Ich werde es schon schaffen. Ist ja nicht sehr weit und die Dorfsheriffs schlafen ja wohl schon."
Oi, jui, jui, dachte ich, eigentlich durfte ich mich nicht mehr ans Steuer setzen, aber hier bleiben konnte ich auch nicht und Kimmo hatte seine Taxidienste sicherlich auch schon eingestellt. Und während Tuula in die Küche ging und den Kaffee zubereitete, versuchte ich krampfhaft, meinen Schädel freizubekommen, dass das Gefühl des leicht rollenden Schiffes vorüberging.
Hatte Tuula die ganze Zeit die Absicht gehabt, mich die Nacht hier zu behalten? Ich lächelte verschmitzt bei dem Gedanken und malte mir aus, was alles passieren könnte, wenn ich tatsächlich bliebe. Wie lange war es her, dass ich einen warmen Frauenkörper an mich drücken konnte, nackte Haut spürte und

Zuneigung in einer Umarmung empfand. Sie würde es mir geben, wenn ich es wollte, weil sie sich genauso nach Zärtlichkeit und die Umarmung eines Mannes sehnte, sei er auch so alt wie ich. Zwei alte, sich nach Liebe sehnende Menschen, die den Großteil ihres Lebens hinter sich hatten, einsam waren und sich im Grunde genommen auch sympathisch fanden. Warum sollten sie nicht das Glück eines Augenblickes genießen? Warum sollten sie sich nicht gegenseitig ihre Einsamkeit nehmen und wenn es auch nur für eine Nacht wäre? Würde ich es denn überhaupt noch bringen? Ich hatte es lange nicht mehr gemacht. Als Sylvia noch bei Kräften war, wir aber schon die schlimme Nachricht erhalten hatten, da hatten wir uns vor Verzweiflung geliebt, danach mochte ich nicht mehr darum bitten und Sylvia hatte kein Verlangen mehr. Das war nun schon so lange her. Früher hatten wir immer gescherzt, wenn es uns mal wieder einfiel, ob es denn noch klappen würde, da das vorige Mal schon so lange zurückläge, hätten wir die Erinnerung, wie es denn noch ginge, verloren. Aber es hatte immer geklappt, mal besser und mal schlechter. Je älter wir wurden, je schwieriger wurde es. Die Schleimhäute wollten nicht mehr so gut schmieren und meine Standhaftigkeit ließ auch zusehends nach.

Nun saß ich hier, bei einer fremden Frau, mitten in der Nacht, war leicht angetrunken und machte mir darüber Gedanken, wie es wäre, mit ihr ins Bett zu gehen. Ich schüttelte den Kopf und schämte mich. Als ich herkam, fürchtete ich ihre Umarmung, jetzt sehnte ich sie fast herbei. Es wurde Zeit, dass ich ging. Doch nun musste ich noch Kaffee trinken und einen guten Abgang finden, der sie nicht kränkte und die Möglichkeit offen hielt, sich auch am nächsten Tag noch in die Augen zu schauen.

Tuula kam mit Tassen und Tellern herein, stellte sie auf den Tisch.

„Der Kaffee ist gleich fertig", sagte sie und wollte zurück in die Küche.

Ich hielt sie an der Hand fest und wollte mich entschuldigen, aber dann fielen mir doch nicht die richtigen Worte ein und ich lächelte sie nur an und ließ sie los. Sie strich mir im Vorüber-

gehen durchs Haar. Ihre Berührung elektrisierte mich. Helena hatte mich als Letzte bei der Verabschiedung gestreichelt, mit tränenden Augen. Ich hätte gerne mehr von Tuulas Berührungen gehabt, aber es war besser zu gehen. Zu stark war noch Sylvias Nähe, die ich neben mir, mich beobachtend, spürte. Wie schön es wäre, die Nacht in Sylvias Armen zu liegen.
„Hast du Lust mit mir am Sonntag nach Lappeenranta zu fahren?", fragte Tuula, als sie mit der Kaffeekanne wieder herein kam. „Wir könnten im Hafen Kaffee trinken ... oder ein Bier, wenn du willst."
„Das werd ich mir überlegen. Mal sehen, wie weit Teuvo und seine Kumpels mit dem Bau meiner Garage kommen. Die bauen für mich nämlich einen Autostall. Für den Winter, damit mein Wagen nicht einfriert. Aber ansonsten gerne."
„Überleg es dir, kannst mich ja anrufen, wenn du nicht vorher noch mal rumkommen willst. Weißt ja, wo du mich findest."
Sie schenkte uns Kaffee ein und ich war froh, eine Zeit lang nicht sprechen oder zuhören zu müssen. Doch dann brach Tuula das Schweigen, begann von den Bewohnern unseres Dorfes und alten Bekannten zu erzählen und wir schwelgten in Erinnerungen und erzählten und erzählten, bis mich der Gongschlag der Wanduhr hochschreckte. Es war bereits ein Uhr, Sam war schon viel zu lange alleine.
„So", sprang ich hoch, „jetzt muss ich aber gehen. Sam ist schon viel zu lange alleine. Es war schön bei dir, Tuula. Ganz herzlichen Dank für diesen schönen Abend und das Essen natürlich."
Ich wollte ihr steif die Hand geben, sie aber lachte und zog mich an sich, umarmte mich und küsste mich auf die Wange.
„Hättest ja hier bleiben können", lachte sie, „aber nun sieh zu, dass du zu deinem Sam kommst. War schön mit dir. Und wegen Sonntag – überleg es dir, würde mich freuen."
Ich schritt die Treppen des Windfanges hinunter. Es war kühl geworden und stockdunkel. Die Straßenlaternen waren erloschen, nur von Tuulas Haus spendete die große Deckenbirne Licht. Tuula stand im Hauseingang und winkte mir zu. Ich versprach, mich zu melden und stieg in den Wagen. Der Kaffee und die Zeit hatten mir einen etwas klareren Kopf verschafft,

aber ganz nüchtern war ich noch immer nicht. Ich würde mich verdammt zusammenreißen müssen, um durch die nächtlichen Straßen unbeschadet den Weg nach Hause zu finden. Und wenn ich an den finsteren Waldweg zu meinem Haus dachte, gruselte es mir jetzt schon. Sylvia hatte nachts immer Angst, dass wir im Wald auf Elche oder Bären stießen, dabei konnte ich mich nicht erinnern, jemals einen Bären bei uns im Wald gesehen zu haben.

10.

Nebelschleier – waren sie real oder nur ein Spiegelbild meines vom Rotwein getrübten Sehvermögens? – geisterten über die Straße, ließen mich angespannt in die Nacht starren, in das gleißende Licht meiner Scheinwerfer, die mal vorausleuchtend mal an einer dichten, milchigen Wand reflektierten und mich zusammenzucken ließen. Wie konnte ich nur meine Grundsätze vergessen und trotz des Bewusstseins, mich noch an das Steuer setzen zu müssen, für meine Verhältnisse so viel Rotwein trinken? Dabei hatte ich das Gefühl, als ich Tuulas Haus verließ, wieder nüchtern zu sein. Aber nun merkte ich erst, wie tief meine Sinne vom Alkohol betäubt waren. Ich konnte mich nicht erinnern, jemals in diesem Zustand ein Auto gelenkt zu haben. Immer hatte ich peinlichst darauf geachtet, wenn Sylvia und ich zum Essen oder zu einer Feier waren, dass ich mich zurückhielt oder in Absprache mit Sylvia nur dann etwas trank, wenn sie versprochen hatte, zurückzufahren und selbst dann nichts trank.

Ich schlich über die Straße, war froh, dass sie mir ganz alleine gehörte, kein anderes Fahrzeug mir entgegenkam. In der Einmündung zum Waldweg, der zu meinem Haus führte, hatte ich den Wagen leicht gegen einen Begrenzungspfahl gesteuert. Ich musste zurücksetzen und den Bogen neu einschlagen. Der Weg zum Haus verlangte meine vollste Konzentration, denn wenn ich das Auto vom Weg abbringen würde, hätte ich keine Chance, es wieder selbst zu befreien. Aber diese verfluchten Nebelschwaden, die wie eine dichte, weiße Gummiwand immer wieder unverhofft vor mir auftauchten, ließen mich erschrecken und die Orientierung verlieren. Ich war kaum einen Kilometer gefahren, da passierte es. Wieder geriet ich in eine dieser Nebelbänke, sah den Weg nicht mehr, es polterte und ruckte und der Wagen stand, leicht rechts nach vorne gebeugt. Ich setzte den Rückwärtsgang ein und wollte mich befreien, aber die Räder drehten durch, der Wagen bewegte sich keinen Deut. Ich fluchte und schimpfte, doch ließ sich meine Lage dadurch in keinster Weise verbessern. Es blieb mir nichts übrig, als das Auto stehen zu lassen und den Rest des Weges zu Fuß nach

Hause zu gehen. Wenn jemand den Weg passieren wollte, müsste er sich bei mir melden oder den Wagen herausziehen und zurück zur Saarinen Einfahrt schieben. Mein Kennzeichen war hinlänglich bekannt, jeder hier wusste, wem das Fahrzeug mit dem deutschen Nummernschild gehörte. Ich schaltete den Motor und das Licht aus, schloss den Wagen nicht ab und machte mich zu Fuß auf den Weg.

Noch nie hatte ich den Wald so gespenstisch empfunden. Überall knackte und raschelte es, überall schienen Gefahren zu lauern, die vorher in diesem Wald kein Zuhause hatten. Der Nebel war feucht und kalt und drang durch meine Kleider, dass mich fröstelte. Kein Mond, der mir den Weg erhellte, keine Zeichen einer mir vertrauten Gegend, alles schien fremd und bedrohlich. Ich versuchte mich abzulenken, indem ich mich darauf freute, das Haus aufzuschließen und freudig von Sam begrüßt zu werden. Oder würde er wieder so verschlafen sein, dass er meine Ankunft verpennte? Ich lachte bei dem Gedanken, denn mit seinem zunehmenden Alter konnte es ihm schon passieren, dass seine Müdigkeit ihn von der sonst üblichen überschwänglichen Begrüßungszeremonie abhielt. Darum passten wir beide auch so gut zusammen, alte, müde Männer, die das Leben gezeichnet hatte. Ich stolperte, weil ich in meinen Gedanken nicht auf den Weg geachtet hatte. Meinem Gefühl nach, konnte ich nicht mehr weit weg von meinem Grundstück sein. Ich versuchte, mir Bekanntes zu entdecken, das mir zeigte, wo ich mich derzeit befand. Der Stein in der Mitte des Weges, der etwas herausragte und über den ich, wenn der Wagen vollbeladen war, langsam und vorsichtig fahren musste, zeigte mir, dass ich kurz vor der Einbiegung zu meinem Grundstück war. Ich atmete auf, war froh, es geschafft zu haben.

Durch die Dunkelheit schimmerte ein Licht. Die Verandabeleuchtung, dachte ich und freute mich auf Sam und mein Bett. Aber als ich mich dem Haus näherte, erstarrte ich vor Schreck. Wie ein riesiges, bedrohliches Ungetüm stand ein großes Fahrzeug vor meinem Haus, mit seiner Schnauze zu mir gerichtet. Der Russen-Pickup, schoss es mir durch den Kopf und Panik erfasste mich. Gleichzeitig durchzuckte mich immer wieder der Gedanke an Sam, wenn sie nur Sam nichts antun würden. Verzweifelt suchte ich in dieser Dunkelheit nach einer Waffe, einem Knüppel, einem Stein, mit dem ich diese Burschen, die da in meinem Haus zu sein schienen, vertreiben konnte. Ein morscher Ast, den selbst ich ohne Anstrengung hätte zerbrechen können, war alles, was mir in die Hände kam. Aber es gab mir das Gefühl stärker, verteidigungsbereit und angriffsfähig zu sein. Mein Herz raste und ließ den Blutdruck in die Höhe schnellen, dass mir meine Schläfen wild pochten. Ich schlich um das Gefährt herum, näherte mich der Verandatreppe, lauschte auf Geräusche, aber außer dem hämmernden Schlagen meines Herzens hörte ich nichts. Das Knarren der Holzstufen elektrisierte mich, ich verharrte und horchte. Stille, erschreckende Stille. Erst jetzt merkte ich, dass im Haus Licht brannte. Ich lugte durchs Fenster. Nichts, keine Kerle, kein Sam. Vorsichtig nahm ich die letzten Stufen und streckte meine linke Hand zum Türgriff, in der rechten hielt ich den morschen Ast zum Schlag bereit. Da wurde die Tür geöffnet und ein Bär von Mann stand vor mir, meine Stereoanlage in beiden Händen. Ich war vor Schreck gelähmt, mein Arm mit dem Ast in der Hand wollte sich nicht senken und den Schlag ausführen. Und während in meinen Augen Entsetzen zu sehen war, spiegelten seine nur Überraschung wieder und mit der gewohnten Routine eines Räubers, hatte er sich schneller im Griff, ließ die Musikanlage scheppernd fallen und versetzte mir einen Schlag mit der Faust ins Gesicht. Ich sackte in mich zusammen, fiel rücklings die Treppe hinunter und landete mit dem Gesicht auf dem steinigen Weg. Nur hoch, hoch, hoch, rief es in mir, doch als ich mich hochrappeln wollte, erhielt ich einen Tritt in die Seite, dass ich wieder umfiel. Nun lag ich in den Bickbeersträuchern auf dem Rücken. Oben auf der Veranda stand ein zweiter Mann, groß, kräftig, bedrohlich. Mein Gesicht brannte, mein Mund schmeckte Blut, wie ein Riese stand der erste Angreifer vor mir, bückte sich zu mir herunter, ergriff mich am Kragen, zog mich hoch und ich sah noch wie seine mächtige Faust auf mein Gesicht zuschoss, dann war alles dunkel.

Als ich wieder zu mir kam, war der Pickup verschwunden. Ich

lag neben meinem Haus in den Bickbeeren, mein Kopf schmerzte und dröhnte, mein Körper fühlte sich geschunden an, alles tat mir weh. Ich fühlte mein Gesicht, Blut, überall in meinem Gesicht schien Blut, ich schmeckte Blut, mir war übel. Ich wollte mich aufrichten, aber ich sackte zurück. Sam, schoss es mir durch den Kopf, Sam, was ist mit Sam. Mühsam rappelte ich mich auf, kam schwankend auf die Beine, hielt mich am Treppengeländer fest, zog mich unter Schmerzen hoch. Auf der Veranda lag die Stereoanlage, zerbeult und zersplittertes Plastik umrahmte das schwarze Blech. Die Tür stand offen. Ich humpelte ins Haus hinein. Nun sah ich das Chaos. Die Burschen hatten den Inhalt aller Schubladen auf dem Fußboden verteilt. Und mitten in diesem Chaos, halb von Papieren bedeckt, da lag er, mein treuer Freund. Mir war egal auf was ich trat, ich wollte nur zu ihm, wollte ihm helfen, aber als ich die Papiere von seinem Körper nahm, schrie es schrill aus mir heraus: „Nein! Nein, nicht mein Sam!" Sein Fell war Blut verschmiert, reglos lag er da, hörte nicht mehr mein Wimmern und Weinen. Endloser Zorn erfasste mich. Das sollten diese Burschen mir büßen. Meine Schrotflinte, durchzuckte es mich und mit letzter Kraft erhob ich mich, schob den Bettkasten heraus und holte die in Decken gehüllte Schrotflinte samt Patronen heraus. Zahn um Zahn, Auge um Auge! Die Wut in mir verlieh mir neue Kräfte. Ich knickte das Zwillingsrohr nach unten, schob zwei Patronen hinein, steckte weitere Patronen in meine Hosentaschen.

Sie können nicht weit kommen, hämmerte es in meinem Kopf, sie kommen an deinem Wagen nicht vorbei. Oder war ihr Pickup stark genug, meinen zur Seite zu schieben? Ich musste mich beeilen. Aber die Schmerzen verhinderten schnelle Bewegungen. Wenn ich mit dem Boot zur Saarinen-Bucht fahre, wäre ich schneller bei meinem Auto. Was aber, wenn sie umkehren und den Weg zurück nehmen würden? Der endete in einer Sackgasse, sicherlich hatten sie das ausgekundschaftet, sie konnten die Straße nur erreichen, wenn sie an meinem Wagen vorbeikämen. Ich entschied mich für das Boot. Aber alles schien mir unendlich lange zu dauern, bis ich den Schlüssel fand, zum Bootsschuppen gelangte, aufschloss, das Boot zur

Fahrt klar bekam, der Motor ansprang und ich endlich auf dem See Geschwindigkeit aufnehmen konnte. Trotz Nebel und Dunkelheit schien die Orientierung jetzt wie in einem Navigationssystem in meinem Hirn zu funktionieren. Der Bootsmotor summte wie eine Hornisse, hallte über den nächtlichen See. Nach kurzer Fahrt schwenkte ich rechts ein, sah, wie sich das Schilf teilte und ich in eine kleine Bucht einfuhr. Ungedrosselt ließ ich das Boot auf den Sandstrand zurasen, es knirschte und ruckte, das Boot saß fest und ich fiel nach vorne. Das Gewehr polterte krachend auf den Bootsboden, ich ergriff es und quälte mich aus dem Boot. Ich verharrte einen Moment, lauschte. In nicht weiter Entfernung hörte ich einen Motor aufheulen, durchdrehende Räder. Sie saßen fest, durchzuckte es mich zufrieden. Sie saßen in der Falle. Der Weg war an dieser Stelle nicht breit genug. Selbst wenn sie mit Gewalt meinen Wagen zur Seite schoben, würden sie in den rechten Graben abrutschen. Und da kämen sie selbst mit ihrem Pickup nicht mehr heraus.
Ich schlich mich an, duckte mich, so wie ich es beim Militär gelernt hatte, auch wenn das mehr als ein halbes Leben hinter mir lag. Da sah ich die Scheinwerfer, einer höher als der andere. Der Wagen musste eine Schräglage haben. Aufgeregte Männerstimmen schrieen durch den Motoren- und Räderlärm. Wütend rannte einer dieser Kerle, die ich nun wiedererkannte, vor dem Pickup hin und her, gestikulierte und schrie, trat mit dem Fuß gegen meinen Wagen. Ich entsicherte mein Gewehr, war mit einem Male nicht mehr Herr meiner Sinne, trat aus dem Wald auf den Weg, sah die erschrockenen Augen des Mannes, der mich niedergeschlagen hatte, und drückte ab. Alles geschah von nun an, als wenn ich nur als Zuschauer des Geschehens am Wegesrand stand und beobachtete, wie der Kerl, auf den ich geschossen hatte, in einer merkwürdigen Drehung, die Arme nach oben reißend, nach hinten fiel und in dem abschüssigen Graben verschwand. Das Durchdrehen der Räder hatte aufgehört, der Motor lief auf normalen Touren, der Fahrer des Wagens war abgetaucht. Wie in Zeitlupe ging ich auf den Wagen zu, das Gewehr im Anschlag. Da sprang die Tür auf, ein Arm mit einer Pistole in der Hand wurde herausge-

streckt, ein Schuss knallte durch die Nacht, ich spürte die Kugel an meinem Kopf vorbeizischen, hielt das Gewehr auf die Hand und sah, wie mit dem Krachen des Schusses die Hand mit der Pistole wegflog, viele kleine Schrotkugeln das Blech des Wagens durchlöcherten, Blut spritzte und gellende Schreie durch die Nacht hallten. Die Wagentür war zugefallen, hatte den Armstumpf eingeklemmt. Pulsierend spritzte der rote Lebenssaft wie aus einem geöffneten Schlauch, der aus dem Wagen ragte. Diese Schweine würden keine wehrlosen Hunde mehr töten oder Sommerhäuser ausrauben. Ich klappte das Schrotgewehr auseinander, steckte zwei weitere Patronen in den Zwillingslauf und klappte ihn zurück. Dem Schreien ein Ende bereiten, durchfuhr es meinem Kopf, ihm da drinnen den Gnadenschuss geben. Aber er sollte leiden, sollte all die Qualen für sein Leben eingebrannt bekommen, dass er nachts nicht mehr schlafen konnte, weil ihn das Grauen wach halten würde. Mit all der mir noch verbliebenen Kraft trat ich gegen die Wagentür des Pickups. Die Schmerzensschreie schwollen zu einem nicht enden wollenden Gekreische an, unendlich, bis sie schließlich in ein Gewimmer abebbten und nach einer mir schier endlosen Zeit verstummten. Der Film schien beendet. Ich sah mich auf dem Weg stehen, der Pickup zur Seite in den Graben geneigt, ein Scheinwerfer bestrahlte den vor ihm im Graben liegenden toten Körper des von mir Erschossenen, der andere Scheinwerfer entsandte sein Licht in die Schwärze des nächtlichen Waldes, aus der Wagentür ragte noch immer der Armstumpf, aber das Blut tropfte nur noch leicht, pulsierte nicht mehr. Mein Wagen hatte an der Seite Schrammen und eine Beule. Das Gewehr lag mir schwer im Arm. Ich fühlte nur noch eine endlose Leere, Trauer, Ekel, Kraftlosigkeit. Der erste Gedanke, die Schrotkugeln in den Pickup zu pumpen, war verflogen, alles war sinnlos, selbst mein eigenes Leben.
Der Motor des Pickups lief dumpf und gleichmäßig, ansonsten herrschte eine Totenstille, all die Geräusche, die ich bei meinem Fußmarsch vernommen hatte, schienen von dem Kampfeslärm gefressen worden zu sein. Es war müßig daran zu denken, die Polizeistation in Lemi anzurufen, die war nachts nicht besetzt, erst morgens um sieben würde Pekka Ketju seinen

Dienst aufnehmen. Es war auch nur ein matter Gedanke, der meinen Schädel durchzog. Die Jagd war zu Ende. Ich klappte den Gewehrlauf hinunter, ließ die Patronen im Zwillingslauf. Orientierungslos drehte ich mich im Kreis, lief unschlüssig hin und her, paralysiert und hilflos. Ich öffnete meinen Wagen, schlug die Heckklappe auf, legte das Gewehr hinein und setzte mich auf die Stoßstange. Alle Kraft schien meinem Körper zu entweichen, ich sackte in mir zusammen, Tränen rannen mir die Wangen hinunter, bis mein Körper in einem alles auflösenden Weinkrampf zuckte.

Als ich mich wieder beruhigt hatte, zeichnete sich über den Wipfeln der schwarzen Bäume im Osten ein leichter heller Streifen ab. Ich mochte keinen Blick mehr auf den Pickup werfen, nahm das Gewehr und ging hinunter zum See, an dem mein Boot lag, wusch mir mit dem kühlen Seewasser das Gesicht und versuchte, das Boot ins tiefere Wasser zu schieben, aber meine Kräfte reichten nicht aus. Erst, als ich den Motor hochklappte und mit ruckelnden Bewegungen das Boot so schaukelte, dass es sich vom Boden löste und Stück für Stück in den See glitt, konnte ich hineinkrabbeln und mich vom Ufer entfernen. Doch der Bootsmotor wollte nicht mehr anspringen. Was ich auch versuchte, er versagte mir seine Dienste. So nahm ich das Paddel und musste in mühseliger Handarbeit den Weg nach Hause suchen. Die Strecke schien unendlich und doch, irgendwann hatte ich es geschafft. Die Morgendämmerung hatte die Schwärze der Nacht verdrängt, es zeichneten sich wieder Konturen ab, die ersten Wasservögel kreisten über dem See. Alles, was ich tat, war von einem Automatismus, der nicht von mir selbst gesteuert war. Ich lenkte das Boot in den Bootsschuppen, machte es fest, schloss den Schuppen ab und ging hinauf zum Haus. Die Verandaleuchte brannte noch immer. Die Haustür stand offen. Die Fenster waren beleuchtet. Ich ging die Treppen hinauf, stieg über die Stereoanlage und ging ins Haus. Als ich Sam dort liegen sah, rannen mir wieder Tränen über die Wangen. Ich hob den toten Körper meines treuen Gefährten auf, trug ihn nach draußen, legte ihn vor das Haus und holte aus dem Holzschuppen einen Spaten. Es war mühselig, den Waldboden aufzubuddeln, aber Sam sollte seine

letzte Ruhestätte zwischen zwei großen Fichten bekommen.
Auch alles weitere schien wie von ferngesteuert mit mir zu geschehen. Ich ging wieder ins Haus, wusch mich erneut, zog meine nassen Schuhe, Strümpfe und Hose aus, räumte den Krimskrams auf meinem Bett zur Seite, legte mich hinein, aber so wie ich lag, kreiste es in meinem Kopf und mir wurde übel. Immer wieder musste ich mich hochstemmen, schwankte und fiel wieder um. Irgendwann hatte ich dann aber dann doch den Punkt erreicht, an dem die Ermattung mir die letzte Kraft nahm und mich in einen tiefen Schlaf forttrug.
Erst als ich von Ferne meinen Namen rufen hörte, wachte ich langsam auf und blickte auf einen großen, kräftigen Mann, der vor meinem Bett stand. Ich wollte nach der Flinte greifen, die neben mir im Bett lag, ein dunkler Stiefel trat darauf, wich zurück und der Mann beugte sich zu mir und nahm mit behandschuhter Hand das Gewehr auf. Jetzt erkannte ich die dunkelblaue Uniform, das Käppi auf dem blonden Kopf. Pekka Ketju stand vor mir.
„Na, Tauno, hast wohl eine schlimme Nacht hinter dir", hörte ich ihn sagen. Er wich zurück. Ich sah wie er die Patronen aus dem Lauf nahm. „Kannst mir was erzählen? Oder bist noch nicht in der Lage." Seine in einem weißen Gummihandschuh steckende Hand erfasste mein Kinn, drehte meinen Kopf zu sich. „Haben dich ja ganz schön zugerichtet".
Ich sah alles nur durch einen dichten Schleier, mein Kopf schmerzte, mein Kinn schien sich nicht mehr zu bewegen.
„Soll ich dir hoch helfen?", fragte Pekka und reichte mir die freie Hand.
Mir war übel, alles drehte sich in meinem Kopf. Ein zweiter Polizist trat in mein Schlafzimmer. Er grüßte knapp und blieb stumm stehen.
„Das ist Kihunen, Velis Sohn", sagte Pekka auf den jungen Polizisten weisend, „die Salminens haben uns gerufen, weil der Weg zu ihrem Haus durch zwei Fahrzeuge versperrt ist. Dein Wagen steht da wohl etwas ungünstig geparkt. Und der Russen-Pickup, von den beiden Leichen zu schweigen. Kannst du mir dazu was sagen?"
Ich ergriff seine Hand und ließ mich hochziehen, sackte aber

gleich wieder zurück. Pekka Ketju trug seinem Kollegen auf, einen Arzt zu rufen. Ich wollte widersprechen, war aber nicht dazu in der Lage.

„Hast du die Burschen erledigt oder haben die sich selbst erschossen? Mit deinem Gewehr?" Er sah mich grinsend an. Hielt er das Ganze hier etwa auch noch für witzig?

Meine Lippen bewegten sich, fühlten sich aber geschwollen an. Noch immer hatte ich den Geschmack von Blut im Hals.

„Ich ... ich ...", es wollte nichts hinaus bis auf den Inhalt meines Magens. Ich fühlte, wie es die Speiseröhre hochkam und in einem mächtigen Schwall aus meinem Mund schoss. Ich hätte vor Schmerz schreien wollen, aber nichts in meinem Körper funktionierte so wie es sollte. Pekka war zur Seite gesprungen, eilte hinaus und kam nach kurzer Zeit mit einem Eimer und einem nassen Handtuch wieder herein.

„Hier", sagte er und hielt mir das Handtuch hin, „wisch dich sauber. So wie du aussiehst, müsstest du eigentlich ins Krankenhaus, aber ich muss den Weg, wo die Wagen stehen, erst untersuchen und kann dann erst die Wagen beiseite schaffen, dass der Krankenwagen durch kann. So lange wirst du noch durchhalten müssen. Hast du nicht einen Hund gehabt? Irgend jemand hat mir doch erzählt, dass du einen Hund aus Deutschland mitgebracht hast. Wo ist der?"

Ich machte eine leichte Bewegung mit dem Zeigefinger am Hals vorbei. Pekka verstand und nickte.

„Den also auch, diese Schweine. Na ja, haben aber wohl die gerechte Strafe bekommen." Er blickte sich erschrocken um und bekam ein rotes Gesicht. „Vergiss, was ich gesagt habe", beeilte er sich zu sagen. „Wenn du was zu sagen hast, dann sag es nur mir, verstehst du?" Er flüsterte, bückte sich zu mir und blickte sich wieder um. „Der junge Bursche braucht nicht alles so genau zu wissen. Der ist mir zu ehrgeizig, weiß nicht immer so genau, wer die Guten und wer die Bösen sind. Verstehst du?" Er richtete sich wieder auf. „Also", sprach er wieder lauter, „wir gehen erst mal den Tatort inspizieren. Die aus der Stadt muss ich wohl verständigen, werden uns das hier nicht alleine überlassen wollen. Danach können die Leichen beseitigt werden ... und die Autos. Soll ich dir deinen auf den Platz fah-

ren? Der Arzt wird dann wohl zu Fuß kommen müssen. Den schick ich sofort zu dir. Also, bis gleich." Er salutierte, verharrte in der Tür und beugte sich noch einmal zu mir: „Und, Tauno, lass uns drüber reden, was passiert ist, bevor du den Wichtigtuern aus der Stadt was sagst."
Ich hörte wie seine Stiefel hart auf dem Holzfußboden polterten und die Schritte sich flugs entfernten, wie er die Treppe hinunterlief. Wieder spürte ich, wie ich würgen musste, und griff zum Eimer, aber es kam nichts. Mein Hals brannte ebenso wie mein ganzer Körper. Ich sehnte mich danach zu schlafen, nichts mehr zu spüren und, wenn ich Glück hatte, nicht mehr aufzuwachen. In meinem Kopf kreiste es unaufhörlich, meine Augen wollten nicht an einem Punkt verharren, sie wanderten unaufhaltsam, ohne dass ich es beeinflussen konnte. Versuchte ich mich aufzurichten, fiel ich gleich wieder zurück. Ich kämpfte mit dem Wachbleibenwollen und gegen den Arm, der mich in ein schwarzes tiefes Loch ziehen wollte. Irgendwann hatte der Arm dann doch gesiegt.
„Virtanen! Tauno Virtanen!", hörte ich meinen Namen von Weitem. Jemand tätschelte meine Wange. Das verschwommene Bild vor meinen Augen wollte nicht scharf werden. Undeutlich sah ich eine weiße Gestalt mit einer orangefarbenen Jacke über mich gebeugt.
„Hey, was ist los? Schau mich an, schau auf das Licht."
Eine gelbe Kugel tanzte vor meinen Augen, entzog sich immer wieder meinem Blick. Aber langsam gewann das Bild wieder Konturen.
„Ich bin Ulf Wyberg, Arzt", sagte der Mann über mir, „kannst du mir sagen, was passiert ist?" Er betupfte mein Gesicht mit einem weißen Wattebausch. Es brannte. Ich verzog schmerzverzerrt das Gesicht.
„Russen, wo sind die Russen?", stammelte ich kraftlos.
„Alles gut, alles vorbei", besänftigte mich der Arzt. „Ich muss dich jetzt ein wenig ausziehen. Kannst du mir helfen?"
Ich fühlte meine Kleider, war noch bis auf die Hose angezogen. Wieder misslangen meine Versuche, mich aufzurichten.
„Okay, bleib liegen. Ich versuch, dir jetzt Jacke und Hemd auszuziehen. Bleib ruhig liegen." Er sprach ruhig und gutmütig

auf mich ein, wie junge Leute mit kranken, hilflosen Alten nun mal so redeten. Artig folgte ich seinen Anweisungen, spürte aber bei jeder kleinsten Bewegung meinen schmerzenden Körper. Bald lag ich nur noch in Unterhose vor ihm.

„Das Beste wird sein, wir bringen dich ins Krankenhaus. Ich muss nachschauen, ob innere Verletzungen vorliegen. Hier sind starke Hämatome", er zeigte auf meine linke Seite, „haben dich wohl ganz schön zugerichtet. Wir müssen aber noch warten, bis wir mit dem Krankenwagen durch können. Wirst also noch ein wenig hier liegen müssen. Ich geb dir jetzt erst mal ein Schmerzmittel, damit du keine Schmerzen mehr hast. Okay?"

Er sah mir in die Augen, wartete meine Reaktion aber nicht mehr ab und zog eine Spritze auf. Von draußen hörte ich Polizeistiefel die Verandatreppe hinaufpoltern. Pekka Ketju stand mit verschobenem Käppi in der Tür.

„Na, Doc, wie sieht's aus? Kann er schon was sagen?", fragte er mit seiner rauen Stimme, die mich an Teuvo erinnerte.

„Hat eine schwere Gehirnerschütterung und wohl auch Schläge in die Seite bekommen. Wir müssen ihn ins Krankenhaus bringen, um sicher gehen zu können, dass keine inneren Verletzungen vorliegen."

„Ist er denn schon in der Lage, was zu sagen?" Er wartete die Antwort des Arztes nicht ab, schob den Arzt zur Seite und fragte mich laut und dröhnend. „Hey, Tauno, was war los?"

Der Arzt drängte ihn zurück. „Du musst schon ein bisschen Geduld haben. Im Moment ist er nicht fähig, dir was zu sagen. Er braucht Ruhe, also warte ab."

„Man, Doc, ich hab da draußen zwei Leichen. Ich muss wissen, was da passiert ist."

„Schon gut, ich weiß. Aber schau ihn dir an, meinst du, der kann dir jetzt was Vernünftiges sagen?"

Der Polizist schnaubte ungeduldig, stieß ein Schimpfwort hervor und drehte sich wirsch um, lief hinaus. Der junge, dunkelhaarige Notarzt beugte sich zu mir. „Du brauchst im Moment nichts zu sagen. Deine Gesundheit ist wichtiger. Ich lass dich gleich abholen. Ich geh mal und schau, ob wir schon durchkommen."

Er drückte meine Schulter und stand auf.
„Sam? Es muss sich jemand um Sam kümmern", hörte ich mich sagen und fühlte diesen elenden Geschmack in meinem Mund.
Der Arzt sah mich fragend an. „Wer ist Sam?"
„Mein Hund, mein Hund."
„Hier ist kein Hund. Kann er weggelaufen sein?"
Ich spürte wie sich Bilder in meinem Kopf gestalten wollten, Chaos, Blut und ... da lag Sam. Heißes Entsetzen durchströmte meinen Körper. Der Arzt setzte sich wieder zu mir.
„Was ist mit deinem Hund?", fragte er und legte seine Hand auf meine Schulter.
„Tot. Sie haben ihn umgebracht."
Mir wurde bewusst, was geschehen war, was ich hier im Haus erlebt und gesehen hatte. Und alles verdichtete sich zu einem brennenden Schmerz, der eingehüllt in einem Beutel wie ein Mühlstein in meinem Inneren lag. Der Schrei, der diese Last hinausschleudern sollte, blieb jedoch stecken und drohte mich zu ersticken. Ich nahm wahr, wie der junge Arzt in Hektik geriet, hastig an seinem Koffer hantierte, eine Spritze und eine Ampulle herausholte und mir eine weitere Spritze verpasste. Langsam fühlte ich, wie sich mein Körper entkrampfte, ich in einen gleitenden Zustand überging und schließlich alles um mich verschwand.

11.

„Na, von den Toten auferstanden?"
Ich sah eine weiße Decke, weiße Wände. Und die Stimme neben mir? Eine Frau im weißen Kittel, blonde Haare, ein Lächeln aus rundem Gesicht.
„Ich bin Schwester Maria", sagte sie im gütigen Ton, als wolle sie mir die Angst vor dem Erwachen nehmen. Ein Engel also, der mir gleich eröffnen würde, dass ich in einer anderen Dimension des Daseins mich befand.
„Du hast lange geschlafen. Möchtest du irgendetwas?"
Mein Mund fühlte sich trocken an. Neben mir stand ein Gestell mit einer Plastikflasche, von der aus ein Schlauch zu meinem Arm ging. Ich erblickte einen Verband an meinem Arm, der den Einstich verdeckte. Langsam wich die Benommenheit aus meinem Körper.
„Was zu trinken?", fragte Schwester Maria.
Sie reichte mir ein Glas Wasser. Es dauerte, bis ich mich aufrichten konnte. Es tat gut, die Flüssigkeit im Mund und in der Kehle zu spüren. Die Schwester kam meiner Frage nach dem Ort, wo ich mich befände, zuvor. Im Zentralkrankenhaus in Lappeenranta und draußen würde übrigens jemand auf mich warten. Ob ich mich stark genug fühle, die Person zu empfangen.
Unwillkürlich erschrak ich, denn mit dem langsamen Erwachen kamen die Bilder wieder und die Angst. In wilder Reihenfolge sah ich vor meinen Augen, was geschehen war, welcher Tat ich fähig war. Ich sah mich vor meinem Richter und im Gefängnis von Vainikkala verschwinden, in dem die schweren Jungs weit ab an der russischen Grenze einsaßen. Und es würde sich schnell rumsprechen, was ich getan hatte. Die russische Mafia würde ihre Landsmänner, von denen dort sicherlich genug einsaßen, mobilisieren, um mich endgültig zu erledigen.
„Hallo, Tauno Virtanen", holte mich die Stimme Schwester Marias aus meinen Gedanken, „draußen sitzt eine Frau und wartet drauf, dich besuchen zu dürfen."
Mir fiel nur Sylvia ein, die mich besuchen würde, aber Sylvia -
„Wer?", fragte ich und starrte auf die etwas korpulente Kran-

kenschwester.
„Eine Tuula glaube ich. Was ist? Ja oder nein?"
Ich fiel entspannt zurück. Gott sei Dank keine Polizei. Ich ergriff den Arm Schwester Marias und hielt sie fest.
„Musst du jemandem Bescheid sagen, wenn ich aufwache?"
Sie druckste herum, wollte nicht sofort antworten.
„Bitte noch nicht die Polizei informieren, ich muss erst mit mir selbst ins Reine kommen, um all das, was geschehen ist, zu verarbeiten. Okay?"
Ihre ernste Miene erhellte sich und endete in einem Lächeln.
„Okay, sag mir Bescheid, wenn du es willst. Dann hol ich mal deinen Besuch."
Sie ging zur Tür, winkte meinem Besuch zu und verließ den Raum. Tuula trat mit einem besorgten Gesicht ein, in der Hand einen Strauß gelber Rosen mit weißem Schleierkraut.
„Voi, voi, armer Tauno", kam sie auf mich zu, beugte sich über mich und streichelte meine Wange, „ich habe mir ja solche Vorwürfe gemacht. Hätte ich dich doch bloß nicht gehen lassen, dann wäre das alles nicht passiert." Sie blickte durch den Raum und suchte nach einer Vase, ging auf einen Wandschrank zu und öffnete ihn, fand jedoch keine.
„Lass es sein", sagte ich ihr, „die Schwester wird das schon machen."
„Was ist denn bloß passiert? Pekka hat mir ja schon einiges erzählt, wie es sich abgespielt haben könnte, aber keiner weiß, was wirklich passiert ist."
Das war der springende Punkt, schoss es durch meinen Kopf. Keiner, außer mir, wusste wirklich, was sich zugetragen hatte. Und warum sollte ich mich selbst noch bestrafen, in dem ich mich an den wahren Ablauf hielt? Die wirkliche Wahrheit war nicht immer die richtige Wahrheit! Zorn stieg in mir empor. War es doch dieses Russenpack, das mich erst in diese Situation gebracht hatte. Wären sie nicht bei mir eingebrochen, hätten sie nicht Sam ermordet und mich zusammengeschlagen, würden sie heute noch leben. Sie hatten ihren Tod verdient. Aber gleichzeitig perlten wieder diese Zweifel in mir hoch. Zu ehrlich hatte ich mein ganzes Leben gestaltet, hatte mich immer an die vermeintliche Wahrheit gehalten, jedenfalls an das, was ich

dafür hielt. Aber ich konnte nicht weiterleben, ohne wenigstens einmal alles so zu erzählen, wie es sich wirklich abgespielt hatte. Also begann ich zögerlich mit der Nebelfahrt, der Panne mit dem Auto und steigerte mich immer weiter hinein in die Bilder, die mir, wie ein Film vor den Augen flimmerten, bis mich Tuula beruhigte, zurück ins Bett drückte und immer wieder sagte, das ja alles gut sei.
Dabei war nichts gut, nichts. Ich hatte alles verloren, alles! Mein Zuhause, meine Heimaten, meine Frau und meinen Hund. Mir war nichts geblieben als ein Rest von Leben, das nicht mehr lebenswert war.
„Übrigens bat Pekka mich, dir aufzutragen, dass du dich an nichts mehr erinnern sollst, wenn die Kripo dich verhört. Am besten wäre es, wenn du dich erst mit ihm unterhalten würdest. Er würde dir jeder Tages- oder Nachtzeit zur Verfügung stehen. Mach das am besten. Pekka ist zwar keine große Leuchte, aber er kümmert sich um seine Leute. Und was die Russen betrifft, auf die ist er überhaupt nicht gut zu sprechen. Haben wochenlang seinen Bezirk unsicher gemacht und Angst und Schrecken verbreitet. Sprich einfach mit ihm. Kann sicherlich nichts schaden. Eher im Gegenteil. Wenn du willst, ruf ich ihn gleich an."
„Muss das sein?" Mir war nicht nach einem weiteren Gespräch, ich wollte meine Ruhe haben.
„Du glaubst doch wohl, dass es sich schnell bis zur Kripo rumspricht, dass du wieder bei Bewusstsein bist. Die werden sich doch gleich auf dich stürzen. Und bei dem, was du mir erzählt hast, ist es wirklich besser, erst mit Pekka zu sprechen."
Mein Schädel brummte, ich fühlte mich wieder schwach und müde, sehnte mich nach einer geräuschlosen Stille.
„Wenn dir danach ist, schlaf ruhig. Das wird sowieso seine Zeit dauern, bis Pekka hier ist", sagte Tuula und fingerte ihr Mobiltelefon aus ihrer Handtasche.
„Handy-Verbot", sagte ich lakonisch, aber Tuula winkte ab und tippte auf die Tasten.
Ich hörte, wie sie ins Telefon sprach, dass ich wach sei und er doch schnell kommen möge. Dann schaltete sie das Gerät aus.
„Er kommt gleich", sagte sie, „wenn du schlafen willst, geh ich

so lange raus."
„Kannst auch hier sitzen bleiben, wenn du willst. Und wenn dir danach ist, erzähl irgendwas, aber verlang nicht von mir, dass ich noch groß was erzähle."
Ich ließ mich fallen, versuchte zu entspannen, redete mir immer wieder ein, dass alles gut werde, hörte im Hintergrund Tuula von irgendwelchen Dingen erzählen, manchmal sogar lachen und gleichzeitig flimmerten Sequenzen meines Lebens vor meinen Augen ab. Ich sah Helena als Baby, Sylvia glücklich lachen, ich sah Klaus Menke auf der Obernstraße in seinem Blut liegen, sah Sams leblosen Körper vor mir, die Hand des Russen mit der Pistole in einem Strom von Blut davonschwimmen und immer wieder hörte ich den Knall meiner Schrotflinte und spürte die Kugel aus dem Russenrevolver in meinen Körper dringen.

Als ich wieder aufwachte, stand Pekka Ketju neben meinem Bett. Er hatte eine blauweißrote Jacke von Kilpisjärvi an, denn das Abzeichen auf seiner linken Brust stach mir ins Auge. So eine Jacke hatte ich auch einmal besessen. Seine blonden Haare sahen zerzaust und fettig aus, so als wäre er gerade aus dem Bett gekommen. Tuula war nicht mehr im Raum.
„Terve", sagte er, als ich meine Augen öffnete, „siehst ja schon halbwegs wieder wie ein Mensch aus." Ein verschmitztes Lächeln huschte über sein Gesicht, wich aber gleich wieder einer ernsten Miene. Pekka war, so lange ich denken konnte, der Dorfsheriff von Lemi, war irgendwann als junger Spucht in den Polizeidienst getreten und hatte schließlich den alten Myyrä abgelöst. Das muss Jahrzehnte hergewesen sein. Pekka war vielleicht fünf Jahre jünger als ich und wurde in der Gemeinde liebevoll in Abwandlung seines Namens nur der alte Fuchs genannt, vanha kettu. Er hatte etwas übrig für die Menschen in seinem Bezirk, verstand sich mit allen gut und wurde von allen als Autoritätsperson respektiert. Er war größer und kräftiger, aber auch etwas fülliger als ich und er liebte es, seine blankgewienerten, schwarzen Stiefel über die Hosenbeine zu tragen, trug ständig über seine dunkelblaue Uniformjacke ein schwarzes Koppel. Nun stand er ohne alledem vor mir und sah gleich

wesentlich harmloser und ziviler aus.
Er setzte sich schnaubend. „Ich glaub, dass es besser ist, wenn wir erst mal in Ruhe über das, was geschehen ist, sprechen", sagte er, ohne mich anzusehen, „Die aus der Stadt machen da noch was draus. Bei allem, was ich am Tatort gesehen habe, gibt es da einige Ungereimtheiten, auf die sich die Brüder mit Genuss stürzen werden. Können eben nicht zwischen den Guten und den Bösen unterscheiden. Meinen, dass sie immer der Wahrheit dienen müssten, ohne der Gerechtigkeit zu ihrem Recht zu verhelfen. Bist mit dem Boot an sie ran, nicht wahr? Hab die Spuren gesehen, aber glaub nicht, dass die aus der Stadt da noch was mit anfangen können. Willst mir erst mal erzählen, was los war? Kannst mir vertrauen. Ich bin auf der Seite der Guten, wie du auch."
Wenn es nicht so ernst gewesen wäre, hätte ich mich schon darüber amüsieren können, wie dieser gutmütige Polizist versuchte, gegen die Bösen aus der Stadt und dem Üblen im Allgemeinen und den bösen Russen im Besonderen mir aus der Patsche zu helfen. Nur wie konnte ich Tatsachen verdrehen, sie so drehen, dass sie zur glaubhaften Wahrheit wurden?
„Du warst bei Tuula, den Abend, das weiß ich. Fang doch einfach damit an", setzte er erneut an, ohne meine Erzählung abzuwarten.
Es war mir klar, dass es der Dorfgemeinschaft nicht entgehen konnte, dass ich Tuula Värtö am Abend besucht und sie erst in der Nacht wieder verlassen hatte. Das hatte schnell die Runde gemacht und jeder im Dorf spekulierte nun, hat der alte Greis mit der knackigen Witwe oder hat er nicht.
„Also gut", begann ich, „wenn du das schon weißt, dann solltest du auch wissen, dass ich mich leicht beschwippst ans Steuer gesetzt habe und meinen Wagen schließlich auf dem Waldweg in den Graben setzte." Wieder kamen die Bilder und wollten erzählt werden, fielen aus mir heraus und befreiten mich, um mich gleichzeitig wieder gefangen zu nehmen.
„So ungefähr hatte ich es mir gedacht", sagte Pekka, als ich meine Erzählung beendete, „so aber kannst du es den Stadtjungs nicht erzählen. Die lauern nur darauf, dir einen Strick daraus zu drehen. Von wegen Selbstjustiz und so."

„Und wie denkst du, komm ich da raus?"
Pekka schaukelte auf seinem Stuhl vor und zurück, schien angestrengt zu überlegen, rieb sich die Stirn. „Das Beste wird sein, dass die dich auf dem Waldweg gerammt haben, dich verprügelten, du in Selbstverteidigung zur Flinte, die zufällig in deinem Wagen lag, gegriffen hast und als auf dich geschossen wurde, hast du abgedrückt."
„Zufällig die Schrotflinte im Wagen? Geladen?"
„Nun ja, du konntest die Waffe ja bei Aufräumarbeiten gefunden haben und wolltest sie mit den Patronen bei mir am Abend, als du zu Tuula fuhrst, abgeben. Ich war aber nicht mehr da, also hast du sie im Wagen gelassen. Und dann lag sie hinten im Wagen, als du durch diese Burschen in Not gerietst."
„Und wie hat sich das andere abgespielt?"
„Na ja, ich hab dem Kokkonen da schon meine Version erzählt, wie das alles abgelaufen sein könnte und wie die Spurenlage es rückschlüssig beweist. Die Russen waren auf Diebestour und hatten dein Haus ausgeraubt. Auf der Flucht trefft ihr beide im Dunkeln zusammen. Sie rammen dich, schieben dich zur Seite und rutschen selbst in den Graben. Du steigst aus und willst sie zur Rede stellen, da greifen sie dich an und schlagen dich zusammen. Du schleppst dich zum Fond deines Wagens, wo du das Gewehr weißt. Als du die Patronen lädst, schießt der im Wagen auf dich und du ballerst ihm die Hand daraufhin weg. Da stürzt sich der andere wieder auf dich und der zweite Schuss löst sich und der Kerl fliegt ohne Gesicht in den Graben. Das hat dich alles so fertig gemacht, dass du kopflos nach Hause wankst, wo du dein ausgeraubtes Haus und deinen toten Hund vorfindest. Nichts mit Boot und Verfolgung, nichts mit Überraschen der Gangster in deinem Haus. Die zerdrückten Heidelbeersträucher können auch die Russen verursacht haben. Musst ja keinem auf die Nase binden, dass wir schon darüber gesprochen haben. Und pass auf. Der Helminen ist frisch von der Uni, ein junger Schnösel, der glaubt, die Weisheit mit Löffeln gefressen zu haben. Will sich auf jeden Preis profilieren. Dem ist egal, wer die Guten und wer die Bösen sind, der will nur Karriere machen. Der Kokkonen ist ein alter Hund so wie ich, den kenn ich schon recht lange. Einer aus der alten Schule,

Mensch geblieben, hat nur das Pech, so einen Streber an die Seite gestellt bekommen zu haben. Also, Tauno, überleg dir, was du den Stadtburschen sagst. Wäre schade, wenn die Bösen gewinnen würden."
Er grinste und stand auf. „Ach, weißt du eigentlich, dass dein Alter bei meinen Alten die Sauna mit eingebaut hat?" Er lachte. „Ist wohl schon fünfzig Jahre her, aber das weiß ich noch. War damals noch ein kleiner Pöks. Dein Alter hat doch in der Ofenfabrik gearbeitet, nicht wahr?"
„Das stimmt. Lebt aber auch schon lange nicht mehr", antwortete ich.
„Sind doch bald alle weg, die Alten. Und die Nächsten sind wir. Da vor der Tür steht der Sensenmann und wartet schon auf uns. Bist ihm ja Gott sei Dank gerade noch mal von der Schippe gesprungen. Sorg aber auch dafür, dass es sich lohnt, am Leben geblieben zu sein. Hast übrigens fürchterlich ausgesehen. Na ja, Auge, Nase und Lippe sehen ja noch gezeichnet aus, aber du hättest dich mal sehen sollen. Hab übrigens Bilder von dir machen lassen. Richtig schlimme, damit man deutlich sehen kann, wie die dich malträtiert haben. Warst aber schon weggetreten, siehst aus wie eine zerbeulte Leiche." Wieder lachte er. „So, war lange genug hier. Du brauchst Ruhe und zu Hause wartet meine Frau auf mich. Soll übrigens schön grüßen. Wünscht dir gute Besserung."
Er schloss seine Jacke, die er die ganze Zeit geöffnet anbehalten hatte. Ich erwartete das harte Knallen seiner Stiefel auf dem Fußboden, aber die Gummisohlen seiner Halbschuhe quietschten nur auf dem glatten Linoleum. Ich erinnerte mich plötzlich daran, dass Pekka bei den Bauern auch schon mal ganz gerne einen von den Selbstgebrannten zu sich nahm, auch wenn er als Ordnungshüter eigentlich dafür Sorge zu tragen hatte, dass die heimliche Destille zerstört und die Bauern mit Strafe belegt wurden. Aber das war hier ein Volkssport, jeder brannte oder braute irgendetwas, sei es aus Kartoffeln, Beeren oder Getreide. Die langen Winter brauchten Erwärmung und so mancher Selbstgebrannte war dazu ausgezeichnet in der Lage. Pekka winkte mir zu, als er den Raum verließ und Tuula wieder zu mir hereinkam.

„Na, alles geklärt?", fragte sie.
„Alles geklärt."
„Der Alte Fuchs ist ein prima Kerl. Wird sich einiges ändern, wenn der in Rente geht. So einen kriegen wir nicht wieder. Schau dir doch nur seinen jungen Adjutanten an. Alles solche Ehrgeizlinge, denen man die Menschlichkeit nicht mehr beibringen kann."
„Die werden sich auch noch ändern", widersprach ich ihr, „die werden auch alle älter und werden feststellen, wie das Leben wirklich ist."
„Na, ich weiß nicht. Gibt es denn irgendetwas, was ich für dich noch tun kann?", fragte Tuula.
„Ist das Haus abgeschlossen?", war meine einzige Sorge.
„Die Polizei hat alles verriegelt und versiegelt. Ach übrigens, was ich dir noch sagen wollte, das mit deinem Hund tut mir echt leid. Ich weiß, wie sehr du an dem Tier gehangen hast. Soll ich dir einen neuen besorgen, damit du einen Kumpel hast, wenn du wieder aus dem Krankenhaus kommst?"
„Nein, bitte nicht. Ich will erst mal keinen wieder. Wer weiß, wie lange ich auch noch zu leben habe."
„Na, na, nun mach aber mal nen Punkt. Bist doch ein Mann in den besten Jahren." Sie lachte belustigt über ihren eigenen Witz und steckte mich mit ihrer Heiterkeit an. „Ich komm dich morgen wieder besuchen, wenn du willst."
„Das musst du nicht, Tuula. Es ist ja auch immer ein weiter Weg. Ich freue mich natürlich über deinen Besuch, aber mach dir keinen Stress daraus."
„Das ist kein Stress für mich. Ich mach es gerne. Mit unserem Sonntagsausflug wird es denn ja wohl nichts, oder?"
„Ich befürchte nein. Muss auch mal nachfragen, wie lange die mich noch hier behalten wollen. Soll angeblich schon zwei Tage hier liegen."
„Das stimmt. Wenn du jemanden brauchst, der dir beim Aufräumen hilft, dann sag mir Bescheid. Ich bin da, wenn du mich brauchst."
Schwester Maria kam herein und sagte, dass es nun genug wäre, der Patient Virtanen brauche noch sehr viel Ruhe. Tuula verabschiedete sich und versprach, am nächsten Tag wiederzu-

kommen. Ich war dankbar für die Ruhe, die sich einstellte und auch für das Essen, das mir die Krankenschwester brachte, auch wenn ich nach wie vor meine Probleme hatte, die feste Nahrung zu mir zu nehmen.

Pekka Ketju hatte Recht. Das Kripobeamtenpaar entpuppte sich als solches, wie er es beschrieben hatte. Kokkonen, ein ruhiger, sachlicher Typ, schlank, blonde Stoppelhaare, Ende fünfzig, begann über ein belangloses Geplauder mich schließlich nach dem Tathergang zu befragen. Ich beobachtete Helminen dabei, wie er immer unruhiger wurde, sich auf die Lippen biss und schließlich wutentbrannt brüllte, ich solle ihnen nicht so einen Scheiß erzählen, es könne sich gar nicht so abgespielt haben.
„Na, gut", sagte ich, „wenn du das besser weißt, warum fragt ihr mich dann? Wie soll es sich denn abgespielt haben?"
Kokkonen beschwichtigte seinen jungen Kollegen und trug ihm auf, sich zu setzen und nicht wie ein Tiger im Käfig herumzulaufen. Widerwillig setzte Helminen sich und blickte mich mit zornigen Augen an.
„Also, noch einmal", sagte Kokkonen in einem ruhigen, fast gütigen Ton, „sie sind dir in die Seite gefahren, daraufhin seid ihr in Streit geraten und einer der Burschen hat dich verprügelt. Stimmt's bis hierhin?"
„Genau."
„Und dann?"
Ich wiederholte brav die Version, wie sie mit dem Dorfpolizisten abgesprochen war. Helminen schüttelte unablässig den Kopf, bis es ihm wieder zu bunt wurde und es aus ihm herausbrach.
„Das ist doch Scheiße, was der uns erzählt. Er hätte gar keine Zeit gehabt, das Gewehr aus dem Wagen zu holen, die Patronen zu laden und dann erst dem einen die Hand und dann dem anderen den Kopf wegzupusten."
„Dazu sind wir ja hier, um das herauszufinden", sagte Kokkonen und machte seinem jungen Heißsporn beruhigende Geesten. Der aber wollte sich jetzt nicht mehr beruhigen lassen und begann immer wieder von neuem, Ungereimtheiten meiner Tatversion aufzuzählen.

„Es ist gut, Jukka", setzte Kokkonen endlich einen Schlussstrich, „so kommen wir nicht weiter. Wenn du draußen bist, Virtanen, werden wir einen Ortstermin durchführen. Dann kannst du uns alles genau zeigen. Und mein junger Kollege hier", er zeigte auf Helminen, „wird dann die Wahrheit herausfinden. Es versteht sich von selbst, dass du das Land nicht ohne unsere Genehmigung verlassen darfst", sagte er zu mir, erhob sich und verließ mit seinem Besserwisser im Gefolge den Raum.
Ich atmete auf. Es war klar, dass das nicht so reibungslos über die Bühne gehen würde. Die Frage war nur, wie lange ich dem Stand halten könnte, bis ich unter der Last meiner Gewissensbisse zusammenbrechen würde. Aber warum sollte ich Gewissensbisse haben? Die Burschen waren es, die mich überfielen, mich ausraubten, mich zusammenschlugen und brutal meinen Sam ermordeten. Sie hatten diese gerechte Strafe verdient. Hätte ich sie nicht erledigt, wären sie nach ein paar Jahren, wenn überhaupt Jahren, wieder frei und würden wieder Menschen bedrohen, ausrauben und wehrlose Hunde töten und vielleicht dann sogar auch Menschen. Ich hatte die Welt von diesem Übel befreit, dessen musste ich mir immer wieder bewusst werden, es mir immer wieder einreden, damit nicht ich als Geschädigter bestraft würde.

Der Arzt hatte mir bei der morgendliche Visite zum nächsten Tag meine Entlassung angekündigt. Ich war mir nicht sicher, ob ich mich freuen sollte. Ich hatte Angst vor dem, was mich in meinem Haus erwartete. Es würde noch einsamer, noch verlassener ohne Sam sein, als es vorher ohne Sylvia schon war. All die Unordnung, die mich erwartete, all die Erinnerungen. Wie würde ich das alles verkraften? Helena hatte ich seit Tagen nicht mehr angerufen. Sie wusste von alledem noch nichts. Vielleicht auch gut so, sie würde sich unnötig Sorgen machen. Ich müsste sie aber anrufen, wenn ich wieder zu Hause wäre. Meine Stimmungen schwankten zwischen Zuversicht und tiefster Depression, aber je mehr ich mir alleine in meinem Bett Gedanken machte, um so weniger siegten die Depressionen. Sylvia hätte gesagt, dass das ein Zeichen des Herrn gewesen sei. Ich hatte überlebt, weil ich überleben sollte, weil meine Zeit noch nicht gekommen war. Aber was sollte ich alter Mann nun ganz alleine in diesem einsamen Haus? Keine Aufgabe, ohne Lebenssinn. Und meine Enkelkinder Kati und Dani kamen mir in den Sinn, für die ich da sein und deren spannende Entwicklung ich mit erleben könnte, wenn ... ja, wenn ich wieder zurück nach Deutschland kehren würde. Und brennend heiß durchzuckte es mich, was, wenn Helena gerade jetzt das Haus verkauft hätte? Ich spürte, wie Unruhe in mir aufkeimte, ich mich in diesem Krankenzimmer wie in einem Gefängnis fühlte. Ich musste raus. Ich musste mit Helena telefonieren. Aber ich hatte kein Handy, kein Geld, ich hatte nichts bei mir. Und wie ein loderndes, sich verbreitendes Feuer brannte es immer stärker in mir, Helena durfte das Haus nicht verkaufen. Ich musste Helena anrufen.

Hastig, so wie ich es empfand, drehte ich mich aus dem Bett, stand auf schwachen Beinen und musste mich zunächst am Bettgestell festhalten. Langsam stabilisierte sich der Kreislauf. Ich zog den Krankenhausbademantel über und schlurfte zur Tür. Als ich sie öffnete, stand plötzlich Schwester Maria in ihrer ganzen Breite vor mir.

„Na, na, wo wollen wir denn hin? Geht es unserem Patienten denn schon wieder so gut, dass er durch die Gegend laufen kann?", fragte sie ironisch.

„Ich muss dringend telefonieren", sagte ich fast flehentlich.

Sie sah mich prüfend an, schwankte zwischen Resolutheit und Verständnis und entschloss sich schließlich, die Gründe für meinen plötzlichen Wunsch zu erfragen. Ich erzählte von meiner Tochter in Deutschland, die nicht wusste, wo sich ihr Vater aufhielt und die sicherlich schon lange verzweifelt versuchte, mich telefonisch zu erreichen. Das war dann auch für sie ein untragbarer Zustand und sie begleitete mich in den Stationsraum, von wo aus sie sich aber zunächst die Genehmigung vom Stationsarzt für ein Auslandsgespräch einholte.

„Hallo, mein Schatz ...", meldete ich mich und wurde sofort von Helena unterbrochen.

„Sag mal, Papa, hatten wir nicht vereinbart, dass du mich ..."

„Nun, lass mich doch mal zu Wort kommen, Schätzchen. Ich

hab dir was zu erzählen."
„Na, du bist gut. Meldest dich wieder so lange nicht. Hast dein Handy wieder ausgeschaltet, dass ich dich nicht erreichen kann. Wir sind hier schon wieder in heller Aufregung. Holger ist schon richtig sauer auf dich, weil ich mir deinetwegen so viel Sorgen machen muss."
„Ja, ja, nun wart doch mal ab. Hast du das Haus schon verkauft?"
„Nein, warum fragst du?"
„Weil ich vielleicht jemanden dafür habe."
„Was hast du? Dort aus Finnland? Was soll das denn jetzt?"
„Hör zu, Schatz, ich hab ein paar fürchterliche Tage und Nächte hinter mir. Das ist auch der Grund, warum ich mich nicht melden konnte. Ich liege im Krankenhaus."
Ihr gedehntes, entsetzt geschrieenes „Was" hallte in meinem Ohr. Ich wartete keine weiteren Fragen ab und erzählte ihr nun, was geschehen war, wollte verschweigen, dass ich den Abend bei Tuula Värtö verbracht hatte, aber ihre Frage, was ich denn mitten in der Nacht auf der Straße zu suchen hätte, forderte eine Erklärung heraus. Sie nahm es kommentarlos hin. Brach aber dann in Tränen aus, als ich erzählte, dass Sam von diesen Banditen ermordet wurde. Ungewollt hatte ich die Version für die Stadtpolizisten erzählt. Ich fühlte mich ertappt, als ich das bemerkte, wollte die Geschichte aber auch nicht mehr korrigieren. Helena würde sie noch früh genug von mir erfahren.
„Man, Papa"; weinte sie, „dass dir das auch noch passieren musste. Das ist ja so furchtbar. Und Sam, mein kleiner Sam ..."
Sie konnte sich nicht beruhigen.
„Hör zu, Helena, ich werde noch einige Zeit hier bleiben müssen, bis alles geklärt ist ..."
„Was soll denn da noch geklärt werden?"
„Na ja, die Sheriffs aus der Stadt haben da noch ein paar Fragen, aber das ist reine Routine. Also, pass auf, so wie ich hier wegkomme, fahr ich zurück. Ich ruf dich vorher noch an. Wie geht's den Kindern?"
„Gut. Willst mit Kati sprechen, die steht neben mir und verlangt nach ihrem Opa?"
„Aber kurz, ich benutz hier ein Krankenhaustelefon ..."

„Hallo, Opi! Warum weint die Mama?" Die Stimme meiner siebenjährigen Enkeltochter ließ mir die Tränen in die Augen steigen.
„Weißt du, mein Schatz, Mama freut sich, dass Opa bald wieder zu euch kommt."
„Oh ja", jubelte sie, „da freu ich mich auch."
„Gibst du mir die Mama mal wieder?"
„Wann kommst du denn?"
„Bald, mein Schatz, jetzt gib mir aber die Mama."
Ich hörte wie Helena sich schnäuzte und ihrer Tochter das Telefon aus der Hand nahm.
„Kann ich irgendetwas für dich machen, Papa? Kann ich dir irgendwie helfen?", fragte sie besorgt.
„Nein, mein Schatz, im Moment nicht. Kümmere dich ums Haus und grüß Holger und Dani schön. Ich melde mich wieder."
Ich wartete nur noch ihre Verabschiedung ab und legte auf.
„Na, alles geklärt?", fragte Schwester Maria, als sie sah, dass ich das Gespräch beendet hatte.
„Alles geklärt", bestätigte ich, bedankte mich und schlurfte zurück in mein Krankenzimmer.
Irgendwie fühlte ich mich erleichtert und hätte am liebsten sofort das Krankenhaus verlassen, um nach Hause zu fahren, aber dann fiel mir ein, dass ich etwas zum Anziehen benötigte. Und was wäre, wenn ich mit dem Taxi nach Hause führe und mein Portemonnaie in dem Chaos dort nicht finden würde? Tuula musste mir helfen, aber sie wollte mich erst am Abend nach Geschäftschluss besuchen. Also blieb mir nichts anderes übrig, als auf sie zu warten.
Der Tag schleppte sich zäh und langsam dahin. Ich fühlte mich schon wieder gesund und hätte am liebsten auf dem schnellsten Wege das Krankenhaus verlassen, aber der Arzt ermahnte mich zur Geduld. Und mein Spiegelbild zeigte mir, dass es besser wäre, nicht unter Menschen zu gehen, ich könnte sie zu sehr erschrecken. Als ich am späten Nachmittag mein Abendbrot erhalten hatte, öffnete sich die Tür und Pekka Ketju trat ein. Diesmal in Uniform. Er entschuldigte sich für die vermeintliche Störung, setzte sich aber trotzdem, ohne eine Reaktion von

mir abzuwarten.
„Komm grad von den Stadtgendarmen", sagte er schnaubend, „haben dich ja wohl heute besucht. Wie ist's gelaufen?"
„Der junge Dachs plustert sich auf, ganz wie du es befürchtet hast", antwortete ich und löffelte meine Suppe.
„Hab wohl von Kokkonen gehört. Sind aber noch mal alles durchgegangen. Du brauchst dir keine Sorgen zu machen. Ich denke, dass wir das schon hinkriegen. Helminen wird sich die Hörner abstoßen, früher oder später. Für nächste Woche Montag um zehn Uhr haben wir einen Ortstermin vereinbart. Sollst ja morgen hier rauskommen, oder?"
„So ist es. Und was soll der ganze Zirkus? Wozu Ortstermin?", fragte ich ungehalten.
„Reine Routine. Ohne abschließenden Ortstermin und einer entsprechenden Stellungnahme an die Staatsanwaltschaft können wir den Fall nicht zu den Akten legen." Er nahm sein Käppi ab und drehte es in seinen Händen. „Bleib dabei, was du bisher erzählt hast, dann werden wir das schon hindeichseln. Soll ich am Sonntag noch mal bei dir vorbeikommen?"
„Wie du willst. Ist mein Haus noch versiegelt oder kann ich da morgen rein?"
„Du kannst da rein. Kein Problem. Den Raub haben wir ja mehr oder minder abgeschlossen. Geht nur noch um die Schießerei."
„Einen Gefallen könntest du mir machen, wenn du gleich zurück nach Lemi fährst."
„Und der wäre?"
„Ich habe nichts zum Anziehen und kein Geld. Könntest du mir ein paar Sachen zusammenstellen und zu Tuula bringen. Die wollte mich heute Abend noch besuchen?"
Er grinste mich an. „Na, zwischen euch beiden ist das wohl was Ernsteres!"
„Blödsinn", empörte ich mich, „da ist nichts. Wir sind nur eine ... na, sagen wir ... Notgemeinschaft."
„So, so, hockt aber doch ziemlich oft aufeinander", lästerte er.
Mir war es zu dumm. Sollte er doch denken, was er wollte.
„Also, kannst du das für mich erledigen?"
Er lachte. „Hättest deinen Haustürschlüssel sowieso erst bei

mir abholen müssen. Ich werde ihn dann auch deiner ... Notgemeinschaft übergeben. Mit den anderen Sachen. Wenn du noch was Gutes tun willst, bevor du das Krankenhaus verlässt, besuch den Erkki Valkonen mal. Der liegt oben im dritten Stock."
„Ich weiß. Hab ihn schon mal besucht, vor einigen Tagen. Werd aber noch mal vorbeischauen." Obwohl ich mir gar nicht sicher war, ob ich Erkki das antun sollte. Denn mein Aussehen und meine Geschichte waren nicht dazu angetan, seine Gesundheit zu fördern.
Pekka Ketju erhob sich, setzte sein Käppi umständlich auf, ging zum Waschbecken, um im Spiegel den korrekten Sitz seiner Kopfbedeckung und seiner Krawatte zu kontrollieren.
„Haben die Kadaver schon rübergeschafft, da wo sie hingehören, elendes Pack", brummte er noch, bevor er sich mit dem rechten Zeigefinger zum Abschied ans Käppi tippte und den Raum verließ.
Ich wünschte ihm fast mehr als mir, dass unsere Geschichte Bestand haben würde und ihm nicht durch sein Engagement zu meinen Gunsten ein Nachteil entstünde. Er hatte ja Recht, die Guten waren wir, die Bösen die da von drüben. Hätten eben nicht rüberkommen, hätten ihre eigenen Leute ausrauben sollen. Wie war das noch mit dem Landser beim Anblick der anstürmenden Russen? Sollten dort begraben werden, wo sie hingehören. In ihrer eigenen Erde, damit sie finnischen Boden mit ihrem Kadaver nicht beschmutzten. Ich merkte wie der Zorn in mir hochstieg. Warum musste das alles passieren, warum? Ich hatte es nicht gewollt. Sie hätten in Ruhe leben können, wenn sie mich auch in Ruhe hätten leben lassen. Aber sie hatten mich ausgesucht, weil sie sterben wollten. Weil ich sie richten sollte. So hatten sie ihre viel beschworene Bestimmung erfahren. Ich würde es wieder tun, immer wieder, wenn sie mich und meine Familie, jedenfalls was davon übrig geblieben war, wieder angreifen würden. Ich hätte auch mein Leben für Sylvia geopfert, wenn es denn notwendig gewesen wäre. Ja selbst für Sam hätte ich es gegeben, wenn ich seins dafür hätte retten können.
„Na, alles schön aufgegessen?", wurde ich aus meinen Gedan-

ken gerissen. Die kleine Krankenschwester mit den roten Zöpfen und der knabenhaften Figur, die Nachtschicht hatte, war von mir unbemerkt hereingekommen, um das Tablett mit dem Geschirr abzuholen. Sie lächelte mich fröhlich an, dass ihre graublauen Augen funkelten. Wie konnte sie bei so einem deprimierenden Beruf nur so fröhlich sein?
„Alles weg", sagte ich matt.
„Unsere letzte gemeinsame Nacht, was?", lachte sie. „Morgen geht's wieder nach Hause." Sie pfiff durch die Zähne und machte eine ausholende Handbewegung, als wolle sie mich über die Berge schicken.
„Wird auch Zeit", murmelte ich.
„Möchtest du noch was? Wird nämlich sonst dauern, bis ich wieder reinschauen kann, mach jetzt erst meine Runde."
Ich erbat etwas zu trinken und sah ihr nach, wie sie in ihren engen weißen Jeans durch den Raum schritt, das Tablett auf einer Hand balancierte und mit der anderen die Tür öffnete. Warum sollte ich alter Greis mich nicht an dem Anblick eines solchen Geschöpfes ergötzen, entschuldigte ich meine aufdringlichen Blicke.

12.

Es war ein sonniger Spätsommertag, der den nahenden Herbst schon erahnen ließ, als ich im Taxi das Krankenhaus verließ. Die Welt sah so friedlich aus. Die Sonne erheiterte die Seele und verdrängte alle schlimmen Erinnerungen, bis wir in den Waldweg einscherten. Da waren sie wieder, die Bilder der verhängnisvollen Nacht. Ich wollte die Augen schließen, aber um so deutlicher sah ich den Pickup in der Schräglage mit den gleißenden Scheinwerfern, sah ich mich mit der Schrotflinte im Arm in Zeitlupe auf die Burschen zugehen.
„War es hier?", fragte Kimmo Sankari, als wir den Tatort passierten.
Ich brummte eine unausgesprochene Zustimmung.
„Muss schlimm gewesen sein. Aber du kannst dir sicher sein, dass der ganze Ort hinter dir steht. Hast es den Burschen richtig gegeben. Wurde auch Zeit, dass ihnen das Handwerk gelegt wurde, hatten lange genug die ganze Gegend unsicher gemacht. Hast dir einen Orden verdient."
Ich antwortete nicht. Während der ganzen Fahrt von Lappeenranta nach Lemi hatten wir kaum miteinander geredet, was mir nur recht war. Ich wollte keine Konversation und schon gar nicht über die Ereignisse oder mein Aussehen reden. Darum hatte ich Tuulas Angebot, mich aus dem Krankenhaus abzuholen, auch dankend abgelehnt. Redete mich damit heraus, dass sie ja ihren Blumenladen öffnen müsse und ich sicherlich erst gegen Mittag das Krankenhaus verlassen könne. Aber gleich nach der ersten Arztvisite hatte ich Kimmo angerufen und ihn gebeten, mich abzuholen. Er hatte akzeptiert, dass mir nicht nach Erzählen zu Mute war. So beließen wir es bei ein paar belanglosen Wortwechseln über das Wetter und den Verkehr.
Erst jetzt brach er das stillschweigende Abkommen, erzählte mir auf den letzten Metern zu meinem Haus wie dankbar die Gemeinde mir sei, dass ich das Problem auf diese Weise gelöst hätte. Wobei er „auf diese Weise" nicht näher erörterte und ich mir nicht sicher war, welche Version des Ablaufes ihm bekannt war. Ich schwieg. Mir war es peinlich, plötzlich als Held dazustehen. Ich hatte weiß Gott nicht heldenhaft gehandelt, eher

dumm und fahrlässig, hatte mich nur von meinem Zorn leiten lassen und hatte Glück, mit dem Leben davongekommen zu sein. Mir wäre es lieber, wenn die ganze Angelegenheit totgeschwiegen würde. Sie war geschehen und damit gestorben. Aber die Menschen hier würden daraus eine sagenumwobene Geschichte machen, die sie noch ihren Ururenkeln erzählen würden. Ich war der Retter des finnischen Abendlandes, der die Gegend von den bösen Russen befreit hatte.
Als wir auf mein Grundstück fuhren, wurden wir von Bretterstapeln daran gehindert, bis vor die Veranda zu fahren. Das Balkengerüst des Stalles stand bereits, wartete darauf, mit Brettern abgedichtet zu werden. Doch Teuvo und seine Jungs waren nicht da. Freude und Beklommenheit mischten sich in meiner Brust. Ich hatte Angst, das Haus zu betreten, fürchtete mich davor, auf die Unordnung zu stoßen und den Blutfleck zu sehen, der mir Sams Tod wieder vor Augen führte.
„Hast noch einen Moment Zeit?", fragte ich Kimmo, „Kannst den Taxameter auch laufen lassen."
Er lachte und winkte ab. „Zahlst die Fahrt und den Rest mit einem von deinem guten Cognac."
Langsam stieg ich aus, nahm meine Tasche, die Tuula mir ins Krankenhaus gebracht hatte, sah mir meine Baustelle an und zögerte, der Veranda zuzustreben. Sams Grab zwischen den großen Fichten war unberührt. Die kleine Erderhöhung war ausgetrocknet, kein feuchter Boden mehr. Der Blick auf meine Veranda zeigte mir, dass die Stereoanlage dort nicht mehr lag. Die Veranda war aufgeräumt. Die Bickbeersträucher hatten sich wieder aufgerichtet, gaben nicht mehr wieder, dass ich von den Schlägen des Russen niedergestreckt in ihnen gelegen hatte. Ich schloss das Haus auf und wartete trotz besseren Wissens darauf, dass Sam freudig angelaufen kam und sich an mir hoch hangelte. Aber die Begrüßung blieb aus. Dafür wurde ich von einem aufgeräumten Haus und einem Blumenstrauß auf dem Esstisch begrüßt. Eine Karte, an die Vase gelehnt, hieß mich herzlich willkommen.
Kimmo grinste über das ganze Gesicht. „Waren wohl fleißige Hände hier am Werkeln, was?"
Ich lächelte zufrieden und erleichtert. Im Wohnzimmer standen

auf dem Fußboden die Wein- und Cognacflaschen, die die Russen gestohlen hatten. Der Teppich mit Sams Blutfleck war entfernt. Durch das Fenster schien die Sonne und erhellte den Raum fröhlich wie an einem Frühlingstag. Ich schenkte Kimmo einen Cognac ein, nahm mir auch ein Glas.
„Auf dass die Schrecken sich verflüchtigen", sagte ich und prostete ihm zu.
Wir genossen den Cognac und standen schweigend im Raum. Es war alles so unfassbar! Ich hatte immer noch nicht richtig verstanden, welche Rolle ich in diesem absurden Film gespielt hatte. Ein Gefühl des in die Weite Reisenden bemächtigte sich meiner. Ich sah mich in einem Zug sitzen und endlos durch eine sonnige Landschaft fahren, endlos.
„Was wirst du machen?", riss Kimmo mich aus meinen Träumen.
Ja, was werde ich machen? Nach Hause fahren? Eigentlich war ich ja zu Hause. Aber hatten diese Burschen mir nicht mein Heimatgefühl zerstört? Waren sie es nicht, die mir meine letzte Zufluchtsecke genommen hatten? Konnte es mir da drüben überhaupt noch schlechter ergehen? Was wollte ich noch hier? Was hielt mich hier?
„Tja, was werde ich machen?", fragte ich laut. „Um ehrlich zu sein, Kimmo, ich weiß es noch nicht, aber die Chancen, dass ich hier bleibe, stehen schlecht."
„Du bist hier zu Hause, das ist hier deine Heimat. Was willst du da drüben in dem unsicheren Deutschland?"
„Unsicheres Deutschland", wiederholte ich gedankenversunken, „in dem unsicheren Deutschland leben meine Tochter und meine Enkelkinder, könnte es mehr Heimat geben?"
„Na ja, du bist hier geboren, das hier ist deine Heimat."
Ich lachte und klopfte ihm auf die Schulter. „Heimat, Kimmo, ist sicherlich dort, wo du geboren bist, sie ist aber auch dort, wo du dich zu Hause fühlst. Im Grunde findest du die Heimat nur in dir selbst, du trägst sie in dir. Und wenn du immer hier bleibst und dich hier wohl fühlst, dann ist sie sicherlich für dich hier. Ich aber habe über vierzig Jahre in Deutschland gelebt und mich dort glücklich gefühlt, hatte Sylvia, meine Tochter und jetzt die Enkelkinder dort und viele Freunde. Ich habe

mich immer gefreut, wieder hierher zu kommen, weil ich mich auch hier wohl fühle, aber wo bin ich tiefer verwurzelt? Das ist die Frage, die ich für mich beantworten muss."
„Ja, aber da gibt es doch wohl keine Frage", ereiferte er sich, „Finnland ist und bleibt deine Heimat, das Land deiner Vorfahren."
Ich lachte leicht, bot ihm noch einen Cognac an: „Wenn du noch Zeit hast, dann lass uns runter zum See gehen, auf diese wunderschöne finnische Landschaft schauen, den Cognac genießen und still darüber nachdenken, wo meine Heimat ist."
Er hielt mir sein Glas entgegen und wir gingen nach draußen, runter zum See, setzten uns auf die Bank auf dem Steg und blickten hinaus auf den See, der von der schon tiefer stehenden Sonne mit einem warmen Gelb überzogen wurde. Die Wälder an den Ufern reflektierten ebenso diesen Farbton und der Himmel über uns war von einem satten Blau. Haubentaucher durchfurchten den See, Möwen kreischten am Himmel und stürzten sich in den See, um ihre Mahlzeit zu fangen. Ich hätte in diesem Augenblick bis an das Ende meiner Tage hier sitzen bleiben können, die Leere, die sich in mir breit gemacht hatte, genießen und nur noch diesen Anblick vor meinen Augen, keine Ereignisse mehr, die meinen Lebensfrieden störten.